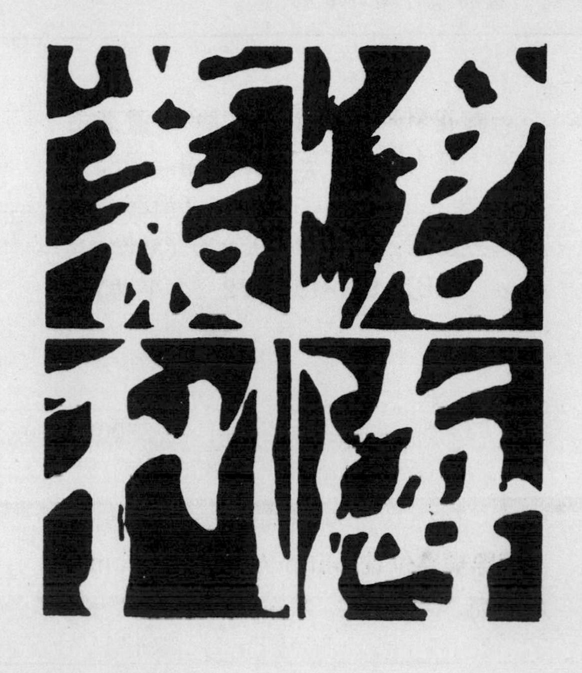

# 梅花引

樸 月著

東大圖書公司印行

國家圖書館出版品預行編目資料

梅花引／樸月著.--初版.--臺北市：
東大發行：三民總經銷，民85
面； 公分.--(滄海叢刊)
ISBN 957-19-1978-0 (精裝)
ISBN 957-19-1972-1 (平裝)

833.5 85007304

網際網路位址 http://Sanmin.com.tw

著作人 樸 月
發行人 劉仲文
著作財產權人 東大圖書股份有限公司
臺北市復興北路三八六號
發行所 東大圖書股份有限公司
地 址／臺北市復興北路三八六號
郵 撥／〇一〇七一七五——〇號
印刷所 東大圖書股份有限公司
總經銷 三民書局股份有限公司
門市部 復北店／臺北市復興北路三八六號
重南店／臺北市重慶南路一段六十一號
初 版 中華民國八十五年八月
編 號 E 82077①
基本定價 柒元肆角
行政院新聞局登記證局版臺業字第〇一九七號

ISBN 957-19-1978-0 (精裝)

音，
f 洞明作者心。
mf 熱忱傳國粹，
p 突破尋常例。
mf 格調最清新，
f 偏宜年少人。

# 菩薩蠻

## （題劉明儀女士梅花引續編）

韋瀚章作詞　　　　黃友棣作曲

*Moderato*（♩=88）

（註）第一次用獨唱，再唱時用二部合唱。

# 梅花引 目次

代序／菩薩蠻（韋瀚章作詞，黃友棣作曲）

溫庭筠：
更漏子（夜長衾枕寒）／001

韋　莊：
女冠子（除卻天邊月，沒人知）／005
菩薩蠻（畫船聽雨眠）／011

顧　敻：
訴衷情（永夜拋人何處去）／014

牛希濟：
生查子（處處憐芳草）／017

馮延巳：
鵲踏枝（平林新月人歸後）／020
鵲踏枝（六曲闌干偎碧樹）／025
鵲踏枝（依依夢裡無尋處）／027
拋球樂（須盡笙歌此夕歡）／030

李　璟：
攤破浣溪沙（小樓吹徹玉笙寒）／033

李　煜：
清平樂（離恨恰如春草）／037

相見歡（林花謝了春紅）／041
虞美人（春花秋月何時了）／044
浪淘沙（夢裡不知身是客）／047
浪淘沙（晚涼天淨月華開）／051
范仲淹：
漁家傲（長煙落日孤城閉）／054
蘇幕遮（波上寒煙翠）／058
御街行（紛紛墜葉飄香砌）／062
柳　永：
雨霖鈴（楊柳岸，曉風殘月）／065
八聲甘州（苒苒物華休）／070
鳳棲梧（衣帶漸寬終不悔）／073
玉胡蝶（月露冷，梧葉飄黃）／076
竹馬子（漸覺一葉驚秋）／080
張　先：
天仙子（雲破月來花弄影）／084
千秋歲（無人盡日花飛雪）／087
滿庭芳（雲淡楚江清）／091
晏　殊：
蝶戀花（昨夜西風凋碧樹）／094
浣溪沙（無可奈何花落去）／097
木蘭花（燕鴻過後鶯歸去）／101
清平樂（綠波依舊東流）／104
宋　祁：
木蘭花（紅杏枝頭春意鬧）／107
錦纏道（景色乍長春晝）／111
歐陽修：
生查子（花市燈如晝）／114
蝶戀花（庭院深深深幾許）／117
浪淘沙（今年花勝去年紅）／120

訴衷情（呵手試梅妝）／123
采桑子（垂柳闌干盡日風）／126
蘇舜欽：
水調歌頭（無語看波瀾）／128
王安石：
桂枝香（六朝舊事隨流水）／132
千秋歲引（一派秋聲入寥廓）／136
晏幾道：
鷓鴣天（幾回魂夢與君同）／139
臨江仙（微雨燕雙飛）／143
南鄉子（長笛誰教月下吹）／147
蝶戀花（紅燭自憐無好計）／149
阮郎歸（雲隨雁字長）／152
思遠人（紅葉黃花秋意晚）／155
孫浩然：
離亭燕（一帶江山如畫）／158
蘇軾：
水調歌頭（但願人長久）／161
望江南（半壕春水一城花）／165
江城子（十年生死兩茫茫）／168
永遇樂（明月如霜）／170
洞仙歌（水殿風來暗香滿）／175
卜算子（誰見幽人獨往來）／179
臨江仙（夜闌風靜縠紋平）／182
蝶戀花（天涯何處無芳草）／185
念奴嬌（一尊還酹江月）／188
定風波（一蓑煙雨任平生）／191
水龍吟（似花還似非花）／194
江城子（鳳凰山下雨初晴）／197
八聲甘州（有情風萬里捲潮來）／202

減字木蘭花（半落梅花婉娩香）／205
青玉案（三年枕上吳中路）／208
賀新郎（石榴半吐紅巾蹙）／215
黃庭堅：
鷓鴣天（風前橫笛斜吹雨）／219
清平樂（春歸何處）／223
秦　觀：
滿庭芳（燈火已黃昏）／226
鵲橋仙（兩情若是久長時）／230
江城子（西城楊柳弄春柔）／234
踏莎行（杜鵑聲裡斜陽暮）／237
千秋歲（飛紅萬點愁如海）／241
望海潮（東風暗換年華）／244
晁補之：
摸魚兒（一川夜月光流渚）／247
憶少年（罨畫園林溪紺碧）／251
鹽角兒（開時似雪，謝時似雪）／253
張　耒：
風流子（雁橫南浦，人倚西樓）／255
趙令畤：
蝶戀花（今春不減前春恨）／259
蝶戀花（欲減羅衣寒未去）／262
賀　鑄：
青玉案（錦瑟年華誰與度）／265
石州慢（芭蕉不展丁香結）／269
感皇恩（向晚一簾疏雨）／272
周邦彥：
滿庭芳（午陰嘉樹清圓）／274
玉樓春（雁背夕陽紅欲暮）／278
過秦樓（一架舞紅都變）／283

蘭陵王（斜陽冉冉春無極）／287
六醜（釵鈿墮處遺香澤）／292
瑞龍吟（纖纖池塘飛雨）／295
花犯（一枝瀟灑，黃昏斜照水）／299
孔　夷：
南浦（故國梅花歸夢）／302
謝　逸：
千秋歲（一鉤淡月天如水）／306
晁沖之：
臨江仙（相思休問定何如）／310
沈　蔚：
天仙子（明月清風如有待）／313
蘇　過：
點絳唇（梅影橫窗瘦）／316
葉夢得：
賀新郎（萬里雲帆何日到）／319
水調歌頭（回首望雲中）／323
徐　伸：
二郎神（門掩一庭芳景）／328
朱敦儒：
鷓鴣天（且插梅花住洛陽）／333
好事近（晚來風定釣絲閒）／338
念奴嬌（澹然獨傲霜雪）／341
念奴嬌（老來可喜）／344
周紫芝：
鷓鴣天（乍涼秋氣滿屏幃）／347
李　綱：
望江南（移棹釣煙波）／350
李清照：

鳳凰臺上憶吹簫（非干病酒，不是悲秋）／354
醉花陰（人比黃花瘦）／358
一剪梅（花自飄零水自流）／362
念奴嬌（寵柳嬌花寒食近）／366
臨江仙（柳梢梅萼漸分明）／369
聲聲慢（梧桐更兼細雨）／373
呂本中：
采桑子（恨君不似江樓月）／375
南歌子（短籬殘菊一枝黃）／378
李　邴：
漢宮春（風流不在人知）／381
向子諲：
梅花引（小時笑弄階前月）／387
清平樂（散入千巖秋色裡）／391
陳與義：
臨江仙（長溝流月去無聲）／394
虞美人（十年花底承朝露）／398
定風波（黃花今日十分黃）／401
臨江仙（榴花不似舞裙紅）／403
無名氏：
菩薩蠻（何處是歸程）／407
眉峰碧（蹙破眉峰碧）／410
鷓鴣天（雨打梨花深閉門）／413
點絳唇（此生自號西湖長）／417
後　記／420
附錄——秋水為神玉為骨（林佩芬）／425

# 更漏子

溫庭筠

玉爐香，紅蠟淚，偏照畫堂秋思。眉翠薄，鬢雲殘，夜長衾枕寒。

梧桐樹，三更雨，不道離情正苦；一葉葉，一聲聲，空階滴到明。

像一縷最輕軟的絲，自玉爐中向外輕嘘，飄浮，縈裊；由凝聚的淡紫，而乳白，而無色；不再能見，更無可捉摸，卻那麼確然知道它的存在；自那幽幽淡淡，散布在堂中的清香中。

微黃的燭焰，輕輕地搖曳，晃動，一寸寸地煎熬著那裹著喜氣洋溢紅衣內的燭芯；是怎樣的痛楚呵？只見那潸然紅淚滾滾，凝成淚珠疊成的瀑布江河。

她，一尊雕像般的獨坐在燭影中；輕曳的燭光，在她眉上、眸中，拂著淡淡光影。釀寒的無情秋意，使得這精美絕倫的畫堂，平添了幾分蕭瑟寂寥；一樣的爐香飄渺；一樣的紅燭高燒，曾映著畫堂一派春意融融；為什麼如今卻偏照著孤寂，照著淒冷，牽引著秋思綿長？

那顰蹙的眉黛褪色了，那如雲的鬢髮零亂了。她不是沒有花粉螺黛，不是沒有香膏玉脂，只是呵！「豈無膏沐，誰適為容」？

紅蠟一寸寸銷融了，玉爐中的名香，只剩下一堆冷灰。她不忍歸眠；不能忍受那枕兒孤、衾兒冷的淒涼況味，寧可獨對熒然燭光，守候天明。只是，時光何以停滯了？為什麼夜，如此冗長；冗長得無邊無極？

梧桐，站在西風中嘆息，瑟瑟復蕭蕭。遠遠傳來單調的更鼓，鼕、鼕、鼕；三更天了，冷酷的夜神，仍披著他那深沈得一望無底的黑衣，留連；徘徊。

窗前，飄下了雨；敲在梧桐葉上，敲在寂寂無人的秋階上，淅淅瀝瀝，吟著，唱著；怎麼全然不念畫堂中，無眠的思婦，正被離情別緒煎熬著；被這冗長的寂寂寒夜摧折著？兀自，一聲聲敲在葉上，打在她脆弱淒苦的心上。

淅淅，瀝瀝；點點，滴滴……這夜，何時終了？這雨，何時停止？那階前的雨聲喲，伴著長夜漫漫，縈著愁心淒淒，任性地在梧桐葉上吟唱著淒寂的曲調，直到破曉，直到天明……。

❀

這一闋〈更漏子〉的作者，是晚唐的名詩人溫庭筠。詩，到了晚唐，逐漸沒落，詞，則才開始興起，詩人往往也嘗試作些小詞來遊戲。第一個認真作詞，並有專集的，就是溫庭筠，可說，在詞史上是一位開路先鋒。

他的詞，如精工錦繡，精麗絕倫，文字之美，世罕其匹。王國維《人間詞話》稱：「飛卿句秀」，又說：「畫屏金鷓鴣，飛卿語也，其詞品似之。」他的詞，擅長以客觀的立場，作細膩的描繪。在唐、五代詞人的合集《花間集》中，他不論在時代上，或詞作上，都堪稱領袖群倫的人物，故後人尊之為

「花間鼻祖」。

溫庭筠小傳　溫庭筠，本名岐，字飛卿，晚唐并州祁（今山西太原）人。他少年時，就有敏悟之名；工於辭章，能下筆萬言，又妙解音律，善於鼓琴吹笛。自謂：「有孔即吹，有絃即彈，何必爨桐與柯亭也。」尤喜作側艷之詞。為人率性，不拘小節，就世俗標準，行為不甚檢點，頗為人側目。

唐代以進士為貴，他也幾度參加科考。因才思敏捷，八叉手，便能成八韻，故有「溫八叉」的外號。又喜在場中代鄰鋪作「槍手」，令主考官十分頭痛，監視特別嚴格，卻防不勝防，難奈他何。因而「無行」之名遠播，也因此，數舉不第，反而他暗助的人，卻上了榜。

他自負才華，愛自炫才華，傲慢公卿，每譏刺在位者不學無術。當時，與他甚是友好的令狐綯當宰相。因皇帝很喜愛當時流行的新曲調〈菩薩蠻〉，令狐綯不擅此道，溫庭筠卻是當代高手，就向他「借用」他的作品，獻給皇帝邀寵。再三請他保密，他卻毫不忌憚的到處宣揚。而在令狐綯向他請教〈玉條脫〉的典故時，他毫不客氣的說：

「〈玉條脫〉出於《南華經》，並不是什麼僻書，相公都不知道！可見相公在治事之餘讀書太少，該多多讀書！」

不僅如此，還向人諷刺：

「如今是『中書省裡坐將軍』！」

這樣的個性，當然不容於官場和士林，也因此造成他一生潦倒的命運。

他的文詞堪稱精艷絕倫，相貌卻奇醜，有「溫鍾馗」之稱。詩、詞兩道都出色當行；詩與李商隱齊名，稱「溫李」；詞與韋莊齊名，稱「溫韋」。上結唐詩，下啟宋詞，他都處於在文學史上的關鍵地位。

晚唐時，詞正在萌芽時代，尚未定名；或稱「長短句」，或稱「曲子詞」。如白居易的〈望江南〉、〈花非花〉、〈長相思〉，都屬後世定名為「詞」的小令。但真正用心致力於這一新體裁創作，使「詞」在樂工、歌妓競相傳唱下，廣傳於市井歌樓，並引動士林的注意，投入創作行列，不能不推溫庭筠為第一人。所以後蜀趙崇祚編唐、五代人詞作為《花間集》時，就是以溫庭筠領袖群倫的。後世人稱「花間鼻祖」，並非過譽之詞。有《握蘭集》、《金荃集》行世。

韋莊

四月十七，正是去年今日，別君時。忍淚佯低面，含羞半斂眉。

不知魂已斷，空有夢相隨。除卻天邊月，沒人知。

昨夜夜半，枕上分明夢見，語多時。依舊桃花面，頻低柳葉眉。

半羞還半喜，欲去又依依。覺來知是夢，不勝悲。

天上那輪明月，在充分圓滿後，又悄悄地消減了清輝；看起來雖依然瑩潔，依然明亮，卻總令人感覺到那一絲無奈和感傷。

人生的無奈和感傷總是難免的，只是，今天，這一輪月格外勾起心中的惆悵，因為……今天是四月十七日。

四月十七！在韋莊的記憶中是難以磨滅的日子；溫暖而又悲傷；去年的今天，就是在這樣一輪清輝初減的月光下，和她分別的。

緊緊握著她小小的手。她那柔軟如棉、白皙如玉的纖纖素手，平時總是溫溫暖暖的，那夜，卻是那麼冰冰涼涼。在他深情的凝注下，她微顫著，垂下頭去。在那垂首低眉的一瞥間，他看到了她雙睫間閃過的一抹淚光；她假裝低頭，只是為了掩飾眼中的淚；她不願意讓他難過，不願意讓他看見她的淚；那會使離愁更重、更苦、更難消受、更難負荷；他要走了，讓他無牽無掛地走……。

久久，她在千迴百轉的思維中斂抑了，才又抬起頭來；在她抬頭的一剎那，她知道自己的淚，並沒有逃過他那一直凝注在她身上的炯炯目光；那目光中包涵著深情、憐愛、關注、了解。她臉上泛起了微微的紅暈，含羞半垂的雙睫，含愁半斂的雙眉，深深地烙上了他的心頭，再也拂拭不去了。

她沈默著，他沈默著；在這時候，言語已是多餘的了；惟其情深，所以無言。在緊握的雙手間，在無聲的眼波中所交流的，又何止千言萬語。

「黯然消魂者，唯別而已矣……。」

豈止是銷魂，直是魂為之斷啊！

她知道嗎？也許不知道更好些，就讓他一個人品味這魂斷神傷的苦澀吧，不要讓她受這些苦。她那麼嬌小，那麼纖柔，那麼弱不禁風，他都承受不住的，她情何以堪？

情何以堪！從今以後，千山萬水，恐怕只有在夢中才能再形影相隨如昔日了。夢，畢竟是空幻的，易逝的。然而，千山萬水，除了夢魂還可寄望，又能期望甚麼呢？

捧起那一張蒼白、美麗淒傷的臉，含淚的雙眸在月光下瑩澈如水晶；他凝視著她，她凝視著他，久久，久久……。

更深，夜闌，人寂寂，夜悄悄，這天地之間，就只剩下他和她交織的目光……。

他抬起頭來，多情的明月懸掛在天邊，俯視著一切，默察著一切，柔和的月光，彷彿含著無限的溫慰與了解……。

輾轉反側，他久久不能成眠。更聲、漏聲，在他耳畔交替著。案上的燭火，閃著紅焰，織出一片幽淡的朦朧……。

他感覺到門外響起了細碎的足音，夾著輕微的窣窸，是那麼熟悉，那麼親切。他不由抬起眼來，注視著低垂的門簾。一隻纖纖素手，搴開垂簾。呵！一陣暖流流遍了全身，搴簾微笑的人兒，正是他神牽魂縈、無時或忘的她。

他激動而快樂，來不及問她怎麼來的，來不及問她千里途程的行旅艱難；他有太多太多積聚的相思要傾吐，有太多太多縈腸的情愫要披露。他訴著、說著，她靜靜聽著，臉上帶著微笑，眼中漾著柔情；一切的一切，似乎又回到往昔。

到乍見的狂喜在盡情傾訴中平靜了下來，他才失笑於剛才的滔滔不絕。執著她的纖手，就著燈火，細細端詳：一樣的霧鬢雲鬟，一樣的秋水春山；那泛著暈紅的笑靨，依舊燦爛如在春風中盛放的桃花。

在他灼灼目光的凝視下，她不勝羞怯的低眉垂目。那柳葉似的青黛蛾眉，在微微顰蹙中，宛似清晨籠著淡煙的青山；那羞怯避人，宛如秋水橫波一般的雙眸，隱藏不住她心中的欣喜；怎能不欣喜呢？在久別之後，在諳盡相思之後，他們終於又重逢了，他永遠也不要離開她了。

可是，她卻站起來，向他深深凝注，目光中含著留戀和不捨，他驚問：

「你要走了？」

她淒然點頭，腳步向門口移去，卻是遲挨淹留，一步一回首，不勝依依。他想喊住她，拉住她，卻喊不出聲來。腳彷彿也釘在地上了，無法移動。眼見她漸行漸遠，再度回頭向他凝望，已看不清她的眉目面容，只見那個淡雅身影，在輕風中衣袂飄飄，綽約如仙……。

他要失去她了！他著急地想追上去，喊出了聲音來：

「你等等我，不要走！」

聲音在斗室中迴盪，他驀然坐起身來，欲俯身向前，撲了個空。這才驚覺，他正坐在床上，門簾仍低垂著。只有案上的燭，剩下短短一小截，在銷融的一灘蠟淚中，曳著殘焰，搖搖欲熄。東窗透進了魚肚色的微白，天，快亮了。

他廢然而嘆，黯然神傷；他是看見她了，在昨夜更聲漏聲交織的半夜時，在他輾轉反側朦朧睡去的孤枕上，在迷離虛幻，欲追難尋的夢中。

一陣悲不自勝，一陣鼻酸；那垂簾，那燭光，在他眼中又漸朦朧、模糊、淡去……。

❀

韋莊的感情豐富且深摯，在他的詞章中，每覺「其中有人，呼之欲出」，也因此引起不少附會傳說。關於他的「情史」，我們不必深究，也無法深究；在當時社會，像他這樣的才子，「一生風月，到處煙花」，簡直不算一回事。他能以真摯之情相待，已算是難能可貴了。他的作品如〈菩薩蠻〉、〈荷葉盃〉、〈浣溪沙〉及〈女冠子〉等，莫不蘊蓄著纏綿婉轉的深情。

他雖是五代「花間」派中的翹楚，與花間鼻祖溫庭筠分庭抗禮，合稱「溫韋」；但他的詞風不同於溫庭筠或一般花間詞人的穠艷綺側，自有一番疏秀淡雅的手韻。而且在感情上，也不同於那些「艷詞」的浮浪儇薄。他深摯的感情，直自胸臆間流於筆下，自然深切感人。如前列〈女冠子〉幾近於白描，毫無詞藻堆砌的俗艷，清雅可人。

近人王國維評溫韋詞，認為飛卿句秀，端己骨秀；又說，端己詞情深語秀，在飛卿之上。其實，是各有千秋。不同風格的作品，往往是無法強分高下的，主要還是在於讀者自己的喜好。王國維論詞主張「不隔」，溫韋二家，溫多用象徵手法，迷離惝恍，往往如隔霧觀花。韋則清疏俊秀，較合「不隔」之旨，這顯然是王氏偏愛韋詞的原因之一。

韋莊小傳　韋莊，字端己，晚唐京兆杜陵（今陝西長安）人。

他少年孤貧力學。中年應舉，逢黃巢之亂，作長達一千三百八十六字的史詩〈秦婦吟〉，其篇幅幾為白居易〈琵琶行〉加〈長恨歌〉之和。以痛切之筆，寫出了他身歷目睹，黃巢之亂帝都天翻地覆，鬼哭神嚎的慘狀。中有「內庫燒為錦繡灰，天街馬踏公卿骨」之句，震驚天下；時人目為「秦婦吟秀才」。

因國亂，他轉徙於江湖間。至昭宗乾寧元年，始成進士，年已五十九歲。作到左補闕，旋應王建之聘入蜀，為掌書記。朱溫弒昭宗篡唐，天下大亂，各方割據，王建也據蜀稱帝，是為前蜀。拜韋莊為相，開國典章制度，都出於韋莊之手。三年後，卒於位，謚「文靖」。

因生長環境艱苦，傳說他生活儉樸至於「數米而炊，秤薪而爨，炙少一臠而覺。」可說是儉而近嗇；這在自命豁達的人看來，不免鄙吝可笑。就他一生經歷看，卻也是其來有自。

韋莊出身孤貧，為人疏儉不拘小節。半生飄泊，所至不免有情。自作詩供：「一生風月供惆悵，到處煙花恨別離」，風流倜儻如此。他晚年的仕途得意，無補於亡國之痛，思鄉之情。回首前塵，舊遊、舊情，在在難忘。以清淡白描的筆法，寫出極深摯、沉痛的情懷，自有一番悱惻動人。

他入蜀之後，尋杜甫「浣花草堂」舊址，結茅而居。工於詩，有《浣花集》行世。詞亦獨步一時，與溫庭筠齊名，稱「溫韋」而風格迥異於溫詞的幽曲精豔，而別有一番清婉深秀，如直抒胸臆，可以說是後世「豪放」一派的濫觴。詞集本無名，緣詩集名，名之為《浣花詞》，也是「花間」時代的翹楚。

# 菩薩蠻

韋莊

人人盡說江南好，遊人只合江南老；春水碧於天，畫船聽雨眠。
壚邊人似月，皓腕凝雙雪。未老莫還鄉，還鄉須斷腸。

「江南好，風景舊曾諳；日出江花紅勝火，春來江水綠如藍，能不憶江南？」
「若耶溪傍採蓮女，笑隔荷花共人語，日照新妝水底明，風飄香袖空中舉……」
吳娃越女清越的歌聲，和著銀鈴般的笑語，隨著清風陣陣飄送；她們一代一代歌著、唱著，唱著那些歌詠讚美江南的詩篇。
「江南好！」可不是嗎？山明水秀，鶯飛草長。早在還是小蒙童的時候，韋莊就開始嚮往著江南。
「江南可采蓮，蓮葉何田田，魚戲蓮葉間……」
這簡單美麗的古詩，早在他小小的心田中，刻畫出一幅生動可愛的畫圖。
「總有一天，我要到江南去！」
這個願望，就此在他心中生了根。

終於，有一天，他來到了江南。

真難怪外地的人嚮往，江南的人自負。江南，是一個令人喜愛迷醉，令人生終老之想，而不願離去的美麗土地。一個人，到過了江南；一個人，見過了江南之美，就無法再在別處居留生活了。不是嗎？當桃花泛汎，春水漲波的時候，江南的天空，一碧如洗，幾乎找不到一絲雲翳。而湖泊、池塘、大小河川的溶溶綠波，更瑩潔、澄澈，閃著寶石般的波光粼粼；比天空更藍、更碧，如造化潑灑下的新漉清醴，教人未飲已醺然欲醉。

到了雨季，濛濛煙雨，更為山水平添了幾分朦朧之美。綵舟畫船，是如畫山水間美麗的點綴。細雨，輕敲著船篷，譜成了和諧優美的天籟；宛如一首溫柔的催眠曲。使他聽著、聽著，便在幽柔雨聲中，沈入夢鄉……。

是江南煙水的孕育嗎？還是造化有意炫耀他的神妙化工呢？鍾靈毓秀的，不僅是山水，江南的佳麗，更是明眸皓齒，楚楚動人。

酒帘，在春風裡飄颻著招徠。當壚賣酒的妙齡少女，顧盼之間的明朗笑容，有如秋夜的皎皎明月。那雙半捲衣袖、忙碌操作的皓腕，更是柔滑細膩，如皚皚白雪凝成。

他沈沈醉去。怎能不醉？江南，本是一罈醉人的芳醇。風煙景物、山色湖光，春色已如酒呵！更何況雨聲催眠，佳人勸飲？

醉意朦朧中，他似乎聽到杜鵑聲聲在耳邊催喚：

「不如歸去！不如歸去！」

「不！我不要歸去，至少，在我沒有垂垂老矣之前，不要回鄉去。」

他朦朧地自語：

「要我現在離開江南，回到故鄉，只怕故鄉的一切，只令我寸斷肝腸呵！」

這一闋〈菩薩蠻〉，是韋莊一系列五首〈菩薩蠻〉中的一首，詞中極言「江南」之美。「春水碧於天，畫船聽雨眠」的情致，可以想見其人之風雅，寫得令人愛賞不置。但最後兩句「未老莫還鄉，還鄉須斷腸」，畢竟還是流露出了他對故鄉的思憶，和不得不強自藉詞自解的無奈和隱痛；表面上是眷戀江南，實際上，「斷腸」的卻是「有鄉歸不得」呀！

# 訴衷情

顧夐

永夜拋人何處去?絕來音。香閣掩,眉斂,月將沈。爭忍不相尋?怨孤衾。換我心,為你心,始知相憶深!

迢迢更漏,漫漫長夜,道是難耐、難挨呵!也就耐到了五更,挨近了黎明。天幕,由越越沈黑,透出了微藍,不再幽深,不再黝黯。

那幽深黝黯的夜,竟自拋下了一夜無眠,數著一點一滴更聲漏聲,廝守過漫漫五更;把自己隱沒在他深黑的披風下,尋求著庇護、慰藉,也忍受著淒寂、孤零的人,就這樣掉頭而去。

掉頭而去的,豈僅是長夜呢?長夜,總是還會回來的;還會曲意呵護著願意把自己深埋潛沈在那溫厚懷抱中的人,撫慰著她被噬裂的心,優容著她背人偷彈的淚。而他,卻真正是一去就沒了蹤影,甚至,沒了音信;任她相思相憶,任她忍受著離情別緒的蹂躪,有如斷了線的風箏,消失在雲天深處。

重門深掩,簾幕低垂;這曾經充滿柔情蜜意、溫馨可愛的香閣深閨,如今,少了儷影雙雙,少了私語切切,竟是空寂冷落得刺目錐心!爐香將燼,那香閨重門,依然深深掩閉;掩閉如她的心扉,卻擋不住無邊的淒寂。淒寂，徘徊在室中；流連在眉頭；沈壓在心上。

輕揭起垂簾一角，簾外是曉風殘月。斜月將沈呵！爭奈一夕無眠，好夢難尋。

未嘗不想尋夢；怕的是枕冷衾孤，不堪承受；怕的是在夢裡，也難飛越關山，尋找那心心念念牽繫的人兒；更怕呵！縱使夢好，畢竟夢也無憑，一夢覺來，更難堪衾枕孤零！

怎樣才能拭去眉上愁痕？怎樣才能解得心上愁結？除非，他倦鳥知返，揚鞭歸來；除非，也讓他嚐味相思的苦澀，相憶的煎熬；除非……她凝視著殘月，喃喃低語：

「把我心，換成你的心，讓你知道，我有多少相思，多少相憶，多少深情！」

〈訴衷情〉是一闋詞淺情深的小令，後世評價，並不頂高，卻是顧敻詞中最有名的一闋；大概是因為用詞淺明，近於白描，而「換我心，為你心，始知相憶深」一語，怨而不怒，代天下為相思所苦的有情人，訴出了心聲，而博得共鳴吧！

顧敻小傳　顧敻，字里不詳。只知道他在前蜀王建朝中，作過小臣，給事內廷。有一次，禿鷹盤旋摩訶池上，他作詩譏刺，幾遭不測不禍。又曾以詼諧之語，作「武舉諜」譏刺武官多拳勇之輩的莽夫，人以滑稽視之。曾任茂州刺史，後蜀開國，他事孟知祥，官至太尉。

他作詞，含情深厚，尤以〈訴衷情〉中：「換你心，為我心，始知相憶深。」最為人稱道，後世論者稱其為「透骨情語」，認為這是開柳永一派的先河。

他的詞，多存於《花間集》中，共有五十五首傳世。

牛希濟

春山煙欲收，天澹稀星小。殘月臉邊明，別淚臨清曉。語已多，情未了，迴首猶重道：記得綠羅裙，處處憐芳草。

牛希濟望著窗櫺上那一抹魚肚白，低嘆了一聲，自床上坐起。

「天快亮了！」

身邊的伊人，也緩緩回過頭來，睜開了眼。那雙眼眸，清亮如一泓秋水，仍隱隱浮著淚光，看不出一絲乍醒的朦朧。他知道，她也一夜未眠，只是，怕耽誤今天要登程的他睡眠，而隱忍住悲泣，面向內靜臥，默默自煎著內心的苦楚。

他也是一般心情呵！他只當她睡了，不忍驚動，只能強自闔目，品味著無眠之夜的思潮起伏。

卻原來，在彼此善意下，臨別的最後一夜，空自逝去。

梳洗罷，推開窗子，自暮色中甦醒的春山，靜橫在平野的盡頭；在漸漸稀薄的雲煙掩抑下，猶如伊人含顰帶蹙的眉黛，楚楚可憐。曉空，是一片靜澹的靛藍；只剩下半輪殘月，和逐漸失色的寥落晨星，點綴天際。

多麼不願別離！別離的時刻，卻無情逼近，不容依戀，也不容延擱。就這樣，牛希濟踏出了家門。殘月，照著他，也照著她的半面側影；曉色晨風中閃爍的，是她終於忍不住湧出了滾滾淚珠……。

「一路上，要多珍重。」

「我知道，你在家，也要多保重。」

「早晚天寒，別忘了添衣；一個人，出門在外，飲食冷暖，沒人照顧，總要自己留意。」

「我會的。」

「未晚先投宿，雞鳴早看天；不要貪趕路，錯過了宿頭。」

「你在家，也要諸事小心；別悶著，傷了身體。」

「到了地頭，快想法子捎信回來；莫讓我終日懸念盼望。」

……

離情別話，說了無數，又何嘗把一腔衷情訴說盡呢？馬，在晨風中長鳴，彷彿催促他登程。在柔腸百折的無奈中，他終於不能不牽著馬，離開了家門。

馬蹄，達達的踏著露珠滋潤的草地，那青葱翠綠的芳草，多麼像一幅平平鋪展的綠羅裙；她經常繫在腰間的綠羅裙。

忍不住回首，那穿著綠羅裙的伊人，仍癡立在門前，依依揮手。

牽著馬，向回走了兩步，他迎向伊人驚喜而不解的目光，深情款款的說出心底的話：

「我會天天想你的，地上的每一根青草，都會加深我對你的想念；只因，青草的顏色，讓我感覺可親可愛；那顏色，像你的裙子！」

❀

這一闋〈生查子〉，題材相當通俗，也不過是離情別緒。但寫得清麗，而見深情，不似一般花間詞作的穠艷富麗。尤以「記得綠羅裙，處處憐芳草」，更是深情款款，令人稱賞，不可以一般艷情詩視之。

牛希濟小傳　牛希濟，字不詳，五代隴西（今甘肅東南部）人。是唐朝宰相牛僧儒的後代。他的叔父是當代詞家牛嶠。

他在後蜀時曾為翰林學士、御史中丞。後蜀亡，入後唐，後唐明宗宣各降官賦「蜀主降唐詩」，大家為討好新主，都諷刺蜀後主僭稱帝號，荒淫失國。只有牛希濟的詩，忠厚和平：

「滿城文武欲朝天，不覺鄰師犯塞煙。唐主再懸新日月，蜀王還卻舊山川。非干將相扶持拙，自是吾君數盡年。古往今來亦如此，幾曾歡笑幾潸然！」

明宗看了他的詩，非常感動，說：

「像牛希濟才思敏妙，不傷兩國威儀，而存忠孝，真是難得！」立即拜為雍州節度副使。

他的叔父以詩詞名擅一時，他也毫不遜色，為時人所稱道。他的詞作流傳的不多，都收錄在《花間集》中，共十一首。

# 鵲踏枝

馮延巳

誰道閒情拋棄久，每到春來，惆悵還依舊。日日花前常病酒，不辭鏡裡朱顏瘦。河畔青蕪堤上柳，為問新愁，何事年年有？獨立小橋風滿袖，平林新月人歸後。

總以為心已如止水，不再波動；總以為情已如寒灰，不再熾熱；總以為舊夢已殘，往事已空，那往日的情懷，早已自心間拋撇，不復縈繞。他嘗試過，努力過，把那一段情、那一個夢推向時間的盡頭，忘了；推向空間的底層，埋了。他成功了，他對自己說：

「我已把它遺忘了，掩埋了。」

真的，很久很久以來，他都以為他成功了，忘掉了情，埋掉了夢。

然而，他省視著鏡中的人影，豐潤的臉頰凹陷了；光潔的額頭，刻上了歲月的軌跡；眉心糾結，容顏憔悴；炯炯的雙眸，也失去了神采；他苦笑，輕撫著消瘦的臉，向著鏡中，喟然低問：

「誰說情能遺忘、夢能掩埋？」

他知道他失敗了。儘管他掙扎過、抗拒過；他知道他永遠忘不了、埋不掉。他知道，他，只是自欺。

是自欺；不然，為什麼，每到春天來到，萬物茁生的時候，那深埋在心底的惆悵，就如種子萌芽，就如春蠶吐絲，縈繞盤旋，但又惝怳恍惚，抓不住，也揮不去。

一樣的春花吐豔；一樣的春雲舒捲；一樣的春風和暢……怎怪得情懷寥落；眼前那一樣不在喚醒他心底那一縷惆悵，牽動那一分無奈。

景物依舊，惆悵莫名；他不願再想下去，強自寬解地自言自語：

「莫負春光明媚，莫負春花爛漫……賞花飲酒，行樂及時啊！」

擎著酒杯，獨酌無伴，權以這爛漫花枝為侶吧！……一杯又一杯，一日又一日，總是不醉不休。醉的滋味並不好受；他撫著消瘦憔悴的臉頰，心裡明白，酒能傷人；他的身體，已為酒所傷。可是，不醉何以遣發這駘蕩的春光，漫長的春日，和隨春而來的繾綣春思。

醉吧！醉鄉路穩宜頻到，只因，此外不堪行。苦笑著，他擎起酒杯，對著鏡中瘦影：

「乾！」

……

不知在這橫架於潺潺清溪兩岸間的小橋上站了多久。隄岸上，裊娜垂柳如披著長長秀髮的少女，千絲萬縷在風中低拂著。小河邊，滋生的是孕育著無限生機，青葱蓊鬱的茂草。這翠柳與青草，相向地伸展著，在他凝聚的眸光中交織成一片。一年年柳發新芽，草生新葉，這幾乎是大自然的定律了；

除非老了，死了，連根拔了，誰能攔住柳不萌芽，草不滋生？人的愁緒情思，也像柳、像草一樣，統屬於自然律吧！不然，為甚麼年年此時，愁思就像隄上的柳、河畔的草一樣，又重新萌芽、滋生、茁長，交織成一片網，將他緊緊籠罩？

他默然凝立著，黯然凝望著，久久、久久。風吹拂著；兜滿風寬大的袖子，像一幅逆風的帆，貼在他的手臂上；而他，卻似一尊雕像，在小橋上生了根……

斜日西落，殘霞褪色，黑夜籠罩，新月爬上了漠漠平林，往來的遊人都回去了，留下一片沈寂，吞噬著無邊的大地，和他孤絕的身影……。

❀

馮延巳，字正中，是五代南唐李昪、李璟朝中的重臣。就歷史來說，南唐君——中主、後主——非明君；臣——馮延巳等——非賢臣，且國小力薄，所以註定了覆亡的命運。馮氏幸因早死，而未親見南唐亡國，比起後主李煜，是幸運多了。但政治和文學是兩回事，政治上的誤國君臣，在文學上卻有著超卓的成就和地位。馮延巳以詞名家，在詞壇上享有很高的聲譽，尤其他的十四闋〈鵲踏枝〉更是膾炙人口的佳作，詞中所表現的執著無悔的深摯感情，雖不必如後人附會，說「忠愛纏綿」，也的確有著震撼人心的力量。清代王鵬運曾依次和之；和前人或當代名家的詞，本是尋常事，常有一闋詞（詩）數十家爭和的情形；有的是心有所感，也有的是應酬文字。但是將古人一系列的詞，依次相和的，殊不多見，可知其推崇喜愛之深。馮正中得此知音於九百多年之後，也真差堪告慰了。

## 馮延巳小傳

馮延巳，一名延嗣，字正中，五代廣陵（今江蘇江都）人。

他才學過人，多才多藝，在南唐中主李璟未即位，為吳王時，便為李璟掌書記，甚受器重。他雖富才學，卻十足是個恃才傲物，心胸狹窄，不能容納異己的小人，深恐賢能之士會威脅到李璟對他的寵信，必去之而後快。李璟也不是全無所覺，但因他能言善道，又擅文詞，深投李璟所好，因此明知其非端謹之士而不能去。他自負材藝，而好狎侮朝士，曾羞辱丞郎孫晟說：

「你有什麼本事，而為丞郎？」

孫晟憤然回答：

「我是山東書生，論鴻筆藻麗，不及你十分之一；詼諧飲酒，不及你百分之一；諂佞險詐，過幾輩子也趕不及你。可是，陛下讓你到王邸來輔佐吳王，是希望你規過勸善，而不是要你做誘惑他沉迷聲色犬馬的損友呀！」

這是他自取其辱，由此也可知一般人對他的觀感了。

到李璟即位，更拜為平章事，相當於宰相。他自信十足，認為自己的才略，足可經營天下。中主惑於他的詞章才華和浮誇的大話，把政務全權委託。他大權在握，急功近利，把持朝政，任用私人，排除異己，以致綱紀廢弛，民心盡失。朝論藉藉，連他自己都無顏立於朝，自動求去，而中主還相待如初。直到周軍盡取江北之地，中主才如夢初醒，罷了他的相位。而南唐已因而元氣大傷，一蹶不振了，只有先奉後周，後奉大宋正朔，以求自保。

經過了這個教訓，他晚年務為平恕，聲望漸回，可是史書記載上，他還是毀譽參半。而「譽」所著重的，還是他的文采，而非人品、政績。他死於宋太祖建隆元年，年五十八，謚「忠肅」。

他與中主李璟，君臣相得，都愛好文學，彼此之間調侃雅謔，談笑無忌。傳說，有一次，他作了一闋新詞〈謁金門〉，首句：「風乍起，吹皺一池春水」。中主笑問他：

「吹皺一池春水，干卿底事？」

他從容答道：

「臣這句子，怎比得上陛下『小樓吹徹玉笙寒』的高妙絕倫呢！」

由此可知他逢迎人主的本領，分明「巧言佞色」，卻又如此的吐屬典雅，不落痕跡。

他沒有詩文傳世，詞作風格的深美閎約，迥異於當代的主流「花間」一派，對「詞」這一體裁，有開拓之功，有《陽春集》行世。

# 鵲踏枝

馮延巳

六曲闌干偎碧樹，楊柳風輕，展盡黃金縷。誰把鈿箏移玉柱？穿簾燕子雙飛去。　滿眼游絲兼落絮，紅杏開時，一霎清明雨。濃睡覺來鶯亂語，驚殘好夢無尋處。

曲曲折折的迴廊外，栽著幾棵楊柳。每年春天，楊柳垂下了細於金線軟於絲的新發柳條，綴上了片片狹長如眉，含翠籠煙的新葉，便彷彿為迴廊設下了遮護欄干的綠色紗帳。一陣東風吹來，柳條柳葉，競相炫示著自己的窈窕輕盈；把六曲闌干，當成了展示的舞臺，低拂輕掃，裊裊依依。春，就這樣隨著抽長的柳條，隨著加深的柳葉來到了。二十四番花信，在大自然中，更迭著做主人，統領風騷。把世界粧點得繽繽紛紛，馥馥郁郁。

是誰，在為絃弛柱緩的鈿箏調音呢？不成曲調的音符，驚起了棲在畫樑上的燕子；雙雙呢喃著，穿過低垂的簾幙，投入了春日的原野，向北飛去。

花有信，燕有期，只有人，是遲鈍懵懂的吧？只知欣喜春來，沈湎春光，卻不知，韶華易逝，春光難駐。不是嗎？曾幾何時，游絲橫路，飛絮滿天；當紅杏花開的時候，也就是清明的時候了。

春極盛於清明，極盛之後呢？只怕霎兒風，霎兒雨，陣陣催送著春歸去……。

鶯聲已老；在濃密的枝葉間，此起彼落的，像一闋音符零亂、不成腔調的曲子，把人自沈酣的美夢中驚醒。夢醒了，夢中美好的影像，也隨之殘破模糊；只記得夢境很美，很美，美得像一首春天的詩。

美的事物，就註定短暫易滅吧？夢，在被鶯聲驚破後，便再也無處尋覓；就像，就像那在清明雨中，遠颺的春……。

❀

這一闋〈鵲踏枝〉是五代南唐馮延巳的作品，馮延巳於南唐中主李璟時為相，多才藝，擅言辭，工文章，與中主李璟，共同開創出南唐的文學國度。尤工於詞，詞於「花間」之外，別樹一幟，深美閎約，對北宋詞風，有深遠的影響。尤其晏、歐二家，更是直承餘緒，後世劉熙載云：「馮延巳詞，晏同叔（晏殊）得其俊，歐陽永叔（歐陽修）得其深」，兩位北宋名家，也只各得其一體而已。

# 鵲踏枝

馮延巳

幾日行雲何處去，忘了歸來，不道春將暮！百草千花寒食路，香車繫在誰家樹？ 淚眼倚樓頻獨語，雙燕來時，陌上相逢否？撩亂春愁如柳絮，依依夢裡無尋處！

天上的雲，總是飄泊不定的，隨著風東飄西蕩，永遠綰繫不住，永遠沒有安定的時候。而地上的人，有的也像飄泊的雲一樣，沒有固定的居所，行蹤不定，難以捉摸。

「你就是這樣一個稟賦雲的性格的人。」她這樣想著。

這些日子，你這朵愛四處乘風旅行的雲，又飄到什麼地方去了呢？現在你所駕的那輛車，又停留到那一個庭院中，繫在那一戶人家的樹蔭下了？那該是一個令人留連忘返的好去處吧！不然，你不會去的那麼久，不會不回家的。

她含淚倚著小樓獨立，凝目望向平野；在這寒食節，原野上一片繁花似錦，芳草競秀；路上熙來攘往都是遊春的士女。知道嗎？這已將是春暮了！他們是怎樣的珍惜著這有限的春光啊！而你，你在那兒？

她喃喃自語著；語聲衝破了岑寂，伴著她淒涼、孤獨的影子；語聲在她自己的耳邊迴盪；她對自己苦笑，這也算是解除寂寞吧！

一雙燕子，忽然越過了原野，飛到了樓前。她有了一份驚喜，熱切地呼喚著：

「哦！燕子！你飛得高，看得遠。你從山野田原之間飛來，經過了大街小巷，可曾遇到他沒有？遇到那像飄泊不定的雲朵似的人沒有？」

那一雙燕子，彷彿沒聽懂她的話，又翩翩地展翼飛開了；留給她的只是一時的驚喜所換取的更大的失望。

一陣風，吹得柳絮滿天飛舞。柳絮，最是輕薄無根的；那麼輕柔，那麼軟弱；沒有主見，沒有目標，只隨著風而東、南、西、北地亂飄。而自己呢？又何嘗不像柳絮一樣，被亂絲一般的愁緒緊緊纏繞著！她望著暮春的景色，思念跟隨著那行蹤不定的雲；就像柳絮依傍著方向不定的風一樣。

落寞和倦怠掌握了她，自言自語：

「睡吧！別再望了，別再想了！」

緩緩移著腳步，拭去淚痕，忍不住又回首凝目：

「讓我在夢中尋你吧！怕的是，在夢中也見不到你的影子，在夢中也只能思念著你，而孤單依舊呵！」

馮延巳這一闋〈鵲踏枝〉，反映出了當時閨中婦女的不自由和寂寞，寫得真摯感人。

# 拋球樂

馮延巳

酒罷歌餘興未闌，小橋流水共盤桓；波搖梅蕊當心白，風入羅衣貼體寒。且莫思歸去，須盡笙歌此夕歡。

筵前以清歌娛賓的歌姬，唱出了曲子的尾聲；裊裊的餘音，在清寒惻惻的早春暮色中迴蕩。席上，杯盤狼藉，座客，也都有了幾分醉意；一席華宴，已到了曲終人散的時候了。

酒樽已空，馮延巳傾盡了杯餘瀝，略一欠伸，笑道：

「諸位寬坐，我酒喝多了，且疏散一下，再來奉陪吧！」

長身而起，緩步走出了設宴的亭子。亭前，溪流蜿蜒，一座朱闌小橋，橫架清溪上。

還沒有到春波漲綠的時節，水流清淺，奏著不急不徐的琤琮曲調，隨著蜿蜒之勢，迂曲迴環。配合林泉幽致，正宜詩人名士，曲水流觴，分韻賦詩，雅集文會，詩酒留連。

帶著微醺薄醉的馮延巳，獨步至此，凝視著碧漪清漣，惘然失神。

溪邊一株老梅，綴著滿樹羊脂玉琢出的朵朵白梅；根株縈曲，枝幹橫斜，如蟠龍奮飛，破空而出。

千花萬蕊，俯照清波，在波面映出一片闌珊花影；隨著潺潺水流，起伏搖漾，迷離如幻，猶如莊周蝶夢，不辨孰夢孰真。

人生，也有幾分相似吧？回首前塵，往事歷歷，卻又有如遙夢；瞻望未來，前途茫茫，更是難以逆料。而，置身過去與未來間的此時此刻，此身到底是夢？是醒？

面對著這樣一個生命中難解的問題，他悲從中來；這還是早春，梅花正盛，只怕不旋踵間，這滿樹玉梅，便紛飄如雪，逐水而去。當梅花不再，波心梅影，又復何存？花本是幻，影更是幻中幻；美景如斯，瞬息即滅，那，人生呢？

寒惻的東風，吹拂著他的衣袂；衣襟衣袖，貼向肌膚，如冰刀，如霜劍，細細臠割著他的軀體；頓然，遍體生寒，使他一慄而覺。

花必落，影必滅，這是他無力挽回的自然法則呵！花的開謝，是他眼中的悲愴。那人呢？在造物眼中，人的生死，與人眼中花的開謝，又有什麼不同？

幸得，梅花正開；幸得，此身猶在。不及時行樂，更待何時？須知，須臾之間，花便落，人便老……。

他返身回到亭中，同僚們正在等他：

「吱，你往那兒去了，時間不早，該走啦！」

「不！」

他急切地說，彷彿興致高昂：

「良辰難得，美景難逢，何必急著回去？來！來！來！讓他們重整酒饌，彈唱起來，我們且盡此一夕之歡吧！」

李璟

菡萏香銷翠葉殘，西風愁起綠波間。還與韶光共憔悴，不堪看。
細雨夢回雞塞遠，小樓吹徹玉笙寒。多少淚珠何限恨，倚闌干。

依然是一池澄碧。但——

曾幾何時，亭亭無語，倚風凝立，欲笑還羞，彷彿懷著無限柔情，含苞待放的菡萏，已紅衣零落，粉褪香銷。

曾幾何時，田田如蓋，碧玉無瑕，高擎著朵朵綠雲，宛如翡翠玉盤的荷葉，也綠裳凋敝，玉碎翠殘。

一陣西風，拂過平滑的水面，幾片荷瓣無助地跌向綠波；荷葉嘆息著，為芳華老去的荷花黯然搖頭；那池水，宛似不勝淒怨地顰蹙著，泛著細細的波紋；怨著西風無情，怨著韶光難再。

老去的，又豈只是這一池的亭亭？在流光飛逝，歲月交替中，西風也吹向那平滑的額，吹向那烏漆的髮；於是額上也泛起了細細波紋，髮上也洒下了星星秋霜。望著這一池亂紅殘碧，李璟彷彿覺得若有所失，又似若有所悟。他下意識的伸出手，撫向額際，手指感覺著那一道又一道歲月的軌跡，使他不由黯然了。

他是南唐的國主，他是江南的王。他主宰著江南廣大的土地，主宰著千萬的臣民；然而他主宰不了流光，主宰不了生命，主宰不了青春；自己正如池中亂紅一般的老去。那池中，曾含苞，曾盛放，而今日漸零落、枯萎的荷花荷葉，豈不正是他自己的一面鏡子？花曾繁盛，花已蕪穢；他曾年輕，他將老去！

他不忍再看，不忍再想；看那一池在風中飄落、枯裂的紅衣、綠裳；看那曾使他流連徜徉的亭亭田田，已殘殘敗敗，他不能，他不忍……。

他曾年少。在他年少時，心中深藏著一個美麗的夢。江南煙水固然美，他卻一心嚮往著塞外風光，他狂熱地嚮往，日間想著，晚間夢著；那無垠黃沙，無邊白草，成群的牛羊，在落日餘暉中緩緩歸向影幢幢的帳幕。駝隊、馬隊，在夕陽黃沙上投下美得蒼涼的長影，晚霞火一般地焚燒著……忽然，狂風捲起漫天黃沙，耳邊蕭蕭，盡是風沙的奔騰……他奔跑、掙扎著……睜開眼，依舊玉宇，依舊瓊樓；蕭蕭的是江南秋雨，細雨飄洒在屋瓦上、飛簷上，喚回了悠遊在雞塞外的夢魂。那夕陽、晚霞；那白草、黃沙；那馬隊、羊群；那叮噹駝鈴，載著他年輕的夢，在細雨織成的秋意中遠去、遠去。

難駐的美景，易逝的夢境，帶來了幾許無以言宣、又無以自解的感傷和淒惻；無人可與共語，無人能夠分擔。這感傷和淒惻，沈沈地罩在他的心頭上。宛如一幅密密層層的羅網；他和那種使他感覺窒息的網掙扎著，孤立無援地掙扎著。他忽然發覺他孤獨極了，寂寞極了，孤獨寂寞如那池中一莖凋零的芙蓉，一葉殘碎的翡翠。又如大漠中夕陽下，延伸向天際的無垠黃沙上，一匹孤絕駱駝的瘦影。

長夜猶自漫漫。他披衣而起，取出玉笙，捧在唇邊；指冷如水，笙寒如冰，淒冷的曲調，在闃寂的小樓中迴繞。他吹著、吹著，一任指冷，一任笙寒，一任曲不成闋、調不成聲——在這秋雨飄瓦的蕭瑟中。

他說不出為甚麼，甚至不知道為甚麼；只覺心中橫亙著的是淒楚，臉上縱流著的是淚珠；小樓上倚闌凝立的，是一個捧著玉笙吹奏，覓不到知音，無比孤寂、落寞的影子……。

❀

李璟，是五代時南唐的君主。他好學，長於詞賦，是一位極富於文藝氣息的人物。因他的愛好文藝，蔚成了南唐朝廷的濃厚文學風氣，君臣彼此唱和，開拓了文學的新境界。唐、五代溫、韋、馮、李四家中，南唐獨佔其二，且此二家，都是超脫出五代時花間一派綺靡側艷之詞，而開新境、創新局的人物，可知在李璟領導下的南唐文壇之不凡——馮延巳為李璟之臣，李煜為李璟之子，這二人的文學成就，無疑是在李璟所悉心維護的文學溫室中培養出來的奇花異卉。

李璟的詞作，流傳的並不多，其中最膾炙人口的，是分詠春、秋的兩闋〈攤破浣溪沙〉（又名〈山花子〉），其中〈秋恨〉一闋中「細雨夢回雞塞遠，小樓吹徹玉笙寒」一聯，更是傳誦一時的名句。

他後來傳位給了李煜，在李煜手中，斷送了南唐江山。這父子二人，實在是天生的文人，而不是當君王的材料，後人稱李煜為南唐後主，稱李璟為南唐中主。

**李璟小傳**　李璟，初名景通，字伯玉，五代徐州（今江蘇徐州）人。他的父親李昪，本為南吳之臣，封齊王，篡位自立，號「南唐」。李璟襲父嗣位，是南唐第二個皇帝。因任用馮延巳等五個時人目為「五鬼」的佞臣，國勢大衰。北方強國後周入侵，盡取江北之地。李璟大懼，不得已去帝號，稱「江南國主」，奉後周正朔。在位十九年，於宋建隆二年卒於位。其子李煜嗣立，遣使入宋，求復李璟帝號，宋太主許之，謚曰：「明道崇德文宣孝皇帝」，廟號「元宗」，世稱「南唐中主」。

李璟美容止，好文學，年方十歲，賦詩：「棲鳳枝梢猶軟弱，化龍氣狀已依稀」，為當世人嘆奇。對詞甚為愛好，與馮延巳常以詞語相戲。惜作品流傳甚少，只數首而已，多與後主李煜合集，稱「南唐二主詞」。

# 清平樂

李煜

別來春半，觸目愁腸斷；砌下落梅如雪亂，拂了一身還滿。

雁來音信無憑，路遙歸夢難成；離恨恰如春草，更行更遠還生。

數著一個又一個日子過的時候，總覺得時間過得好慢；從旭日東升，到夕陽西下，好悠長，好難捱，在這個不是自己國土家鄉的地方！但回頭望，時間也並未停下腳步。

李後主獨自站在庭階上，沈思默想。一陣風吹過來，夾著陣陣清香的是滿園飛舞的花瓣，一片片雪白的花瓣隨風飛著、捲著，輕輕地落到他站的地方，落滿他一身，也落滿了庭院。這些花瓣是這樣的潔白、輕柔，真像是紛飛的雪花一樣。不！不是雪花。這又是春天了，是梅花謝的時候了。春天？他又記起了故國，多少往事，一幕又一幕地重現在他的眼前……。一陣落花驚醒了他；他茫然四顧，這是什麼地方？這不是他的家園。這裡多麼陌生，多麼冷寂！哦！他黯然了，他不再是故國的君王，而是階下囚了。又是春天！可是異國的春天，觸目傷心，愁腸寸斷，又那來的歡笑！花瓣飄落在他衣上、身上，他恍如未覺，眼中蘊著淚珠。

雁行一陣又一陣的飛過。雁，往返於江南江北；每年的秋天南飛，春天，又北返了。人們總說：雁，就像信差一樣，為分隔南北的人傳遞信息。又是一陣排成人字的雁群飛過；來了，又走了，沒有停一下翅膀，沒有留一句話語，更沒有帶來片紙隻字。

「你真是不負責任的信差！你不是從江南來嗎？為什麼不肯停一下匆忙的雙翼，告訴我一點我家鄉的消息？要你這種不可靠的信差做什麼？」

他喃喃地埋怨著，嘆了一口氣。別人常說：「日有所思，夜有所夢。」可是江南故國時時都在腦海中迴旋，為什麼總沒有在夢中回去過？如果能在每夜的夢中回去，至少還可以有一半的時間在夢裡的江南生活啊！那，像這樣的夢也真願永遠不醒！可是，他對自己搖搖頭，解嘲地苦笑著：

「大概路太遠了吧？從江南到這裡，要隔幾重山？幾重水？幾千里路？遠得連夢都搆不著了！」

雖然如此，但對家鄉的憶念，對離開故國的惆悵仍天天滋長著、累積著，不斷地加深、加重。他悵然凝望著遠方；在春風吹拂之中，春草向天邊，向江南，展開一片無際的綠。他知道的，這一片綠氈隨著春神的腳步，會一直延伸到他望不見、卻又心心念念難忘的故國家園。隱隱地，他彷彿看到自己的身影，也順著這一片春草，一步又一步地走向天邊，走向遙遠的故鄉……。

李煜小傳　李煜，初名從嘉，字重光，五代徐州（今江蘇徐州）人。父李璟，為南唐國主。宋太祖建隆二年繼位，以南唐微弱，奉大宋正朔，並去帝號，奉表稱臣。宋屢徵之入朝，李煜懦弱，性好文藝，耽於浮屠，不敢奉詔。又昧於時事，誤信長江天險可恃，致觸宋怒，命曹彬興師渡江；至兵臨城下，李煜猶在夢中。一日登城，見旌旗遍野，始大懼，知受近臣蒙蔽，已悔之不及。城破，侍郎請死，不許，以肉袒出城，降於軍門。北上待罪，宋太祖封為「違命侯」辱之。太宗即位，去違命侯，封隴西郡公。

入宋之後，由一國之主，降為囚虜，生活潦倒，心境淒苦可知。致書金陵舊宮人曰：「此中日夕以眼淚洗面」，當是寫照。太宗性疑忌，命南唐降臣徐鉉往見。李煜生性率真，不知忌諱，直言：「悔殺潘佑、李平。」潘李二人，均以直諫死。太宗聞知此言，銜恨在心。及七夕，李煜生日，召故妓作樂，聲聞於外。又傳新詞，有「小樓昨夜又東風，故國不堪回首月明中」、「問君能有幾多愁，恰似一江春水向東流」等句，故國之思油然，自難容於太宗，併坐前罪，賜牽機藥殺之，得年四十二歲。因為亡國之主，世稱「南唐李後主」。

於政治，李煜可稱昏庸。而於文藝，則可以南面！精於書畫、音律、尤擅填詞。其詞風，可以亡國為一分野，前半生，為無憂天子，倚紅偎翠，備極溫柔綺麗。後半生，淒絕哀怨，如鵑泣猿啼，震懾人心。亦以此之故，為五代詞集大成者，開拓了詞的境界。王國維《人間詞話》賞譽備至，其重要評論有：

「詞至後主，眼界始大，感慨遂深，遂變伶工之詞而為士大夫之詞。」

「溫飛卿之詞，句秀也。韋端己之詞，骨秀也。李重光之詞，神秀也。」

「尼采謂：一切文學，余愛以血書者。後主之詞，真所謂以血書者也。……儼然有釋迦基督擔荷人類罪惡之意。」

周濟亦於比較五代詞人優劣時，稱：

「毛嬙西施，天下美婦人也。嚴妝佳，淡妝亦佳，麤服亂頭，不掩國色。飛卿，嚴妝也。端己，淡妝也，後主則麤服亂頭矣。」

王國維誤解此語為「周介存置諸溫韋之下」，以為貶損後主之詞。實則周氏此語重點不在「麤服亂頭」，而在「不掩國色」，溫韋須仗嚴妝、淡妝，而後主，不假修飾，亦自國色，其高下甚明：是溫不如韋，韋不如李也！

詞與其父李璟合編，稱《南唐二主詞》。

李　煜

林花謝了春紅，太匆匆！無奈朝來寒雨晚來風。胭脂淚，留人醉，
幾時重？自是人生長恨水長東！

曾經燦爛如錦；曾經蔚薈如霞；曾經，走入這一座滿綴繁花的林木中，宛似滑入花海的小舟，再也辨不出方向，四周，全是桃花煙浪！

何等絢麗，何等爛縵，何等繁盛；幾令人產生錯覺；這就是永恆！

可是……

曾幾何時，枝頭春紅，繽紛飄墜；舞紅成陣，宮錦堆積。昨日枝頭傲然迎風的花朵，今朝片片散落；如斷鍊的珠串，如擊碎的珊瑚，再也湊不成完整的花朵。

花開，花謝，本是尋常呵。只是，李煜低低嘆息了一聲，黯然自語：

「為什麼，花開花謝，匆匆如此？」

為什麼天公費盡心力，才造成的百般妍麗，卻如此不加珍惜的橫加摧折？

不是嗎？花已憔悴，搖搖欲墜，天公卻又毫不容情地，晚上一陣大風，吹得花瓣戀不住花萼，只得隨風而去，漫天旋舞；早上，又一陣冷雨，鞭打下無數落花，幽怨地還歸塵土，化作春泥。

凝望著新綠初點，殘紅疏落的幽林，李煜眼中不禁蓄滿了淚；心魂，又悠悠飛向當年的江南故國……。

江南，春光明媚，遠勝江北。山青水秀，連天公，也不似北方的暴厲，對將謝的花，更是格外呵護溫柔。

霏微煙雨，是繁花的生命之泉；縱使花謝不可避免，卻也是在溫柔撫慰下，安然逝去吧！

花瓣，紅似胭脂；雨珠，宛如清淚；彷彿依依惜別而去的美人，柔情宛轉，留人珍惜這短暫春光，在花間留連沈醉……。

他是留連，也沈醉的；在江南昇平歌舞的花朝月夕，他未曾辭醉。直到……。

兵臨城下，在倉皇中，他由一國之君，變成了亡國降虜，生命中的歡笑，失落於一夕之間。也像這風雨摧殘的落花，再無人憐，無人惜；他的生命，他的尊嚴，在趾高氣昂的異國君臣眼中，甚至不如零落的殘花；殘花，猶有他悲悼，而他，有誰曾寄予半點同情？

江南，遠了。那沈醉花間的日子，幾時才能重溫？他甚至連夢，也不敢奢望；怕只怕，那一夢覺來……。

這就是人生了！而他的人生，歡樂與悲苦，是那麼極端；或許，一生歡樂，在他前半生，就揮霍盡了，剩下的……。

他幽怨一嘆，默默掉轉身去；剩下的，只有綿長如東流水的愁苦，日復日，綿延到他生命的盡頭。

❀

這一闋〈相見歡〉是南唐後主李煜的作品，在政治上，他是亡國之君，在文學上，卻是永垂不朽的詞壇宗匠，他的一生，由南唐為宋所滅，而分割成兩個極端，前一半是不知愁的風流君主，充滿浪漫、旖旎的色彩，一派歌舞昇平，富貴溫柔。後一半，則百感交集，憂苦萬狀，真個以淚洗面，度日如年。〈相見歡〉，是他後半生的作品，共二闋，分詠春秋，這是詠「春」的一闋。

他毫無隱諱，把故國之思寄託詞中，作了許多至今膾炙人口的名作，終也因此，觸宋太宗之諱，以牽機藥毒殺了這位詞壇宗匠。

# 虞美人

李煜

春花秋月何時了？往事知多少！小樓昨夜又東風，故國不堪回首月明中。雕欄玉砌應猶在，只是朱顏改。問君能有幾多愁？恰似一江春水向東流！

一夜無眠的李煜，像每一個無眠之夜一般，諦聽著他所居住的小樓外，寂靜中那偶然觸動他纖細敏銳聽覺的細微聲音，以遣長夜。

北方的冬，總是特別的漫長，冰封雪鎖著銀白大地。冰封雪鎖的，又豈僅是大地呢，他的心，也如漫長寒冬一般，似乎永遠也盼不到春天。

不，他的耳朵，為他傳達了春的消息；呼嘯的北風轉向了，在消融冰雪的滴答聲中，他聽到，東風來了。

是的，東風又來了，春天又到了。過不了多久，北方也會像江南一樣，春光爛縵，繁花似錦。

一年年春花開了又謝，秋月圓了又缺。曾經為江南國主，如今，被俘入宋，先封違命侯，後改隴西公的李煜，在春花秋月的更替中，在思國懷土的悲情中，已過了兩年了。他不知道，還有多少的秋月春花、冬寒夏暑等著他去煎熬；在這不屬於他的國土上，他失去了一切，包括身分地位，包括富貴榮華，乃至，對主宰自己生命的權利。

如今，他唯一擁有的，就是對故國回憶了。雖然，回憶也帶給他太多情何以堪的痛苦；但，除了這一點回憶，他什麼也沒有了。他也只有沈湎在回憶中的時候，他才能短暫的忘記目前的不幸，彷彿回到了過去……。

多少的往事，那麼清晰的在他的腦海中往復回旋，在他默然仰望的明月中歷歷重現；重現著江南的山明水秀；江南的越女吳娃；江南的管絃絲竹；江南的富庶繁華……。

他記得，他在江南時，生活中充滿了詩情畫意，絲竹管絃。他為他美麗多才的大周后寫著：

「晚妝初過，沈檀輕注些兒箇。向人微露丁香顆，一曲清歌，乍引櫻桃破……。」

他為他嬌憨可人的小姨妹，後來的小周后寫著：

「花明月暗飛輕霧，今宵好到郎邊去，剗襪步香階，手提金縷鞋……。」

然而，曾幾何時，城破了，國亡了，他倉倉惶惶的哭拜了太廟，揮別了他那繁華富麗的宮殿，和朝夕相處的宮娥……他的心中，再也沒有了歡愉；他的筆下，也只剩下哀音。他怎能忘記呢：

「最是倉惶辭廟日，教坊猶奏別離歌，揮淚對宮娥……。」

在那之後，秋月春花象徵的再也不是美景良辰，而是以淚洗面的痛苦煎熬。而再望著爛縵春花、玲瓏秋月的時候，也只倍增他的故國之思，和明知不堪回首，又不能不沈湎於往事，以逃避現實的矛盾與悽傷。

江南，在他離開後，是否無恙？那巍峨宮殿，那玉砌雕欄，應該都還矗立原處吧？而他卻由鏡中反映的影子知道，他已老去，無復當年綠鬢朱顏。他怎能不老呢？在無情的歲月摧傷、生活磨難中，他的心，早已因著不堪負荷的悲愁抑鬱逐漸萎縮，逐漸死去。

若一定要問，他的愁鬱到底有多少，也許，也許就像春風解凍後，新漲的江水一樣，溶溶洩洩地向東奔流，無止，無休……。

# 浪淘沙

李煜

簾外雨潺潺，春意闌珊。羅衾不耐五更寒，夢裡不知身是客，一晌貪歡。

獨自莫憑闌，無限江山；別時容易見時難。流水落花春去也，天上人間。

一陣寒意襲來，在朦朧中，李煜下意識地瑟縮著。擁緊了薄薄的羅衾；儘管如此，這單薄的羅衾，仍抵不過直逼而來的寒意。他遂在無奈中逐漸清醒，等著他的，又是一個漫長淒冷的日子。

東方，濛濛地泛著白光，簾外傳來淅淅瀝瀝的雨聲；雨，敲打在屋簷上，又順簷而下，琤琤琮琮地，串成一條又一條水晶般的雨簾；雨，敲打在庭院中，前一天還爛漫的花朵，恐怕禁受不起風雨的摧殘，而憔悴零落了吧？隨著花朵零落的，是春季的終結；那殘餘的一點春意，也只能在雨聲中留下一聲黯然低嘆，依依而去。

五更天了，清曉的寒意，暮春的雨聲，就這樣硬生生逼走了他的夢境；那夢，如許美麗，又如此短暫。他嘗試著去捕捉、縮繫；那夢中的一切，卻已依稀，卻已渺茫。在腦海中掠過的片段，拼湊出歡樂……江南……。是了！在夢中，他又回到了江南，回到了過去的歡樂時光；在夢中，他不是宋室幽囚的違命侯，他是南唐的君王。

那不知愁的歲月呵！從他降生，就享受著世上所有的一切優遇：住的是玉宇瓊樓，穿的是綾羅綢緞，吃的是海味山珍，代步有駿馬華輦；他喜愛文學，文學侍從陪他吟詩作賦；他喜愛繪畫，畫院供奉為他鋪紙拈毫；他喜愛音樂歌舞，妃嬪宮娥羅列殿中吹簫弄笛，翩翩迴旋。他那麼興高采烈，朗聲念出一闋詞：

「晚妝初了明肌雪，春殿嬪娥魚貫列，鳳簫吹斷水雲閒，重按霓裳歌遍徹……。」

他喃喃地念著，目光投向空茫的小窗，噙著一絲苦笑。曾幾何時，國破了，他由君王降為囚虜，生活中，再沒有一絲歡愉；曾幾何時，連這樣的夢，都成了奢侈，不是嗎？美夢已隨著逐漸加深的寒意——那驅除不去，來自心底的寒意——遠了，何其虛渺，何其匆促！他想多沈湎一會兒，多留連一會兒；因為只有在夢中，他才能享有偶然而短暫的歡樂，才能忘掉現實，丟開痛苦。然而，這樣的夢既不能常有，也不能長久；夢去了，留下的是更多的惆悵，更深的悲涼……。

不知何時風止雨息；不知何時日近黃昏。他再三的勸阻著自己，不要倚立那座面南的闌干凝望；是的，是的，他的故國，他的家鄉，他摯愛的臣民，他難忘的往事，都遺落在那江南故土了。可是，任他如何望碎了心，也再也回不到那早已失落的故夢中。只徒增傷感和悲苦罷了。可是……

他又怎能不倚闌凝望？那已是他僅存的一點寄託了。他已失去了曾經擁有的一切，如今，也只剩下這點自由與奢侈：把目光投向南方，讓心魂向南飛馳。於是，他又來到南樓，默默地倚闌凝望……。

清曉、黃昏，日出、日沒，對他早已失去了意義，對一個沒有了期盼的人，時間，又算甚麼呢？他真的沒有期盼了，他自己的未來，都不屬於他啊！他只是忍不住向南凝望；凝望那視野中看不見的故國江山。青翠的山峰，仍舊巍峨崎立；奔騰的江水，仍舊嗚咽東流，這世上能永恆不變的，或許就只有這些了。但江山未改，人事全非，那無限美好的如畫江山，已不是屬於他的國土了；城闕、子民，甚至連他自己，都不是屬於他所有了。

如石破天驚，宋兵南下，驚醒了他的美夢；肉袒出降，押解北行，彷彿都只是指顧間事。就那樣倉倉皇皇辭別了宗廟，告別了國土，告別了子民，也告別了那歌舞昇平的無憂歲月；怎知道告別得那樣輕易，卻再也沒有相見的機會了？

江水不捨晝夜的流著；在江水奔流中，花開、花落；春來、春去。為甚麼一切美好的事物都不久長呢？落花逐著流水歸向何方？春，又去向何處？那兒，也是自己的最終歸宿吧？他凝望著暮色漸濃的蒼茫，這蒼茫充塞著、瀰漫著；那渾沌一體的，是天上？是人間？

李煜，字重光，世稱李後主，是五代南唐的末代君王，是生長在宮廷中天生的藝術家。史書上說他工書畫、精音律，在當代詞壇上，更是領袖群倫。可惜的是「不幸生在帝王家」，卻沒有經國治世的才華和興趣，終於在宋兵南下時，肉袒出降，斷送了南唐的命脈和江山。

入宋之後，他的生活有了一百八十度的轉變，受盡了欺凌奚落，封「違命侯」，不但自身失去了自由，連自己的愛妻——世稱小周后的南唐國后——都保不住。在這樣的境遇中，真可說是生不如死了。

這一轉變，對李煜本人來說，自然是極大的不幸，但對整個詞的歷史上來說，卻是幸事。在李煜前半生的作品中，我們所讀到的如〈玉樓春〉、〈菩薩蠻〉等，也不過是些綺靡側艷之詞，與五代的「花間」、「尊前」等寫閨情、別恨之類的作品同調；頂多是少些堆砌，多些真摯，措詞用句較為清新罷了。絕不足以奠定他今日在文學史，尤其在詞史上的地位。入宋之後，隨著心境、生活的轉變，他的詞風也有了與前半生風格迥異的改變，由綺艷而平實；由歡樂而憂苦；由浮華而深沈；由穠麗而清淡……最重要的，詞不再是茶餘酒後無病呻吟消遣性的文字遊戲，而是有血有淚有生命的文學作品。家國之恨，身世之感，真所謂「以血書者」。

這一闋〈浪淘沙〉和另一闋〈虞美人〉雖使後世人感動，當時，卻激怒了宋太宗，賜牽機藥毒殺了這位才華橫溢的詞壇盟主：李重光。

# 浪淘沙

李　煜

往事只堪哀，對景難排。秋風庭院蘚侵階，一桁珠簾閒不捲，終日誰來？　金劍已沈埋，壯氣蒿萊。晚涼天淨月華開，想得玉樓瑤殿影，空照秦淮。

秋風，吹落了黃葉，黃葉在一陣飄浮飛舞後，落到了長滿雜草的庭院中；落到了遍佈著蘚苔的臺階上。

有多少時候，這臺階，不再有人來往，不再有足跡履痕了？怎怪得蘚苔不容情的侵吞佔有，以致，已然無法分辨它原有的形貌。

荒蕪、蕭瑟的，又豈是眼前的景物呢？獨立在小窗前的李煜，不知該嘆息，還是苦笑，這庭院；這秋風；這難遣的黃昏；這夕陽渲染出一派蒼涼殘敗的景象，豈不都是他心境的寫照？

當年，幾曾想過，他有這樣寂寞黯淡的生活？當年……。

「鳳閣龍樓連霄漢，玉樹瓊枝作煙蘿……。」

他低吟著自己〈破陣子〉中的句子，淚，禁不住的湧滿了眼眶。

那時的生活，是何等的富貴溫柔！他有「晚妝初過，沈檀輕注些兒箇，向人微露丁香顆，一曲清歌，乍引櫻桃破」的大周后；有「蓬萊深閉天台女，畫堂畫寢人無語，拋沈翠雲光，繡衣聞異香」的小周后；有「晚妝初了明肌雪，春殿嬪娥魚貫列，鳳簫吹斷水雲閒，重按霓裳歌遍徹」的昇平歌舞，旖旎風情！他從不知寂寞二字何解；因為，他從不寂寞。他生在帝王家，享盡人間一切的幸福；他不知道，這幸福，也可能幻滅於一旦！

是「一旦」！從兵臨城下，他肉袒出降那一刻起，他失去了一切，包括，人性最基本的尊嚴；他這才如夢初覺的了解：一個失去國家的君王，比一個本來就一無所有的平民百姓，還要慘楚、痛苦。

往事歷歷。如今他幾乎記不起那時的無憂歡樂的心情；如今，想起往事，只增添他深痛沈哀；欲待忘卻，這種種逼人的慘楚，那樣分明的對照著，又何容他忘卻！他無以排遣的漫漫長日、永夜，又何容他不思不想？

黃昏了，宮人該穿梭而至，為他準備晚膳了。點上明晃晃的巨燭，擺上山珍海錯的酒宴，一陣陣環佩琤琮，引他入席……。

是嗎？是……嗎？他不禁望向門戶，門檻寂寂。無人搴捲，而蒙上厚厚灰塵的珠簾，低低的垂掛著，在秋風中悠然搖晃；搖晃出冷冷的琤琮……。

他早該了解的，他這深寂的小樓，會有誰搴簾而入？他，一個失去了國家的亡國之君，門前，早絕了人跡。

不該再有非份之想，人的尊嚴志氣，亡國之君，是不允許有的！只當付之於草萊，一如，他那早已埋葬的國號，和象徵君王權柄的金劍！

是什麼時候天黑的？他不知道，只見，明月掙開了雲的鎖蔽，在夜涼如水的空氣中，漩出一圈月華，那樣澄淨，那樣明朗。

這一輪月，同樣也會照向那江南的故國宮殿吧？只是宮殿依舊，人事全非；不再有笙歌沸天，簫鼓匝地；只能在月光照耀下，把寂靜的樓影，悄悄倒映在秦淮河的碧波上……。

這闋詞顯然是李後主入宋之後的作品，充滿了寂寞悲涼；由「秋風庭院蘚侵階」一句，我們也可了解那一番冷落的苦況。李後主另有一闋膾炙人口的〈浪淘沙〉：「簾外雨潺潺」，和這一闋正是分詠春秋，同時的作品。故國之思濃烈的洋溢在字裡行間，令人讀之亦不禁為他落淚！

# 漁家傲

范仲淹

塞下秋來風景異，衡陽雁去無留意，四面邊聲連角起。千嶂裡，長煙落日孤城閉。　濁酒一杯家萬里，燕然未勒歸無計，羌管悠悠霜滿地。人不寐，將軍白髮征夫淚。

「嗚……嗚……」

耳邊又傳來一陣陣的號角長鳴；那淒清、低咽的角聲，劃破岑寂，迴漾在這一座扼守邊界的孤城裡。雖然這角聲早已成為生活的一部分，成年累月地聽著；但每聽到它那單調悲涼的嗚咽，仍遏止不住心中那一陣陣的激盪，遏止不住鼻間那一陣陣的酸楚。

排成「人」字形的大雁，從一望無際的大漠間飛起；列著整整齊齊的隊形，沒有一絲留戀地搧撲著翅膀，向南方飛去；在難以分辨四季的邊塞，就靠牠來區分季節了。那樣固定的，秋天，牠們自北方飛向衡陽；春天，又自衡陽飛回塞北。是第幾次送牠們向南方飛去了？是第幾個秋天了？他已記不清。但每次看到北雁南飛，總引起他心底淡淡的感傷；秋天，在他記憶中，是多麼美好的季節！南方的秋，是精工織成的錦繡；翻著金浪的田疇，染上酡紅的楓葉；湖泊像一塊晶瑩剔透的藍寶石；湖上帆影片片，漁歌隱隱，有如天籟；水，綠的澄澈；山，青的明朗，白雲悠悠閒閒地偎著藍天……。初換夾衫的人們，是那樣的胸懷開朗；彷彿每個人臉上都盈著笑，悠遊自得地迎接著輕吹的西風……。秋，應該是這樣的！但是邊塞呢？一片遼闊蒼茫，呈現著歷盡風霜的灰暗蒼黃；黃沙如此，牧草如此，重重疊疊的山壁如此，曲曲折折的城牆如此；似乎連應該藍的天，應該白的雲都是如此。單調沈悶得令人疲憊；疲憊，無奈地刻在軍士們灰暗蒼黃的臉上。

一輪紅日，曳著沈重的腳步，蹣跚地移向高峻如屏障的西山。一縷青煙，自山峰間裊裊上騰；顯得那麼孤寂、寥落，彷彿訴說著一個悠長杳遠的故事，用那平平緩緩的調子。守城的軍士們，推上了沈重厚實軋軋嘆息著的城門；千百年來，此時此地日日重映著這一幅畫面。數不清的日子，數不清的落日青煙，被關在城門外了。這一幅畫，卻彷彿融入了永恆中。

幾時才能回去呢？回到那個波光雲影盪漾的故鄉？回到那個遠隔在千山萬水之外的家園！他期望著能如漢代的竇憲一樣，一舉殲滅了敵人，建下燕然山勒石記功、奏凱而歸的功業。但是一年年的征戰，一年年的對峙，勒石燕然的理想是那樣的遙不可期；歸鄉之計也就跟著遙遙無期了。

他了解的，軍士們也全都了解本身職務的重要；邊塞防衛牽繫著整個國家的安危，關聯著故鄉父老的安樂生活。他們甘願為了這些而犧牲；但是誰又能抹去隱藏在心深處的鄉思？尤其在這西風冷肅、群雁南飛的日子裡。

點點滴滴，又彷彿永無盡頭的歲月，積聚成的白霜，悄悄地覆蓋在初秋邊塞的大地上；也悄悄地覆蓋在老將軍的頭髮上。遠處，響起了蘆笛。蘆笛吹奏著悲涼的調子；老將軍舉起了酒杯，咽下了鄉思的苦澀，悄悄拭去了眼角的淚珠；他不願被人看到。但他知道；晶瑩的淚珠，正掛在軍士的臉上，掛在深閨思婦的心上，是永遠揮拭不完的。

蘆笛仍悠悠地吹著；悲涼的調子，迴旋在難以安眠人們的耳邊。夜，已深沈……。

宋朝，在歷史上是一個積弱的國家，這是由於「重文輕武」的政策導致的後果。在這種採取守勢的策略下，邊防的工作，就異常的重要且艱鉅了。范仲淹，就是北宋有名守邊的將軍。由於他的鎮守，而阻止了當時經常窺伺中原的西夏對邊關的騷擾。西夏人敬他如神，尊稱他為「小范老子」，認為「小范老子胸中自有百萬甲兵」，而相戒不敢侵犯。因此軍中流傳著兩句歌謠：「軍中有一范，西賊聞之驚破膽。」

但是，范仲淹並不是一個只懂領兵作戰的武夫，而是出身進士，滿腹經綸的儒將。他有崇高的人格，更有「先天下之憂而憂，後天下之樂而樂」的偉大襟抱。除了運籌帷幄的軍事韜略之外，他還能填詞，雖然作品不多，卻樹立了有別於當時吟風弄月的特殊風格，當時有人譏嘲他是「窮塞主之詞」。這種愛國情操的自然流露，卻不是風花雪月的柔靡作品所能企及的。〈漁家傲〉就是「窮塞主之詞」中的代表作。

范仲淹小傳　范仲淹，字希文，北宋蘇州（今江蘇蘇州）人。

他兩歲而孤，隨母改嫁長山朱氏，從朱姓，名「朱說」。及長知其身世，發奮苦讀，晝夜不息。於真宗大中祥符八年進士及第，授官之後，迎母歸養，始上疏求復本姓。官至樞密副使，參知政事，並以資政殿學士，為陝西四路宣撫使，守邊數年，號令嚴明，而愛撫士卒如赤子。防守西夏，西夏人亦愛敬，呼之「小范老子」。

他一生志行高潔，襟抱過人，〈岳陽樓記〉中，有「先天下之憂而憂，後天下之樂而樂」警句傳世。為北宋一代名臣，詞賦文章，皆為餘事。卒年六十四歲，謚「文正」。詞作不多，盡皆傳世，為人傳誦。

# 蘇幕遮

范仲淹

碧雲天，黃葉地，秋色連波，波上寒煙翠。山映斜陽天接水，芳草無情，更在斜陽外。

黯鄉魂，追旅思，夜夜除非，好夢留人睡。明月樓高休獨倚，酒入愁腸，化作相思淚。

薄暮，清秋。

碧藍如洗的秋空中，飄浮著絲絲輕柔得宛如透明的雲絮；映襯著藍天，宛如飛入大自然的染坊，染上了瑩瑩清碧。滿山滿野的樹木，是幾時換上了鑲鏤著黃金的新衣？取代了夏日的濃綠，隨著漸緊的西風，飄零滿地。真的是秋天了，大地景物，燦爛亮麗如精工的繡品；卻美得讓人無法承受那一分心悸的蒼涼。

秋風，拂過了秋空、秋林，以淩波微步，在萬頃碧波上，醞釀出一片氤氤氳氳的寒煙凝翠；飄浮著，遊移著，靜臥秋山間，融合成一片秋色蒼茫，煙水迷離。彷彿是隔著輕綃薄紗的美人，煙鬟霧鬢，風華絕代，那清清冷冷的剪水秋波，卻無端蒙上了幾分幽怨淒冷的朦朧……。

斜陽，在疊翠繡金的秋山上，不經意地塗染著明明暗暗光影；橘紅、金紫、靛藍、黛綠……泛著粼粼微波，閃著爍爍金光的湖水，溶溶漾漾向天際推展。秋水長天，水天一色，伸展向遼闊無垠的水天接處，終於融成渾沌的一體；是天？是水？再難分割。

斜陽緩緩地向西山逼去；紅日如輪，日復一日地循著一定的路線，升起、落下，落向西方：故鄉的方向……。

山，屹立在平野的盡頭；那重重疊疊的峰巒，對人來說，是那麼遙遠，那麼難以跨越。人；一向自許偉大的人，甚至，是連小小芳草，也不如呵！夸父追日，是一個永難達成的悲劇。而小小芳草，綿綿延延，卻越過了山，跨過了河，直延伸到斜陽之外，那遙遠的故鄉！那翻舞在斜陽影中的草浪，無情地向思鄉的遊子炫耀著，炫耀他所達成的人力所不能達成的成就，全然不管在遊子臉上、行客心中鏤刻的悲哀。

儘管隔著山，隔著水；地遠天遙，羈旅天涯的遊子，心魂總是在故鄉迴繞，黯然追憶著故鄉的風光景物，鄉親父老。那被鄉愁煎熬的心哪，甚麼時候才能得到平靜和安寧？除非；除非夢神用他那無遠弗屆的翅膀，載負著遊子回到故鄉；除非，那歸鄉的好夢，每一夜，在遊子的枕上重現；讓美麗的夢境，把他留在睡鄉裡，撫平他思鄉的苦痛。

然而，再美好的夢，總有幻滅的時候，總有驚覺的時候。再美好的夢，也不允許人長久逗留、沈湎，當夢醒之際，又情何以堪？何況，好夢，又豈能任人召喚，夜夜常有？

當無眠，當夢醒；當一輪明月的清輝，照向高樓，灑向窗櫺。孤影隨形的遊子呵！千萬別獨上高樓凝望；只怕這一輪同樣照著故鄉的明月，所勾勒出的寂寥孤影，更引動你壓抑心底的苦楚和惆悵；望不見故鄉，鄉思卻隨著明月清輝，當頭籠罩。

斟上一杯酒，舉杯邀月；夢難成，醉鄉，也許容易忘卻一切吧？屹立在月光下孤絕的身影，像一尊黑色大理石鑿成的雕像。那無比的落寞寂寥，散出一股淒冷的氛圍，將他包圍其中。他不言，不動；只有幾粒滾動著的珍珠，在他面頰上、下頦邊，映著月光，閃閃生輝……。

不是珍珠，那是淚珠；酒汁在愁腸中百轉千迴，凝成的淚珠點點，正遏止不住地從眼眸中湧溢，如清泉般地奔流、奔流……。

❀

〈蘇幕遮〉是被西夏人尊稱為「小范老子」的范仲淹的作品，范仲淹，是歷史上的名將，卻不是粗魯不文的武夫，進士出身，以資政殿學士，為陝西四路宣撫使，是一位允文允武的儒將名臣。擅詩文，〈岳陽樓記〉是他傳世不朽的文章。詞作雖不甚富，為後人熟知的，只有〈漁家傲〉、〈蘇幕遮〉、〈御街行〉三闋，但也足流傳千古。

〈蘇幕遮〉前片是「景語」，「碧雲天，黃葉地，秋色連波，波上寒煙翠。」寥寥十餘字，寫出了秋景的燦爛，也寫出了秋景的蒼茫，那充塞天地間的「秋」，直逼讀者胸臆。其氣象的清健雄渾，境界的高曠朗廓，不是一般「文士」所能及。這種以極清麗的字面，表達極渾厚的意境，或許也只有如他「先天下之憂而憂，後天下之樂而樂」的胸襟，才寫得出，容得下，也無怪膾炙人口，傳頌至今。

在《西廂記・哭宴》一折，也借用衍化，但只見麗句，而少氣象，可知這不僅是字句的雕琢可達的境界。〈蘇幕遮〉上片寫景，而蘊情；下片賦情，亦見景。情景交融，秋日景色，人物表情，歷歷如繪，傳世不朽，也是理所當然了。

# 御街行

范仲淹

紛紛墜葉飄香砌，夜寂靜，寒聲碎。真珠簾捲玉樓空，天淡銀河垂地。年年今夜，月華如練，長是人千里。　愁腸已斷無由醉，酒未到，先成淚。殘燈明滅枕頭欹，諳盡孤眠滋味。都來此事，眉間心上，無計相迴避。

像纖指拂過琴絃；秋風，拂過葉兒已轉黃的秋樹，抖落滿階的黃葉，像一串串飄落的音符。黃葉的枯香，和階前黃花的清香，混合成一種秋日特有的氣息，充盈著整個庭院。

夜深了！不知愁的人們，早已進入了夢鄉。使充盈著人聲笑語的世界，回歸了原本的清寂。只有秋日寒蛩，在牆陰、床下，切切低吟著那秋日的悲歌；和風聲、落葉觸階聲應和，奏出了冗長而淒清的「秋夜吟」。

捲起了低垂的珠簾，獨倚在樓頭的范仲淹，默默地把凝注的目光，投向樓外夜空。

秋空，是那樣的明淨，那一條淡白的銀河，橫過星空，直銜接到地平線的那一端。圓整的皓月如輪；而月色，似一匹白練，直瀉而下，讓清涼如水的柔光，灑遍了大地。空氣，澄澈得宛似水晶般的透明。園林、樓閣，都成了銀色背景下，深黑的剪影。那麼寂靜，那麼美，卻又美得令人悽傷……。

月，是圓了，可是……

他低低嘆了口氣；他幾乎數不清，他有多少年都是轉徙在外，在異鄉、在沙場上看這一輪皎潔圓月。月圓了，可奈……他低吟著杜甫的詩句：

「今夜鄜州月，閨中只獨看……。」

到幾時，這長久睽隔千里的佳偶，才能在月團圞時，人也團圞，讓多情明月「雙照淚痕乾」呢？

也想藉酒一澆塊壘，在醉鄉中忘卻一切。可是，他苦笑了；醉，又談何容易？對一個早已歷盡滄桑、斷盡愁腸的人來說，醉，也是奢侈呀！常常，他也傳令喚酒，而，在酒還未曾送到之前，他已抑不住心中的傷痛，淚早沾濕了衣襟。

床上，孤單單的枕頭，斜斜靠在床頭上；在忽明忽暗將殘的孤燈燈影中，格外顯得孤零。枕孤，人亦孤；一夜，又一夜，他就在這一只孤枕上，嘗盡了孤眠的淒涼況味。

也想逃避，不去觸碰這令他隱隱作痛的創傷，但……

他嘆息了。這些蘊蓄在眉間，堆積在心中的愁痕，是那麼深，那麼重，又怎拂得完，拭得去，逃避得了呢？

❀

這一闋〈御街行〉，是宋代儒將范仲淹的三闋絕唱之一，范仲淹以一介文士，而建赫赫功勳，在歷史上留芳千古。詞作不多，卻都傳世，且膾炙人口；這一闋詞，寫遊宦羈旅的思家之情，真可謂深情款款，淒美絕倫。較之尋常傷春悲秋、感離泣別的浮豔之詞，不可同日而語。

# 雨霖鈴

柳永

寒蟬淒切，對長亭晚，驟雨初歇。都門帳飲無緒，方留戀處，蘭舟催發。執手相看淚眼，竟無語凝咽。念去去、千里煙波，暮靄沈沈楚天闊。多情自古傷離別，更那堪、冷落清秋節！今宵酒醒何處？楊柳岸、曉風殘月。此去經年，應是良辰好景虛設。便縱有、千種風情，更與何人說？

才下了一場大雨，雨停了，也到了黃昏時節。來到這送別的長亭，周遭寂靜無聲，只有一陣又一陣的蟬鳴，迴盪在初秋的寒風中，竟是如此的悲涼淒切。

她就選在這城門外的河邊，設下了帳棚，為柳永準備了送行的酒宴。可是，面對著美酒佳餚，他又有什麼心情去享用？他只能一杯又一杯的喝著悶酒。原本他是嗜酒的；只是，此時此際，應該香醇的美酒，喝在口中，竟是如此苦澀得難以入喉。

抬眼望向對面的伊人，他緊緊握住她的雙手；想說什麼，聲音卻彷彿哽住了，久久也說不出一句話來。她也幾度欲言，又止；彼此只能淚眼相對，千言萬語，橫亙心中，卻又都默然無語……。

他多麼想對她說：

「我不走了……。」

可是……

在這依依難捨之際，卻傳來木蘭舟上船夫的聲聲催促：

「客官，要開船了，快上船吧！」

柳永嘆了口氣，站起身來。眼前的暮色更濃了；他望向遼闊的南天，南天都被重重的煙霧所籠罩著。水面上，一片迷茫，看不到邊際。他想到，他要去的地方，是那麼的遙遠，而他所乘的這一葉小舟，馬上就要順風逐浪，滑向雲水深處……。

他不禁想：人，活在世上，若沒有感情多好！感情越深，面臨離別時的痛苦越大，這是從古到今不變的定律了。這慘澹淒寒的秋季，更增添了心中的淒楚；這淒楚沈重的壓在他的心上，躲不掉，逃不了，可是，又怎麼負載承擔得起呢？

飲下最後一杯送行的酒，他昏昏沈沈的踏上了小船。

「客官醉了！」

他耳邊依稀聽到舟子的語聲。醉了？醉了也好；省得面對臨別那一剎那的痛苦。醉吧！睡吧！等到醒來，該已離這兒很遠了吧？那時所看到的會是什麼景象呢？大概是在清冷的曉風中，一鉤殘月，掛在江岸邊的楊柳梢頭吧！

今日一別，和那知情解意的紅顏知己，幾時能再見呢？一年？兩年？那可很難說了。離開了她，又到那兒去找那樣不必落言詮，只以眉言，以目語，就能心犀相通的知心人呢？他就算有千絲柔情，萬縷蜜意，又向誰去傾訴呢？

花會再開，月會再圓；可是，身邊少了知音，在花朝月夕，他怎麼提得起精神，有什麼心情去玩賞呢？

而他如今這千回百轉的心情，恐怕也只有她，才能了解吧！

柳永小傳　柳永，初名三變，字耆卿，北宋崇安（今福建崇安）人。

他出身於家風嚴謹的名門世家，少時與兄三復、三接並稱「柳氏三絕」，名重鄉里。自幼喜愛音律文藝，尤擅填詞。當時士大夫填詞風氣甚盛，但都視為雕蟲小技，遊戲筆墨而已。且多倚舊調填詞，並無開創。柳永因擅音律，為人疏俊少檢束，樂工每得新腔，必求他作新詞，始行於世。這些作品，都是為了歌樓舞榭歡場點綴應景，自然以男歡女愛，傷春悲秋為主題，不免纖佻鄙俗，不合於士大夫所要求的「雅馴」之旨。因此，為柳永扣上了「好為淫詞艷曲」之名，乃至造成他被世俗排斥，一生不遇的後果。

相傳，他曾往訪當時的宰相晏殊，晏殊當時也以詞名家。晏殊見了他，問：

「賢俊作曲子麼?」

當時詞尚未有專屬名稱,因入樂能歌,通稱「曲子」,或「曲子詞」。柳永覺得他語氣不善,便答:

「祇如相公,亦作曲子!」

言下之意,身為宰相的你,不也作曲子麼?晏殊笑道:

「殊雖作曲子,不曾道:『綵線慵拈伴伊坐』。」

就是這所謂「雅俗之分」,造成柳永一輩子不得意的後果。乃至,已考試過關,而被當時「留意儒雅,深斥浮艷虛薄之文」的仁宗皇帝,在臨軒放榜前刷下。以子之矛,攻子之盾,用他自己在「鶴沖天」裡寫的句子:「忍把浮名,換了淺斟低唱」,說:

「且去淺斟低唱,何用浮名。」

柳永經此挫折,雖以「奉旨填詞」自解,又何能無憾?他直到五十歲,改名為「永」,才進士及第。及第後,還是因「前科」的影響,一輩子不得意。雖然,他也努力做一個好官,官聲政績都留在地方誌的「循吏」記載中。而他所寫的長詩〈煮海歌〉,更充分表現出他仁民愛物的情操。可知他既非沒有用世之心,也非沒有治事之才,卻不論他如何掙扎努力,也永遠洗不掉少年疏狂留下的烙印,以致於一生沉淪下僚,奔走行役於道路。他前半生的詞,風流浪漫,充滿艷情色彩。後半生卻多羈旅行役的秋士悲歌,原因在此。甚至連死了都無以為葬,還是由風塵中感他恩義的歌妓們集資,才能營葬。

「詞」,影響了他的一生;他因填詞,而名滿天下,乃至:「凡有井水處,即能歌柳詞」。也因填詞而一生失意仕途,流落不偶。但就文學史而言,因為有他,勇於嘗試突破當時小令的格局,成為慢詞的創始者，才有「長調慢詞」的興起和發展，使詞在篇幅上有所拓展，也容納了更豐富的感情與悲慨，這功勞是不可泯沒的。

他因曾作過「屯田員外郎」的官，被稱為「柳屯田」，有《樂章集》行世。

柳永

對瀟瀟暮雨灑江天，一番洗清秋。漸霜風淒緊，關河冷落，殘照當樓。是處紅衰綠減，苒苒物華休。惟有長江水，無語東流。

不忍登高臨遠，望故鄉渺邈，歸思難收。嘆年來蹤跡，何事苦淹留？想佳人、妝樓顒望，誤幾回、天際識歸舟？爭知我、倚闌干處，正恁凝眸？

樓外，雨瀟瀟地下著。

江水、雲天，被雨絲所織成蒼茫的巨網包圍著，有如一幅煙雲朦朧的潑墨畫。天，似乎更低了；江水，似乎更遼闊了——在這無邊無際的雨幕中。

雨漸收、雲漸斂，雨水洗去了天地間的塵翳；洗褪了春的妍紅、夏的濃綠，釀成如水晶般明淨、朗澈、又淒清的秋。

是秋天了。以往江上往來如梭的大小船隻，如今疏疏落落地點綴著，使江上平添了幾分寂寞；一抹雨後殘陽，蒼白地掛在樓前，邁著依依的腳步，沈重蹣跚又無奈地移向天邊。只有夾著沁骨寒意、淒冷的秋風，一陣緊似一陣地嗚咽著，迴旋著，在這秋日的黃昏。

就這樣，一年又一年，物換星移；一年又一年，秋來春去；一年又一年，年華消逝。使人不由懷疑：天下有多少永恆不變的事物呢？也許，只有這滾滾東流的長江水吧；它默默無言地流著，自亙古，流向永恆。

早熟讀了「欲窮千里目，更上一層樓」的句子，卻怎忍，又怎敢登上層樓高處？縱使登上高樓，又怎能望得見遙隔在千里雲山、萬重煙水外的故鄉呵！只怕望見的只是蒼茫暮色中的浩渺煙波吧！只怕那高樓眺望，雖望不見夢縈魂牽的故鄉，卻勾起了無盡的鄉思；那馳向故鄉的鄉思，會像滾滾江流一樣，再也綰繫不住了。

幾時才能如江水歸向大海般，擺脫一切羈縻回去呢？幾時才能不再流浪，不再漂泊呢？還記得臨別時，故鄉那深情的伊人曾說：

「我會天天站在妝樓上，等待那載著你的船，自天邊歸來。」

怎料到，當時雖預許了歸期，今日卻欲歸無計？

她仍等待著吧？她會等待著。她會凝視著一艘又一艘自天邊歸來的船，一次次欣喜，又一次次失望。但她會等待，她會凝望——揉和著希望和失望；揉和著信賴和懷疑；揉和著天邊帆影和天涯遊子的影子。

但她是否能了解呢？在千里之外，有人也倚著欄干凝望著；凝望中，交疊著故鄉和她凝立的倩影，在秋風凜冽的雨後黃昏裡。

柳永

竚倚危樓風細細，望極春愁，黯黯生天際。草色煙光殘照裡，無言誰會憑欄意？

也擬疏狂圖一醉，對酒當歌，強樂還無味。衣帶漸寬終不悔，為伊消得人憔悴。

一座高樓，矗立在夕陽影中。柳永孤孑的身影，默然憑欄而立。

鋪展在他眼中的，是一片無邊的草浪；連天的芳草，在夕陽餘暉中，揉合著金紅、紺碧、澄黃、青葱，渲染成一幅絕美的圖畫，卻美得帶著幾分蒼涼；不是嗎？「夕陽無限好，只是近黃昏」。那極目的草原盡頭，沈沈灰紫的暮煙，凝成一片，像一片愁網，正漸次逼近，籠罩。

到底是春愁逼人，還是人自作繭呢？他也無法找到答案。只能佇立在高樓上，任自草原上吹來，帶著草薰的微風，吹拂著他寬大的衣袂，吹亂了他的髮；卻吹不散那心頭的春愁重重。

沒有人知道他為什麼忽然失去了一向的軒朗，失去了那一貫遊戲人間的狂恣；他一向是花叢中的遊蜂浪蝶，到處留情，也從不認真，更遑論為情所困的。他一向是最難耐孤獨，終日金樽檀板，醉舞狂歌的！

而如今，他彷彿在一夕間變了；變得沈默，變得落落寡合，變得成為樓頭上一座默然倚欄孤立的雕像。

沒有人了解他在想些什麼，望些什麼；沒有人知道，他曾掙扎過，曾試圖讓自己回到過去；曾想像過去一樣，狂飲高歌，縱情恣意的尋歡作樂，可是……

他回不去！他已經失落了那份疏狂不羈的浪子情懷。他飲酒，酒不復醇美醉人；他高歌，歌聲是那樣空洞，他唱不出那一份豪情與歡樂。

那一份勉為其難的強顏歡笑，使他自己也深覺痛苦，且無法承荷；他無法投入那不由衷的歡笑中；他在人群中深覺寂寞。他無法逃避，必須找回「自己」！即使，是使他痛苦的，陷在情海波濤中，無以自拔的自己。

終於在痛苦中了悟了「情」字陷人之深；為情，痛苦中，也蘊藏著那樣令人無悔的甘美。

在痛苦的煎熬中，他瘦了，憔悴了；如昔日沈約，不時因衣帶的寬鬆而須移孔。但，他是甘心的；他終於遇到他心目中完美無瑕的伊人，她值得他為她痛苦、憔悴、消瘦，而甘之如飴，死亦無悔！

❀

這一闋〈鳳棲梧〉，是柳永的作品，其中「衣帶漸寬終不悔，為伊消得人憔悴」，更為傳頌人口的警句，並為民初國學大師王國維，列入「人生三境界」的第二境界。（第一境為晏殊〈蝶戀花〉：「昨夜西風凋碧樹，獨上高樓，望盡天涯路。」第三境為辛棄疾〈青玉案〉：「眾裡尋他千百度，驀然回首，那人卻在燈火闌珊處。」）

〈鳳棲梧〉與〈蝶戀花〉同調異名，各家選本亦有作〈蝶戀花〉者，讀者不必以此為異。

# 玉胡蝶

柳永

望處雨收雲斷，凭闌悄悄，目送秋光。晚景蕭疏，堪動宋玉悲涼。水風輕、蘋花漸老；月露冷、梧葉飄黃。遣情傷，故人何在？煙水茫茫。　難忘，文期酒會，幾辜風月，屢變星霜。海闊山遙，未知何處是瀟湘？念雙燕、難憑遠信；指暮天、空識歸航。黯相望、斷鴻聲裡，立盡斜陽。

默默地，柳永憑闌眺望著。

午後的一陣雷雨後，雨點由疏落而斂止；天空，裂出了透著微藍的罅隙，篩下片片光影。烏雲飛捲而去，散落下片片淺灰、柔白的殘絮，掩映著遠處的青峰。一彎斷虹，隱微地在山頭浮起……。山前，一彎江水，迤邐如一幅才經濯洗的羅裙。煙嵐，在徐徐吹送的晚風中，悠然飄浮遊盪……。一樣的山，消褪了夏日的濃綠；一樣的水，沈滯了夏日的奔騰。於是，山也清減，水也消瘦，在向晚無力的日影中，更感覺著秋日的那份蕭颯。

可不是秋天了？水中的白蘋花，已在輕拂過水面的秋風中，無怨的老去。而庭間泛黃的梧桐，更在冷月清照下，漸濃的零露中，飄舞、飛墜，落葉滿階。

秋，原是最惹人感傷的季節呀！他忽然了解了當年宋玉何以悲秋，何以作出「悲哉，秋之為氣也，草木搖落而變衰……」的〈九辯〉來。

一個多情善感的靈魂，在這山蒼水瘦、花萎葉凋的季節，怎能無動於衷呵！

何況……

何況，天涯羈旅，友朋星散……。

何況，憑闌獨對這秋空寥廓，煙水蒼茫。

……

那一張張熟悉的笑臉，又不期然在腦際浮現。那一個又一個，令他應接不暇的文會雅集，吟哦酬唱；那些肝膽相照的知己，知情解意的紅粉，他們為他的才情傾倒，為他的落魄惋惜。他不遇的悲憤，潦倒的創痛，在高吟長嘯、淺斟低唱中，被慰藉、被撫平。

「忍把浮名，換了淺斟低唱！」

他苦笑低吟著這令自己一世不遇的「名句」；上動宸聽，而被目為浮浪無行，自此斷絕了宦途的「名句」。

別人不了解的，不了解他這句詞中蘊蓄了多少真摯！不是浮浪，不是儇薄，更不是出於輕佻。他真肯為她做乾坤一擲的！他真為她九死無悔的！

然而，他們；他與她，都身不由己。相逢，只合如萍水，只合是偶然。

幾闋佳詞，一副淚眼，便又匆匆分散。

多少好風明月的良辰美景被辜負？多少星星點點的秋霜，飄向了綠雲青鬢。

行無定止的飄泊流浪，隔著雲山煙水，他甚至無法分辨，他該向那個方向眺望！

「為你奏一曲瀟湘夜雨吧！」

那低眉垂目，輕攏慢撚；在綠竹盈窗、夜雨瀟瀟的清夜中，為他撥動絲絃，吟唱古調的伊人，於今何在？那築巢在他們短暫的「家」的屋梁上，那一雙呢喃雙燕，一年年，是否仍飛回原處築營窩巢？燕子，原是有定巢的習性的，不定的，是人呵！

燕子歸巢，卻不曾為她帶去片言隻字的遠信。她，會如何的傷情失望？但，他知道，她不會放棄希望的！他知道……。

她會日復一日，把目光投向蒼茫橫亙在天際的江水；自日出，等到日暮，望著江上船隻，等待那熟悉的帆影出現。

自夏等到冬，自春又等到秋……。

她可知道呵！在這鴻雁橫空、聲斷人腸的秋光裡，他也正憑闌凝望。直望到雁影杳渺，直望到夕陽西下，斂盡最後一線光芒……。

這一闋〈玉胡蝶〉是柳永的作品，寫秋景秋情十分真切動人。

# 竹馬子

柳永

登孤壘荒涼，危亭曠望，靜臨煙渚。對雌霓挂雨，雄風拂檻，微收煩暑。漸覺一葉驚秋，殘蟬噪晚，素商時序。覽景想前歡，指神京、非霧非煙深處。

向此成追感，新愁易積，故人難聚。憑高盡日凝竚，贏得消魂無語。極目霽靄霏微，暝鴉零亂，蕭索江城暮。南樓畫角，又送殘陽去。

這一座廢棄的軍壘，也不知是那一年代的了，就這樣深掩在山丘的蔓草荒煙中。山丘頂上，矗立著一座古舊的亭子，那樣以遺世獨立的傲岸之姿，靜靜地俯視著江上煙波，江心沙渚。

幾乎是這一座江城的最高點了，四野遼闊開曠，獨自登上山丘，憑欄佇立的柳永，默默眺望著……。

才下過一陣雨，初歛的雲影，在天際懸上了一彎彩虹；飽含著潤澤水氣的長風，自遠處直吹過來；

拂著亭檻，也拂動著他的衣袂。

一天的暑氣，被這一陣雨、一陣風吹散了。才欣然令人煩燥的暑氣漸收，卻在惻惻輕寒中，驚覺秋的腳步，已逼近了。不是嗎？寒蟬，在晚風中聒噪；像是吟唱著夏之歌的尾聲。而在第一片黃葉飄落時，他驚覺，已進入了另一個時序。

秋，美好而感傷的季節。眼前這夏、秋交替間的景色多麼容易觸動他那極力壓抑、深埋心底的愁緒！

失意仕途，落魄京師，他把自已拋擲到花街柳巷，楚館秦樓。

他不明白，為什麼他只是交了一些樂工和歌姬朋友，為那些新製的優美曲子，配些新詞，以便歌姬們可以獻藝筵前，就蒙上了「輕薄」之名；皇帝不齒，群臣鄙薄，而連帶否定了他的才學。

樂工不是人嗎？歌姬不是人嗎？甚且，這些詞曲難道不是因應需要而產生的嗎？舞宴歌筵，那些道貌岸然的王公巨卿們，又何嘗不涉足其間，為其中聲色傾倒！

聽者無罪，作者有罪！就只因，他寫了些男歡女愛的艷情詩？他在落第後，聽說了一段內幕：

他的名字，本已登榜，卻由皇帝親自刷了下來。指著他的名字說：

「他不是說『忍把浮名，換了淺斟低唱』嗎？那，儘管花前月下，淺斟低唱好了；要浮名做什麼？」

他不甘心，分明連皇帝也愛聽他的詞呀，不然，怎知道「忍把浮名，換了淺斟低唱」？於是，他又作了一闋詞，請內侍進呈；此舉，多少是有點諷刺意味的。

皇帝是聰明人，沒有上當，只說：

「是那個填詞為務的柳三變的作品嗎？他既愛填詞，就填詞去吧！」

不僅如此，而且下令後宮不許再演唱他的曲子，免得落人口實。

他絕了念，越發放浪形骸；誰還敢管他填詞，他是「奉旨填詞」的呀……。

歌姬們包圍著他取笑，笑那假道學的「官家」——皇帝，也笑他「奉旨填詞」，誰了解他一腔幽怨酸楚？他何嘗不想做一番事業，何嘗不想走一條正途，然而……。

他省視著眼前這一張張沒有心機，待他真摯熱誠的笑臉；不知自己該為仕途的坎坷哭，還是為青樓的溫情笑。

京師居，大不易。在情勢逼迫下，他不得不離開京師；離開那雖在市井中，青樓裡，為世所輕，卻給了他無限溫暖的人們。

她們是否無恙呢？是否仍在歌筵前，輕按著紅牙，唱著他為她們作的新詞，也思念著他？

京師，遠了，再也看不見了。他只能向著那個方向凝望，凝望那蒼蒼茫茫，掩在不是輕煙，不是薄霧，是重疊連綿無盡的雲山深處，卻深鏤在他心頭的地方……

舊日的失意，尚未自眉際拂去，新添的別恨離愁，又不容情的以驚人的速度累積。這一別，那些他心中拋撇不下的朋友們，幾時能再重聚？他不敢想，也不忍想；只默默登臨這江城高處，佇立，凝望……。

斜日，迫近了西山，目光的盡頭，薄薄暮靄正自四方掩合。歸林的昏鴉，三三五五，噪叫著，滿天亂飛。

「該回去了！」

他對自己說，回頭望向山丘下的江城。江城在薄暮中也消滅了白日陽光下那一份明朗；朦朧的暮色，彷彿為它添上了幾分空寂的蕭瑟。靜靜臨江而立，在乍起的秋風裡，俯瞰著江水奔流。城南樓頭，定時的吹起了畫角；嗚咽的畫角，拖著長長的餘音，在秋空中，裊裊不絕。紅日，落下了。

柳永隻影隨形的，向山下走去。心中，有著不辨悲喜的茫然；只知道：畫角，又為他送走了一輪落日，迎來了一個難挨的寂寞黃昏……。

❀

這一闋〈竹馬子〉，在豔詞過於浮濫的柳永作品中，算是清淡可喜的一闋。寫一份羈旅的感傷，把「人」，整個溶入「景」中，而由「景」來烘托「人」的心境，自然渲染出一份寂寞蒼涼。柳永，素來的評價是有才無行，不免鄙俗，其實，他不著意描寫刻畫男歡女愛的作品，也並不少，不能一概以「俗」為定論。當時，蘇東坡就極愛賞其〈八聲甘州〉中「霜風淒緊，關河冷落，殘照當樓」幾句，說：「人家都講柳耆卿（柳永的字）俗，這幾句，唐代詩人最好的意境，也不過如此！」這一闋〈竹馬子〉在柳永的《樂章集》中，也歸於「不俗」之列吧！

# 天仙子

張先

水調數聲持酒聽，午醉醒來愁未醒。送春春去幾時回？臨晚鏡，傷流景，往事後期空記省。　沙上竝禽池上暝，雲破月來花弄影。重重簾幕密遮燈。風不定，人初靜，明日落紅應滿徑。

春去了！

斷斷續續的音符，迴旋在張先耳畔，哀怨地傾訴著，像一片密密的網，沈沈地壓上心頭；又如一隻柔柔的手，輕輕地撥動了心深處的絃。〈水調〉，這淒傷的曲子，就這樣牽引著張先無端的惆悵。為自己斟著酒，一杯又一杯，他不知道自己逃避著甚麼，只是下意識的飲著一杯杯的酒，想逃入醉鄉，逃入夢鄉。

……睜開惺忪的眼，他模糊地思索著，那水調，那苦酒；那拋不開、躲不掉的惆悵；醉鄉、夢鄉。沈酣一覺醒來，竟已到了黃昏時候。睡眠，驅走了醉意；驅不走的是依舊縈心若有所失的空虛。只因那淒傷的曲子一聲聲泣訴著：

「春，去了。」

隨著這一去不回的一季春，又送走了自己一季可珍的青春歲月。在春來春去的無奈中，綰繫不住的是枝頭曾經鮮艷燦爛盛放的花朵；是鏡中曾經英姿煥發年輕的影子。他攬鏡自照，悄悄而來又匆匆而去的美好時光，在他額上劃刻了一道道軌跡，在他髮上輕灑著點點霜痕；洗不掉，也抹不去。有多少往事歷歷如昨，卻只能沈潛在記憶中，再也喚不回了；有多少未來的歲月，是那樣難知難測。一個個今天，變成昨天；一個個明天，走向今天。即令是現在，對未來而言，不也將是回憶中的「往事」嗎？夾在過去與未來中，他感傷地失落了現在。

黃昏，銜接著黑夜；夜空中飄盪的是如白色輕紗般的浮雲。浮雲，包圍著月亮，雲推擠著，月掙扎著……終於，明月擺脫了浮雲的糾纏，在浮雲撕破的霓裳下露出了笑臉。一直靜靜仰首觀戰的花朵，歡呼似地搖曳著；為了酬答它們的愛戴，在地面上，月亮為它記錄下曼妙的舞姿，留下無數倩影。

夜深了，一雙雙白天在池上嬉游的鳥兒，相偎相並地進入夢鄉；棲息在池水畔，沙岸上，月光中。四週一片沈寂，人們也該進入夢鄉了吧！家家戶戶都已放下了一重重的垂簾，把燈光密密地關進了他們的房中；把寂寞和黑暗留給大地，也留給無眠的人們。

凝立在黑暗中，張先傾聽著：在寂靜中，只有風不停地搖撼著枝柯，發出沙沙的聲音；那是剛才月下舞蹈的花兒哭泣吧！在這春的末梢，在風的催迫下，花兒再也戀不住枝頭了。

明天，他感傷地想著：

「明天將是一個地上鋪滿落花的日子。」

張先小傳　張先，字子野，北宋烏程（今浙江吳興）人。他在仁宗天聖八年中進士，隨即受賞於晏殊，辟為通判。大多時間做著知縣、知州等外官，以都官郎中致仕退休。他一生仕途平平，無甚起落，也未晉高位。卻以詞知名當代，與當時名家晏殊、歐陽修、宋祁、王安石、蘇軾都有交往。詞與柳永齊名，而清艷蘊藉，不似柳永浮薄，故為時人所重。晚年居錢塘，年八十，還清健如常，耳聰目明，在詞人中，可稱老壽。家中還蓄聲妓自娛，創「花月亭」為遊憩所，可說是一生風雅，至老不改了。

他擅長寫情，時人因其詞中有「心中事、眼中淚、意中人」之句，且他對這些情境的描繪也最拿手，而稱之為「張三中」。他自言寧為「張三影」，因為他所作詞中，最得意的句子是：「雲破月來花弄影」、「嬌柔懶起，簾壓捲花影」、「柳徑無人，墮飛絮無影」，由此可知其人風致。

他官位雖卑，當時居高位的詞家卻以與他相交為榮。當時的尚書宋祁，就曾慕名親訪他，戲稱來訪「雲破月來花弄影郎中」，而他也稱宋祁為「紅杏枝頭春意鬧尚書」，惺惺相惜；他們所引的句子，正是雙方最得意，且傳誦人口的名句。他對詞，雖沒有新的開創，卻既不失前人規模，也不過於保守，居於承先啟後的轉折點上，在詞壇自有他的一席之地。詩文甚富，今多佚失，有詞集名《子野詞》行世。

# 千秋歲

張先

數聲鶗鴂，又報芳菲歇。惜春更選殘紅折，雨輕風色暴，梅子青時節。永豐柳，無人盡日花飛雪。　莫把么絃撥，怨極絃能說。天不老，情難絕。心似雙絲網，中有千千結。夜過也，東窗未白孤燈滅。

林外，傳來幾聲鶗鴂淒清的啼聲；啼聲不是高亢，也不是嘹亮，而這遠遠傳來的清啼，卻像閃電般，觸得張先為之一震；心中不由黯然：

「春去了！」

是的，春去了！這鶗鴂，彷彿是掌管催送春神歸去的使者。只消輕聲啼叫幾聲，那曾粧點著一季春光的萬紫千紅，就紛紛準備卸裝謝幕；這大地的舞臺，已不再屬於她們，將取代的，是一夏的濃綠。

走向庭園，昔日的芳菲，已然蕪穢；強撐著演出最後一幕的花朵，也凋殘零落，竟找不出周整齊全的花朵來。他一心憐惜著暮春，更憐惜著枝頭花蕊；縱使，花已凋殘，縱使……

他輕嘆了；如果，人生也如春花，今日的他，豈不也是枝上殘蕊，早已朱顏非昔。

折下幾朵最後的春日花朵，插向瓶中；或許，別人看來，真有幾分痴吧？對已凋零的殘紅，猶珍惜呵護如最嬌嫩的新蕊。只是；他抬頭看看天色，天色灰濛濛的，飄下細如輕塵的微雨。風，倒一陣陣緊了；這原是青梅結子時最典型的天氣，他知道的。他必須為可憐的花朵，挽回這一劫數。

「就算痴吧！」

就讓花朵安詳的走向生命終點吧！而不在風姨肆虐下，被摧殘、被蹂躪、被生生作踐……。

這是他唯一力所能及的事了，為這些暮春殘紅。

而，他對自己苦笑；為同樣年華老去的自己，他竟連這一點，也無能為力！

時間，在他默立中消逝，窗外，雪花飛舞；不，不是雪花，是柳花，那棵孤寂的佇立園角，無人注意、無人愛惜的柳樹，吹送的滿天風絮。

「一樹春風千萬枝，嫩於金色軟於絲。永豐西角荒園裡，盡日無人屬阿誰？」

這一首白居易晚年，為舞姬小蠻作的〈楊柳枝〉，就這樣浮上心頭；如一道涓涓清流，緩緩滑過。有誰了解這其中的孤寂和感傷呢？白居易和小蠻，白髮紅顏之間，有著怎樣的情愫？使自憐衰朽的白居易，那樣牽念、憐惜……。

同樣是嫩於金色軟於枝的垂柳；同樣是盡日無人的闃寂，這滿天風絮，畢竟為誰飛舞？

比起他來，白居易該滿足的；雖然暮年孤寂，畢竟還有可人解意的樊素歌、小蠻舞、聊娛耳目，而他……

忍不住取出珍藏的素琴，宛然，又見到那低眉凝神的倩影。十指纖如春筍，輕揉低按，彈出一串清音，低低如夢，幽幽如訴；夢不完往事如煙，訴不盡情致纏綿……然後……

「緣已盡，情未了……。」

那一絃一柱，依然如故；倒是琴面上，積上了薄薄浮塵。他想拂拭，又廢然停下了手；他怕，他怕不慎撥動了那最纖細的么絃，他怕那么絃的絃音，洩露了他埋藏心深處的幽怨。

「么絃，是會說話的，它和心底的絃音共鳴！」

她曾這樣說。指下拂出的絃音，真的在說話；說著她的深情，她長相廝守的願望。

如今，么絃又會說些什麼？他不敢聽，不忍聽，多年來，他早不再敢碰觸那纖細的絃音；怕聽出那聲聲淒怨，不論那絃音是發自琴絃，還是心絃。

下意識的撫著頭額，指上感覺出那歲月刻下的深溝，一道，又一道。

「老了！」

他嘆了一聲，怎能不老呢？「天若有情天亦老」呵！只有天，是不老的。而情，只要天不曾老去，情，就沒有斷絕的一天！他知道，他和她的兩顆心，早紡成了兩根合成一股的線，這線，又織成了細細密密的網，每兩根經緯交會的地方，都結著一個永難開解的死結。網有千千萬萬的孔，心有萬萬千千的結，今生今世，他永遠掙不脫這用心、用情織成的網；不，他不要掙脫，只因網中，有他，也有她……。

「噗」地一聲，桌上的燈忽然滅了，他才驚覺；他不知痴坐痴想了多久。他記得，他摘了殘花，他望著飛絮，那是白天。何時天黑的？何人點燈的？他心中一片茫茫然，他不記得了，只記得一張大網，網著他，也網著她……

遠處，雞啼了，周遭仍是一片漆黑；黑暗中，風吹著，雨飄著，落花嘆息著；他知道，她們為什麼嘆息，因為：

「春，真的去了！」

# 滿庭芳

張 先

紅蓼花繁，黃蘆葉亂，夜深玉露初零。霽天空闊，雲淡楚江清。獨棹孤篷小艇，悠悠過、煙渚沙汀。金鉤細，絲綸慢捲，牽動一潭星。　時時橫短笛，清風皓月，相與忘形。任人笑生涯，泛梗飄萍。飲罷不妨醉臥，塵勞事、有耳誰聽？江風靜，日高未起，枕上酒微醒。

水邊的蓼花，開成了一片紅氈，在秋風中搖曳。蕭蕭的蘆葦，也失去了春夏的青葱蒼綠，而枯黃摧折，一片蕭瑟零亂。抽出灰白的蘆絮，和紅蓼相映成趣。

是到了蓼紅葦白的季節了，深夜，初零的露水，如珠顆玉粒，在葉片上凝聚、滑動、零滴……。秋天，就這樣悄悄地來到了；初晴的天空亢爽遼闊，淡淡的薄雲，如素綃輕縠，悠然舒展出一個明朗亮麗的秋。楚江，如一條白練，靜靜地潺湲吟唱；江水，到了秋天，也不復春夏的奔騰澎湃；沈瀲出無比的清澄，映著雲影天光，東流而去。

一葉小小的扁舟，舟上覆著竹篷，自岸邊的蓼花蘆葉間，悠悠盪出；老漁夫，輕巧地翻動著單槳，小舟便在水中向兩旁分拂出柔波盪漾，緩緩推進。划過江中浮凸水面的沙洲；划過水邊平滑的汀岸，把沙洲汀岸遠遠地留在煙波中、暮色裡。

把小舟停泊在水面上，老漁夫放下了槳，在細細的金鉤上，懸上了餌，執竿輕輕一掄；連著釣絲的金鉤，在夜空中，如一顆光芒微弱的流螢，劃出一道美麗的圓弧，發出一聲微弱的輕響，沒入水中。

釣魚，是一種時間的藝術；不能焦急，也不能輕忽，必須專心，也必須有無比的耐力。漫長的數十寒暑，每日垂釣的守候等待，磨礪出老漁夫堅苦卓絕，又溫厚淡泊的志節修養。如今，他可以那麼悠然自得地，選一個最舒服的姿勢，靠臥在船舷邊，口中哼著無調的短歌，靜待魚兒上鉤。

手中的釣竿微微一沈；他來自長期磨礪的敏銳，告訴他：「魚兒上鉤了」。他輕緩的捲動收綸的絲軸；釣絲輕輕地劃破了平靜無波，倒映著歷歷星辰的水面，星影，隨著動盪的微波起伏；在他手中釣竿的指揮之下，水中星辰的倒影，成了他統屬世界的子民。

清風習習，皓月朗朗，他放下釣竿，取出了短笛，橫在唇邊。吹出一首又一首小調歌謠；吹給風聽，吹給月聽，吹給水中潑剌歡跳的魚兒聽。然後，他也化成了一縷清風，一輪皓月，一隻水中潑剌歡躍的魚兒；天地之間，無窮無極，任他幻化、遨遊、徜徉……皮囊，不復能拘羈約束，他乃在物我兩忘中，得到了最大的安寧與自由。

沒有高樓華屋；沒有錦衣玉食；沒有徵歌選舞和急管繁絃，但，有無比的富足和快樂。只是，這種富足和快樂，也不是一般人所能了解領會；在別人眼中，這種生活只是清苦，在雨雪風霜中艱難度日。飄浮在五湖三江中，像一段折斷的枯枝；像一葉無根的萍草，沒有根柢，沒有歸屬，東飄西蕩，生活得可笑復可憐。

任人家去笑吧，這一種生活的樂趣和自由，又豈足為外人道呢？釣釣魚，唱唱歌，吹吹笛，飲飲酒；醉了，隨身一歪，就可酣暢尋夢，沒有人在旁邊聒聒噪噪，絮絮叨叨；那些塵俗之間的是非恩怨，勞煩糾葛，他是聽都懶得聽的。天賜的耳朵，他寧可用來聽風、聽雨；聽鳥鳴，聽泉漱；聽微波輕拍著舟身，那柔緩美麗的韻律……。

他在那柔緩的韻律中沈沈睡去，久久，久久，微微睜開了宿醉微醒的睡眼；江面，風平浪靜，高升的太陽，灑下溫煦的陽光。

老漁夫舒舒服服地伸個懶腰，翻個身，安然臥在艙中，朦朧地想：

「好一個天高氣爽的日子……。」

合上眼，又輕舒著氣，臉上，是安詳寧謐的笑意……。

❀

這一闋〈滿庭芳〉的作者，是有「張三影」之稱的張先；張先詞作，以寫情的婉約動人名世，這一闋詞卻不是鏤紅刻翠之作；一派疏淡清俊，寫漁父生涯，令人嚮往，是張先《子野詞》中較特殊的作品。

晏殊

檻菊愁煙蘭泣露，羅幕輕寒，燕子雙飛去。明月不諳離恨苦，斜光到曉穿朱戶。　昨夜西風凋碧樹，獨上高樓，望盡天涯路。欲寄彩箋無尺素，山長水闊知何處？

月圓了。

明月掛在澄藍的夜空裡，灑下柔柔的銀光。夜，靜悄悄地。畫樑上那一對燕子，是幾時搬家了？不再聽到軟語呢喃的聲音；不再見牠們歡舞著飛回小巢裡。

她獨自佇立在陳設華麗的深閨中。窗外庭階上，排著幾盆菊花，在淡淡的月色下，帶著幾分朦朧，似被一層薄薄的煙霧籠罩著。那瘦伶伶的影子，在風裡瑟縮，像是含著幾分憂鬱的少女。靠窗邊的幾盆蘭花，散著幽幽的清香。細碎的露珠，綴在翠帶似的葉上，在月光裡閃閃發光；就像是一雙雙盈盈淚眼；怎麼？連花也懂得愁嗎？也會哭嗎？

夜更深了；自疏疏輕羅的垂簾外，透進了幾許寒意。哦，怪不得燕子飛走了，秋，已在不知不覺中，悄悄地來到。

她輕輕地嘆息著，帶著幾分落寞和寂寥。仰望著天上明月，數著更漏；天快亮了。明月！你真的不能體諒人一點嗎？在人分離的時候，你偏要炫耀你的圓滿；在人痛苦的時候，你偏要得意揚揚地普照！她低聲埋怨著；明月靜靜地聽著，一道清輝，自窗外斜落到房裡。

可不是秋來了？秋風在一夜之間染黃了樹葉；在秋風裡，一片片的黃葉凋落了。慘淡的秋色，取代了夏日的繁盛、絢爛。彷彿告訴她：美好的時光不再來了。她感覺好像失落了什麼，又說不出所以然來。

懷著惆悵，獨自登上了高樓，默默憑欄遠眺。一條大路，通向她目光所及的盡頭；通向她所思念的人所去的地方；通向天涯海角。他曾從這條路離去，也該順著這條路回來。她極目望向最遠處；可是除了漠漠黃塵，茫茫平野，哪有那個日夜懸念的人影呢？久久，她終於廢然的收回目光。

唉！還是寫封信去催他回來吧！可是，到那兒去找可以寫字的素絹呢？就算寫成了，隔著千重山、萬重水，他在那兒呢？這信，又如何寄呢？

❀

這闋詞是晏殊以女子口吻寫成的，寫出了深深的思念和無奈之情。其中「昨夜西風凋碧樹，獨上高樓，望盡天涯路」，被王國維列為人生三境的第一境。

晏殊小傳　晏殊，字同叔，北宋臨川（江西臨川）人。

他七歲就能作文章，在真宗景德二年，以「神童」被薦，參加進士考試。他從容完卷，受到皇帝嘉賞，賜「同進士出身」。過了兩天，皇帝又召他來，出題命他作文。他看了題目，奏道：

「這題目，臣以前曾作過，請另外命題。」

皇帝對他的誠實十分嘉許，從此受到格外重用，命為東宮官。太子即位，是為仁宗，曾拜相，可以說是位極人臣。

他的性格剛峻，學問淵博，尤其識才愛賢，當代許多名臣，如歐陽修、范仲淹、富弼、王安石等，都出於他的門下，受過他的獎譽提拔。仁宗至和二年卒，年六十五歲，諡「元獻」。

他立朝雖剛正，另一方面，卻極富文藝氣息，喜與文士來往。工於詞，他的詞，承馮延巳一脈，溫潤秀潔，有如美玉明珠，有詞集《珠玉詞》行世。

晏　殊

一曲新詞酒一杯，去年天氣舊亭臺，夕陽西下幾時迴？無可奈何花落去，似曾相識燕歸來，小園香徑獨徘徊。

像一枚石子，投入了湖心，經常靜寂的後花園，開始有了紛沓的腳步聲。首先，是陳列席位的僮僕，一人一席一案，是相國府飲宴的常規。接著是樂工領著歌姬，肅然在席前靜候。

「相公留客宴飲！」

穿著家居便服的晏相，出現在園口；清癯的臉上，略帶微笑，減去了不少素日務公的莊嚴。身邊，幾個文士陪著；這些人，該都是才調絕倫的「青錢萬選才」，而且，必有著高潔的人品，否則，何能得晏相青眼？

相國府的人，都津津樂道相國為國掄賢的眼光和器度；看，朝廷的中堅，有多少出於晏相門下？薦范仲淹；舉歐陽修；以次女許字富弼……，而更令人可敬的是：晏相取人，不但重才學，更重品行；像柳永，才華超詣，而為人輕薄無行，前來拜謁，就碰了釘子回去。可不是嗎？相國雖好作曲子，豈與柳永「綵線慵拈伴伊坐」同調？

主、客先後入座，原本空無一物的案頭，僮僕陸續送上了酒肴蔬果；相國生性儉約，絕沒有一般人想像的那種奢華靡費的豪宴場面，而只以簡單的肴饌待客；也許，因此而更有著不拘禮俗的脫略，而使得賓主盡歡。

歌姬向席前行禮，管絃聲中，一一獻唱舊調新曲。一片落花，隨風飄落，巧巧地，落到了相國晏殊的衣襟上……。

落花，仍有著鮮麗嬌美的容顏；仍然舒展平妥如初放。然而，就這樣，在風中飄落了。帶著一絲無形的顰蹙；蘊著一聲無音的嘆息，身不由主，無可奈何的，把生命和芳華，交付給了東風……。

曲未終，歌未了，他擎著席前的一杯酒，默然離開了座位。這是府中人和座上客習見的；沒有人詢問，沒有人追隨。彼此交換一個會意的目光，歌者續歌，飲者續飲。他們知道，不久，相國會回座，攜回一首新詞。

隨著他腳步的移動，歌聲漸遠了；而那新詞，卻明晰地在他心頭映現：

「紅箋小字，說盡平生意。鴻雁在雲魚在水，惆悵此情難寄……」

這闋他前不久才作的新詞，剛由樂工配上了曲譜，今日初次獻唱。而他，竟有著不忍卒聽的惆悵；他分不清，引動他心弦震顫的，是歌聲，是曲調，是詞句；還是，那依然難寄的幽情。

吞下一口杯中苦澀的香醇；人生的況味，也是如酒的吧？何其香醇，又何其苦澀！

一雙燕子，翩然穿花拂柳而來，自他眼前掠過；那紫藍的背羽，在陽光下閃過瞬息即沒的羽光，旋即飛向那遠處畫簷；那兒，有牠們小小的巢。燕是認舊巢的，這似曾相識的翩然燕影，更提喚著他埋藏在心田深處的愁緒情絲。

又是春暮，又是黃昏，又是花落燕歸時節！天氣，和去年的春暮一樣妍暖，佇立在斜陽影中的樓閣亭臺，也依然如舊；而在不經意間，竟已流逝了一年的歲月時光。

「日月逝於上，體貌衰於下」，這西下的斜陽，又送走了一天；雖然明天的朝陽仍將自東方升起，那一個「日」卻再也不是今天的「日」了；今天，就這樣隨著西下的夕陽遠去……。

他想向夕陽招手，留住它匆驟的腳步；他想大聲吶喊，像問訊一位遠行的朋友：

「你，幾時回來？」

夕陽默然無語；他知道，今天的這一輪夕陽，和他過去見到的每一輪夕陽一樣，都是不會回來的了。

位極人臣，在某些方面來說，這一生，也算不虛了吧？但，他仍有力不從心的苦悶和悲哀；他挽不回匆驟西沈的夕陽；他留不住無奈飄零的落花；他在燕歸時節，盼不歸去年與他共迎歸燕的倩影；他寫盡了紅箋，寄不出心中蘊結的幽情；他一天天、一月月、一年年老去，卻完全無能為力……。

兜著一腔難言難述；甚至，連化成一聲低嘆都難的閒愁幽悶，他曳著自己長長的、寫在淡金色黃昏中的瘦影，沈沈默默的徘徊著；徘徊在那灑著繽紛落英、散著幽淡殘香的園中小徑上……。

❀

這一闋〈浣溪沙〉的作者晏殊，是北宋詞壇承先啟後的重要人物；前承南唐馮延巳一脈，其後的婉約一派，或多或少，都受到他的餘緒影響。他的幼子晏幾道，更是北宋詞壇的健將。

在後人提到晏殊的《珠玉詞》時，很容易想起他膾炙人口的名聯：「無可奈何花落去，似曾相識燕歸來」。傳聞中，下一句是他的一個部屬王琪對的。而就全詞凝聚的幽獨感傷，和末句「小園香徑獨徘徊」來看，即使有王琪對句之事，在他完成這一詞作時，情懷仍是落寞幽獨，並沒有他人在側的。因此，在演示中，捨去王琪對句的傳說，試就全詞去探索那「位極人臣」，為人稱羨的表相下，孤寂的靈魂。

晏殊

燕鴻過後鶯歸去，細算浮生千萬緒。長於春夢幾多時，散似秋雲無覓處。　聞琴解佩神仙侶，挽斷羅衣留不住。勸君莫作獨醒人，爛醉花間應有數。

秋社過了，燕子向南飛去了。接著，是一列列橫過秋窗的鴻雁。如今，連黃鶯的婉轉清吟，也不復能聞；黃鶯，也繼燕子、鴻雁之後，飛走了，飛向杳遠不知名的地方。又是一年將盡！此情、此景，彷彿才曾經歷，不意，一晃眼，竟又是一年了。

就這樣年去歲來，恰似孔子所形容的「逝者如斯夫，不捨晝夜！」人，有休息的時候；時光，卻是一刻也不停留的呵！你珍惜也好，不珍惜也好，到頭來，生命中的離合得失，喜怒哀樂，終將隨歲月流轉而成為生命長流中的一片漣漪，一朵水花；看得見，卻永遠掌握不住。

多少緣起緣滅；多少相見相別。美好的遇合，總如春夜的一場美夢；夢中以為地久天長，奈何倏忽之間，雞鳴天曉，曙色透窗，再也不容許人沈湎繾綣。情，縱如蠶絲縈縛，不絕如縷，夢，卻隨曉風飄逝；恰如秋空的薄雲，一旦吹散，便無影無蹤，再也難尋難覓。夢短嗎？人生情緣，又比春夢長了幾希？雲輕嗎？漂萍身世，又比秋雲重了多少？還不是一樣禁不起曉日雞鳴；經不起秋風吹散，便留下了永難消磨的烙印，成為殘局……。

司馬琴挑；文君當鑪；交甫遇仙；江妃解佩，算是千古佳話了吧？但，後來呢？司馬、文君，何曾白頭偕老？交甫、江妃，又何曾全始全終？當情斷緣盡，縱然挽住對方的衣袂，不肯放手，只怕，到頭來，也只能抓得住半截羅袖，留不住遠去的身影。

歷經了無數滄桑磨折之後，他累了，倦了；他不再企圖和世界做無謂的對抗與掙扎。放棄了執著；執著的結果，只帶給他身心俱疲的創傷，而全然改變不了事實。

世人皆醉我獨醒，他曾獨醒，奈何，獨醒的代價太大。世界醉了，世人醉了；不肯醉的人，只有嘗受無盡的寂寞和煎熬。

醉吧，朋友！還是加入醉的行列，醉倒花間……看，醉鄉中，有世界上尋不到、覓不得的忘憂谷呢！

❀

這一闋〈木蘭花〉是北宋名臣晏殊的作品。後人評晏殊，每因他一生宦途的平順，而不給予深度上的認可，只以為「珠圓玉潤」，出色當行而已。實則，每個人都有他自己的痛苦，感情上的、事業上的，乃至來自悲歡離合的感慨，生老病死的憂怖；這一種人所不能抗拒的無常，即便文治武功都聲威遠播的漢武帝、唐太宗亦不能免，何況有著文人敏銳、詞人纖細氣質的晏殊？像這一闋〈木蘭花〉，便透露出了這一種深沈的無奈和感傷。細細吟詠玩味，恰是一聲悠長的嘆息……。

晏殊

紅箋小字，說盡平生意。鴻雁在雲魚在水，惆悵此情難寄。
斜陽獨倚西樓，遙山恰對簾鉤。人面不知何處，綠波依舊東流。

薄薄的一紙紅箋，載負了多少溫柔？密密的簪花小字，寄託了多少深情？紙短，情長，終也把無限心中意，化在字裡，溶在墨裡，全傾入了這一紙小小紅箋的字字行行中。這一紙紅箋，頓然沈重得他不敢嘗試拾取；要怎樣的萬鈞膂力，才擔荷得了這墨跡淚痕交匯鎔鑄的情絲萬縷？

衷腸傾盡，傳達無由；望向長空，天上的郵差鴻雁，總高飛在雲外，不肯稍停一下那匆忙的翅影，為他傳書；望向流水，水中的信使鯉魚，也潛游在水底，不肯浮出水面，接受他的付託，為他帶信。雁遠，魚沈，一腔已寫成書簡的幽情，竟無法寄出；湛藍的天，淡淡蕩蕩，那麼若無其事；澄清的水，潺潺湲湲，那麼宛如尋常；全不理會他壓抑不住又難以言宣的惆悵；空有深情，枉成書簡，卻無法傳遞到伊人手中的惆悵。

斜陽，躡足西移，他無奈地倚著西樓凝望；直望到遠山在黃昏短暫的瑰麗之後，由青翠轉為黛紫。

當時，伊人住這小樓，黃昏時，總愛把珠簾鉤起；讓斜陽渲染的繽紛晚霞，成為掛在樓外瑰麗的畫幅。把一座閨樓，映照妝點得宛如仙境。面對那一脈黛紫暮山，伴著眉山如黛的伊人，他竟不知是眉黛如遠山，還是遠山似黛眉……。

一樣的斜陽；一樣的暮山，這小樓在斜陽影中，依然美如仙境。只是……他默然獨倚著斜欄，凝眸無語；斜陽，只能美化小樓，而真正使小樓成為仙境的，卻不是斜陽，而是她盈盈含笑的秋水橫波。珠簾，高掛在銀鉤上，遠山，在暮色中，有如含煙的黛眉；依稀，他聽到她銀鈴般的笑語：

「你說，是眉黛如遠山，還是遠山似黛眉？」

當年，他在妝鏡中，見她用黛螺輕掃蛾眉時，曾不禁歎賞：恰似遠山，而惹動她認真追問。當這話語，又依稀縈迴耳畔時，驀然回首，只見那曾照影成雙的妝鏡，已蒙上薄薄塵埃；鏡中儷影，早已是失落在時間長流中杳遠的夢。

「人面不知何處去，桃花依舊笑東風。」

崔護的這首詩，一下閃入腦海。他苦笑，人面不知何處去，他卻連笑東風的桃花也沒有，有的只是，那一脈如眉黛般，融入暮色中的遠山；那蒙塵，不復照影成雙的妝鏡；那寫盡幽情的紅箋，依然傳遞無由；那不知人世愁苦的綠波呵，也只有你，能不受離愁牽絆，柔情縈繞地東流！東流！東流……。

❀

這一闋〈清平樂〉，是「小品」一類的抒情之作，用詞遣句，絕不晦澀，生動自然中，流露深情款款，十分動人。

# 木蘭花

宋祁

東城漸覺春光好，縠皺波紋迎客棹。綠楊煙外曉雲輕，紅杏枝頭春意鬧。　浮生長恨歡娛少，肯愛千金輕一笑？為君持酒勸斜陽，且向花間留晚照。

經過一冬的風雪肆虐，終於九九寒消，斗轉陽回。首先是芳草以輕盈，幾乎使人不查覺的腳步，染綠了平野。風力轉軟，不再裂膚刺骨。在夾著青草野花香，又吹面不寒的薰風中，久已因嚴寒而蕭條冷落的東城，又漸漸回復了生意欣欣，展現出一片明媚春光。

春冰，融化成一泓春水澄碧；微風，在湖面上吹出一道道如紗縠般柔薄透明的波紋，在溫煦陽光下，泛起一片錦鱗閃耀。幾葉輕舟，泊在湖畔，等待著遊春的客人光臨；那靜靜架在小舟上的雙槳，隨時準備迎接遊客，用一雙輕巧又有力的手，翻動著春水，滑向煙波深處，融入這春天的畫幅。

是曉雲氤氳？是晨霧朦朧？那無力地垂著疏落枯褐柳條的衰柳，在駘蕩春風中，也搖曳出一片柔綠的輕煙；逐著曉雲晨霧，渲染出一派清奇煙景。一陣春雨，更催開了遍野的杏花；這姣艷欲滴的紅杏，像一群穿著紅色衫子的小孩兒，推推擠擠，吵吵嚷嚷；一簇一簇地在枝頭開放，渲染出一片熱熱鬧鬧的春意融融。

帶著家中歌姬，與朋友一同踏青遊春的宋祁，神采飛揚地指點著山水勝景；他似乎用一種最天真、最純摯的心情，在迎接著這世界；彷彿這世界是嶄新的，所有的景物、事物，全是可以歡天喜地的迎接的。燕子飛掠，彩蝶翩舞；湖畔楊煙，郊野紅杏，全是他興高采烈的泉源。而他身邊那一群鶯聲燕語的女孩們，更是圍簇著他，以他為中心，散播著歡悅的笑聲。他的朋友欣羨的搖頭：

「小宋，我真羨慕你，好像永遠都那麼快活，不知人世愁苦！」

被喚作小宋的宋祁笑了；他是因為與哥哥宋庠同榜進士及第，而被稱「小宋」的：

「你錯了；我就是因為知道世間愁苦多、歡娛少，才以及時行樂之心，在遊春時，就珍惜眼前大好春光、良辰美景，把一切愁苦拋開，盡興遊樂！人生苦短呀！日常案牘勞形已經夠了，難得出來踏青尋春，還不能把自己從人生愁苦中釋放出來；那真對不起自己，也太辜負眼前大好春光了！」

他回頭指指身邊的女孩們：

「看，她們笑得多快樂，多美！現在，即使用千金跟我換她們臉上的笑靨，我也是不換的！因為，千金不過是一堆沒有生命的金屬，她們的笑靨，卻是充滿青春和生命力！我雖不願自命清高，說對千金無動於衷。但，在比重上，這些女孩的笑靨，絕不下於千金！」

他的朋友不由也笑了，一拱手：

「高論！高論！」

宋祁一軒眉，命隨行僮僕捧上了酒觴，親自斟滿，遞給朋友，又自斟了一杯，舉向朋友，轉面向西斜的紅日，說：

「斜陽呀！別落得太快，在這繽紛爛縵的花間，多停留一會兒吧！我們還沒盡興呢！」

那位朋友不由也笑了：

「謝謝你為我勸住斜陽，看！斜陽真的放緩了腳步啦！」

可不是，那照向花間，也把他們籠罩的金紫色的落日餘暉，竟久久、久久都不消散呢！

〈木蘭花〉這一詞牌又名〈玉樓春〉，因此有些版本是標為〈玉樓春〉的。宋祁詞作流傳的不多，最有名的，就是這一闋〈木蘭花〉；尤以「紅杏枝頭春意鬧」一句，膾炙人口，甚至因之博得「紅杏尚書」的美譽呢！

宋祁小傳　宋祁，字子京，北宋安陸（湖北安陸）人。

他幼年喪母，不容於繼母，因而就養於外家。生活貧困，與兄宋郊力學苦讀，終於在仁宗天聖二年，雙雙進士及第。本來考官所取是宋祁第一名，當時章獻太后主政，認為弟不僭兄，因此把狀元給了宋郊。時人稱「大小宋」或「二宋」。大宋謹厚持重，在政治上成就超過宋祁。有人妒他拜相，硬說宋郊之郊，與交替之交諧音不吉，因而奉旨改名「宋庠」。宋祁政治成就不如乃兄，文學過之。累官至翰林學士承旨、工部尚書。並奉命與歐陽修同修「唐書」，即今二十五史中的《新唐書》。嘉祐六年卒，年六十四歲。

謚「景文」，有文集，今佚。

他文名甚盛，學問之外，文采風流，亦擅填詞；其〈木蘭花〉詞中，有「紅杏枝頭春意鬧」之句，膾炙人口，傳誦一時，並因而有「紅杏尚書」雅號，可稱一代風流人物。

# 錦纏道

宋　祁

燕子呢喃，景色乍長春晝。覩園林、萬花如繡。海棠經雨胭脂透，柳展宮眉，翠拂行人首。　向郊原踏青，恣歌攜手。醉醺醺、尚尋芳酒。問牧童，遙指孤村道；杏花深處，那裡人家有？

久已沈寂的廊簷，在未曾經意間，熱鬧起來。不是喧嘩的；只是呢呢喃喃，那輕輕軟軟的聲調，就像一群小女孩兒，交頭接耳的竊笑私語。

「春天來了？」

才飽受著寒冬侵襲的人們，受寵若驚地，幾乎不敢相信；嚴冬，就這樣過去了，而春天，也已悄悄來到。

可不是春天來了？雖然，早晚間，仍春寒料峭，白晝，卻一天一天的長了；「日添一線」，就在不知不覺間，大地已換上了春裝。那帶領春歸的燕子，更穿簾掠波，剪花銜泥，忙得不亦樂乎了。

經過一秋一冬的蘊蓄，那原來蕭瑟枯槁的林木庭園，又復生意欣欣。春神，先是用各種深深淺淺的綠，東刷西抹；於是，春山黛螺，春水綠波；春樹青，春草碧……意猶未足的春神，索性再剪下了一段彩虹為綵線，敦促春工，連夜織繡，為綠色大地，換上了繽紛彩繡的華服；萬紫千紅，爭奇鬥妍。忙壞了遊人，眼花撩亂，目不暇給。尤其，在一宵春雨後……。

這集合著鮮麗、柔潤、嬌美、明媚於一身的「紅」，是怎樣調配出的呀！一朵春雨滋潤的海棠，那像被胭脂浸透的柔瓣，就如此紅得令賞花人流連讚歎，也令意圖為她寫照的畫家，廢然擱筆；有那一種人造的顏料，調配得出如此美麗炫人的色彩！

一冬光禿禿的柳樹，迎著春風，迫不及待地抽條、生芽。是柳葉如眉？是眉如柳葉？也許是柳葉如眉，而眉不如柳葉吧，不然，怎有千萬女子對那連娟柳葉又羨又妒，卻又千方百計的對鏡描摹呢？

而畫眉的技巧和速度，柳無疑是遙遙領先的；不多幾時，萬千宮眉已掛滿枝條，迎風舒展、搖曳，得意洋洋地拂亂了自柳下經過的遊人的頭髮。

室內，是再也待不住了。以倜儻風流名動京師的翰林學士宋祁，呼朋引伴，攜著歌姬僮僕，帶著美酒佳肴，走向郊外，走向原野。在大自然中，一切人為的束縛，無形中就解除了；他們脫略了形跡，任意高歌，放懷飲酒，手攜手的穿花，肩並肩的拾翠；不知不覺間，都有了幾分醉意。

「酒來！」

敲著空壺，宋祁向僮僕們喊。一個領頭的年長僕人，向前稟告：

「學士，帶來的酒，全喝完啦！」

「那，再去沽來！」

僮僕都面有難色，他轉念：這荒郊野外，僮僕又如何知曉何處有賣酒人家呢？但酒興正酣，如此被迫中斷，實在令人不甘心！

正想著，只見路邊轉出一個騎在牛背上的小牧童來。他未喚僮僕，自己踉蹌向前：

「小哥，這附近可有賣酒的？」

牧童好奇地打量了他幾眼，臉上泛起純樸的笑容，用手向前遙指：

「順著這條路，向前走，走過那片林子，就有賣酒的人家。」

說罷，逕自吆喝著牛走了。宋祁喃喃自語，向前路眺望：

「順著這條路，向前走，走過那片林子……。」

眼前所見，路的盡頭，是一片紅馥馥、正盛開的杏花蔚成的霞海，酒家？他揉揉醉眼，口中咕噥：

「沒有啊？是一片杏花林嘛，那有酒家？……」

歐陽修

去年元夜時，花市燈如晝。月上柳梢頭，人約黃昏後；今年元夜時，月與燈依舊。不見去年人，淚濕春衫袖。

上元，一年中第一個月圓之夜，是新春歡樂的頂峰。到處張燈結綵，笙簫沸天。寒冬中，鮮花稀罕，巧奪天工的紙花、絹花，照樣把花市粧扮得花團錦簇，美不勝收。各式各樣巧手精紮的花燈，更是這有「燈節」之稱的上元，家家戶戶必不可少的點綴，把熱鬧的花市，照耀得如同白晝。不，白晝又那有這繽紛燈影的瑰麗、迷離？

一輪圓圓整整的滿月，自東山湧出，彷彿要與地上的燈影爭輝，又相得益彰似的，為這歡樂的節慶，增添了錦上添花的姿彩。

寶馬香車載著名媛仕女；摩肩接踵擠著老弱婦孺，金吾不禁的上元夜，幾乎傾城而出的湧到了花市上觀賞這一年一度的勝會。笙歌、笑語；鬢影、衣香，人們都沈浸在花光燈影中醉了……。

月輪悄悄移上了柳梢，柳下，一個憔悴寂寞的身影，凝立著。

一樣的燈月爭輝夜；一樣的花枝爛漫春；一樣熱鬧繁華的花市，卻多麼不一樣的心情呵！去年，去年不是這樣的，去年她是懷著熱烈歡娛的心情，在柳下等待；等待著黃昏來臨，等待著月上柳梢，然後，那熟悉的身影，飛奔而至；他們相約在柳下相會，共度良宵。攜著手，他們也投入了花市，在花市的花光燈影中，在明月溫柔清照下，和所有的觀燈賞花人一樣，歡笑、沈醉……。

那時，她那裡會料到短短一年間，心情迴異，人事全非？她知道，她再也等不到他了。但，怎奈一念癡心，總懷著那明知不可能的「萬一」之想；她忍不住思念之情，又來到這嫩芽初萌的柳樹下。佇立著，凝望著，對近在咫尺的花市人潮，彷彿隔在另一個世界裡，聽而不聞，視而不見；她只是癡癡的守著，等著……。

月向西沈，她輕嘆一口氣，舉袖，拭淚，這才發現，淚，早已濕透了春衫羅袖……。

這一闋詠上元夜（元宵節）的〈生查子〉，作者是誰之爭，迄無定論。一派主張是歐陽修，另一派則認為是女詞人朱淑真的作品。妙的是，互相「推諉」的原因，都為了愛護這兩位名詞人的令譽，認為太「艷」了，有妨一代宗匠的清譽，或女詞人的名節。其實，就今日看來，實在純情得很，比之歐陽修與朱淑真其他「艷」詞，真不算「艷」。只是，宋代理學漸興，看不慣如此「公然」「人約黃昏後」而已。筆者因《全宋詞》中，此詞列在歐陽修名下，姑從之。但，詞中「淚濕春衫袖」的感情，還是比較接近女性的。只是古代男詩人以女子口吻代言，也屬常有之事，不足為作者性別的證據。

歐陽修小傳　歐陽修，字永叔，號醉翁，又號六一居士。廬陵（今江西吉安）人。

他四歲而孤，家貧，倚叔父居，母鄭氏守節撫孤，以荻畫地學書。穎悟好學，當時時文承五代餘風，以駢儷為尚。他偶然得韓愈文章讀之，衷心嚮慕，以振興古文為己任。仁宗天聖八年舉進士，聯合了當代古文名家共同努力，終於扭轉了頹靡的文風。因此，唐宋八大家中，他可稱為宋六家之首。曾鞏、蘇軾，都出於他門下。

在政治上，他也是改革者。為當權所嫉，與范仲淹等同時被貶，並被指為朋黨，他有名的「朋黨論」，就是為此而作。並曾奉旨參與修《新唐書》，是當時士林的領袖人物。

除了學問之外，他的器識過人，以一代文宗的身分，見了蘇軾的文章，不惜「避一頭地」以讓蘇軾，為人所共知。為人不知者，向他推薦蘇軾的人，本是他過去的「政敵」張方平。而當宋仁宗問他何人可為相時，他所推薦的三個人：司馬光、王安石、呂公著，也都是過去有過節的。

在政治上，他累官至樞密副使、參知政事，由於為人剛正，每被人設計詆毀誣讒。神宗熙寧四年，以太子少師致仕，退居潁州，自號「六一居士」，「六一」之意是：藏書一萬卷、所輯《集古錄》一千卷、琴一張、碁一局、酒一壺，加上他自己一老翁，處於其間。由此可見他的率真風雅。卒於神宗熙寧五年，年六十六歲，謚「文忠」。有《歐陽文忠集》行世。

除了古文，他亦以餘力填詞，詞風承五代南唐的馮延巳一脈，清麗委婉，後人稱許：其詞風「疏雋開子瞻，深婉開少游」。與其詩文，並稱名家。詞本附於文集後，稱《近體樂府》，後人改名為《六一詞》，並傳於世。

# 蝶戀花

歐陽修

庭院深深深幾許？楊柳堆煙，簾幕無重數。玉勒雕鞍游冶處，樓高不見章臺路。　雨橫風狂三月暮，門掩黃昏，無計留春住。淚眼問花花不語，亂紅飛過鞦韆去。

怎樣計算這睽隔的距離呢？這一進又一進的重重庭院，到底有多麼幽深？就這樣把人深埋在沈沈院落中了。放眼望去，滿眼只是濃得化不開的綠，春深了吧？原先疏疏裊裊垂金的柳線，已布滿了翠眉般的綠葉，堆砌成碧煙氤氳。這濃濃的碧煙，無情地也堆上了人的心頭；庭院已深深如此，更那堪柳煙濃密？遮住了春光，遮住了日影，把人更推向了幽暗的碧影沈沈中。

她無聊賴地搴簾凝目，望不穿濃蔭蔽天，院牆遮目；這寂寂庭院，就是她的世界，她的樊籠。輕輕鬆開手，簾幕無聲地滑下，又鎖閉了窗；她淒然四顧：那一扇門，那一扇窗，不是簾幕深垂？重重數不清的簾幕包圍著她，織成了一個掙不脫的繭。

繭內的世界，是她的，他呢？他在那裡？騎著他那匹勒上鑲著玉飾，鞍邊雕著花紋的駿馬，到何處追歡買笑？他；錦衣華服，翩翩年少，風流自賞的他，怎可能守得住這幽深無際的寂寞？她不能要求，甚至不能希望，把他留在身邊。不！他天生不是能被獨佔的；天生是不甘寂寞的；天生是要在芳叢柔鄉之中，顧盼矜誇的；天生是溫存多情的——對每一個美麗溫婉、工顰解笑的女子。對她，他也未曾相忘，在那青樓高處，他也會回目望向這章臺街上楊柳依依的深深庭院，只怨呵，庭院太深，楊柳太濃，簾幕太多，阻隔了他望向她的視線……。

雨驟，風狂，在狂風推波助瀾之下，雨絲以橫掃千軍之勢，席捲而來，在這暮春三月的末程，枝頭的殘紅，已零落可憐，更那堪風欺雨淩？

春去，花落，人老……

她無力地掩上門，把向晚的四合暮色，掩在門外；把催人老的時光，掩在門外；把無情風雨，掩在門外；如此，春喲！你是否能少住？時光喲！你是否能停留？

「花喲，你是否能不凋謝？」

她噙著一眶淚，無限淒婉地問著花。

花兒，無語。她抬起頭，一陣風吹來，片片零落的殘瓣，隨風旋舞，默默地飛過了院中冷冷落落空懸的秋千……。

❀

這一闋〈蝶戀花〉，是歐陽修詞中膾炙人口的作品。真很難想像，這和列為「唐宋八大家」之一的歐陽修，是同一個人。就詞表面看，這是閨人傷春之詞，但「亂紅飛過鞦韆去」，卻有棒喝的意味：人的感情掙扎，實在是作繭自縛，人自憐，而憐花，而花，卻是自然法則的適應者呢！

# 浪淘沙

歐陽修

把酒祝東風，且共從容。垂楊紫陌洛城東，總是當時攜手處，游遍芳叢。聚散苦匆匆，此恨無窮。今年花勝去年紅，可惜明年花更好，知與誰同？

春到洛陽。洛陽這以「牡丹」聞名於世的城市，頓然展現了另一番風貌；豈僅是牡丹呢，百草千花，爭妍鬥麗；姹紫嫣紅，美不勝收。人以「洛陽花似錦」來形容洛陽的春色，又豈是虛譽？但是，這眼前的春光，只是暫時停駐；不多時，即將隨東風消逝，而花事闌珊；一念及此，頓然心中感傷難忍，手中擎的酒杯，也因此為之沉重。

歐陽修忍不住舉杯向東風，心中默禱：

「東風呵！你何妨放慢腳步，在這繁花如錦的洛陽，多流連徜徉一陣呢！陪著我，去賞那垂絲裊娜的楊柳，去遊那遍地野花的田隴……。」

他驀然噤口；是潛意識吧，他那麼自然的想到城東的兩處勝景，並不是因這兩處地方，比洛陽其他的名勝更美好，只因，這兩處勝景，對他具有特殊的意義……。

也是這樣的美景良辰，他卻沒有這樣的寥落情懷，因為，那時，他手中握著另一雙柔荑素手，身旁伴著一位知情解意的伊人。他無暇去顧及東風是否匆驟，花事是否闌珊；他有紅顏知己陪伴著遊賞陌上野花，堤畔垂楊。他們的足跡，踏遍了百紫千紅的花叢；他們的笑語，散佈在洛陽城東的每一個角落。她，彷彿就是春神的化身，只要她在，他的周圍就永遠是春天。

上天，似乎最會作弄有情人，他們，也成了招上天嫉妒的對象。就在他們沈湎在幸福中，渾然忘我之際，離別，自天而降！他不明白為什麼，既不容許他們長聚，卻又安排他們相逢；既允許他們相愛在先，又反悔般的，硬生生拆散於後！他吶喊問天，蒼天無語，終於，她走了，為他留下難彌難釋的憾恨。

聚也匆匆，散也匆匆。他不知道，若早知聚散如此，他會寧可不逢不識，還是依然選擇這他不辨是苦中帶甜，抑是甜中蘊苦，「曾經擁有」的回憶。

又是繁花似錦的春日，是東君著意加工，還是老圃格外殷勤照看呢？今年的花，似乎比去年更加的鮮妍嬌美，紅艷得照人眼目。

也許，也許明年的花，會開得比今年更繁盛，更美麗，更惹人憐惜吧！只是，明年伴隨自己賞花的，又是誰呢？

這一闋詞，自表面上看，不過「傷春」而已，實際上，卻含蘊對人世滄桑，生命無常的無限悲慨，中年哀樂之情，必得細細咀嚼，方能感受呢！

# 訴衷情

歐陽修

清晨簾幕捲輕霜，呵手試梅妝。都緣自有離恨，故畫作、遠山長。
思往事，惜流芳，易成傷；擬歌先斂，欲笑還顰，最斷人腸。

簾隙，透入了薄薄的曙光，天，亮了。

伸手捲起低垂的簾幕，片片細碎的冰屑，紛紛落下；夜來濃重的寒意，竟在簾上鋪陳了一層薄薄的輕霜。輕霜落地，化了，簾外的曉寒，直逼而入……。

真是外來的寒意深濃嗎？她揭開妝臺上，蒙住明鏡的鏡袱，螺黛、胭脂、香粉、釵鈿、梳篦，一一陳列著。她默默掃視，輕呵著那纖細柔皙的素手；藉著冷凝在空氣中的白霧，為凍僵的纖指，添些許暖意吧？拈起了額黃，她輕巧地在眉心點出了一朵梅花，那南朝壽昌公主，偶然臥含章殿下，梅花飄上眉心，而流傳下的梅花妝，是他最喜愛的。女為悅己者容呵！縱使，森森寒意，凍得她指冷如冰，她又怎能不呵著僵冷的手，為他妝扮？

螺黛，在她手中輕倩地掃過蛾眉，妝鏡中，出現了兩彎迷離的遠山；含煙籠霧，綿杳悠長，長入雙鬢，沒有盡頭；她沒有出聲，但，他讀出了她寫在眉宇中的無聲的言語；只為了那重重離恨，不勝負荷呵；只為了那深深柔情，無可寄託呵，她只能把這一份離恨，化作煙雲籠罩，把這一份柔情，化作遠山悠長……。

就這樣，無言地別了，他踏著那眉山上的重重離恨走了，一步步是依依難捨；一程程是一重山，一重水，一重難以飛越的天涯。他投入了宦途，最風雲莫測，身不由己的所在。

沒有再見到過她；沒有再聽到過她的音信。他鄭鄭重重地把她的音容笑貌珍藏記憶深處；不論她身在何方，人在何處，至少，她的影子，沈默地鏤刻在他的心底。在他寂寞，在他寥落，在他消沈，在他失意的時候，悄然浮上心頭；那一幕幕的往事，溫馨的，甜美的，感傷的，都那麼清晰，歷歷如昨……。

如昨？他苦笑了，他甚至已算不清已流逝了幾番寒暑。那些留不住、挽不回的美好往事，早在現實的無情傾軋；歲月的匆促更迭中，消失得無影無蹤。只留下一些淡淡的悵惘，和深深的感傷。

怎能不悵惘，不感傷？當記憶把他帶回臨別的那一天……。

長眉連娟，梅妝淡雅，她為他備置了精緻的菜餚和美酒送行，殷勤勸飲。他請她唱一曲送行，她順從地執起一付紅牙，他親自為她吹笛，她張口欲唱，卻又歛容垂首，沒有發出聲來；她不是不想為他唱，只是，哽咽堵住了她的喉頭。

臨歧執手，去意徊徨，他希望留下她最甜美的笑容；她笑了，伴同著淺笑的，是深顰，是清淚，是那眼眸中無盡的柔情和淒傷……。

唉！當此情此景，又在心頭迴繞；當她那張口無聲，斂容垂首的低迴；當她那欲展笑容，不禁顰蹙的淒楚，又湧到他的腦海；他猛然了解，當時她柔腸寸斷的摧傷。只因情摯，而真情流露的一垂首、一斂容；一笑、一顰，到了此時此際，仍是摧傷得人柔腸寸斷呵！只是，柔腸寸斷的是他，追撫往事，不勝今昔的他！

這是歐陽修一闋情致深婉、蘊藉清麗的小令，用字不多，卻描繪出一段並不濃烈，卻頗耐人品味的深情。伊人的深情，流露在她的小動作、小表情上；如：「呵手試眉妝」的女為悅己者容；「故畫作、遠山長」的含蓄；而最後再自「思往事」中，反合當時伊人「擬歌先斂，欲笑還顰」的百轉千迴，而結以「最斷人腸」；以詞人今日思之，而覺柔情不勝，足以斷腸。那當日伊人，又當如何？這是字面極淺，卻意味深長雋永處。

歐陽修

群芳過後西湖好，狼藉殘紅，飛絮濛濛，垂柳闌干盡日風。
笙歌散盡游人去，始覺春空。垂下簾櫳，雙燕歸來細雨中。

一番番花信，昨昔嫣紅擅場；今朝姹紫稱尊；明日嬌黃又豔冠群芳的，為著這穎州西湖，更換著五光十色的布景，把西湖更烘托得美不勝收。使走入這一片錦繡世界的遊人，眼花撩亂，目不暇給。

大自然殷勤如此，人，又豈肯辜負雅意？因此，一整個春天，西湖不曾安閒過。如織的遊人，熙攘往來，衣香鬢影，彷彿要與群芳爭妍鬥艷。湖上的片片畫舫，更不甘寂寞的奏弄出急管繁絃，隨著湖風飄散，宛似仙樂悠揚，更為湖光山色，平添了幾許繁華昇平氣象。

九十春光，算來不算短呵！但，是因為美景良辰太令人迷醉了吧？沈酣於春光中的人們，忘卻了流光，流光卻不曾停駐。彷彿一彈指間，人們驚覺枝頭穠艷的柔瓣嫩蕊，已繽紛滿地，憔悴枯槁。纖細如金線，柔軟似蠶絲的新柳，也早不復昔日鵝黃嫩綠；不僅濃陰藏鶯，更吐出漫天的柳絮，濛濛亂撲人衣。

凝望著闌干邊依依垂柳，終日與風嬉遊，搖出的一片綠影，歐陽修彷彿才自夢中驚覺，春，真的過去了。不是嗎？曾幾何時，湖上的畫舫，湖畔的遊人，都隨著花事闌珊而趨於冷落。終於，如曲終人散一般，又重還西湖以寧靜澄明。

在歐陽修眼中，西湖雖然不復繁花似錦，笙歌沸天，卻另有一種幽韻雅致；恰如洗褪鉛華的絕代佳人，清麗之姿，真勝穠妝艷抹。

天上，飄下了濛濛細雨；湖光山色，頓然氤氳成一幅瀟湘煙水般的水墨畫圖，滋潤了芹泥，澤被著草木。他默然放下垂簾，聽到簾外畫樑上，傳來呢喃細語，他佇立微笑：

「燕子，已經回來了……。」

❀

這一闋〈采桑子〉，是歐陽修一系列詠穎州西湖〈采桑子〉中的一闋，寫的是春暮夏初時的景物。春花燦爛，繁華如錦，是比較容易引人入勝的。而「群芳過後」，顯然西湖勝景，也就為之冷落。繁華之美，本是炫目耀眼的，一般人都能欣賞認同。而能在繁華過後，仍自淨淡中感受其美，此人方堪稱西湖知己；因為，他欣賞的，不僅是表面盛極一時的聲色繁華，更能欣賞反璞歸真後的純淨本色。末句以「垂下簾櫳，雙燕歸來細雨中」，更意味悠長，含蘊不盡。

# 水調歌頭

蘇舜欽

瀟洒太湖岸，淡竚洞庭山。魚龍隱處，煙霧深鎖渺瀰間。方念陶朱張翰，忽有扁舟急槳，撇浪載鱸還。落日暴風雨，歸路遶汀灣。丈夫志，當盛景，恥疏閑。壯年何事，憔悴華髮改朱顏？擬借寒潭垂釣，又恐鷗鳥相猜，不肯傍青綸。刺棹穿蘆荻，無語看波瀾。

「無官一身輕，有什麼不好呢？」

站在太湖岸邊的滄浪亭上，蘇舜欽如此自解著。他努力的讓自己瀟洒一點，心平氣和一點；他不能不如此，如今，他只是個平民百姓。平民百姓，沒什麼不好呀，多少平民百姓在這太湖邊，過著日出而作，日入而息，辛勤，卻也自得的日子！但……，他又忍不住嘆了口氣；有多少平民百姓像他，是被誣陷讒害，削籍為民的？

洞庭君山，遠遠佇立在煙水迷離的太湖中，煙封雲掩的，只剩下淡淡山影朦朧，太湖的龍宮中，龍王和他的魚兵蝦將們，也就隱居在這一片浩瀚杳渺的煙波深處吧？

他不禁想起了當年的陶朱公范蠡，和為思念家鄉蓴羹鱸魚膾，便飄然自宦海中引退，命駕還鄉的張季鷹來。這兩個人，都堪稱智者了；功成身退，率性而行。他，也擁有這一片太湖煙水了，卻少了那一份怡然自得的瀟洒；只因，他們，主動選擇了歸隱，而自己，卻含冤負屈的在羞辱中削籍吧？一葉扁舟，快速的衝破逐漸深濃的湖水湖煙，向岸邊駛去；急翻的雙槳，掀起片片向外擴散的漣漪，是捕獲了鱸魚的漁夫，滿載而歸吧？

方才還見落日銜山，瞬息之間，濃密的烏雲，挾著狂風暴雨，倏忽而至。湖上的氣候，瞬息萬變，見機的漁人，早習慣了這來得急、去得快的暴風雨，繞著沙汀邊岸，安全返航。

不禁羨慕起這些單純到只要生計無慮，就再無可慮的漁人來。他們活得那麼恬淡自適，樂天安命，不必憂懼於宦海那更險惡於大自然的駭浪驚濤。

可是，他怎能甘於、安於這樣不問世事的閒淡生活？他自幼苦讀，不就為了學優則仕，一展抱負，上報聖君，下牧黎民？而且，孔夫子也說，邦有道則仕的；如今，正逢太平盛世，讀聖賢書，又抱經國濟世之才，正當為朝廷效力，為蒼生造福。閒居林下，大丈夫應引以為恥。怎奈自己時衰運蹇，只有徒然感嘆：冠蓋滿京華，斯人獨憔悴了。

真是斯人獨憔悴！幾番風摧雨挫，正當壯年的他，也鬢間華髮星星，顏癯容悴，不復少年英發。

也努力去遺忘世上種種不平，遺忘自己種種不幸，尋一處遠離人世紛囂的寒潭，學漁夫垂釣，效高士隱淪，但……

是自己名心仍重，塵念難除，怨氣未平嗎？那忘機的鷗鳥，對自己仍有著戒懼防備之心，不肯飛近。

深深嘆了一口氣，他解開了小舟的纜繩，用槳插入水中，用力一撐，岸邊的蘆葦，擦舟而退向身後。

暴風雨，不知何時已平息了。無語凝望著天邊褪色的殘陽返照，一層層波瀾，靜靜地起伏著……。

❀

這一闋〈水調歌頭〉，是北宋蘇舜欽的作品。蘇舜欽少時慷慨有大志，好古文詩詞，擅草書。詩與梅聖俞齊名，稱「蘇梅」，文曾佐歐陽修復古。娶宋仁宗朝宰相杜衍之女，杜衍為相清簡平正，翁婿在朝，未免引人妒嫉，借題陷害蘇舜欽，牽連甚廣，造成冤案。究其原因，不過是京師各衙門，每春秋賽神時，總清理庫存剩餘物資拍賣，為賽神之費。蘇舜欽提舉進奏院，依例辦理。為了同仁聯歡，各人再湊錢擴大舉行。有一個文痞李定，也想參加，蘇舜欽不恥其人，峻拒所請。李定懷恨，散布謠言，誣指他盜賣公物。杜衍為相清簡，不免與朝中小人有所嫌隙，因此，在小人煽風點火之下，造成冤案，正人君子一網打盡，蘇舜欽因此削籍為民。他曾致函歐陽修陳述始末，悲憤之情，盈溢字裡行間。歐陽修執筆，連書幾遍：「子美可惜，恨吾不能言。」因為歐陽修那時外放，按察河北，不能有所評諫了。

這一闋〈水調歌頭〉題為「滄浪亭」，滄浪亭是蘇舜欽削籍之後，隱居吳縣太湖畔，購得吳越王室錢氏別業，而興築的。詞中充滿憤鬱不平之氣，說來，也難怪他。後來，他因滄浪亭而自號滄浪翁，隱讀以終。

**蘇舜欽小傳**　蘇舜欽，字子美，北宋梓州（今四川三台）人。他自幼慷慨有大志，好古文詩歌，尤擅草書，不隨流俗。登進士第後，才華為當世名臣范仲淹、宰相杜衍所重，杜衍且以女兒許嫁。當時政治風氣不振，杜衍、范仲淹、富弼等，力圖振作，不免為人所忌。就利用為蘇舜欽不齒，被拒參與同僚聚會，而懷恨在心的小人李定，小題大作，誣陷蘇舜欽，以扳倒杜衍。蘇舜欽竟因此被免除官職，令當時正直之士扼腕嗟嘆。

他退出了政爭激烈的官場，在吳中太湖畔築「滄浪亭」，以讀書自遣，把一腔憤懣，寄託於詩歌。不久，抑鬱而終。消息傳出，士林都為之痛惜。他的文章不少，有《蘇學士集》十六卷行世。詞不多，《全宋詞》中只收錄了一首，卻已足與名家一較短長了。

# 桂枝香

王安石

登臨送目，正故國晚秋，天氣初肅。千里澄江似練，翠峰如簇。歸帆去棹殘陽裡，背西風，酒旗斜矗。綵舟雲淡，星河鷺起，畫圖難足。　念往昔、繁華競逐；歎門外樓頭，悲恨相續。千古憑高，對此謾嗟榮辱。六朝舊事隨流水，但寒煙衰草凝綠。至今商女，時時猶唱，後庭遺曲。

江南，這山明水秀、四季宜人的地方，春夏似乎特別漫長；秋的腳步，姍姍遲來。但到了這暮秋時節，草木也開始凋殘了，為大地增添了幾分蕭瑟。

登高遠眺，視野是這樣的遼闊，把幾度改朝換代、歷盡滄桑的金陵城，全收入眼底。長江自幾千里外奔流而來；從高處俯瞰，廣闊的江流就好像一匹瑩潔的白絹，鋪陳在原野中；而遠處翠綠的山峰，彷彿都縮小了，一叢叢地聚集在一起。落日餘輝，閃爍在江面上，江上來來往往的船隻，都沐浴在漸薄的日影中，染上了絢麗的色彩，和天邊的晚霞相互輝映；成群的白鷺，自田野中飛向高空，夾雜在初現的群星間，也幻化成了點點星辰。賣酒人家的布招子，高高地挑在半空中，在秋風裡隨風搖晃著、招徠著……眼前景色是這樣的美，美得像一幅畫，但又有誰能以丹青妙手，把它一一描畫出來？

金陵城，在這滾滾長江岸峙立了幾百年了。它曾經過多少繁華歲月啊！那時，它是吳、東晉、宋、齊、梁、陳六朝的都城，人才、文物薈萃，盛極一時。

但由於末代君王沈酣於逸樂，君臣們只知徵逐聲色之娛，在頹靡放縱中生活；沒有人關心軍國大事；沒有人關心民間疾苦。於是，當陳後主君臣們還在宮樓上飲酒作樂，欣賞張麗華表演〈玉樹後庭花〉的時候，城門外韓擒虎已率著大軍兵臨城下了。轉瞬間，風流天子變成了階下囚，南北朝結束。只有金陵城依然默默佇立著，彷彿用悲憫的眼，注視著幕啟、幕落。

朝代的興替，在當時不管如何驚天動地，在永恆中算得了甚麼？不過像一場遠颺的夢，在歷史上留給後人追憶、憑弔的話題罷了。想到這些，不覺把世情冷暖都看淡了；當我們面對著歷史的時候，渺渺小小一個人的得意、失意，還有甚麼值得誇耀、計較的呢？

時間的巨流，捲去了多少前朝的史蹟；只剩下蒼茫的寒煙和蕭颯的秋草，在暮色中混合成一片灰黯的綠；濃濃鬱鬱地延展到天際，更平添了幾分繁華消歇後的寂寞和蒼涼。

江山不改，朝代更迭，城池依舊，世事變遷，不知喚起了有心人多少感慨。只有那些不知亡國恨的歌女們，仍在紙醉金迷中沈淪，傳唱著當年導致陳後主亡國的靡靡之音〈玉樹後庭花〉呢！

❀

王安石是北宋的大政治家，勵行新法。雖然他的新法不切實際，兼以人謀不臧，沒有成功，但他的出發點的確是為國為民，這是不能因新法失敗，而一筆抹煞的。

他除了是政治家，還是個學問淵博的文學家，留下的文章很多，也能填詞，雖然流傳的作品，只有少數幾闋，卻在詞壇上有著很高的評價，連當時在政治立場上對立，幾乎水火不容的蘇東坡，也為之歎服。其中最出色的〈桂枝香〉，是他晚年在金陵登高，憑弔南朝興亡的作品。

王安石小傳　王安石，字介甫，號半山，臨川（今江西臨川）人。

他自小好讀書，有過目不忘之能。下筆寫文章，只見他運筆如飛，好像想都不想，卻篇篇精妙。他的朋友曾鞏，是歐陽修的學生，拿了他的文章給當代文宗歐陽修看，在歐陽修獎譽宣揚之下，聲譽雀起。仁宗慶歷二年進士及第，派到鄞縣做地方官，興水利，定農民付息貸款辦法，十分成功。這也是後來「青苗法」的實驗。神宗朝為相，銳意變法，他把他在鄞縣的辦法推行於天下，卻忽略了，當時他是親自主持其事，而成為政策之後，卻是地方官在上司壓力之下，「強迫推銷」，以致於雖然出於政府良法美意，卻因人謀不臧，造成了民間大害。

他生性執拗，一意孤行，不能聽逆耳忠言，把反對新法的正人君子，一律外放，任用逢迎小人呂惠卿；打擊異己，殘害忠良，倒行逆施，以致於民不聊生。新法終告失敗，而且因而留下了宋朝致命傷：新舊黨爭的禍害。哲宗元祐元年卒，年六十六歲。謚「文」，這是文官最高的謚號。

他的文章列於「唐宋八大家」之一。詩在當代亦為名家，詞作不多，全宋詞所收，也不過十餘首。

畢竟是文學大家，作品雖少，依然大家風範，連蘇東坡也為之歎服。詩文有《臨川集》行世，詞集名《臨川先生歌曲》。

王安石

別館寒砧，孤城畫角，一派秋聲入寥廓。東歸燕從海上去，南來雁向沙頭落。楚臺風，庾樓月，宛如昨。

無奈被些名利鎖，無奈被他情擔閣，可惜風流總閒卻。當初謾留華表語，而今誤我秦樓約。夢闌時，酒醒後，思量著。

擣練的砧聲，以不疾不徐，單調的節奏，聲聲傳入耳鼓。城頭的畫角，也幽咽的迴盪在這孤城中，交織成一片秋聲，在寥廓的秋夜裡，格外的沈咽淒涼，不由牽引著心頭那幽微升起的愁緒。

真是秋天了！東歸的燕子，已在秋社來到時，辭了巢，向東海飛去。而塞外的鴻雁，也成群結隊的避寒向南飛。落向沙岸，落向汀洲；在長途跋涉，飛越關山之後，尋得暫時棲息之處。

候鳥的移棲，是受著季候的支配的。那，人呢？人，常常都以為自己是人生的主宰，尤其王侯將相，總有著不可一世的氣概。彷彿，他是世界的主宰，萬物，只是聽他支配召喚的客卿。

當年，登蘭臺，披襟迎風，大呼：「快哉此風！」的楚王，何嘗不是睥睨一時的？登南樓，踞胡床，與群僚賞月詠謔的庾亮，又何嘗不是豪情萬丈的？在那時，對楚王與庾亮而言，真大有此風為我而吹，此月為我而明之概呀！可是，這些宛然在耳，猶如昨日才發生的人與事，卻早已被歷史的洪流吞沒了。不改的，是風，依然吹著；月，依然照著；帶著哂然，也帶著悲憫，看著人世滄桑，朝代興替……。

也曾有過在華表上留下警句，棄俗學仙的憧憬夢幻；也曾有過紅粉佳人，繾綣纏綿的海誓山盟，然後呢？……

進入了仕途，無可奈何的被名利繮鎖，被人情綑綁，不由自主的捲進了宦海風雲中；失意，受人排擠；得志，排擠別人。時而位極人臣；時而待罪階下。不是不嚮往那閒散悠遊，吟風弄月的生活情趣；不是不喜歡詩讌酒會，徵歌選舞的風流放任；然而，有了地位，有了身分，動見觀瞻，一道道無形的繩索束縛中，他失去了自己……。

又得到了什麼呢？多少人羨慕著他！榮華富貴；是的，榮華富貴，他都擁有了，但，為什麼，他一點也不快樂？在他汲汲營營，攀登到宦途的頂峰之後，他反而心中空空落落……。

實際上，他連去深思品味這一份空落的時間也少有，太多太多的人情酬酢；太多太多的軍情國政；太多太多的廷對奏議在等著他。他每天被迎奉他的人包圍；被反對他的人抨擊，沒有安寧；沒有恬適，連去想一想為什麼心底總有那一份空落盤踞，也是奢侈。

直到……他來到這孤城，他夜宿這逆旅，四處闃然；盈耳的，只有砧聲，只有畫角，只有無邊無際的秋聲……。

回首前塵，真如昏昏醉夢！如今，夢闌酒醒，竟不知半生擾擾，所為何來。

許多人都說，他是不虛此生了，不！他得好好想想，他這一生，到底失去的多，還是得到的多……。

❀

這一闋〈千秋歲引〉，是以「變法」聞名的北宋名臣王安石的作品。王安石在北宋新舊黨爭中，扮演舉足輕重的角色。就表面看，新法一直被皇帝重視，他一生，多數時候，也都是得意的。但這闋詞，卻透露出他的寂寞和無奈，頗有悟道的意味。在功利色彩瀰漫的今日，讀讀這樣的詞，或有助於人們的自省與深思。

# 鷓鴣天

晏幾道

彩袖殷勤捧玉鍾，當年拚卻醉顏紅。舞低楊柳樓心月，歌盡桃花扇底風。

從別後，憶相逢，幾回魂夢與君同。今宵賸把銀釭照，猶恐相逢是夢中。

那亭亭的身影，又來到他的眼前。那溫柔嬌美的臉龐；那含蘊著無限喜悅的眸光；那唇邊漾著的淺淺梨渦……是她，真的是她，但……

「這不是夢吧？」

他伸出手，緊緊握住她；怕一鬆手，她就會消失了；怕忽然睜開眼，就會失去了她的影子。他曾一次又一次為夢中的重逢所迷惑；一次又一次為醒時的失落而惘然。他真的怕了，怕這又只是一個無憑的夢；怕眼前的她，只是一個虛幻的影子；怕她那深情盈盈的眼波，會隨著夢逝去。

在這一段魂牽夢縈的日子裡，偶一凝思，臨別的情景，就來到眼前：

那一夜，她刻意地修飾裝扮著：彩繡的羅衣襯托著輕施脂粉、淡掃蛾眉的臉龐，在燈光輝映下，分外明艷動人。迎著他，她盈盈地笑著，笑意比平時更深、更濃。他卻在她深深濃濃的笑容中，看出她竭力抑制的離愁別緒，雖然她用笑容隱藏著；雖然那只是眉間的一絲顰蹙，眼中的一閃淚痕，卻深深震撼著他心深處。

在玉杯中，斟上了琥珀般的美酒，捧到他面前；她羅袖中露出纖細白皙的手指，微微地顫著。他接過杯來，一飲而盡。面對著這樣的柔情，他何忍推拒？她殷殷勸飲，他便抱著不辭一醉的心情，一杯又一杯地喝著；喝著那苦澀的酒，品嘗著勸酒人更苦澀的心。

隨著酒意的漸濃，分別的時間更近了，他的心情也更沈重了；不能再強作歡言，只默默地舉杯而飲。沈默，使整個空間都凍結了，壓迫得使人泫然欲淚。她凝視了他半晌，嫣然一笑，笑得是那樣蒼涼；在這蒼涼一笑中，她展開歌喉，唱出他平日最喜愛的曲子，並隨著歌聲起舞。歌聲是那樣清越悠揚；舞姿更是輕盈曼妙，投足舉手都柔美動人。她全心全意地歌著、舞著，似乎要把自己的生命幻化為最美的形象，烙印在他腦海中。那彎曲低垂的纖腰，纖柔裊娜如春天的楊柳；那掩抑在扇下，因歌舞而益發紅艷的面頰，好像是春風中盛放的桃花。在她的歌聲舞影裡，月亮自樓心悄悄滑下，似乎想偷窺她的舞姿，曉風自扇下輕輕拂入，像是在聆賞清歌之餘，撫慰她歌唱的辛勞。

就這樣，夜盡了，她舞漸淩亂，歌不成聲。

就這樣，天亮了，他依依回首，踏上征途。

一別經年；時間，能沖淡一切，沖不去的是烙印在心頭的倩影；關山，能阻隔一切，阻不住的是靈犀一線牽繫的夢魂。

可是夢中的相聚，是那樣的虛幻；晨曦、雞啼，總是那樣無情，催醒了美夢，催去了伊人芳蹤。

儘管在夢中的景象那麼真切，真切得不像夢。

是夢，是真？是真，是夢？他迷惑了。剔亮了桌邊的銀燈，他舉向她，深深凝視著……。

❀

晏幾道，號小山，是北宋有名的詞人，北宋詞壇上的名父之子。他的父親是晏殊，是北宋仁宗時的宰相，詞名很高，與歐陽修並稱「晏歐」，都是承繼五代風格的大家。晏幾道生長在這樣的環境中，自幼耳濡目染，家學淵源，在詞的成就上，幾乎凌駕乃父之上。晏氏父子雖然都以詞聞名，但風格並不相似：晏殊身居高位，自然有一番雍容高華的氣象；晏幾道則生性不受拘檢，感情深摯，這種深摯的感情，充分流露在詞章之中。〈鷓鴣天〉，就是他膾炙人口的作品之一。

**晏幾道小傳**　晏幾道，字叔原，號小山，撫州臨川（今江西臨川）人。

他出身於閥閱之家，是仁宗朝曾為宰相的晏殊的「老來子」。出身於世家的他，並不汲汲於富貴功名。性情疏放，不拘小節，雖有才學，詩文均佳，卻如黃庭堅云：「不肯作一新進士語」，也就未能有一個正途出身。宋代制度，父親的官位到某一程度，兒子可以做「蔭官」，他也因而做了個小官。當時，他的父親雖已去世，但，當朝權貴都是他父親提拔的人；當朝的宰相韓維寫信給他，還自稱「門下老吏」。只要他肯放下身段，隨俗一點，聽韓維的勸告：謹言慎行，好好用心在正途文章上，未必不能得意仕途。但他卻生性率性任真，不肯依傍這些有心幫他的權貴。完全是個不知世故，天真爛漫，王國維所謂「不必多閱世，閱世愈淺，性情愈真」的主觀詩人。所以在蘇東坡居高位時，想因黃庭堅的介紹，見他一面，他還說：「今日政事堂上當家的，多是我家舊客，我還沒工夫接見呢！」斷然拒絕見當時有文宗之目的蘇東坡；亦可見其不隨俗的個性。因此，他一輩子也不曾發達過。甚至家中沒米下鍋了，他還「面有孺子之色」，一臉無辜。因而黃庭堅在《小山詞》序中，給他一字定評：「癡」！

正因這一癡字，他的官位雖不及他父親大，詞名卻在乃父之上。只是，雖為父子，詞風不同，他父親畢竟是富貴中人，詞風也是雍容華貴，珠圓玉潤，充滿大家氣象。而他卻是清俊自然，一往情深，格外可人。父子二人，稱「大小晏」，後人以花中牡丹喻「大晏」晏殊，以文杏喻「小晏」晏幾道。他的詞集名《小山詞》，至今傳世。

# 臨江仙

晏幾道

夢後樓臺高鎖，酒醒簾幕低垂。去年春恨卻來時，落花人獨立，

微雨燕雙飛。記得小蘋初見，兩重心字羅衣。琵琶絃上說相思，

當時明月在，曾照彩雲歸。

依稀，密語低婉；依稀，樂韻琤琮……然而，宿醉初醒的晏幾道，一睜開眼，那語聲、樂韻，都化作夢裡南柯。夢境中的一切，都彷彿是深鎖的神仙洞府；瓊樓瑤臺，再不許人窺伺，更遑論踏越。

不知是何時醉的，何時睡的；當這花初落、春將暮的季節，無端的春思幽恨，就那樣不容情的向他襲來。不醉呵，待如何睡？不睡呵，待如何遣這重重疊疊的愁思繾綣？只為，只為……又是落花時節。

落花，像一聲輕嘆似的，幽然飛墜。微雨，像濛濛輕紗薄霧；朦朧雨霧中，一雙燕子，比翼差池，穿梭在低垂的新柳間，細語呢喃。她，小蘋，風鬟霧鬢，黛綠年華的少女，默默佇立落花成陣的階前，凝望雙燕；眉宇間，籠著淡淡輕愁，沈思中，渾忘微雨沾濕了衣裳。

就在那個春暮，小蘋離開了……。

一樣的春暮；一樣的庭院；一樣落花寂寂，微雨霏霏。雙燕依然在新綠的柳枝間穿梭飛舞，銜著夾帶殘瓣，蘊藏花香的芹泥營舊壘，築新巢。也依然有人默然佇立在落花成陣的階前，凝望雙燕。只是，人，不復是黛綠年華的小蘋；是他，年事未高，心境卻已無復少年情懷的他；去年旁觀著人獨立於花間，燕雙飛於雨中的他。

「小蘋！」

他在心底低喚；小蘋，是否在另一個落花庭院中，也獨自佇立，看落花成陣，細雨霏微？

於是，他喝下了太多酒；他不知道，是為了思念，還是為企圖遺忘；他只知道，他必須醉去，必須睡去，必須……。

周遭，寂然無聲，簾幕，低低垂著，遮去了光線，也遮去了窗外景物。簷前，細語般的沙沙聲，告訴他，又是一個輕陰微雨的日子。或許，就讓這深深垂簾遮住窗外的一切吧；他不敢去啟那垂簾，怕只怕，隨著光線逼入的，是他負荷不起的春恨。

然而，即便如此，他又何嘗能躲過如春蠶細吐的情絲纏綿？小蘋的嬌稚；小蘋的柔婉；小蘋的一顰一笑；小蘋口中唱出的清音，指下撥動的絃聲……。

第一次見到小蘋，是在陳君寵家，小蘋，是君寵新訓練出來的歌兒。

他記得那一天，小蘋抱著琵琶，為他們獻藝。陳君寵特別為她引見晏幾道：

「小蘋，你不是最愛唱晏小山的『彩袖殷勤捧玉鍾』那闋〈鷓鴣天〉嗎？他就是晏相國的公子晏小山！」

小蘋那清澈如秋水橫波的眸子，煥發出異樣的神彩；脈脈注視了他一會兒，綻開梨渦清淺。沒有說話；不，她說了，說在她的琵琶絃音裡；說在她清揚婉囀的歌聲中。她那天，穿著一件淡紫的羅衣，衣帶上，結著一枚同心結。就在那一天，他，和她的心，也結成了一枚同心結……。

無數的人唱過他的〈鷓鴣天〉，卻沒有人像小蘋唱得那麼美，那麼動人。她唱出了離別的幽怨，更唱出了重逢那近於喜極而泣的深情；那「猶恐相逢是夢中」的驚、喜、疑、懼，直令在座的沈廉叔和他這原作者，都為之動容！

自那天之後，小蘋，成了他所有新詞的第一個演唱者；他許她為文章知己，也以她的知音自許。那一段無憂的歲月呵！如今回首，猶如夢寐；美得如夢。也因此吧，短暫亦如夢！不久，廉叔去世，君寵病倒，家業凋零。家中的歌兒，星散飄零，小蘋，也不知流落何方。

雨，不知何時停了，他走出庭中，竟然天清月朗。當時，小蘋也曾應邀到他家，為他同樣愛作新詞的父親，在設在月下花間的酒宴中獻藝。在夜闌人散時，就是這樣一輪明月，照著像彩雲般美麗清揚的小蘋歸去。他，就站在庭中相送，看那朵彩雲，飄過花徑，飄過回廊，飄，飄，飄出他的視野。

月，依舊如當時，端正圓滿，那彩雲般的女孩呢？歸向了那方？何處……。

❀

這一闋〈臨江仙〉是晏幾道的名詞之一，尤以「落花人獨立，微雨燕雙飛」一聯，膾炙人口。其實這一聯，本是唐代人的詩句，因詩本身拙劣，這一聯也為之減色，晏幾道取以入詞，頓然如蒙塵明珠，重見天日；在通篇佳構的襯托下，美到極致，且渾然天成，全不見「移植」痕跡。

這一闋詞中的「小蘋」，是晏幾道友人家的歌兒，深為幾道眷愛欣賞。後因人事變遷，而流落不知所蹤。幾道作此詞追憶往事，深秀清婉，非一般艷詞可比，而自然流露著款款深情，十分可人。

# 南鄉子

晏幾道

新月又如眉，長笛誰教月下吹？樓倚暮雲初見雁，南飛，漫道行人雁後歸。

意欲夢佳期，夢裡關山路不知。卻待短書來破恨，應遲，還是涼生玉枕時。

半輪紅日，沈落到遠山之外了。山影的輪廓，在散佈著雲霞，湛藍天幕的映襯下，彷彿一列參差高下的暗紫色剪影；明暗的分割，判別了天與地。

一彎如眉新月，懸在逐漸轉深的天幕上，含羞帶怯，又莊矜自持的斂目低眉，散著淡淡幽輝。

幽咽笛音，自遠處響起；是羈旅的遊子呢？還是深閨的思婦？在月下吹奏出如水的笛聲，彷彿載負著無盡的別恨離愁，藉著笛聲，尋覓著知音。

晏幾道獨倚在樓頭，望著雲霞褪色，望著新月初現，感覺著惻惻寒意，已漸沁人。

不是嗎？是秋天了，第一陣南飛的雁行，正掠過山前，投入沈沈暮色中。

雁已南飛！他記起，他離家時，曾向妻子作的承諾：

「當你看到雁南飛，就好準備了，我隨後就到家。」

雁已南飛，而當初的承諾，竟成了空口無憑的虛話！

他也想回去的呵！心心念念，即使在夢中，也要履踐這一項承諾！然而……。

他幾度在夢中踏向歸程，而夢魂，總因不識路，而迷失在雲封霧鎖的關河山嶺間，成為掙扎驚悸中難醒的夢魘。直煎熬到夜盡天明，自夢中驚醒，卻不知該悲傷自己的未歸，還是慶幸未曾真迷失在歸途間。

在歸期遙遙難期的悲恨中，偶然得到的家書，就成了他唯一能療治鄉思的期盼了。雖然，信，總只是，關山的間阻遙隔，即使是青鳥，也難尋覓；信，總是那麼少，在他望眼欲穿中，遲遲難達！只是短短的幾行，但，字句雖短，又何礙其中的深情摯意？

何時，大地已陷入了沈黑夜色中，遠處，笛音早沒，初更的鼓聲，已然響起。

他不忍歸寢，因為，那床上孤單的玉枕，也不耐秋寒，是那樣冰涼得令他心悸……。

❀

這一闋〈南鄉子〉的作者，是北宋的晏幾道。晏幾道字小山，出身高門，是名相晏殊的幼子。他生性純摯多情，率性任真，一生不曾因父蔭而顯達，也源於這一種「性情中人」，不肯曲折的傲骨。但，在詞的成就上，他卻更勝乃父，有著極高的評價，也可算是另一種「跨灶」了。有《小山詞》傳世。

# 蝶戀花

晏幾道

醉別西樓醒不記，春夢秋雲，聚散真容易。斜月半窗還少睡，畫屏閒展吳山翠。　衣上酒痕詩裡字，點點行行，總是淒涼意。紅燭自憐無好計，夜寒空替人垂淚。

西斜的冷月，如水銀般，穿過了半為陰影遮蔽的小窗，灑落一地清輝。桌上，紅燭吐著小小的紅焰，搖曳著模糊的薄薄光影。夜寂寂，人悄悄，只有更聲、漏聲，細數著迢遞的長夜……。

床上，傳出了反側的響動；在醉意中沈沈睡去的晏幾道，在酒意消退中，逐漸清醒。展目四顧，四周盡是他熟悉的物事；這是他的房間。可是……他有著片刻的茫然；他不記得，他怎麼回到家的；他記得的是，他在伊人居住的西樓小閣中飲酒。在伊人笑痕淚影中，他一杯又一杯，嚥下了苦澀的汁液；那是一席別筵呀，明天……，他們不再有「明天」。

他醉了，醉在西樓。待他醒來，已在家中。他失落了一段時間，一段記憶；也許，他不忍、也不敢記吧：那告別的剎那……。

酒醒了，夢醒了，想起她的笑痕，她的淚影，想起那麼多時日形影相隨的種種，再欲重尋，竟像一場遠颺的春夢，欲尋，已了無痕跡。

春夢無痕，秋雲易散；來得飄忽，去得容易。人生緣會，竟也似春夢秋雲一般，捉不到，留不住，只有一任它倏忽來去；只有在它來去的倏忽中，喟然低嘆：來也匆匆，去也匆匆……。

凝視著款步慢移的半窗斜月，那遠颺的睡意，再也喚不回。他披衣下床，一抬眼，只見靜靜佇立屋角的畫屏，那麼悠然展現著蘸青染翠、抱嵐含煙的嫵媚吳山。那青翠欲滴的吳山呵，恰似伊人輕顰淺蹙的春山眉黛，又無端牽引起那縈心迴腸的思憶。

橫亙的詩情，在胸臆間推擠。他從桌上拿起酒壺，先注酒入硯，再斟酒入杯，舉手傾向乾澀的喉頭；顧不得潑灑的酒滴，沾濕前襟，磨墨濡筆，把滿懷積愫，化作行行的詩句。放下筆，衣上酒痕未乾；箋上情思難盡。拂不去的是：酒闌人散後的淒涼況味；有誰能了解呵？衣上酒痕、箋上字行中含蘊的情，含蘊的愁？又有誰解得向酒痕、字行間檢點其中淒涼無限？

紅燭，仍默默煎熬著一寸寸愁心，凝望著模糊搖曳的光影，自憐無計。

也只有這一支自焚的紅燭，才能了解也正自煎著寸寸情思的詩人的痛苦吧！看，一串紅淚，滾滾流下、堆積；那是同情的淚，涓涓滴滴傾流在這淒寒寂寞的漫漫長夜中……。

❀

晏幾道出身貴家，卻天性疏放，不喜繁文縟節，這種不拘形跡的性格，造成他雖為名門貴冑，卻陸沈下位，失意仕途的不幸。就另一方面而言，卻也因此奠下了他在詞壇上傳世不朽的基礎。

他和父親晏殊的詞風，也相差很遠；沒有那一番富貴雍容氣象，卻更深摯率真，生動感人。在詞壇的評價上，更高於其父。後人以花中牡丹喻晏殊，文杏喻小山；顯然，文杏是平易近人，率真可愛得多。

# 阮郎歸

晏幾道

天邊金掌露成霜，雲隨雁字長。綠杯紅袖趁重陽，人情似故鄉。
蘭佩紫，菊簪黃，殷勤理舊狂。欲將沈醉換悲涼，清歌莫斷腸。

柏梁臺上，那矗向雲端，捧著承露盤的仙人掌，依然在天邊佇立；佇立在歷史的洪流裡，佇立在歲月的滄桑中，一年，又一年。在這西風漸緊的深秋，那玉盤中，涓涓的清露，想必也凝成薄薄的秋霜了吧？

一行行排成人字的大雁，成群結隊地向南方飛去。長空中，那片片浮雲，絲絲縷縷地拉長了身影；彷彿依依不捨的情人，揮動著手中的絲巾，一程程地追隨著雁兒，飄向遼闊的南天……。

又是重陽了，登高的日子；望遠的日子；盼望著，又害怕著的日子。菊花酒、重陽糕，一家老小，與高采烈趁著秋高氣爽、橘綠橙黃的佳節，應景遊山，是秋日多麼美好的點綴。真是「普天之下，莫非王土」了，這遠離故園的異鄉，風土人情，竟與故鄉一般無二！

也就是這一般無二的習俗人情，使他為之情怯呵！他不是沒有綠酒供醉，不是沒有紅妝相陪，他也隨俗應景攜著佳肴美酒和紅粉佳人登高遊賞秋山美景，感傷的是「異鄉信美非吾土」，難堪的是「遙知兄弟登高處，偏插茱萸少一人」呵！

簪上一朵金燦燦的黃菊，佩上一枝香馥馥的紫蘭，依稀，又是當年貴介公子的模樣；那是多麼杳遠的故事了！出身名門，兼以詞名早著，他疏狂不羈，恃才傲物；許多人容忍著，逢迎著……他不知道，他們忍的不是他的才華，而是他的身分——相國之子的身分！於是，在他簪菊佩蘭，風流自賞，疏狂自負的時候，他耳中聽到的是比於陶令的稱譽；眼中看到的是擬於屈子的讚賞。

他又簪上黃菊，佩上紫蘭了，刻意地，想去重拾當年疏狂的心境；然而，為甚麼，他聽到的不再是稱譽、讚賞，而是驚詫與輕漠的不屑。

菊，不是花中隱者麼？蘭，不是王者之香麼？他不是擬屈原、比陶潛，艷絕當代的曠世奇才麼？

他淒然了悟；離開了相國府，離開了家，離開了鄉，他不再是賢比陶令，才擬屈子的曠世奇才，他只是狂歌笑孔丘的楚接輿；驚世駭俗，又不合時宜的楚狂人！

耳畔響起曼妙的清歌，都是他當年哄傳一時的名詞，他領會佳人的深情，奈何……一杯又一杯，他不待人勸的自斟自飲，只有一個意念，醉去！醉去！醉去……。

除了沈沈醉去，他何以逃避心間昇起的愴楚和悲涼？他何以忘卻佳節思鄉的惆悵？又怎能在清歌婉轉中，忍住鼻端酸，眼角熱，聽從心間發出的號令：不許斷腸！不許斷——腸！

❀

晏幾道，晏殊幼子，出身高門，而以性格疏放，不拘小節，終陸沈下位以終，以他性情純摯近癡，仕途顯然並不合宜，然以王謝子弟，而落魄如此，恐也難無動於衷，這一闋〈阮郎歸〉，所謂「殷勤理舊狂」，所謂「欲將沈醉換悲涼，清歌莫斷腸。」不無今昔之感，此詞所以動人，亦在於此。

晏幾道

# 思遠人

紅葉黃花秋意晚，千里念行客。看飛雲過盡，歸鴻無信，何處寄書得？淚彈不盡臨窗滴，就硯旋研墨。漸寫到別來，此情深處，紅箋為無色。

楓葉，滿山遍野的焚燒著。籬畔的菊花，也在秋風吹拂下，綻開了燦亮如黃金的花朵；秋，就這樣不容人忽略的來到了人間。

風，漸寒惻了起來；彷彿提醒著人們，這絢麗璀璨的秋光，亦如一日的向晚時分；夕陽無限好，然則，轉瞬之間，亦歸於沈寂。

晏幾道百無聊賴的佇立在書窗前；秋色宜人，奈無人共賞。秋風多厲，那，離家遠行的遊子，又如何承受這隨著人家擣練砧聲而來的淒寒？

秋天的雲，最是纖柔輕盈，悠悠隨風飄著，捲著；飛舞，遊移；彷彿不多時前才見它飄然出岫，不一會兒，卻飛過了另一座山頭。

雲，比人是自由的多了吧？不受山川阻隔，亦不必舟車勞頓，就可以到它想去的地方！就能飛到他的故鄉……。

他不由羨慕起雲來了，恨不能逐雲而去。然而，雲，飛盡了；雲，載不動他的鄉愁……。是承平的世代，家書，又豈稍減於萬金之價？他切切地盼望著那橫秋的雁影；盼著鴻雁為他捎來故鄉的消息，帶去他的渴慕思念。

是雁來遲了，還是……雁行，始終不曾掠過他日日守候的秋窗；不曾捎來家書，遑論帶去鄉愁。

他在日復一日的守候中失望了，只能把忍不住的鄉淚，彈向秋空。是淚太多了吧？一滴，又一滴，滴入了窗前書案上的石硯中，在硯中聚成了一泓淚的沼澤。

拈起了墨，磨著那一泓淚；清淚，在墨的磨轉中，成了濃黑的墨汁。

就用淚水磨成的墨汁，為故鄉的伊人，寫一封平安家書吧；他不知道，什麼時候，才能把這封信寄出去，但，那凝聚在心底的鄉愁，已沈重得使他不勝負荷；他必須傾吐，必須渲瀉。

取出一幅朱紅的花箋，他努力克制著自己的情緒，先寫致候語，再寫自己平安，以釋伊人懸念。接下去，該寫別後情況了，別後……。

他克制不住了；他心底積壓著那麼多的離情別緒，思憶渴念，當一碰觸到別後這個話題，便如飛瀑急湍，再也遏止不住的渲瀉奔流。

無限深情，無限思憶；淚水磨成的墨汁，化成了斑斕的麗句。是墨？是淚？還是那寫在字字句句中的款款柔情呢？那朱紅的花箋，彷彿也承受不住這份淒美，而為之黯然，失去了那份原有的燦麗。

❀

小晏一生不曾在仕途上出人頭地，在詞壇，則領風騷於一時，尤長於小令，由於是所謂「主觀詩人」，抒情之作，更是冠絕同儕。由這闋〈思遠人〉中流露近於「癡」的感情，亦可想思其人風致！

# 離亭燕

孫浩然

一帶江山如畫，風物向秋瀟灑。水浸碧天何處斷？霽色冷光相射。
蓼嶼荻花洲，掩映竹籬茅舍。雲際客帆高挂，煙外酒帘低亞。
多少六朝興廢事，盡入漁樵閑話。悵望倚層樓，紅日無言西下。

孫浩然，獨自倚著高樓的樓欄凝望著。

看！這一帶的景色，真稱得上美麗如畫；山峰，雄偉地峙立在平野上，形成了一座座屏障；長江，自西方奔騰而來，吟唱著千年萬載不變的歌聲浩蕩。平原遼闊，阡陌縱橫，密布的水渠、河流，交織如網。江南的美麗，江南的富庶，江南的山明水秀，一覽無遺的盡陳在他眼下。

江南四季皆美，尤其是在這疏秀清曠的初秋；風煙景物，是那樣豁朗，宛如瀟灑高士的風致。碧藍如洗的青天，把那明淨容顏，直浸波底；繾繾綣綣地，向水天接處流去；卻不知，究竟在何處，才一線如刀，劃分截斷了這情長萬縷。展目向遠方望去，天際淡淡初晴的日光，和清清冷冷的水光，上下輝映地交射著，渲染出一派柔麗的秋色。

江中浮凸的小島嶼、小沙洲，生長著醉了酒的紅蓼和白了頭的荻花；在藍天下，西風裡搖曳成一片推移的紅波白浪。那掩掩映映間，依約可見幾戶人家，竹為籬，茅為舍；雖然樸實而簡陋，不正代表著漁夫樵子那與世無爭、與人無忤，恬淡而和平的境界？

江流極處，漠漠平雲；一葉葉掛著帆的輕舟，在雲煙中時隱時現。舟上的乘客，是遊子還鄉？是行客漂泊？他們面對著這一片秋景，行舟在煙波江上，又有著怎樣的心境呢？是玩賞？是吁嘆？是悲？是喜？

飄渺雲煙外，平林如繡；秋日富麗的彩色，在造化手中巨筆的渲染下，橘紅、橙黃、黛綠、菊金，各逞姝麗，又融和無間；在青天、白雲，和一脈青山，一江秋水陪襯下，堂皇亮麗得眩人眼目。迎風的酒帘低壓林表，招徠著顧客。這些小酒家，是漁夫樵子工作之餘，休憩閒談的好去處；一壺酒，一碟果子，天南地北、古往今來，都是他們口中的素材；這經歷六朝繁華的石頭城，有多少稗官野史、道聽塗說的傳奇，就在他們口中感慨著、嗟嘆著，代代相傳……。

石頭城！龍蟠虎踞之地。都說是王氣所鍾，然而，形勢再險要也禁不住昏君庸臣宴樂誤國；一代又一代，總是在逸樂中忘卻了創業的艱難，忘卻了前朝的覆轍；於是，只留下了一些故事，一些遺蹟，便風流雲散，成為歷史長河中的幾片浪花。六朝故事都成了漁夫樵子茶餘飯後的談助；遺蹟也不過給後人指點興亡，憑弔嗟嘆而已。

日日、月月、年年，在滾滾江流中，流去了多少興亡盛衰，人事浮沈？一幕幕的悲歡離合，在當時，在當事人，再如何的轟轟烈烈，在歷史上呢？在永恆中呢？

如輪渾圓，如血鮮麗的落日，循著那無形的軌道，沈默地向西方的地平線落下；布著落日餘暉的石頭城，在鍾山雄峙，長江環抱中，格外氣象萬千。然後，暮靄自四方悄悄掩合，吞沒了如畫江山；吞沒了如繡平野；也吞沒了悵然倚樓凝望的人……。

〈離亭燕〉據詞意及所寫景物，應是「金陵懷古」之作；描寫景物，使人讀時，彷彿景物呈在眼前一般，所謂「詩中有畫」，怪不得王詵能畫出來。若只寫景物，再美，也不過描繪而已；堆砌描繪景色，畢竟境界不高。而〈離亭燕〉並不是只寫景，到下片，一句「多少六朝興廢事」把整個情境，轉到人事滄桑的感慨上，詞的分量，就不同了。「紅日無言西下」，更留下咀嚼不盡的餘韻。怪不得孫浩然此人的事跡已湮沒了，這一闋詞卻流傳千古呢！

孫浩然小傳　孫浩然，字里不詳。只知他是北宋時人，《全宋詞》中錄有他的詞作兩首。其中〈離亭燕〉一首，尚英宗女蜀國長公主，能詩善畫的駙馬王詵，曾依其詞意，畫過一幅「江山秋晚圖」，「詩中有畫」一語，應居之無愧。

蘇軾

明月幾時有？把酒問青天。不知天上宮闕，今夕是何年？我欲乘風歸去，又恐瓊樓玉宇，高處不勝寒。起舞弄清影，何似在人間。

轉朱閣，低綺戶，照無眠。不應有恨，何事長向別時圓！人有悲歡離合，月有陰晴圓缺，此事古難全。但願人長久，千里共嬋娟。

又是中秋節了。

「月到中秋分外明」，看！今夜的月，不就正像個晶瑩光潔的白玉盤，端端正正懸在中天。那完完整整的一個圓，帶給團圓的人們多少歡欣，又帶給分離的人們多少惆悵呀。

帶著幾分醺然，蘇軾舉頭凝視著這一輪皓月，心底充滿著讚歎也充滿了疑問；這樣晶瑩美麗的月亮，是誰的傑作？他甚麼時候完成了這一件曠世傑作？從完成到現在，到底有多少年代了？這些問題有誰能回答呢？他舉著酒杯，仰首沈思；或許只能問廣闊無際、包容著一切的青天吧！

人們都說，月中有一座精美絕倫的廣寒宮，真使人無限嚮往，恨不得駕著浩浩長風，飛到月亮上看個究竟。可是，月亮懸得那麼高，那麼遙遠。人們又說廣寒宮是像冰般冷的玉石砌成的，恐怕凡間的人，也難抵受那種寒冷吧！

他一邊想，一邊在月下徘徊著。偶一低頭，發現緊隨著自己的影子，在朗澈月光下，是這樣清晰、鮮明的映在地上；隨著自己舉步、揚袖、迴旋，變幻著各種姿態。他笑著、舞著，影子亦步亦趨地學著每一個姿態；如水的月色，帶著薄薄的寒意，四周的樓閣、臺榭、假山、花木，全敷上了薄薄的銀光。他忘情地舞著，彷彿舞在廣寒宮中。舞步漸緩，舞影漸緩，等他停下腳步，看清周遭景色，猶自疑惑，剛才是在人間，還是在天上？

月亮自東邊上升，又向西方沈下，繞過了精巧的樓閣，穿過低垂鏤花的窗欄，照著空蕩蕩的床舖；也照著失眠的人兒，狂飲狂舞後的淒清，直壓在蘇軾心上。那一輪滿月，這時看來，變得這樣冷漠、無情，這樣諷刺。他不禁喃喃自語：

「我和你何冤何仇啊？你為什麼總是在人們不能團聚的時候，炫耀你的圓滿呢？或者，你是為了憐憫我們兄弟不能團聚，而特來安慰我們？」

他反反覆覆地想著；壺中的酒乾了，月亮更迫近了西山。他在無奈中澈悟了，這就是人生！人生免不了有聚有散，有悲有喜，一如月亮免不了有陰有晴，有圓有缺；這是亙古不變的道理。世界上本來找不到永恆的完滿；沒有分離的悲，那有相聚的喜？沒有陰雲，那能顯出晴天的美好？沒有殘缺的惆悵，又那能襯托圓滿的歡樂？人生如此，對那些不如意，又有什麼值得斤斤計較的呢？

他舉杯向著斜月，想著同一個月亮映照下的弟弟，飲盡杯中餘瀝：「子由！子由！珍重！珍重！只要我們能好好地活著，能共賞著一輪明月，只要我們彼此思念、祝福，就算隔著千重山，萬重水，又有什麼關係呢？」

酒後，他寫下這闋題為：「丙辰中秋，歡飲達旦，大醉，作此篇，兼懷子由。」的〈水調歌頭〉。

蘇軾小傳　蘇軾，字子瞻，北宋眉山（今四川眉山）人。

他幼時，父親蘇洵游學四方，不問家事，由母親程氏課讀。與弟蘇轍俱好學，博通經史。仁宗嘉祐二年，兄弟雙雙進士及第，深受當代文宗歐陽修器重，乃至公然表示：「吾當避此人出一頭地；」一開始，人聞此言均疑其過譽，士林大譁。後來才皆歎服，認為歐陽修知人。他一生在仕途上大起大落，得意時，一身兼翰林、端明兩學士，並為帝師。失意時，貶至當時的南極：瓊州儋耳，幾至無以為生。尤以反對新法，為新黨羅織罪名，指為訕謗，幾遭不測。而以文名太盛，鋒芒太露，亦為舊黨異己排擠。雖幾度貶謫嚴譴，而不改其仁民愛物初志。所任地方，都留去思；政事上，亦多建樹。在當時，是文章政事並為天下宗仰。後世因其文名太盛，政績為其文名所掩，反不為後人留意。

他喜交遊，獎掖後進，不遺餘力。門下四學士：黃庭堅、秦觀、張耒、晁補之，都以文章名滿天下。而為人率真、耿直，不知避忌，不能忍事，十足是個性情中人；其可愛可敬處在此，一生顛沛，往往也肇因於此。他卒於徽宗建中靖國元年，年六十六歲。當時，新黨當政，嫉之如仇。他方由南海放歸，雖天下惜之，因著政治禁忌，自無恤典。直到宋高宗即位，才追贈太師，諡「文忠」。

他在文學方面，古文為「唐宋八大家」之一，與父洵、弟轍並稱「三蘇」。大如奏議、策論，小如書簡、雜文，無不精妙絕倫。亦長於書法，為宋四大家之一，與蔡襄、黃庭堅、米芾齊名。至於詩詞，更是一代宗匠。

自蘇軾出，才開創了以雄健豪放、超邁出塵之筆，寫本來文人只當成「雕蟲小技」，以纖麗婉秀為正宗，認為只宜「風花雪月」的詞。也因此，當時還稱為「詩餘」的詞，乃大大的開拓了視野及境界，也奠定了成為宋代文學主流的基礎。自此，詞不再是只宜抒情、寫景的「小品」，也可詠懷、言志，有了「天風海雨逼人」的氣象。也從此，詞有了「婉約派」、「豪放派」之分，而蘇軾，當然是豪放詞的開山祖了。

他一生著述極豐，有《東坡集》行世。他的詞集，名《東坡詞》，亦有以《東坡樂府》為名的版本。

蘇軾

春未老，風細柳斜斜。試上超然臺上看，半壕春水一城花，煙雨暗千家。　寒食後，酒醒卻咨嗟。休對故人思故國，且將新火試新茶，詩酒趁年華。

春光正爛縵；二十四番花信，接力似的，輪番妝點著大自然的舞臺。粉白、嬌紅、柔黃、淡紫，春神窮心竭慮地酬答著遊春士女的盛情雅意，調配出各種鮮麗、淡雅、嬌嫩、柔美的色彩，向人呈現目不暇給，歎賞不絕的馥郁繽紛。

趁著公餘，蘇軾領著來訪的朋友，登上了北城上的「超然臺」；「臺」，原是舊有的，但早已頹圮不堪了。直到蘇軾奉派到此地任太守，才重新整建，便成為他閒暇之時，盤桓吟嘯的地方。

撫著亭中用秦篆刻的碑記，碑記上刻寫著此臺命名「超然」的原由；這「超然」二字，是他的弟弟子由命名的，以表彰哥哥子瞻無往不樂，隨遇而安，超然塵表的瀟脫性情。

他是自杭州通判調任密州太守的。杭州有人間天堂之目；而密州，則偏僻貧瘠；與杭州相比，幾乎是由天堂到了地獄。然而，蘇軾依然是不改其樂，一方面關切民生疾苦，力求改善；另一方面，在相當匱乏的日用生活中，仍保持著一顆喜樂之心，不尤不怨，怡然自得。

在他看來，密州亦有密州之美；風俗淳樸，百姓敦厚。看！春風吹拂著細柳，柳絲隨風斜飛，更勝小蠻之舞。臺下的城壕，在桃花汎中，綠漲春波，如一條玉帶，玉帶之中，是花團錦簇的滿城春色。

春天孩兒面，說哭就哭，說笑就笑；到了梅雨季，更是經常煙雨濛濛，把千門萬戶，都籠罩在陰暗的氛圍中，卻更增添了一份朦朧之美。

清明，寒食過後，花事由盛而衰；有時，也不免使他在酒醉初醒的恍惚中，萌生幾許傷春愁緒，嗟嘆良辰難再，但……

還是不要自尋煩惱吧！對著老朋友，感嘆去國離鄉的失意，畢竟是件殺風景的事。不如在這改火之際，品嘗著新摘的清茗，把酒，吟詩，莫要辜負了殘餘的春光，更不要蹉跎了大好年華呀！

這一闋〈望江南〉，是蘇軾的作品。那時，他由杭州通判調密州太守，官是升了，地區卻甚是貧窮落後，生活困苦；情況嚴重時，甚至身為官員的他，也不得一飽。他曾有一篇〈杞菊賦〉，說到他和通判循著古城廢圃，採杞菊來裹腹，彼此捫腹而笑。官員尚且如此，百姓更難想像；而這種現象，一半由天，一半卻因新法的不當引起。在有了這些親身體會後，他和王安石領導的新黨之間的對立，就更尖銳了；也更為掌權當路的奸佞所不容。他後半生的顛沛，密州所體驗的民生疾苦，未嘗不是轉捩點。

他雖為民生疾苦，起而與朝廷抗爭，自己卻是安貧樂道；隨遇而安，可以從任何境遇中，尋求樂趣的。他的〈超然臺記〉中，充分抒發了他的這一種哲學觀。而這一闋〈望江南〉中，我們也讀不到一點劍拔弩張的火氣，只是一派恬適和平；由此，我們可以了解子由「超然」二字，並不是空泛的讚美呢！

特別要向讀者說明的是：一般的〈望江南〉（這個詞牌異名甚多，有：憶江南、夢江南、江南好、春去也、謝秋娘、望江梅、閒夢遠、歸塞北……等。）都只有一段，是一闋短短的小令。這一闋，是由兩闋合而為一的，才分成上下片，是較特殊的例子，不是常態。

# 江城子

蘇軾

十年生死兩茫茫，不思量，自難忘。千里孤墳，無處話淒涼。縱使相逢應不識，塵滿面，鬢如霜。

夜來幽夢忽還鄉，小軒窗，正梳妝。相顧無言，惟有淚千行。料得年年腸斷處，明月夜，短松崗。

「弗娘！弗娘……」

夢中斷腸的呼聲，驚醒了自己。坐起茫然良久，蘇軾才意識到，方才，不過是一場夢，而自己，身在密州官舍。

淚不由潸潸而下。

就只是一瞬之前哪！他還在故鄉眉州。他的亡妻弗娘，還如昔日一般，正臨窗對鏡梳妝。

她還是那麼年輕，容顏潤澤，青鬢如雲。而他，即使在夢中，也自覺經歷了那麼多歲月滄桑之後，不但風塵滿面，而且雙鬢飛霜。

他不禁擔心起來，怕她是認不出這個早失去少年煥發英姿的他了。

她認得的！她一眼就認出了他！當她一轉頭，與他四目交織，她立時雙眸含淚，深深的凝望著他。一時，千言萬語，全堵在喉間；又彷彿因著心犀相通，一切言詮，全屬多餘。因此，他們都沒有說話；只任由珠淚奔流，縱橫滿面……。

她帶淚的臉龐，努力綻出笑影。這是他一生最難忘，也最眷戀的笑影……。

就在含淚復含笑的凝望中，他恍惚意識到，她，早已去世了；是他親自將她葬在亡母之側……。一念及此，一時心腐神摧；便是夢中，也感覺寸寸腸斷。一時心急，連忙伸手想拉住她。伸出的手落了空，他四顧茫然，卻尋不到她的身影，心碎的呼喚……弗娘……弗娘……。

弗娘！他在呼喚中醒了過來，窗外殘月，篩下枯木疏影，夜仍幽邃……。

弗娘！他記起了，在亡母墳側的松林下，埋葬著他今生第一個，也是最心愛的女人。

他不知道，今夜窗外這彎殘月，是否也正清照著她的孤墳？但，他知道，那故鄉明月清照的孤墳，將是他伴隨一生的愛與痛……。

蘇軾

明月如霜，好風如水，清景無限。曲港跳魚，圓荷瀉露，寂寞無人見。紞如三鼓，鏗然一葉，黯黯夢雲驚斷；夜茫茫，重尋無處，覺來小園行遍。　天涯倦客，山中歸路，望斷故園心眼。燕子樓空，佳人何在？空鎖樓中燕。古今如夢，何曾夢覺，但有舊歡新怨。異時對，黃樓夜景，為余浩歎。

一輪明月，高懸在天際，皎潔無翳。薄薄的銀輝，自玉宇瓊樓中飄落塵世，渲染出一幅如敷清霜的人間山水。清風徐徐吹拂，柔滑似流過指尖的溪水，帶來如浸碧波的清涼爽適。

小園中的荷池裡，亭亭的芙蓉倦了；收拾起雲裳舞衣，斂首低眉，香夢沈酣。田田的荷葉，澄碧圓潔；像童心未泯的小孩，捧著一個個盛著珍珠的翡翠盤，顫顫巍巍，小心翼翼；卻又忍不住彼此推推擠擠的；終於翠盤斜欹，珍珠滑落，落入黝深的池水。

荷池曲折的港灣中，魚兒潑剌歡悅地躍出池面，為平滑如鏡的池面，點綴出圈圈推展擴散的波紋，在銀色的月光下，幻化出圈圈銀環，與珍珠般的露珠，閃爍輝映。

夜，靜極了；月下的園景，清幽極了，美麗極了；怎奈人們都已入夢，竟讓這樣的美景，寂寞地陳列著……不，不是寂寞；是花中的精靈？還是月下的芳魂？她飄忽地踏著淩波微步，曳著鮫綃輕縠，落寞地徘徊……輕煙籠著她的眉宇；輕雲掩著她的雙瞳；花容憔悴，玉顏寂寞；那一凝眸的回顧，似乎負載著千古的寥落……。

她是誰？她是誰？她是誰？

「關盼盼！」

靈光閃過，蘇軾忽然領悟，她是燕子樓的女主人，關盼盼。他急步向前，她飄然遠去，身影消失在月光下，卻把那一回眸的千古寥落，烙上了蘇軾的心頭……。

咚！咚！咚！譙樓的更鼓沈沈，月光斜斜照進蘇軾的寢室，床上的他不安地反側著，在夢與現實的邊緣掙扎。一片樹葉飄落，觸階發出一聲金屬觸擊般的微響，對繃緊著神經的蘇軾，卻產生如同鐃鈸鏗鏘的效果；他那夢中繃緊的心弦，已禁不起最微弱的振動了。他霍然睜開眼，耳邊鏗然葉聲餘音猶裊，眼前的盼盼呢……？

「盼盼！」

美麗與哀愁恆常是一體的兩面嗎？這令人想起「美目盼兮」，想起「水是眼波橫」的美麗的名字，銜接的竟是那樣一個幽怨淒涼的故事：

尚書張建封死了，他生前最寵愛的侍妾，出身歌姬的關盼盼，把自己鎖進了華美的監獄——張建封為她築的金屋「燕子樓」中。原來是脂香醉暖的溫柔鄉，一下變成了觸目淒涼的傷心地。絃索蒙塵，舞衣紅褪。盈盈的眼眸，是兩口深不可測的幽潭；測不出幽潭深處的靈魂，載負著怎樣的淒楚哀傷。也許這淒楚和哀傷，已超越了人類五官表情的極限；超過了眼淚和哭泣；甚至超過了常人七情六慾的境界；她默默地活著，在那個冷寂無聲的小樓中，數著一個個清晨黃昏，數著一季季寒冬暑夏的活著……。

十餘年過去了，歲月吞沒也助長著好奇。燕子樓中的盼盼，有怎樣的心靈世界？沒有人知道；她的綠鬢朱顏是否如昔？沒有人知道；這十餘年的漫長歲月熬煎，到底是為了什麼？沒有人知道。人們知道的是：那寂寞小樓中，鎖著一個美麗女子破碎的夢，她十餘年沒有下過樓……唯一能接近她的，大概只有那年年前來築巢的燕子吧！

這近於傳奇的故事，傳到詩人白居易的耳中。他是見過盼盼的，在張建封的府第中。那時，張尚書還活著，歌如啼鶯，舞似驚鴻，而又姿容絕代的盼盼，是張尚書暮年最大的安慰。在張尚書命盼盼出見白居易時，那微斂的秋波，輕盈的倩影，曾那樣使白居易目眩神迷，驚為天人。往事歷歷；他幾乎不明白，這白髮紅顏間有著怎樣的摯情，足令盼盼矢志苦節如此。

他想起，前些時一個朋友，經過張尚書墓，帶回來的感慨：

「時間多快呀；尚書墓前的白楊樹，都已合圍，有杜子粗了。」

對盼盼而言，時間是快，還是慢呢？她若無情，她應別嫁；她若有情，她該殉節；可是她沒有嫁，也沒有死。到底為什麼？他忍不住好奇了；他要詢問，他要探索！他寫了三首詩，託人寄給盼盼。在他接到盼盼的答詩時，同時接到了盼盼的死訊，和盼盼臨終的遺言：

「妾非不能死，恐後世以我公重色，有從死之妾，玷清範耳。」

何等淒婉又堅貞的告白！為了尚書的清譽，她不能從死，但這十餘年的存活，又何異於死？華美的燕子樓，又何異淒寂的墳墓？在白居易殘忍而尖銳的諷勸下，她從容絕食而死；實際上，她的心，她的情早在十餘年前相從張建封去了；軀體的存活對她本是無奈的負荷。對白居易的諷勸，她毋寧是輕鄙的：你知道什麼？你了解什麼？甚至，她是感謝的；他的不知道、不了解，給了她堂堂正正死的理由：以死「明志」！她臨死時也帶著嘲弄的微笑吧：

「舍人不會人深意，訝道泉臺不去隨。」

她死的那麼莊嚴，那麼聖潔。她活著，為了詮釋愛情；她死，也同樣為愛情做了最深刻、最震撼人心的詮釋；她留下一個愛的完美形象，飄然而逝。死，她是心甘情願的；如果她有遺憾，也許就是那無人能解的孤絕吧！

「盼盼！」

盼盼消失在蘇軾夢境的那一端；那一閃眸光的寂寞，卻觸動了蘇軾心深處同樣不為人知、人解的寂寞；他依依追尋著消失的夢痕，在茫茫夜色中，踏遍了小園的每一寸土地……。

在坎坷的宦途上，他萍蹤浪跡，今年東，明年西的升遷轉徙。倦了、累了，卻改變不了這離鄉萬里、天涯飄泊的命運。把眸光投向故鄉，故鄉總隔斷在天的那一方；隔斷在那雲、那煙、那消失在重疊青山中小路盡頭；他知道的呵！那是通向故鄉的歸路。然而，令他心碎魂斷的是：他絲毫沒有選擇的餘地！就像當年盼盼無可選擇地活著一樣吧，那深長的痛苦和無奈，煎熬著他一寸寸的鄉愁。

曾幾何時，盼盼被時光的巨流捲去，無影無蹤。燕子樓，依然屹立，留下一段美麗又哀愁的故事，供人低迴、唏噓、憑弔；憑弔那故事中的薄命紅顏。那寂寞地活著，又貞烈地死去的佳人，如今何在？這空寂無人的燕子樓，也只剩下一代代秋去春來，營巢築壘的燕子，在這深鎖的小樓中，呢呢喃喃，像傳述著那久遠的故事……。

什麼是夢？什麼是真？在落葉聲中消失的盼盼是夢，在仕途上失意掙扎的蘇軾，又何嘗不是另一個夢境的一部分？夢是夢，人生是夢，歷史是夢；人，本來就是在歷史大夢中飄流的一葉扁舟；昨日的歡笑，今日的痛苦，都將在這不醒的夢河中，飄逝得無影無蹤。

他笑了，又有著一些頓然了悟之餘的惘然若失；失去的，就是那不知身是夢的癡迷懵懂吧？歡樂、痛苦總是交替存在於人生旅途中的。今天，他來到燕子樓，夢著盼盼，憑弔著盼盼，誰知道千百年後，或許在他所築的黃樓的夜色中，也有一個不知名的人徘徊不去，憑弔著那黃樓的興築者，感慨著他的一生滄桑呢！

此詞前有小題：「彭城夜宿燕子樓，夢盼盼，因作此詞。」蘇軾常自古人古事中興起「人生如夢」的感慨了悟，此詞和赤壁懷古的〈念奴嬌〉都有著類似的感慨，可對照看。

# 洞仙歌

蘇軾

冰肌玉骨，自清涼無汗。水殿風來暗香滿，繡簾開，一點明月窺人；人未寢，欹枕釵橫鬢亂。起來攜素手，庭戶無聲，時見疏星渡河漢。試問夜如何？夜已三更，金波淡，玉繩低轉。但屈指、西風幾時來，又不道流年，暗中偷換。

炎炎夏日，溽暑逼人，即使到了晚上，室內暑氣未散，依然悶熱得使人難以入睡。在這樣的夏夜，能沐浴一番，洗去一天的汗塵，再到庭院中小憩，沈浸在清涼如水的夜色中；星辰燦燦，微風習習，真可以說是一種享受了。

蘇軾，就這樣滿懷舒爽地享受著夏夜納涼的樂趣。仰起頭來，看著天上的明月繁星。輕柔的白雲飄浮著，偶爾，還可以看到幾顆流星；曳著長長的尾巴，飛渡銀河，沒入蒼茫遼闊的青冥深處。一陣微風吹來，夾著淡淡的荷香，更使人心曠神怡。他隨口念著：

冰肌玉骨，自清涼無汗。

念完這一句，他停下思索著，這句子是從哪兒來的？他很清楚地知道，這句子並不出於他自己，而是屬於記憶的一部分。他在記憶中追索，時光迅速地在他腦海中倒流，終於停在一個灰色的身影上；他彷彿又看見了那個穿著灰色衣袍的老尼姑；是那個老尼姑口中，曾念出這兩句詞來。

一晃竟是四十年前的事了，那時他才七歲，在一個偶然的機會中，他認識了這位九十高齡的老師太。這位姓朱的老師太，年齡大，閱歷多，見聞廣，對於五代到宋室的各種傳聞、掌故，如數家珍；引起了年幼的蘇軾極大的興趣。不知怎樣起頭的，老師太說出一段自身的經歷：

「那時，我還年輕，有一次宮裡做法事，我師父就帶著我進了宮，還住了好多天呢！」

「那您看到後主和花蕊夫人沒有？」

蘇軾好奇地追問。

後主，是指蜀後主孟昶。他的妃子，據說是風華絕代的美人；不但美貌，而且擅長詩文。後主認為她像花蕊一般的嬌艷美麗，就稱她為花蕊夫人。蜀國降宋後，她隨後主入宋，宋太祖聽說她有文才，命她賦詩，她隨即唸出「君王城上豎降旗，妾在深宮那得知！十四萬人齊解甲，竟無一個是男兒！」這一首詩，慷慨激越，使得滿朝文武相顧失色，宋太祖也為之動容。不久，孟昶遇害，沒入後宮的她，報仇不成，終於抱恨而卒。這段哀怨纏綿的故事，一直流傳著，花蕊夫人的事蹟，更使蜀人引以為傲。

「當然看到啦！花蕊夫人既美且慧；和後主在一起，真是一雙璧人呢！」

老師太彷彿陷入了美麗的回憶中，娓娓說道：

「那時，正是夏季。有一天，熱極了，後主和夫人就到築在摩訶池的水閣中避暑。水閣的四周，都栽著荷花；一陣風吹來，就使水閣中充滿荷香。那天真太熱了，他們曾半夜起身賞月納涼；還作了詞，記這件事呢！」

說著，老師太背誦出美麗的詞章：

「冰肌玉骨，自清涼無汗……」

蘇軾記得，那時老師太是整闋詞背誦如流的。可是，現在，他卻只記得頭兩句了。其他的部分，任憑他如何竭力追憶思索，也想不起來。他終於廢然放棄了追憶：

「四十年，畢竟是一段漫長的日子，而那時我才七歲，實在也太小了，怪不得記不起來了。」

再次念著：

「冰肌玉骨，自清涼無汗……」

他自言自語說：

「以這個句法看來，應該是〈洞仙歌〉呢！」

仰望星空，他悠然神往，想像著當日情景：

那個夏天的晚上，浴罷的花蕊夫人，嬌慵地斜倚在一張涼榻的枕頭上。她白皙的肌膚，是那樣細膩柔滑而潤澤如玉，沒有一絲汗漬。一陣微風，夾著陣陣荷香，吹開了輕軟低垂的繡簾，吹進了她的寢宮；她美麗的容顏，恐怕連天上的明月，也忍不住要從輕掀的簾隙中，偷看一番吧？酷熱的天氣，使得這如花蕊般嬌嫩的人兒也難以入寐了。儘管卸了殘粧的她，如雲的鬢髮揉亂了，綰髮的鳳釵也偏斜了，卻一點也不曾減損她的美麗，反而更增添了她幾分嫵媚。

體貼溫柔的後主，牽起了她纖纖素手，到池邊納涼。宮人都迴避了，四周靜悄悄的；只有他倆併肩倚立，享受著月色荷風，指點著劃破夜空、飛渡天河光耀的流星。

不知佇立了多久，良夜悄悄隨著宮漏消逝；彷彿才一會兒的工夫，卻已三更天了。明月的光輝漸漸減弱，北斗星也低垂了。夜深了，竟有了些許秋意；屈指數數，秋涼取代夏暑的日子，竟已不遠。在酷暑中，自然盼望著秋風能驅除炎夏，誰曾注意，歲月也在季節交替中悄悄逝去……。

想著，想著，蘇軾以自己的想像，補足了原詞殘缺的部分……。

# 卜算子

蘇軾

缺月挂疏桐，漏斷人初靜。誰見幽人獨往來，縹緲孤鴻影。

驚起卻回頭，有恨無人省。揀盡寒枝不肯棲，寂寞沙洲冷。

夜幕，密層層的圍繞覆蓋著大地；定惠院外，響起了更鼓沈沈。白天的人語聲浪，漸漸平息了，又還給大地原有的幽謐寧靜。

秋風，吹散了天上的薄雲；一鉤新月，悄悄地掛在梧桐樹梢。梧桐，早失去了夏日濃密的葉蔭；在日復一日的落葉飄零中，只剩下疏疏黃葉，淒冷的戀著空枝。

寄居在定惠院中的蘇軾，在這人聲沈寂、人跡杳渺的靜夜中，獨對著一盞孤燈，咀嚼著無邊的寂寞。

寂寞；雖是寂寞，比起前些時日的牢獄之災，這偏僻的黃州，也有如天堂了吧？

他重新回想起那些時日，因反對新法，而招致的羅織與迫害。想起呂惠卿、舒亶那些政敵，心中卻沒有了仇恨，而只有悲憫；他們的狹窄，他們的無知，他們以為把他關進牢獄，就可以使他屈服了，使他緘口噤聲了？不！牢獄之災，帶給他的，是一段沈溷的時光；他更認清了自己的方向，認清了真理──這是那些迫害他的人，永遠也剝奪不了的。他遺憾自己難挽狂瀾，但，上天知道，他做過了；為天下蒼生做過了。

窗前，微明的月光下，閃過一個黑影；他微微地一愣，不多時，又是一片黑影，閃過微明的窗外空庭。

他不禁起身，移步出門；這一座書齋，素來少有人來往，是誰，來到他的門外，徘徊不去呢？庭中，空寂一片；梧桐葉，又飛墜了幾片，新月，也下沈了幾寸。但，不見半個人影。他詫異了；方才，分明兩次三番有人窺窗呀。到底是誰呢？他信步繞庭徘徊，心中思索著這難解的謎。

走到牆陰暗處，一個黑影撲簌而起；他嚇了一跳，凝目望去，卻是一隻雁，哀鳴著在空中飛繞了幾圈；似乎找不到可棲止的地方，倉惶地投向定惠院外，那一片河灘。

原來，方才幾度掠窗而過的黑影，就是牠！牠是失偶，還是離群了呢？為什麼孤零零的流落到這座庭院中？

是他！是他的好奇，使牠失去了在這院中唯一的棲止處；是他，驚走了牠。

他仰望月色朦朧的夜空，彷彿又看到牠在驚飛的一剎；牠回頭，向他投下的哀傷幽怨的一瞥，含著那麼多悽惶與憂懼。他不知道，牠有著怎樣的經歷，是怎樣離群的；但，仍能感受到那一份驚悸、恐懼；一隻孤雁，無助的驚悸和恐懼。

誰會在意一隻孤雁的心情？牠的憂傷、寂寞、淒苦，只有牠自己才知道呵！牠圍繞著定惠院，孤飛、哀鳴；定惠院中數百株的喬木，竟都沒有牠可以棲止的地方？

蘇軾幾乎同時想起了兩個截然不同的人，和他們的詩。一個是魏武帝曹操，他曾在〈短歌行〉中慷慨悲歌：

「月明星稀，烏鵲南飛，繞樹三匝，無枝可棲……」

而另一個是唐代的詩人張九齡，他在〈感遇〉中寫出另一種心境：

「孤鴻海上來，池潢不敢顧……」

不是無枝可棲，也不是不敢呵！只是，是一種近於貞烈的節操吧！這隻悽惶的孤雁，在這兒找不到一棵牠肯依託、肯棲止的樹；只為，那離牠的心性太遠了。所以，牠寧可投向那一片河灘；那一片寂寞、淒冷，卻不受驚擾，容牠安息的地方……。

❀

這一首〈卜算子〉是蘇軾貶謫黃州，居定惠院時的作品。後人附會，是為一戀慕蘇軾的女子而作，因無事實根據，且反使此詞境界為之減色，不足取。此詞內容寫一孤雁，卻語語雙關，實在是藉孤雁，寫自己一腔幽憤孤忠。在幽穆中，表現出一份執著的高潔情操。黃山谷云：「語意高妙，似非喫煙火食人語，非胸中有數萬卷書，筆下無一點塵俗氣，孰能至此？」黃山谷是蘇門弟子之首，此言堪稱確當！

# 臨江仙

蘇軾

夜飲東坡醒復醉，歸來彷彿三更。家童鼻息已雷鳴，敲門都不應，倚杖聽江聲。長恨此身非我有，何時忘卻營營？夜闌風靜縠紋平，小舟從此逝，江海寄餘生。

不知道喝了多少杯，這一個晚上就在酒醒、酒醉之間輪迴。醉了醒，醒了又醉；等夜闌宴散，拄著杖，扶著醉意，回到家的時候，夜已深了。

叩著自家的門環，咚咚咚地，在夜闌人靜時特別響亮。在門外等了半天，卻不見人來開門。側耳傾聽，只聽到應門童子酣睡發出如悶雷似的鼾聲；他睡得是如此香甜，怪不得那麼響的敲門聲也吵不醒他了！

「怪可憐的！他一定一直撐著眼皮子等我；現在都三更天了，才睏成這樣，一睡就不省人事！」

蘇軾憐惜地搖搖頭，不忍去責備這個貪睡的童子，甚至不忍再敲門去吵醒他的美夢；雖然他自己此時也倦了；飲了太多的酒，令他昏昏欲睡。

「橫豎是進不去睡不成啦，散散步也不錯啊！」

他想著，慢慢走向江邊。

江水，不捨晝夜滾滾地流著；拍著江岸，掀起一陣陣的濤聲。從亙古以來，它就這樣流著，這樣唱著；今日、明日，千年萬載之後，它也不會改變的；任憑朝代改換，人事變遷；它本身似乎就是一種永恆的表徵。江濤是他眼前世界中唯一的聲音；並不喧雜，卻這樣令人震懾。江風吹著他的衣袂，吹醒了酒意，他拄杖靜靜地站著，靜靜地聽著。

夜更深了。風不知何時已平息；江面上也平平靜靜，只蕩漾著淺淺波紋。他從對江水永恆的神往中驚醒；想想，自己這幾十年，在人海宦海中浮浮沈沈，做著自己並不想做的事，說著並不想說的話，那有半點是屬於自己的真性情？活著，彷彿只為了別人，只為了利祿功名；明知道自己並不喜歡這樣，卻身不由己。就這樣汲汲營營，忙忙碌碌追求著虛幻。反問自己，連自己也不知道為了什麼；就這樣，不知所以地忙掉了大半生。面對著大江，這些事，幾乎微不足道得可笑。但有多少人拋得下這些世間俗事；自己又什麼時候才能拋得下這些，真正無羈無絆，真真實實的生活呢？

沈寂之中，風平浪靜的江流靜靜橫臥在眼前。「乘桴浮於海」，這一句話閃入了他的腦海；在人世之間，是找不到淨土的了。

「如果現在有一隻小船多好？那我就可以駕著小船順流而下，永遠離開擾擾塵俗，也不再為世事所苦，而能漂流在無際的大海上，海闊天空地度我還未曾浪費掉的生命了。」

❀

從這闋詞中，我們可以了解到蘇東坡是一個怎樣寬厚、仁慈、豁然大度的人物，可以了解他對世俗名利的淡泊。「道不行，乘桴浮於海」，他當時的不得志，抱負高遠，也都在短短詞章中表露無遺了。

# 蝶戀花

蘇　軾

花褪殘紅青杏小，燕子飛時，綠水人家繞。枝上柳綿吹又少，天涯何處無芳草？

牆裡秋千牆外道，牆外行人，牆裡佳人笑；笑漸不聞聲漸悄，多情反被無情惱。

前幾日，還爛縵枝頭的紅杏花，已經凋零將盡；只有晚開的幾朵，憔悴的依戀枝頭。屬於杏花的花信，已經遠颺了；不是嗎，在生發的綠葉間，已結出一粒粒綠色的小小杏子，正在和煦春陽中，躲在逐漸濃密的枝葉間，好奇的窺視著世界。

社日過了，梁上的燕子回來了；正忙著穿梭在花叢間，銜泥修補舊壘。冬日枯淺的小河，也因著東風解凍吧？綠漲春波，清清瀅瀅，歡悅的奏著輕快的曲調；繞著這一片住戶的外圍，向前流去。河邊的柳樹，早改換了瘦癯疏落的面貌；在東風吹拂下，枝繁葉茂。垂著長長、綴滿如眉葉片的柳條，在風中搖曳；更不時吹吐出一大片的柳絮，漫天飛舞。

吹著，吐著，柳絮，也吹吐將盡，完成了生生不息傳宗接代的使命。春，到柳花吹盡，也所餘無幾；百紫千紅的繽紛季節，至此，已走到末程；春，已將歸去，退出這大自然的舞臺。

有多少人會因春歸而感傷呵！但，春歸，並不是可感傷的；也許，不再能見姹紫嫣紅的繁華景象，大自然卻仍充滿了蓬勃生機；看！空氣中一片芳草的青馨，它們正欣欣然的向廣袤大地的每一個角落鋪展；以它們旺盛的生命力，鋪向天涯、海角，為大地換上綠色的新衣。也許，這芊綿青草，不似春花那樣鮮麗、悅目，但，一味傷春，恐怕不但喚不回已逝花信，更把眼前另一番美景辜負了！

一道圍牆，阻隔了內外。牆外，是一條供人行走的道路，牆裡呢？

陣陣清脆悅耳的笑聲，自牆內傳出；牆外的行人，不覺駐足瞭望。只見牆頭不時閃過衣袂風飄的輕盈身影；他恍然：這正是閨中人做秋千之戲的暮春時節；那笑聲，來自擺盪秋千遊戲的閨中少女吧？

如此悅耳的笑聲，應當屬於綺年玉貌、明眸皓齒的俏佳人吧？她何以如此歡娛，如此得意？莫非，她也在擺盪間，居高臨下的看見了牆外癡望的行人？巧笑倩兮，美目盼兮，也許她藉此傳達著靈犀相通的脈脈情意？

行人陶醉了，更依依仰望牆頭；希望看到那有著銀鈴般笑聲的佳人，現身向他微笑。

他佇立的凝望等待落空了，牆內笑聲，漸漸低微，遠去；終於消失了，只留下惘然牆外空自盼望的他。

原來，一切只出於他自作多情的想像。他有被騙的懊惱；無情的佳人呵！為什麼你要用笑聲來誤導我的感情呢？讓滿懷綺思柔情縈縛了我，卻又無情的讓我的美夢，在冷牆外幻滅！而想到方才自己竟因聽到笑聲，便作繭自縛的癡傻，他又不禁啞然失笑……。

❀

這一闋〈蝶戀花〉，是蘇東坡一首輕倩婉約的小令；由暮春時節發生的一個小插曲，來闡述他不因已然失落的過去，而辜負當前擁有美景的哲思；「天涯何處無芳草」，正寫出他超人的一種曠達；這種曠達，並不是見異思遷，而是不強求的順其自然。下片，他筆調詼諧，寫人生道上可能因自己的「一廂情願」，而落空的想望；這種落空，他的面對方式，大概是啞然失笑，自嘲一番：「多情反被無情惱」；雖不免懊惱，仍能自我解嘲，也是有大智慧、大度量的人，才做得到吧？

# 念奴嬌

蘇軾

大江東去，浪淘盡，千古風流人物。故壘西邊，人道是、三國周郎赤壁。亂石崩雲，驚濤裂岸，捲起千堆雪。江山如畫，一時多少豪傑。　遙想公瑾當年，小喬初嫁了，雄姿英發。羽扇綸巾，談笑間、檣櫓灰飛煙滅。故國神遊，多情應笑我，早生華髮。人生如夢，一尊還酹江月。

激濺的浪花，隨著濤濤滾滾向東奔流而去的長江，一波又一波地洶湧澎湃；前仆後繼，生生不息，自亙古，流過現今，流向永恆。

歷史的長河，也是一樣的吧？多少英雄志士，多少文采風流，多少可歌可泣的事蹟，多少傳頌至今的偉業……就像那激濺飛騰，奪目驚心的浪花一樣；在瞬息之間，就被時間吞噬，被後起的新浪所淘汰，成為往事陳跡，消失在歷史的長河裡，消失得無影無蹤。

站在長江邊岸，蘇軾凝注著奔騰的江水，感慨無端。在他立足處，有幾座殘敗毀圮的軍壘；軍壘西邊，陡峭的山壁，寸草不生，顏色赭紅，當地父老都說：

「這就是三國時代，周瑜火燒曹軍連環船的赤壁了；看！那土石的顏色，就是火燒成的呀；所以，才叫『赤壁』呢！」

蘇軾不知道故老相傳的說法，是否真確；但，這兒的形勢，的確險要非常，正是所謂易守難攻的兵家必爭之地。

看！那崔嵬崢嶸、岑崟參差的亂石，直矗穹蒼，彷彿硬生生崩裂了天上的雲朵。而以奔雷之勢，劈向岩岸，似乎想把那阻了他去路的邊岸震裂的巨浪，擊碎在山石上，捲起了一堆堆雪白的浪花；一波方才退去，一波又以驚人的聲勢，洶湧而至，無止無休的和山壁搏鬥著。

這是何等壯麗的畫面呵！蘇軾不禁為之震懾，又不禁神魂飛越；飛向那歷史上的三國時代，就在那個時代，風雲際會，造就了多少英雄豪傑！

那時，東吳的軍事統帥是都督周公瑾；他風流倜儻，文武全才，吳國人，多麼以這樣一位少年英雄為榮呵！他們親切地喊他「周郎」。

曹操率大軍南下，準備吞併東吳的那年，周郎才新婚不久；他的新婚妻子，是姿容絕世的小喬；英雄美人，羨煞了多少人呵！怎怪得他意氣飛揚，英姿煥發！

真是名下無虛士；這年紀輕輕，卻胸蘊百萬甲兵，韜略過人的少年英雄，搖著白羽扇，束著青綸巾，在敵人虎視眈眈下，瀟瀟灑灑，從容談笑布署，一把火，就把曹操的數百艘戰船，燒成了灰燼。

時間，無情的推移著；當時何等轟轟烈烈，改變了整個時勢的人與事，而今安在？只有不改的江山，殘留下幾許遺跡，供人追慕、憑弔罷了。

那少年英發，娶絕色嬌妻，建不世功業的周公瑾，若地下有知，該與小喬相視而笑；笑那獨立在江岸，神遊故國，追懷往事，感慨唏噓的人吧？頭髮都花白了，依然功業未就，功名未成……。

人生，就像一場夢；周公瑾夢過，蘇東坡呢？或者仍在夢中。大概只有天上的月，江中的水，才是永恆的；冷眼看著人在夢的舞臺上，不知是夢的演出悲歡離合！帶著了解，帶著悲憫，看幕啟幕落。斟了一杯酒，他沒有喝，默默酹向江心，向著那一輪在江水中搖漾浮沈的月……。

❀

這一闋〈念奴嬌〉，是《東坡樂府》中，堪稱家喻戶曉的名作，題目是：「赤壁懷古」。蘇軾被目為豪放派詞人的代表人物，而這闋詞，也堪稱是豪放詞中的代表作品。氣勢壯闊，筆力雄奇，這種大開大闔的氣魄，無人能及。而「談笑間，檣櫓灰飛煙滅」，九個字，寫盡火燒赤壁的情節；較之〈永遇樂〉：「燕子樓空，佳人何在？空鎖樓中燕」十三個字，寫盡關盼盼事蹟，更見舉重若輕的功力。蘇軾實在是曠古絕今的一代奇人，對他而言，「詞」，還只是牛刀小試呢！

# 定風波

蘇軾

莫聽穿林打葉聲，何妨吟嘯且徐行。竹杖芒鞋輕勝馬，誰怕？一蓑煙雨任平生。　料峭春風吹酒醒，微冷，山頭斜照卻相迎。回首向來蕭瑟處，歸去，也無風雨也無晴。

三月三日，到水邊去飲酒招魂，是自古傳下來的習俗。這習俗源於周朝的鄭國：在三月上巳日的這一天，國中士女，都執著蘭草到溱水洧水邊去招魂續魄；據說這樣可以祓除不祥，消災祈福。到了三國時代，魏國人就不管上巳不上巳了，訂在三月三日這一天為水邊招魂的日子。慢慢地，迷信的色彩也淡了，而變成文士的一種雅集。在三月三日，文友們一定相約到水邊去盤桓一日，曲水流觴，分韻賦詩，盡興而返。這種有趣又富於情致的習俗，一直在文士之間流傳著；到了這一天，總得應景點綴一番。本來，三月初正值春光明媚、鳥語花香的時候，又有誰不願意到郊外去走走呢？

蘇軾，是一個愛好自然的文人名士，自然也不願意放棄這一郊遊的機會；早就約好了文友，一起從相田到沙湖去。一大早，童僕們就忙著準備酒餚盃盞，先行把這些必備的用具送到目的地去安置妥當是必要的。他望一望天色，天上雖有雲朵，倒也不像就會下雨的樣子。於是，他決定讓童僕把雨具也先帶去，省得自己帶著累贅。打發了童僕們去後，他才和朋友們出發。大家都穿著輕便的衣裝；足踏芒鞋，手攜竹杖，一路慢慢地走，有說有笑的，倒也輕鬆愉快。不料走到半路上，天漸漸變了，雲愈來愈厚；不多久，雨沙沙地打在道邊的樹葉上，也沙沙地打在這一行遊客的身上。

「糟了，下雨啦！」

不知誰先叫了起來。一霎間，大家亂成了一團，有的用手護著頭；有的脫下外衣來遮蓋；有的躲到樹下；有的開始跑……大家都狼狽不堪。蘇軾見著，不由微微地搖搖頭，仍怡然自得，若無其事地慢步向前走；一邊走，一邊安慰著同行的友人：

別聽到雨打在林間葉上的沙沙聲，就慌了手腳吧！雨聲雖大，又有什麼妨礙呢？頂多把衣服淋濕了，那不也是難得遇上的痛快淋漓的機會嗎？我們腳下的芒鞋是那樣的輕巧；手中的竹杖更是稱手，有了這兩樣東西，走起路來輕捷舒適，比騎馬還勝幾分。我們何不就慢慢地，一邊走一邊吟詩嘯歌，愉快率性地享受這一趟旅行。一點點雨怕什麼呢？看！這細細的雨絲，濛濛的煙霧，把遠山近樹渲染得有如一幅寬闊的水墨畫，我們就是畫中人了。我們何妨把細雨輕煙，當作大自然給我們披上的蓑衣；披上這樣的蓑衣，置身在這樣的美景中，我真願意就這麼逍遙地徜徉一輩子呢！

春天像小孩兒似的，說哭就哭，說笑就笑；沒一會兒工夫，雨又停了，大家也就忘了剛才遇雨的狼狽，興高采烈地飲酒賦詩，享受偶得的閒暇和林泉之樂……。

酒酣耳熱，賓主盡歡，早已忘記了時間。一陣春風迎面吹來，夾著料峭春寒，猛然吹醒了七八分醉意；抬頭一看，竟已日銜西山了；斜日帶著餘溫，彷彿善意提醒大家「該回去了」。怪不得那陣風竟有些襲人，春天的早晚，原本是有幾分寒意的。

「順原路回去吧！」

回頭向著來時遇雨的路上走去；歸途中沒有風，沒有雨，連太陽也沒了蹤影……。

郊遊途中遇雨，又沒有雨具，大概多數人都會覺得狼狽而又掃興的。在這種滿心抱怨的情況下，誰還有興趣去欣賞四周的美景呢？事實上，抱怨有什麼用？抱怨，既不能令雨止天晴，也不能令天降雨具給人遮蔽；只徒然自己懊惱，並因此失去更多本來可以得到的樂趣而已。話雖如此，但這一層道理並不是人人能領悟的，真做到的人就更少了；唯有胸襟豁達的智者，才能突破「人之常情」的狹隘局限，達到不為周圍環境所左右的境界；那境界使得天地遼闊，使得人灑脫自在，對於周遭的種種不順遂，都不縈心了。

蘇軾這闋詞，雖然題目中說明為三月三日沙湖道中遇雨而作；但我們從詞中讀到的，卻不僅是「遊記」式單純的敘述或描寫而已；它表現的不僅是文人的情趣，更是哲人的境界。我們不必穿鑿附會，風、雨、晴，代表什麼；卻能領悟，風雨晴不過是人生旅途上的偶然事件，不必太耿耿於懷。當事過境遷再回首時，往往會發現，那已是「也無風雨也無晴」的空茫一片了。由此，或許使人能學得一點「寵辱不驚」的淡泊吧！

# 水龍吟

蘇軾

似花還似非花，也無人惜從教墜。拋家傍路，思量卻是，無情有思。縈損柔腸，困酣嬌眼，欲開還閉。夢隨風萬里，尋郎去處，又還被、鶯呼起。不恨此花飛盡，恨西園、落紅難綴。曉來雨過，遺蹤何在？一池萍碎。春色三分，二分塵土，一分流水。細看來不是楊花，點點是離人淚。

一陣風，吹起了漫天風絮。

輕輕拈住一毬柔絮般的楊花，蘇軾把它平放在掌心裡，細細觀看。說不是花吧，分明有花之名，也有根、有源；說是花吧，偏又沒有花朵該有的美麗姿容、芬芳香氣。只是一毬茸絮，一點沒有足縈人心處；怪不得，沒人摘，沒人憐，任憑隨著一陣風，漫天飛舞、墜落，離開了託身的家，飄泊流落在道路上。

實在不了解，這些漂泊的楊花，到底是有情，還是無情呢？她被那麼多絲絲縷縷纏縛著，彷彿是柔腸寸結；她那麼柔弱的沒有一點分量，彷彿困倦了，美夢方酣；輕輕吹一口氣，她也只微微顫動了一下，似乎睜動一下眼簾，又沈沈睡去。

不知她的夢是什麼光景？或者，她的前身，就是「打起黃鶯兒，莫教枝上啼，啼時驚妾夢，不得到遼西」的閨中思婦，終於化成了一片能乘風而飛的楊花，得遂她萬里尋找夫郎的願望；只怕，思婦的夢，永遠只能是夢；終究，還是要被那不知趣的黃鶯兒，在窗外的聲聲清啼，把尋夫的夢，喚醒、驚破。

楊花，任憑飛舞、墜落，也不會有人注意憐惜的！人們遺憾的，是繁花如錦的名園，飄零的落花，再也難重綴枝頭；當楊花飄舞的時候，春已將暮！

清晨，若下了一陣雨，楊花就更連影子也尋不到了；她將不再是楊花的形貌，而化作池塘上的點點浮萍。(註)

一春景色，如果總共有三分的話，到頭來，總是兩分歸向塵土，化作春泥；一分飄落水面，隨水逝去。

春，如今又在何處呢？仔細看看手掌中的楊花，那麼柔軟、輕盈、潔白。她是楊花嗎？不，楊花，並不是「花」，而是千古以來，征夫思婦流不盡的離別之淚！

❀

這一闋〈水龍吟〉是蘇軾的名作之一。前有小題：「次韻章質夫楊花詞」，所謂次韻，是依照他人作品的韻腳和作之意；這是古代詩人、詞人之間，常用的一種酬唱方式。由於詞牌、題目、韻腳都受了限制，要寫得出色，非有高超的造詣不可。這闋詞，就被後人評論：比章質夫的原作還要佳妙，甚至有人認為，蘇軾的和詞像原作，章質夫的原作像和詞。也就是說，蘇軾在韻腳受限的情況之下，仍自然流暢，圓轉自如，一點也看不出牽就韻腳的生硬來。反之，章質夫作品，不夠婉轉圓潤，倒比蘇軾和作生澀矯揉，所以說他原作像和詞了。

蘇軾詞作，大多曠達渾厚，前人歸入「豪放」一派。此詞詠楊花，卻是清新婉麗，可與任何「婉約」派詞人媲美呢！

為給讀者做個比較，謹把章質夫〈楊花詞〉原作列於文末：

水龍吟

燕忙鶯懶花殘，正堤上柳花飄墜。輕飛點畫青林，誰道全無才思？閒趁游絲，靜臨深院，日長門閉。傍珠簾散漫，垂垂欲下，依前被、風扶起。

蘭帳玉人睡覺，怪春衣、雪霑瓊綴；繡床漸滿，香毬無數，才圓卻碎。時見蜂兒，仰黏輕粉，魚吞池水，望章臺路杳，金鞍遊蕩，有盈盈淚。

（末段句讀與蘇軾作品略有不同，是蘇軾常不受繩墨束縛之故。亦有人斷蘇作為「細看來不是、楊花點點，是離人淚。」以合詞律，讀來卻覺拗口，今人多不採。）

（註）古人相信，浮萍是楊花所化，其實是楊花落在淺灘，絮中種子，發出的小青芽，與浮萍形似，而被古人誤為浮萍。蘇軾承襲此說，故云：「遺蹤何在，一池萍碎。」

蘇　軾

鳳凰山下雨初晴，水風清，晚霞明。一朵芙蕖，開過尚盈盈。何處飛來雙白鷺，如有意，慕娉婷。

忽聞江上弄哀箏，苦含情，遣誰聽？煙斂雲收，依約是湘靈。欲待曲終尋問取，人不見，數峰青。

一艘官船，從西湖南岸的南屏，沿著六橋，在孤山下泊了岸。遊人紛紛駐足指點：

「蘇學士遊湖來了！」

對杭州開發，不遺餘力；為浚西湖，造福百姓，不惜冒受天子嚴譴之險的翰林學士蘇軾，對當地人來說，不是一個可畏的官長，而是可親又可愛的民牧。當一襲便衣的蘇軾，登上湖岸，遊人便不由自主的擁了過來，七嘴八舌地問好。更有大膽的，問道：

「學士今日遊湖，何以不見笙歌管絃助興？」

蘇軾拂髯笑了，指指身後兩位素服青年：

「他們兩位有服在身，卻拗不過我的遊興，勉強伴我遊湖，已然越禮；再陳女樂，恐怕他們要如坐針氈，逃之夭夭了。」

引得眾人一陣哄笑，待遊人漸散，他領先拾級，登上竹閣。指點：

「這兒視野最好，南望雷峰、南屏，西眺六橋勝景；幾時閒暇，應邀幾位朋友，一一為六橋品題命名，也算不負我這番守杭了。只不知，後人會怎樣稱呼我任中所修的那一道堤呢！」

年齡較長的客人笑道：

「現今杭人稱白香山所修的堤為白公堤；我公修的，想必援其例稱蘇公堤了！」

「蘇公堤，蘇堤；我特意命匠人在堤上廣植芙蓉楊柳，若干年後，花紅柳綠，那一派春光，點綴湖山勝景，總也可以為杭人留點去思了。」

蘇軾怡然地把目光自六橋向左移轉；湖對岸，方才為霧遮雲掩的鳳凰山，迤邐分披出一片清朗的天地；薄薄的斜陽，烘著雲霞，蔚然如錦，把湖光山色，渲染得旖旎明麗，不可方物。

清涼的晚風，輕盈地踏過水面，迎面而來，掀起了無數細碎波紋。經過了湖水的過濾，晚風似乎也清澄透明得不含一點俗塵。他忍不住深深吸上一口氣，道：

「真個好風如水！」

「是呀！方才經鳳凰山前，還飄著雨，如今那面又晴了。霎兒陰，霎兒雨，霎兒晴，西湖一天內的氣候變化，真叫人捉摸不定呢！」

年幼的客人道。年長的截口笑道：

「也就是因為如此，才更顯出西湖不同面貌的美！」

他頓了一下，長吟：

「『水光瀲灩晴方好，山色空濛雨亦奇。』這兩句學士的新詩，寫盡西湖氣候變化之美了！」

蘇軾凝目笑問：

「賢昆仲也讀了拙詩了？」

弟弟搶著說：

「連三歲孺子也朗朗上口了，學士竟不知道？」

蘇軾軒朗一笑，負手站起，以手指叩著竹閣的亭柱，對著飄蕩著湖煙的西湖吟唱：

「水光瀲灩晴方好，山色空濛雨亦奇。若把西湖比西子，淡粧濃抹總相宜！」

吟聲裊裊未絕，湖面上卻傳來了幾聲琤琮絃聲，引動了主客三人的注意。

不知何時，霧散雲開，湖面上出現一艘裝飾著綵帶的美麗畫舫；畫舫推開的窗櫺中，臨窗端坐著一位正低眉彈箏的麗人，身後或站或立著幾個服飾鮮麗的侍兒。綵舟漸漸駛近，舟中人眉目亦漸清晰；只見麗人年約三十，衣裳淡雅，眉目間，隱含著淡淡清愁，風致楚楚，比之隨侍的青春少女，更有一番動人的丰神。眉秀春山，目凝秋水，端麗異常；那一分自然流露的閒雅風韻，使臨水竹閣中的三人，不由屏息。兩位客人，更流露出傾慕的神態。

「看，哪兒飛來了一雙白鷺，在對那朵半殘的風荷，傾訴情衷呢！」

蘇軾指著兩個白衣青年調侃。年長的紅著臉打岔：

「不知所彈何曲？」

蘇軾歛起了笑謔的神情，側耳傾聽。只覺曲調淒楚幽怨，隨風，更送來斷續哽咽的飄渺歌聲：

「攜琴上高樓，樓高月華滿……人道湘江深……淚滴湘江水……」

蘇軾也動容震懾了：

「『淚滴湘江水』，難道，竟是湘靈？」

他憶起那古老的傳說：大舜死於蒼梧，舜的二妃娥皇女英自殉於湘江，而成為湘江水神。常乘綵舟，鼓瑟悲歌，以悼念大舜，後人稱為湘靈。她來無跡，去無蹤；人們只偶爾在水畔，聽見泠泠清音，鄉人口耳相傳，道是湘靈鼓瑟……。

而今，他竟然不僅聞其聲，且有緣一覩真容了！他想，應該上前致意；問她，何以時隔千年，猶難解眉上愁痕、曲中幽恨？這一曲幽怨，又是為那位知音而彈……。

在他失神冥想的片刻間，畫舫已然盪向了煙波深處，在飄飛的湖煙水霧間，只剩下一個依稀的影子。琴韻、歌聲都遠了，模糊了，終於，船影、歌聲，兩皆渺茫……。

「學士！學士！」

他在搖撼中醒來，甚至不確定方才的畫舫、麗人，琴韻、歌聲，是曾存在的事實，還是一場無痕的春夢？

湖上，氤氳的湖煙散了，只剩下夕陽餘暉中的鳳凰山、萬松嶺屹立對岸，迤邐向西。蓊鬱如黛的山色，在暮色中，抹上了幾許紺青，映著幽闃的湖水，低眉，無語……。

❀

這一闋〈江城子〉，是蘇軾守杭時的作品，寫得如真如幻，迷離唯美，十分動人。末句用唐人詠湘靈鼓瑟詩：「曲終人不見，江上數峰青」，更引人悵惘低迴。《墨莊漫錄》有一段對於此詞的記載，試取其情節演示，以饗讀者。

# 八聲甘州

蘇軾

有情風萬里捲潮來，無情送潮歸。問錢塘江上，西興浦口，幾度斜暉？不用思量今古，俯仰昔人非。誰似東坡老，白首忘機。

記取西湖西畔，正春山好處，空翠煙霏。算詩人相得，如我與君稀。約他年東還海道，願謝公雅志莫相違。西州路，不應回首，為我沾衣。

守杭三年，朝廷下了旨意，召蘇軾回京，任翰林承旨。回京，不能說不好，許多人還求之不得呢，但……兩度守杭，他對杭州，有太多的眷戀；杭州西湖的美麗，風土人情的濃郁，錢塘江潮的壯闊……。

江潮在海風多情的催動下，自萬里之外，奔騰而來；排空捲地，聲勢驚人，蔚為奇景。然而，潮來，總有退去的時候；有情而來，又無情而去；一年年，一月月，總在這錢塘江上，重複的上演著。

他，總在西興浦口看潮來，又送潮去；同時送去的，是一個個落日，一個個黃昏；不知不覺，送去了多少流光歲月？

說什麼古往今來呢？又感慨什麼興廢存亡呢？其實，就在人一低頭，一仰首間，今我已非故我。有多少人，能逃得過人世風濤的簸弄與吞噬！願意做一個白首忘機的人，不再浮沈於宦海的紛爭傾軋中，然而，這一份超脫的心境，又有誰了解呢；到頭來，他只怕仍免不了失陷在宦海風雲中呵！

西湖！多美的地方！參寥子，多難得的方外知己！總記得，在西湖最美的季節中，與參寥子徜徉在西湖西畔的春山中，欣賞著山林的空翠，雲煙的變幻，吟詩聯句，彼此稱賞。誰說文人相輕？他與參寥子，是如此的相得，這一種，超越了世俗界限的文章知己，恐怕也是世間少有的了。

「安石不出，如天下蒼生何？」然而，謝安並無心戀棧權位；他始終不忘歸隱東山的初衷，甚至，已造泛海之裝，準備由海道東還。然而，天不假年，他離開建康，走到新城，便因病折返；入西州門，就沒有再走過西州路。以致於，他的外甥羊曇，不忍過西州路，每刻意避開，繞路而行。有一次，因醉酒，而經西州路，忍不住痛哭；哭他進了西州門，就再也不曾重出此門的舅舅。

他和謝安一樣，也有一個「東歸海道」，重返杭州的願望，但……

希望，這願望不落空，希望，不要讓參寥子像羊曇一樣，在路過西州門的時候，為蘇軾而痛哭失聲……。

這一闋〈八聲甘州〉，是蘇軾元祐六年應召回京時，寄給他的方外友人參寥子的。這闋詞，氣勢極為壯闊，又復感慨蒼涼，更含蘊著由人生無常中了悟的哲理，頗耐人尋味。

# 減字木蘭花

蘇軾

春庭月午，搖蕩香醪光欲舞。步轉迴廊，半落梅花婉娩香。
輕煙薄霧，總是少年行樂處。不似秋光，只與離人照斷腸。

「如此梅花！如此月色！可惜，世人只知上元賞燈，把月倒冷落了！」

與妻子王氏並肩在庭院中閒步的蘇軾，沈浸在暗香微度、月光如水的景致中，不由慨嘆。

梅花，已開始凋零，卻仍不失爛縵。當他們轉過圍著卍字欄干的迴廊，縷縷沁人心脾的清香，便拂面而來。使他們忍不住步下石階，在聚星堂前，梅花庭院中留連徜徉。

「這可是少游詞中所謂『華燈礙月，飛蓋妨花』了！其實，春月何曾比秋月遜色？偏世人只知附庸風雅，非到中秋，記不起賞月！」

他仰頭望月，不免為這一輪清光不減中秋的明月抱屈了。

「我倒喜歡春月；春月和悅宜人，給人嫵媚溫柔的感覺；秋月，卻令人愁慘感傷！」

蘇夫人王氏笑著說。蘇軾訝異道：

「你總說你不懂詩，結縭多年，我竟不知你是位詩人呢；這幾句話，實在是詩呀！」

王氏笑道：

「鄭康成猶有解詩婢，我嫁為才子婦這麼多年，豈能不略識風雅……」

蘇軾捋髭大笑，王氏接著說：

「如此良夜，辜負可惜；你何不請趙德麟他們來，在此花下設宴，飲酒、賞月？」

「好！真不愧為才子婦！你去整治酒菜，我立刻折柬邀趙德麟，和歐陽兄弟來！」

歐陽兄弟，是蘇軾恩師歐陽修的兩個兒子，一位叫歐陽棐，一位叫歐陽辯，和字德麟的趙令畤，都是蘇軾的朋友。他們一接到蘇軾的請柬，立刻都到了。

在梅花下，王氏早安排了杯盞菜餚。賓主依次坐定，蘇軾首先為大家斟上了酒，尚未勸飲，趙德麟先笑：

「東坡先生今日好雅興！邀我們來賞梅花！」

蘇軾笑著指指升至中天的明月，笑道：

「今日，月為主，花為賓。來，先乾幾杯，我再為你們話因由。」

喝下了幾杯，又把杯再斟滿，有了幾分微醺的蘇軾眼中，月光更美了；她不僅是靜靜端坐夜空，她更落入了他手中的酒杯中，隨著酒面微波，舒遲地搖出一片欲舞的光影盪漾。

他向三位朋友敘述王氏對春月與秋月的看法，贏得三位朋友一致讚歎，他卻嘆了口氣，說：

「本來，這樣月似輕煙花如霧的良辰，是屬於年輕人的，我都快六十了，風花雪月的心境，也消減了，倒是真不忍負她一番雅意！想想，梅花快落了；來月，月仍會圓，畢竟陰晴莫測，而且一定是沒有梅花了。年輕時不覺得，到我這年齡，才會了解，珍惜現有的一切，多麼重要！行樂須及時呵！」

他頓了一下，道：

「你們，恰如春月，照著清吐幽香的梅花，照著共飲佳餚美酒的朋友，和悅溫馨。而我卻像月到秋日了，就不免帶上幾分清冷慘淡，宜照的，也不是歡聚，而是別離了……」

❀

這一闋〈減字木蘭花〉，是蘇軾的作品。他自題小序：「二月十五夜，與趙德麟小酌聚星堂」，趙德麟則在《侯鯖錄》中，有詳細記載：東坡夫人認為春月令人和悅，秋月令人悽慘，及建議東坡邀約友朋賞月花間的始末。但他所記是「正月」，依「半落梅花婉娩香」來看，正月是對的；二月（農曆）梅花早已落盡，當已「綠葉成陰子滿枝」了，而且，趙德麟是當時在場的人，記載應可信，小序「二月」，恐是傳刻之誤。

# 青玉案

蘇軾

三年枕上吳中路，遣黃犬，隨君去。若到松江呼小渡，莫驚鷗鷺。四橋盡是，老子經行處。

輞川圖上看春暮，常記高人右丞句。作箇歸期天定許，春衫猶是，小蠻針線，曾濕西湖雨。

「真要走了，伯固？」

「是的，我已三年沒有回吳中，也該回去看看了。」

「三年；真快，你跟著我在杭州，已經三年了。是該回去看看了，幾時動身？」

「後天，今天特地來向學士辭行。」

「三聚三別，下次不知何時何地再見，明夜，就在西湖為你餞行吧……」

「謝謝學士。」

聽到蘇堅要回姑蘇的消息，蘇軾一時竟惘然了。蘇堅，與他同宗，不但博學多才，為人又重諾尚義。他為杭州太守，蘇堅監杭州在城商稅，時相過從。蘇軾守杭三年，為修水利，灌農田，濬河、開湖、築堤、植柳；這一面嘉惠農民，一面美化西湖的工程中，在在都含孕著蘇堅的智慧和匠心。是蘇堅策畫協助，才使他的胸中丘壑，理想藍圖，實現在西湖的山光水色中。

因著他同宗，在他心裡，蘇堅不啻是兄弟子侄。在三十年來的宦途崎嶇中，他早已看淡了人情冷暖，世態炎涼；也因此，對蘇堅向他伸來的這雙溫暖的手，他更有異乎尋常的感激和安慰，而產生了一種近乎親情的深摯友情。

如今，蘇堅要回吳中故居；為蘇堅，他應該歡喜；遊子還家，自然是喜事。可是，想到以後生活中，連親如家人，聊慰寂寥的蘇堅也不在了，即使以豁達自許的他，又怎能不為之黯然？

中天有月，這一席餞別宴，就設在新築堤上的小亭中。夾堤的桃柳，桃含笑，柳含煙，在月光下更有一種朦朧的美。舉起酒杯，蘇軾只喊了一聲：

「伯固……」

頓然眼前有些模糊起來，匆匆便一飲而盡，藉以遮掩。蘇堅也只覺離愁填堵著胸臆，卻說不出話來，也一飲而盡。一旁侑酒的侍兒歌姬，見他們心情沈重，也不敢如平時一般，嬉笑無忌，只默默把空杯再斟滿。瞬間，二人已相對喝了好幾杯了。一位年齡較長，善於應對的歌姬，見他們直喝悶酒，忍不住婉言調和沈悶的氣氛：

「學士，今日送主簿，酒已足，豈可無詞？」

「真的！豈可無詞，取筆硯來！」

未待墨濃，他已一揮而就，遞給歌姬：

「唱來！」

那歌姬默讀兩遍，倚調而歌，那是一闋〈生查子〉：

「三度別君來，此別真遲暮，白盡老髭鬚，明日淮南去。酒罷月隨人，淚濕花如霧，後夜逐君還，夢繞湖邊路。」

蘇堅感動地道謝：

「學士，你真說到我心裡了；回吳中，這三年，不知夢見過多少回；可是，真到離開杭州了，恐怕，真如您所說，明日淮南去，到了後夜，就要『夢繞湖邊路』了。」

他站起身來，走到亭邊，月下湖山，格外清麗幽寂，他凝望了好一會兒，才開口：

「我自幼喜愛王摩詰詩，尤其喜愛寫輞川別墅的那幾首；常恨不與摩詰居士同時，恨不見輞川圖。直到，我遇見了您，見到了西湖……學士，我才覺得不虛此生了；您清才不減摩詰居士，西湖風光不遜輞川別墅，我，暗自以裴迪自許。可奈，三年匆匆……學士，我知道，您一直有歸田之計，他日，若要買田，請勿忘姑蘇，那兒，也是歸田佳處，您會喜歡的。」

蘇軾微笑了，許多往事，擁上心頭：

「我已經喜歡了。姑蘇與杭州並稱，且人文薈粹……」

一位年齡較稚的歌姬搶著說：

「那寫『一川煙草，滿城風絮，梅子黃時雨』的賀梅子，便住姑蘇橫塘。」

「你也知道賀方回住橫塘？可會唱〈青玉案〉？」

蘇軾藹然問。那歌姬年幼，問到她，又羞澀，不肯答了。旁邊有人代答：

「她最喜唱〈青玉案〉！」

蘇堅想了一下：

「學士好像去過姑蘇幾次？」

「是，好多次。在我感覺裡，姑蘇也如家一般的親切……我也想學陸機一般，派一隻黃犬，跟你去姑蘇；一方面，替我送你，另一方面，也好代我去給一些老友故人，捎個平安信。」

蘇堅笑了：

「這一件事，我也可以代勞呀。學士的老友故人，只要告訴我名姓住處，我也可以帶信去的。」

蘇軾沈入了杳遠的回憶中；目光柔和而帶些微的感傷，有如月光下矇朧的湖水：

「你知道松江小渡？」

「知道，我回去，也要呼渡過江的。」

「那兒，住著我一群鳥朋友；鴛鴦、鷗、鷺，牠們幽棲水澤，你呼渡過江時不要驚擾了牠們。」

對這一老人，蘇堅是了解的；了解他對天地萬物的摯誠熱愛，不僅於人，也及於異類。恭聲應道：

「是！」

「還有四橋，那兒景色奇絕，不遜西湖……那兒也是我這老頭子當年常去的地方，不知景物仍似當年否？」

「學士，只聞風景不殊，人事全非；未聞景物易改的。」

「風景不殊，人事全非……人事全非……」

蘇軾感嘆著，負手喃喃。一位和蘇堅平日交好的歌姬，拉著他的衣袖，依依地問：

「主簿，這番回去，還來不來？」

蘇堅尚未答言，蘇軾卻一嘆：

「伯固，此情莫負！」

蘇堅腦海中，靈光閃動：

「學士人事全非之嘆，莫非是為了……」

他吟出蘇軾〈阮郎歸〉中的幾句：

「佳人相問苦相猜，這回來不來？」

蘇軾一嘆點頭：

「那時，我自杭赴密，名雖是升為太守，實則艱窘異常，恰如杜詩所云：『厚祿故人書斷絕，恆饑稚子色淒涼。』重過蘇州，太守王規父，倒是頗重舊誼，在閶門相送。席間有一姬舊識，歌舞冠於群倫，知我寒素，贈羅衫一襲，且有此問。當時，王規父也深感動於此語，曾有意為她脫籍……然而，我自顧不暇，為賦〈阮郎歸〉、〈醉落魄〉；當然，有自嘲阮囊羞澀，落魄江湖之意，終究是負了這番深情……」

在一旁靜聽的歌姬，都動容了；其中一位，竟雙目含淚，向前斂衽：

「學士，奴家自薦，為學士重唱〈醉落魄〉。」

和著笛聲，她歌聲淒婉：

「蒼顏華髮，故山歸計何時決？舊交新貴音書絕，惟有佳人，猶作殷勤別。離亭欲去歌聲咽，瀟瀟細雨涼吹頰。淚珠不用羅巾裛，彈在羅衫，圖得見時說。」

曲罷，靜默了半晌，蘇堅忍不住追問：

「『彈在羅衫，圖得見時說。』學士，後來可曾再見？」

「沒有……宦遊飄泊，身不由己。可笑那時，正在盛年，說什麼『蒼顏華髮』！如今，我垂垂老矣，佳人，只怕也是『綠葉成陰子滿枝』了。」

那唱曲的歌姬，也忍不住問：

「學士，那一件彈著佳人珠淚的羅衫呢？」

「已經舊了，還穿著；身上這件就是。」

「呵！」

這一件半舊青衫，原是他們熟見的，卻不知道，其中有這樣深情。

「學士！我回到姑蘇，打聽一下，只怕還打聽得到她的下落。雖然時已隔十餘年，總是一段舊情，學士未忘，想她也未忘。縱使今生無緣，也當有一言相報，以慰故人。『圖得見時說』，說些什麼？」

蘇軾輕撫衫袖，沈吟半晌，才道：

「春衫雖舊，仍是當年小蠻針線；它跟著我宦海浮沈，走遍大江南北。尤其這三年，在西湖上，風吹、日照、露浥、雨濕……伯固，你當知我此心！」

蘇堅點點頭，眾歌姬也動容無語。久久，才聽到蘇軾吟道：

「春衫猶是，小蠻針線，曾濕西湖雨……」

回頭取過紙筆，又揮就一章，卻交給那愛唱〈青玉案〉的小歌姬：

「你喜唱賀方回〈青玉案〉，這是和方回韻填的，你可願為我一唱？」

皓月當空，波平如鏡；桃李無言，楊柳低眉，裊繞西湖的，是清歌幽咽……。

❀

〈青玉案〉題為「和賀方回韻，送伯固還吳中。」伯固，姓蘇名堅。在蘇軾守杭開西湖這件工程上，得蘇堅助力最大。前後跟隨蘇軾達三年之久，自己巳（哲宗元祐四年）到壬申春（元祐七年）湖成，始辭歸吳中（姑蘇），所謂「三年枕上吳中路」即指此事。當時，蘇軾五十七歲。蘇堅重誼尚義，蘇軾遠謫海南儋州北還時，蘇堅於南華（廣東韶州）相待；黃庭堅謫死宜州，也是他親赴嶺外，才得歸葬。風義如此，蘇軾臨別依依，至於「淚濕花如霧」，就不足怪了。

況周頤特賞此詞末四句，云：「上三句未為甚豔，曾濕西湖雨，是清語，非豔語。與上三句相連屬，遂成奇豔絕豔，令人愛不忍釋。」筆者以為，豔猶其次，其詞清情切，才令人為之縈心迴腸呢！

# 賀新郎

蘇　軾

乳燕飛華屋，悄無人、桐陰轉午，晚涼新浴。手弄生綃白團扇，扇手一時似玉。漸困倚、孤眠清熟，簾外誰來推繡戶？枉教人，夢斷瑤臺曲，又卻是，風敲竹。　石榴半吐紅巾蹙，待浮花浪蕊都盡，伴君幽獨。穠艷一枝細看取，芳心千重似束。又恐被、秋風驚綠。若待得君來，向此花前，對酒不忍觸。共粉淚，兩簌簌。

庭間，那一樹葉影重疊的梧桐，被轉過亭午的斜陽，篩落了一地清蔭。周遭靜悄悄的；連最聒噪的蟬，也暫停下了高亢的長吟，躲在高樹的枝椏葉隙間休息。沒有人影，沒有人聲，只有剛學會了飛翔的乳燕，圍繞著這華美的屋宇，樂此不疲的穿梭追逐。

趁著風涼，新浴才罷的她，無聊賴地拈著一把團扇，無意識的閒弄著；那生綃的扇面，閃著幽微的絲光，她那清涼無汗的素手，也纖白晶瑩；映著素扇，讓人感覺晶瑩白皙，扇手一色，都清潤如羊脂玉雕成的。

慵然的倦意，爬上了她的眼睫；這炎炎夏日的寂靜午後，那麼容易使人困倦；是白晝太長了吧？日長如此，怎怪得人慵倦。

斜倚著那張湘妃榻，她恬然進入了夢鄉……。

「咔咔！咔……」

「誰？」

她驚覺坐起，一時分不清此身何在；剛才，她和他攜著手，在一處玉宇瓊樓的曲欄深處，喁喁細語，剛才……

是誰敲門嗎？沒有玉宇瓊樓，沒有曲欄深處，沒有他，是誰敲門呢？敲斷了她美麗而迷離的夢。

她走到門前，卻闃無人影，留給她一心的納悶；是誰呢？敲斷了她的夢，卻又悄悄遛了，怎麼可以這樣……。

她怨艾著，忽然又是一聲：

「咔咔，咔。」

仔細尋覓觀察，找到了聲音的來源，卻不由廢然而嘆；那是人叩環推門呢？只是，風，搖撼著叢竹……。

默默地，她收回了目光；默默地，徘徊在晚風收暑的庭院；綠蔭庭院，早失去了春日群芳競艷的繽紛，一片濃綠中，幾朵紅艷，驀然閃入了她的雙眸……。

「石榴花！」

是石榴；紅勝火的石榴！百花落盡後，佔一夏風情的石榴。

「石榴花，是最美、最艷，又最多情多意的；你看，一春下來，百草千花都凋盡了，就只有石榴花，不畏炎夏，默默開放，伴著孤寂的人，慰著孤寂的心……」

記得，在一個石榴花開的季節，他這樣說。那時，他正是最失意的時候。

她不知道，他為什麼對她說這些話；她知道，在那一刻起，她決心做一枝石榴花；在他最孤寂的時候，陪伴在他身邊的石榴花。

凝視著那紅艷的花枝，半吐的石榴花，像一條綯摺盈握的紅紗巾；那疊疊層層的花瓣，就像重重幽曲，無以開展的愁心一樣。

她，發現，她真的變成了一枝石榴花；姿容絕世，卻沒有人能解開那幽曲重重，沒有人能了解她那幽微的衷愫。

他，畢竟沒有了解石榴花；石榴花，也會凋殘的；或者，把千萬點的珠淚，蘊貯做一囊的晶瑩……。

「秋天，秋天我就回來！」

秋天，她寂寞地笑了；沒有人在秋天還能找到石榴花，只因，那時花已落，連淚，都迸裂作無數晶瑩，散入泥塵。

也許，那時，他會回到這一樹石榴前；也許，他會想起，那曾如石榴花般忠貞相伴的女子；那時，或許他會觸動了靈思，終於了解了石榴花的一片貞心，再不忍去飲下那杯中酒。只是，她也許看不到了，只有石榴能看到，看到他徘徊不去……或許，也會和她一樣吧，在花前揮不盡簌簌的淚。

❀

〈賀新郎〉是蘇軾詞作中十分有名的作品，後人並為它附會了不少荒誕不經的故事。撇開那些附會來看，它該是一首夏日閨情。下一半，全寫石榴花。如果讀者有心，將詞中描寫石榴花的句子，和花做一對照，必會讚歎描繪的生動細膩，寫「活」了石榴花呢！

# 鷓鴣天

黃庭堅

黃菊枝頭生曉寒，人生莫放酒杯乾。風前橫笛斜吹雨，醉裡簪花倒著冠。
身健在，且加餐，舞裙歌板盡情歡。黃花白髮相牽挽，付與旁人冷眼看。

是花殘葉落的秋天；是露寒霜重的清曉。

娉娉婷婷的黃菊，煥著金色的暈彩，衝破了秋風曉露，在枝頭綻開了。她無意為蕭瑟大地作點綴，她只是一個大自然的挑戰者——秋風多厲，淩逼不了她，她驅策秋風來增添她的高潔風姿；曉露清寒，威迫不了她，她召喚曉露來滋潤她的淡雅容顏。——她勝利了，淡淡地散著清冷的香氣，傲然凝立在秋風曉露中。

人生，不也是一樣的嗎？人生的旅途上，也佈滿了坎坷、顛躓；一如大自然中的雨雪風霜。有多少人在人生旅途中一蹶不振；有多少人以自憐自艾、怨天尤人終其一生；如秋風中的殘花敗葉，在悲嘆中，抑鬱以終。

為什麼不淡然些、豁達些呢？一個人的得意、失意，在歷史的洪流中，算什麼呢？過去的，不可追；未來的，不可知，為什麼不把握住真真實實的現在？「此身猶健」是多麼大的幸運！還不該努力加餐，善加維護嗎？還不該欣然舉杯，相互慶賀嗎？「莫使空樽對明月」，的確是的，人生的喜怒哀樂之情，莫不宜酒；世界上若沒有酒，人生還有什麼趣味呢？酒杯中的世界，或許不大真實，但，常比現實的世界美好一些、溫暖一些；人在酒杯中，也能找回多一點的自由，多一點的率真——那被埋在世俗禮教之下的率真。

那率真無偽、任情自適的境界，是多麼令人嚮往：臨風而立，橫吹著短笛，讓清越的音符，交織著斜飛的雨絲，隨風飄舞；醉醺醺地，摘下一朵黃菊，顫巍巍地往頭上插；只要自己心裡快活，又何必介意是不是把帽子碰歪了，戴倒了呢！帽子戴倒了，又怎麼樣？這些細微末節，真那麼重要嗎？人為什麼總被這些細微末節所束縛、所囿限、所困擾呢？為什麼不能率性而任真的，真真實實地為自己而生活，為什麼要耿介於世俗的目光，屈服於禮教的形式？難道，這些細微末節真足以代表一個「人」嗎？足以抹煞一個人的「內在」？

可嘆的是，人在清醒時，總是無法自那重重束縛中把自己釋放出來的，總是戒慎恐懼地生活的，只有在醺醺醉意中，才真正能找回自我。

及時行樂吧；趁著檀板輕敲、舞裙翩翻的時候，把握住自己向晚的夕陽暮景，不要讓流光逝去。黃菊，能戰勝蕭瑟西風，在晚寒中綻放；人，也應超越無情歲月，有一個無限美好的黃昏；在夕陽餘暉渲染的絢麗中。

蕭蕭白髮上簪著燦燦黃菊，不調和嗎？菊的傲霜，和人的晚節，豈不都是凜然挺立，卓犖不群的！隨便別人怎麼想，怎麼看吧，白髮人的知己，只是那一朵與他攜手同行的菊花……。

人的先天稟賦不同，後天修養各異，所以對人生的觀念，生活的態度，也有所差異；有的人豁達，有的人抑鬱，有的人淡泊，有的人傲岸……。這種人生觀念和生活態度，常自然流露在言行舉止之間；表現在文章詞賦之內，所謂「文如其人」，就是這個意思。

這一闋〈鷓鴣天〉的作者是黃庭堅。他的志節堅卓俊偉，岸然自異；但宦途坎坷，一再受到貶謫。在這種空有凌霄志，卻不為世所用的無奈中，往往會有兩種反應：一是消沈抑鬱以終，另一是在無奈中尋求曠達；黃庭堅顯然是後者。他自許、自負，不屑於隨波逐流，不甘於頹靡沮喪；於是以詩酒自娛，強自放曠，在縱情任性的背面，他的孤傲和無奈，卻是遮掩不住的。

他的這闋詞中，字面上雖然是逍遙、曠達、快樂的，深一步去看，去想，在長歌背後，卻是深沈的悲哀呀！

**黃庭堅小傳** 黃庭堅，字魯直，號山谷道人，又號涪翁，北宋洪州分寧（今江西修水）人。

他幼年警悟，喜讀書，數過成誦。他的舅舅李常，也是博學之士，常到他家，隨意取架上書考問，無不對答如流，李常驚為奇才。英宗治平四年舉進士。他的舅父李常、岳父孫覺，都與蘇軾交好，薦於蘇軾。蘇軾許以超逸絕塵，為之揚名，自此名動士林。與秦觀、張耒、晁補之並為蘇門四學士，而聲名最盛，時人視為四學士之首。元祐黨禍，坐罪屢受貶謫，卒於宜州，年六十一歲。門人私謚為「文節先生」。

他事母至孝，成名入仕，猶為母親滌溺器。蘇軾為文學侍從時，曾薦以自代，稱：「瓌瑋之文，妙絕當世；孝友之行，追配古人」。

他為人堅卓俊偉，岸然自異，為人欽重。能文工詩，兼擅書法。書法與蘇軾並為北宋四大家之一。詩與蘇軾齊名，稱「蘇黃」。開後世「江西詩派」。亦擅填詞，詞與秦觀齊名，稱「秦黃」，後人以「秦七黃九」相提並論。詞集名《山谷詞》，亦稱《山谷琴趣外篇》。

黃庭堅

春歸何處？寂寞無行路。若有人知春去處，喚取歸來同住。

春無蹤跡誰知？除非問取黃鸝；百囀無人能解，因風飛過薔薇。

百花喧妍的庭院，好像一夕之間沈寂了下來；綠肥紅瘦，零落的疏花餘蕊，強自撐持的點綴在濃綠間，無力的宣告：

「春，已歸去……」

人，不論來自多遙遠的地方，總有個來歷；不論去向多遙遠的所在，也總有個去處；也總可以長亭設宴，壩橋折柳，殷殷話別，依依目送。

可是，「春」，怎麼全不合情理，說走就走；連話別的機會都不留，連個招呼都不打，就這樣悄悄地，躡足而去？

「她究竟到那兒去了？」

任由黃庭堅向四面八方的大小路徑，去查、去訪，竟找不到一點蛛絲馬跡。她就這樣寂寞的登程嗎？沒人相伴，沒人護送，也沒人知道行蹤？那麼溫柔多情的春哪！怎麼會，怎麼能冷淡無情如此？好歹，總該有一些人；那怕一個人也好，知道她的歸處；至少，知道她向那方而去吧！

他抑不住心底的惆悵，想大聲吶喊：

「喂——你們有誰知道春往那兒去的？請喊住她，叫她不要走！」

他心中的吶喊，化作了口中的喃喃：

「叫她回來，回來和我們住在一起……」

似乎真沒有人能回答出春的去向了，春真去得無影無蹤了；他寂寞的守著空庭，近於絕望的等待著奇蹟——也許；也許竟有人知春的去向，能喚春回呢？

「唧啾，唧，啾啾！」

一隻黃鸝鳥，跳上了枝頭，不驚不怯地，向著他啁啾。那串串清音，像要告訴他些什麼。

「吱！」

他重重一拍額頭，他怎麼忘了，花與鳥，同屬於春神的信使呢！除了這隻黃鸝，更有誰能知春去處？

他熱切地仰起頭來：

「黃鸝！你一定知道春往何處去了吧？請告訴我，好嗎？」

黃鸝鳥熱心的答出了一串鳥語：

「啁，啁啾……」

「啾啾，啾，啁啾啾……」

那嚦嚦如珠的細語，想必是把他的問題作了詳盡的回答，可是……

「這鳥兒唱得真好聽哪！」

「可不是！不知它說些什麼？」

動人的鳥歌，引來了男女老少，紛紛駐足歎賞。但，沒有一個人，能解得鳥語，沒有一個人能把黃鸝所作的答覆，翻譯出來。

他絕望地望著辛苦清囀的鳥兒，悲涼浩嘆：

「黃鸝！辛苦你了，只恨余生也晚，當今之世，已無公冶長……」

黃鸝鳥似乎聽懂了他的話；掮撲著翅膀，乘著清風，飛掠過牆邊的薔薇，不見了蹤影。

只有那清風拂過的薔薇，簌簌飄下了幾片殘瓣，發出幾近於無的幽幽嘆息……。

# 滿庭芳

秦觀

山抹微雲，天粘衰草，畫角聲斷譙門。暫停征棹，聊共引離尊。多少蓬萊舊事，空回首、煙靄紛紛。斜陽外，寒鴉數點，流水繞孤邨。消魂，當此際，香囊暗解，羅帶輕分。漫贏得青樓，薄倖名存。此去何時見也？襟袖上、空惹啼痕。傷情處，高城望斷，燈火已黃昏。

白雲，為青山抹上了幾縷朦朧如輕紗的雲影。如洗的穹蒼，和無際的衰草，向著地平線鋪展黏合。譙樓上，嗚咽的畫角聲，迴盪在暮色中，裊裊不絕，終於歸向沈咽。

人，也沈咽著。在江邊，纜繩扣繫的蘭舟上，陳設著一席酒宴。菜餚，幾乎不曾動過箸；酒，不待人勸，秦觀又飲盡了手中那一杯。

他對面坐著的伊人，也默默舉杯，一飲而盡。酒；原該香醇的酒，如今，卻只令他感覺苦澀；是離別，使香醇變成苦澀得難以下嚥；但，不飲又如何？不飲，那纜繩也無法長久縈繫這一艘待發的小舟。

仍記得蓬萊閣上邂逅相遇；文章魁首，仕女班頭，豈不是天生地設的？在他們目光交會那電光石火的一剎那，就註定了今日杯中的苦澀。

那些美好的時光呵！如今重新尋繹，就如春夢，如秋雲；如晨霧，如暮靄一般，飄渺，迷茫，再也無法捕捉……。

斜陽，孤伶清冷的懸在遠山外；流水，靜靜的環繞著杳遠處的小小荒村。淡金的暮色中，蒼茫遼闊的平野，凝止沈寂宛如一幅圖畫；只有幾點寒鴉，劃破凝止的沈寂。

船艙中的光線，更暗了一層；對坐的伊人，在昏暗中，默然低眉；濃郁的離愁，化成了一層薄薄淚光，在昏暗中，如寒星般閃爍。

他欲出言慰藉，卻又無言相慰；一樣的離愁，一樣的傷情，也同樣盤據在他心頭呵！

她悄悄解下一枚香囊遞給他，他卻不知這算定情的信物，抑是離別的紀念了；他也希望永結同心呵！但，可奈對湖海飄零的遊子，羅帶上的同心結，也綰繫不住飄泊的命運！他忽然了解了唐代詩人杜牧「十年一覺揚州夢，贏得青樓薄倖名」的心境；杜牧何嘗願為薄倖人？一如他，他又何嘗願意負心，願意薄倖？但，他知道；在她的淚光中，他知道，日後青樓傳述中，他也難逃薄倖；只因，她付出了一片真情，而他，辜負了紅顏知己。

這一別，何時能再重見？她沒有問；她知道，他回答不出來。但，梗在心頭的悽愴，卻化作淚雨紛紛，灑滿了衣袖；那斑斑淚痕，都在無聲的問：

「這一別，何時能再重見?這一別，何時能再重見?這一別……。」

他不忍的別過頭去，是何時，夕陽已完全沈沒，城樓，已在視線中隱沒；只有點點燈火，在黃昏暮色中，燃亮，閃爍……。

❀

這一闋〈滿庭芳〉是秦觀膾炙人口的名作之一，題材在詩詞中並不特殊；也不過是才子佳人的聚散離合之情。只是，在婉約派一代詞宗筆下，情與景的交織，便淒美絕俗至令人移情。至今，凡選秦觀詞者，未有不以這一闋〈滿庭芳〉為優先；由此，可知這闋詞的魅力！

秦觀小傳　秦觀，原字太虛，後改字少游，號淮海居士，北宋高郵（今江蘇高郵）人。

他少年豪雋慷慨，溢於辭表。舉進士不第，失意落拓。孫覺薦於蘇軾，蘇軾一見，以為有屈、宋之才，推介於王安石。王安石亦認為詩如鮑、謝，大為嘉賞。蘇軾愛重其才，不願見他流落江湖，以應舉養親勉之。乃於神宗元豐八年進士及第，名列蘇門四學士之一。累官至秘書省正字，國史院編修。後坐元祐黨籍，歷謫數州。哲宗元符三年，徽宗立，始放還。旋卒於藤州，年五十二歲。蘇軾為之痛悼，嘆稱：「少游不幸死道路，哀哉，世豈復有斯人乎!」天下士論亦為之痛惜。

他為人豪俊，強志盛氣，為文長於議論，詩詞卻以清新婉麗稱。後人論其詞，以「初日芙蓉，曉風楊柳」為喻。並認為「子瞻（蘇軾）辭勝乎情，耆卿（柳永）情勝乎辭，辭情相稱者，唯少游一人而已。

對秦觀之詞，推崇備至。人豪俊，而情深詞婉，不類其人。詩名僅次蘇黃，而詞名過之。有《淮海集》行世，詞集名《淮海詞》，亦名《淮海居士長短句》。

# 鵲橋仙

秦觀

纖雲弄巧，飛星傳恨，銀漢迢迢暗度。金風玉露一相逢，便勝卻人間無數。　柔情似水，佳期如夢，忍顧鵲橋歸路。兩情若是久長時，又豈在朝朝暮暮。

在晴朗的晚上，我們若仰望星空，常可以看到一條白色光芒的帶子，橫貫過夜空；把天空一分為二。老年人會指著它告訴我們：

「那是銀河。」

又指點著分隔在銀河兩岸，兩顆亮亮的星，說：

「那是牛郎星、織女星。」

牛郎、織女的故事，一代一代地流傳著，深印在每個人的心裡，那是一個使每個有感情的人感動的美麗而又淒傷的傳說：

織女，是天帝最小的女兒，勤勉而美麗，日日夜夜織著天上的雲錦；燦爛的朝霞、絢麗的晚霞，和飄浮在天上的雲彩，都出自她的慧心巧手。日復日、年復年，她長大了，像每個人間的少女一樣，她也有感情的。因此她開始有了憂鬱；她仍勤勉的工作，卻不再像以前那麼快樂。

天帝發覺了自己心愛小女兒的寂寞，決定為她找一個伴侶，精挑細選的，他看中了牛郎。牛郎是一個勤勉快樂的少年，每天牽著他的牛早出晚歸辛勤工作，正好匹配織女；正如人間夫婦一樣男耕女織，多理想啊！於是天帝宣佈了立刻傳遍天庭的喜訊：牛郎織女結為夫婦，成為一對人人歆羨的佳偶。

可是沒多久，天帝就發現自己的如意算盤落空了。他本來希望他們婚後彼此勉勵、互相幫助，有更好的工作成績；沒想到他們為了私情，依依難捨片刻的分離，而怠忽職守；牛郎不再耕種，織女不再織錦。天帝再三地告誡，也沒有收到效果，使得他在既痛心又氣憤的情況下，斷然採取了嚴厲的手段：把他們拆開。

一條波濤洶湧的大河，在一瞬間橫亙在他們中間。等他們從驚惶中覺醒，所愛的人，已遙隔在河的那一方。他們知道自己錯了，痛哭、懺悔，都改變不了殘酷的事實；他們覺悟的太遲了。他們知道，眼淚軟化不了天帝的決心，勤奮工作才是痛悔、贖罪的具體證明。於是，牛郎扶起了犁；織女拾起了梭，日日夜夜的耕；朝朝暮暮的織。度著漫長得似乎永無窮盡的歲月；忍著痛楚得如同椎心瀝血的相思。

這一切都看在天帝眼中，他心軟了，心痛了：像每個父親一樣，他原本深愛著他的小女兒。他不忍心看到他心愛的小女兒臉上的淒傷，和眼中的絕望；他開始懷疑這樣永遠隔絕他們，是不是太殘忍？

「我也許錯了，這個懲罰太嚴酷了。」他痛苦地想。

天上的天神們，也深深同情著牛郎織女的不幸。他們認為，至少該給他們一次見面的機會。

天帝同意了；但為了維護天庭律令的權威，他不能輕易赦免；於是提出一個難題：

「如果能在一夕間在銀河上架一座橋，又連夜拆除，就允許他們在橋上相會。」

銀河，滔滔滾滾，舟楫難渡，又深又廣，任何建築材料也無法架上一座橋；何況限在一夕之間建成、拆除，天神們也只有無能為力地嘆息了。

這時，一隻曾受過織女恩惠的喜鵲，自告奮勇願意承擔架橋的重任。天神們有的讚美牠的勇氣；有的嘲笑牠自不量力，但牠的誠意使天帝感動，當面承諾：

「只要你能架起橋來，我允許他們一年見一次！」

那年七夕，地上所有的喜鵲飛上銀河，首尾相啣為牛郎織女架橋；一夕而成，連夜拆除。天帝也就信守了他的承諾，讓牛郎織女在每年七月七日相會，傾訴一年來的相思之苦。

這個故事在人間流傳著。

又是七夕了，北宋的大詞人秦觀，黃昏時負手站立在庭院裡，仰頭瞻望著雙星。天上，飄浮著輕柔柔的雲彩，是那樣變幻莫測，絢爛綺麗，多采多姿，這大概就是織女那一雙巧手，織出來的雲錦吧！天邊，一顆流星，曳著長長的白光，迅速地在天空畫了個弧形，沒入幽冥的穹蒼深處，就像是為著牛郎織女成年累月兩地相隔的不幸，發出的一聲長長嘆息。

但對牛郎、織女而言，今天卻不是一個嘆息的日子；因為，在漫長的一年中，只有今天，他們能悄悄地在雲彩環繞、掩護下，跨上鵲橋，渡過遼闊的銀河，作片刻的聚首。在這七月初秋，秋風飄起了他們的衣袂，冷露沾濕了他們的鞋襪。他們心中被一年歲月累積的思憶和渴慕，終能在這一年一度的重逢中，獲得了安慰和補償；這相會是短暫的，也是永恆的。

秦觀想著：千百年來，人們歌詠著、嗟嘆著牛郎織女遙隔兩地的不幸，卻不知道，人們短短數十寒暑，如何比擬他們的永恆？人間千百次不經意的聚首，甚至不知不覺近於麻木成年累月的朝夕相處，又如何比擬這珍惜著分分秒秒的短暫相聚？

在這短暫的相聚中，他們訴說不盡的相思相憶，從相互眸光中流露出的溫柔如水的深情，都像是夢境的片段。這一年一度的良宵，不也像夢般的美麗、易逝？

遠方，雞啼了。他們也只能鬆開緊緊相攜的手，斂起在淚光中相互凝視的眸，黯然分開；一步一回頭地各自走向鵲橋的一端，銀河的兩岸了。

「他們何嘗真正的分開了呢？」

秦觀想著：

「他們的心那樣緊緊密密地結合在一起，這樣深摯而又永恆的感情，豈是時間、空間所能隔絕的？在他們堅貞的愛中，對方不是時時刻刻存在於心深處嗎？只要愛心永存不變，在精神上長相廝守，又那裡在乎日日夜夜的面面相對呢！」

他想通了這一層，頓時怡悅起來。深覺以「人」淺俗的眼光，去憐憫雙星的一年一會，實在是很可笑的。只因為大多數人，根本不能領會那種永恆不變的摯愛，不能了解那種超越時空的深情。於是，他寫下了一闋〈鵲橋仙〉來闡述他的領悟。

# 江城子

秦觀

西城楊柳弄春柔，動離憂，淚難收。猶記多情，曾為繫歸舟。碧野朱橋當日事，人不見，水空流。韶華不為少年留，恨悠悠，幾時休。飛絮落花時候，一登樓。便做春江都是淚，流不盡，許多愁。

城西的楊柳，又裊裊娜娜地垂下淡金色綴著狹長葉片的柔嫩柳條，在薰和的春風中搖曳著；輕盈的舞姿，更增添了春日的嫵媚與溫柔。

美景良辰，本該是使人歡愉的呵！可是，默立在柳下的秦觀，卻滿心的悽楚，不覺湧出滿眶的淚；不是不知道「男兒有淚不輕彈」呵！但，他又怎遏止得住心痛，鼻酸，淚向上湧？

還記得離別時，也是這樣風晴日暖的春天，柳下停泊的客舟，已解纜待發；為了多留他一會兒，伊人用纜繩繞住柳樹，又折下了一枝楊柳，默然遞到他手中。淚光盈然的眸子，替她無聲地訴著心聲：

「早日歸來！早日歸來，早日……」

船離了岸，纜繩順著柳樹滑脫，滑向煙波深處。他看到她沿著岸邊依依追了幾步，登上了架在河上的紅色小橋，猶自揮著袖，依依復依依……。

「我會儘早回來的！」

他大喊，他的聲音在曠野中，是那麼微弱；他不知她聽到沒有，在船漸行漸遠中，他已看不清她的臉；只見她那衣袂風飄，頻揮著衣袖的身影，越來越遠了，小了，終於看不見了。他不知道，他永遠都看不見她了，這一別，竟就永隔人天……。

「我會儘早回來的！」

他這樣承諾的呵！可奈，這一承諾，竟在身不由己的仕宦途中，成了虛話。如今，他終於回來了，她，卻等不到重逢的歡欣；日復日，月復月的相思，侵蝕著她的生命，待他重返，她早已含恨而歿，墳上草已青青……。

楊柳依然裊娜，迎風迴舞；紅橋依然無恙，屹立溪流；那一望無際的曠野，依然碧草如茵。伊人的倩影，宛然在目；她在柳下殷殷話別；她沿草岸依依追逐；她立橋頭遙遙揮袖，她……她逐漸在他淚眼朦朧中模糊消失，她玉瘞香埋在黃土中；她深印細鏤在心頭上……。

大自然的春日，在四季更迭中周而復始。人的青春歲月呢？他默然凝視著潺湲流水；流水，不斷地流著，不管人世的滄海桑田，離合悲歡！它無情的載走了歲月年光；也載走了青春年少的美好時日。它是不休不止的，一如時光和歲月；就在它的催促下，當時年少的自己，鬢邊已見二毛，而它，仍無意停駐。

而人，又能奈何呢？人的憂思悲懷，又何時才到盡頭呢？人老了，春去了；他總在春暮，愁懷難遣的時候，學那古人王粲，登樓遠眺；希望能藉著視野的拓展，抒解心中的鬱結。如今，又是柳絮撩亂，落花繽紛的時節了，只是登高望遠，又幾曾消減了他一絲半毫的愁緒？碧水春波，悠悠地流著；他的淚，也濟濟地流著，就算這春日江水，都是淚的匯聚，他知道，江水也流不完他的愁緒的，永遠，永遠……。

❀

這一闋〈江城子〉是秦觀的作品。秦觀雖是「蘇門四學士」之一，在詞風上，卻與蘇軾迥異，纖柔婉約，上承歐陽修，下啟周邦彥，尤其在表達感情的幽微深婉方面，最為擅長，所以有「詞心」之目。這一闋〈江城子〉，就是相當典型的例子；用倒敘追憶的筆法，曲曲傳出無限深情和悲悼——以詞中所表現的悲惋，當已不只是生離而已了——而「便做春江都是淚」一語，雖似自李後主「恰似一江春水向東流」中化出，卻更具體的把淚水、江水做了結合，使讀者在感受上，更易領略，而寄予無限同情。

秦　觀

霧失樓臺，月迷津渡，桃源望斷無尋處。可堪孤館閉春寒，杜鵑聲裡斜陽暮。

驛寄梅花，魚傳尺素，砌成此恨無重數。郴江幸自繞郴山，為誰流下瀟湘去？

滿腔熱血，滿腔忠忱，秦觀追隨著蘇軾，甘列門牆。為了蘇軾的才華、曠達；為了蘇軾的提拔、知遇；更重要的，為了蘇軾忠直、耿介。他知道，蘇軾的性情，不宜於政治傾軋；他太激烈、太正直、太不圓滑、太得罪人；而所得罪的，又多是奸佞宵小；伺機諂媚取寵，為鞏固自己權位，絕不放過譖害、攻訐異己的機會，且心狹氣窄眥睚必報的小人。蘇軾是個危險的政治人物，但他崇慕蘇軾的高潔人格，甘心把自己的命運和蘇軾連繫到一起，死而無悔！

一場新舊黨爭的政治風暴，席捲了整個朝廷，舊黨大老，司馬光已死，倖逃一劫。其他忠直而受知於太后攝政時的元祐舊人，被誣與太后共謀異志，削爵、貶謫、流放殆盡，而蘇軾，是最大的攻擊目標。身為蘇門學士，而引為一生幸事的秦觀，又何能倖免？

輾轉遷徙，他先謫到處州，又徙郴州。他心無悔愧；有的，只是悲憤和不平。

郴陽，地近嶺南，濕燠多霧。來到謫地，獨寄孤館的秦觀，寂寞地數著一個個晨昏……。

有時，飛飛捲捲的霧，自四方向他擁來，那麼無聲無息，就籠罩整個大地。沒有形體，沒有分量，卻阻隔了他的視線，把他陷入無助的孤絕中。不是嗎？連近在咫尺的亭臺樓閣，都淡了、遠了、模糊了，終於消失在這重重撥不開、吹不散的茫茫濃霧中。

有時，淒淒清清的月，向人間飄灑著薄薄柔光，山影幢幢，水波漣漣，山凹水湄，朦朦朧朧，除了沈寂，仍是沈寂。無人，也無舟的津堠古渡，就隱沒入這淡淡月色中，留下一片夢般的迷離。

他記得，在他幼年讀〈桃花源記〉時，對文章中的寓言性，不甚了了；對文中所形容的那個安祥美麗和樂的世界，卻著實嚮往。當他聽說，陶淵明筆下的桃源，在湖南武陵時，更對這瀟湘之地，有著無比的憧憬。如今，他到了湖南，而桃源何處尋？他也曾極目眺望，阻斷了他視野的，是煙水遼闊，雲山蒼茫……他在無奈中了悟：空間阻隔，已然難以超越，更難堪的，卻是：他空有嚮往桃源之心，桃源卻只是一個虛無飄渺的夢。

杜鵑，啼紅了滿山遍野的杜鵑花；花開了，又謝了，那啼血的悲鳴，猶自淒咽：

「不如歸去！不如歸去……」

斜陽，在林表杜鵑催喚下，依依沈向西山。暮色迅速自四方合圍；包圍了小城，包圍了館驛，帶來濃重的春寒。他默然掩扉，欲把春寒阻隔在深閉的孤寂館驛之外；阻不住的，是暮色蒼茫中，催歸杜鵑淒喚，仍未停歇；聲聲入耳，教他這遊子遷客，情何以堪？

冬天，南方地暖梅花早，他曾想摘下梅花，效南北朝時的陸凱，倩驛使寄給故知，共待春還。春天，春水漲綠，他也想寫封家書，託雙魚傳給家人，以報平安。可是……梅開，梅謝；春來，春又去了，他卻一任日月輪轉推移；一任愁恨累積堆砌，卻書難竟，信難成；這些殘篇斷簡，全成了愁恨的根由，重重疊疊，壓上了他的心頭，絲絲縷縷，拂亂了他的心境。

鄉愁，在歲月牽引，路途遙隔中滋長、滋長、滋長……往事歷歷；在當時，他任意揮霍著那些美好的時光，他不知道，那是可珍的，那是不恆長的。人離開了家，離開了鄉，就成了一片漂萍，一片飛絮；把自己付給了流水，付給了東風，付給了未知的冥冥主宰。但，不到寄人籬下，進退失據；不到鄉關萬里，欲歸無路，有多少人知道家的可愛，鄉的可親？有多少人甘守故園，甘困鄉井？前人的創痕，教不會後人學乖；總得等到他自己同樣創痕纍纍，方能驚悟；而卻總已太遲。

郴江，潺潺湲湲地，圍繞著郴山流著，清清澈澈，一塵不染。流出郴山，流過郴州，北向入耒水，而至瀟湘。臨清流而立的秦觀，心中卻混雜著矛盾的情愫；他羨慕著郴江，能流出郴州，流向北方；那他心所嚮往，卻身遭羈縻，欲去無由的方向。他也感喟、憐惜著：

「郴江呵！在郴山圍護中，你清清澈澈。可知外面的世界，混亂污濁，是不容純淨清澈的。你最好，還是安安詳詳依偎著郴山，保持你的純淨清澈，不要流出去吧；你這樣嗚嗚咽咽地流下瀟湘，到底所為何來呢？」

〈踏莎行〉是秦觀坐黨籍，貶謫至郴州時的作品。郴州，在湖南南端，鄰近廣東，在當時來說，

是十分偏遠荒涼的；遠流至此，其心境的蒼涼悲鬱，可以想見。他另一闋〈阮郎歸〉下片：「鄉夢遠，旅魂孤，崢嶸歲又除，衡陽猶有雁傳書，郴陽和雁無。」兩闋詞同看，對他當時的孤寂蕭索，不難領會一二。

自屈原〈離騷〉以來，詩人常以寄託入詩，解詩人也每喜自詩中去穿鑿臆測其寄託所在；往往不惜附會牽強，強為之解。筆者對此素來不以為然，但就此詞產生背景而言，秦觀藉以表達怨抑幽憤之情，倒也不無可能，只是，就全詞了解這一點，也足夠了，實不必強解桃源何謂，斜陽何指了。

詞中「可堪孤館閉春寒，杜鵑聲裡斜陽暮。」有如杜鵑泣血，寫盡了孤淒寂寞之情。蘇軾最賞的「郴江幸自繞郴山，為誰流下瀟湘去。」更咀嚼不盡，如「橫看成嶺側成峰」的一脈青山，可自各個角度去涵泳領會。為蘇軾稱賞，也是「同病相憐」了。

# 千秋歲

秦　觀

水邊沙外，城郭春寒退，花影亂，鶯聲碎。飄零疏酒盞，離別寬衣帶，人不見，碧雲暮合空相對。　憶昔西池會，鵷鷺同飛蓋，攜手處，今誰在？日邊清夢斷，鏡裡朱顏改，春去也，飛紅萬點愁如海。

「這是南園，不是西池！」

「這是處州，不是汴京！」

應邀遊南園的秦觀，不斷的提醒著自己。

依水而築的南園，位在處州府治之南，迤邐的城牆，橫亙在沙岸外。青山隱隱，綠水迢迢，爛縵花枝，在和風中織成一片淩亂花影。乳鶯在父母的教導下，學飛，習唱，初試新啼，像嬌嬌怯怯的小女兒，不敢放聲高歌；嚦嚦清囀，有如細碎的珍珠，撒落玉盤中，雖未臻純熟，卻另有一番楚楚可人的風致。

花影，鶯聲，在消退了春寒的暮春，格外牽動著秦觀心底的那一份淒楚；江南春色，不遜帝里，但……

畢竟不是京師呀，這兒，沒有良師，沒有益友，沒有巍峨館閣，沒有薈萃英傑……。

那時，蘇門學士，誰不忻慕？人物俊逸，志行高潔；吐屬典雅，辭章錦繡。文期酒會中，永遠是最受矚目的焦點。尤其，在「填詞」這一方面，他每成一調，就成為教坊歌樓爭相傳唱的新聲！連有「冰霜美人」之稱的李師師，對他也格外垂青，展現那被稱為「千金猶少」的一笑，成為他的文章知己！

曾幾何時呵！風流雲散，他們都坐黨籍，而貶謫到各方。他輾轉貶謫到處州，書劍飄零，雖監酒稅，卻因知己難逢，和酒疏離了。更因為負荷不起那無盡的離情和失意，而寬褪了衣帶，成了瘦腰的沈郎！

他知道，他最好忘卻昔日繁華，忘卻京師，忘卻館閣；忘卻昔日視為當然，今日恍如春夢的一切。但，他怎忘得掉呢？那一切，曾是真真實實的存在呀！

那時，他正任祕書省正字，官不大，卻清貴異常。尤其，他又懷文才詞筆，更是名動公卿；上自天子，下至僚屬，無不傾折。元祐七年三月，因上巳祓禊水濱的習俗，皇帝詔賜館閣官員遊金明池、瓊林院，賞花飲酒。他，正在館閣，也應邀隨駕遊賞。他，黃庭堅、張耒、晁補之，並列蘇門，又同為與會者，各自攜著如花伴侶，同遊花下，分韻賦詩，即席吟唱，羨煞了多少同行僚屬！

如今呢？金明池邊，應仍有盛會，而當時攜手同遊的人，卻已無一人與會了，各自遷謫，如風中落花，飄零四方……。

京師，遠了；舊夢，斷了；友朋，散了……昔日鏡中年輕俊逸，豐潤光潔的臉龐，也泛起了波紋，他知道，他……老了。

紅日，落向西山，悠悠飄浮在碧空的白雲，由金紅，而轉為灰紫。

一陣晚風吹來，枝頭繁花，頓化作繽紛落紅，漫天飛舞。春，就這樣去了？春，就這樣去了……。

暮色，自四方聚合，當頭罩下。愁思，也像海潮一般，向他湧來，把他吞沒在無邊無際的海水中……。

❀

這一闋〈千秋歲〉是秦觀的作品。秦觀是「蘇門四學士」中，詞名最盛的一位。後坐元祐黨籍，輾轉貶謫各州。這一闋詞，是他在處州（今浙江麗水）監酒稅時，遊府治南園，感傷今昔的作品，十分有名，當代詞人和韻甚多。

# 望海潮

秦觀

梅英疏淡，冰澌溶洩，東風暗換年華。金谷俊遊，銅駝巷陌，新晴細履平沙。長記誤隨車，正絮飛蝶舞，芳思交加。柳下桃蹊，亂分春色到人家。西園夜飲鳴笳，有華燈礙月，飛蓋妨花。蘭苑未空，行人漸老，重來是事堪嗟。煙暝酒旗斜，但倚樓極目，時見棲鴉。無奈歸心，暗隨流水到天涯。

就那麼悄悄地，河水上凝結的冰層解凍；一片片、一塊塊，隨著翻騰的流水，向東而去。就那麼默默地，獨佔先春的梅花，片片飛墜；只剩下疏疏落落的幾朵，猶綴枝頭，散著淡淡幽香。就在這樣的不經意中，薰軟東風，已把大地帶向了一個全新的年度；春，已來到。一冬冷落的名園；那晉代以豪奢著名的石崇，所營築的金谷園，又擠滿了熙攘遊春的士女。古都洛陽的大街小巷，更充滿了繁華的氣象。誰不願趁著春暖花開，趁著新晴佳日，遊春行樂呢？那銅駝通衢，名園勝境，留下了多少歡悅的履痕，淺淺地印在映著金色春陽的細軟沙路上。

在一片歡愉的氣氛中，秦觀也隨著人群遊賞著；但，曾幾何時呵，他已失去了那份逸興遄飛；已從倚紅偎翠、急管繁絃的少年場中退出，變成了一名旁觀者，早失落了當日的情懷。

當日，他正翩翩年少。當這柳吐輕絮、蝶繞花枝的芳春時節，他曾誤認了一輛油壁車，尾隨著，造成了一段迷離如夢的奇緣奇遇……。

一樣的春光明媚，一樣的春意撩人；那楊柳樹下，依然是桃花爛縵，夾徑盛開，那麼不經意、不珍惜的，把柳的嫩綠，桃的柔紅，渲染著附近的住戶人家，洋溢著無限春意。而昔日邂逅的伊人呢？……

春，豈真的是無限呢？春，原是四季中最短暫的；只是，沈浸在春色中的人們，又有誰注意了，珍惜了？

他也一樣的！多少個春夜，在西園中遊宴，在雅集中，飲酒、賦詩；鳴笳前導，燈燭輝煌，那一派的燦麗絢爛，曾使得天際明月，也為之黯然。

而一輛輛銜接成巨龍，飛馳在通衢大道上，載著名士，載著美人的香車，也曾那樣的吸引著艷羨的目光；使春光明媚中，嬌恣盛放的花枝，也為之失色！

名園，依然有人遊賞，未曾冷落，只是……

他落寞地笑了；是老了吧？再也沒有了當年那份輕快歡悅的心情，代替的，是滄桑之感；景物依稀如舊日，人呢？……

暮色，為大地籠上了一層淡淡的紫煙，遠山近樹都凝止靜默地為又一個落日黃昏送行。只有賣酒人家的酒帘，在夕陽餘暉中，斜掛樹梢，兀自飛揚。

一陣陣啞啞鴉啼，掠過樓頭，投向幽林。

「宿鳥歸飛急……」

這一句相傳是李太白的詞句，驀然浮上他的心頭。他勒住思維，不敢再往下想；雖然那兩句詞，那麼切合著他的心境。

默默倚樓，默默極目凝望……。

那載負著初解春冰，浮浮沈沈向東流去的流水聲，嘩嘩地在他耳畔吟唱。就把那一點鄉思，悄悄地託付給流水吧；讓它在暮色掩護中，無聲無息的隱藏在春冰裡，向東流去，流向他魂牽夢縈，遠在天涯的故鄉……。

# 摸魚兒

晁補之

買陂塘，旋栽楊柳，依稀淮岸湘浦。東皋雨足新痕漲，沙觜鷺來鷗聚。堪愛處，最好是、一川夜月光流渚。無人自舞，任翠幕張天，柔茵藉地，酒盡未能去。青綾被，休憶金閨故步，儒冠曾把身誤。弓刀千騎成何事，荒了召平瓜圃。君試覷，滿青鏡、星星鬢影今如許！功名浪語，便作得班超，封侯萬里，歸計恐遲暮。

買下了這一座池塘，晁補之做的第一件事，就是吩咐花匠園丁，沿塘邊的陂岸上，多多地種植楊柳。

楊柳，生了根，抽了條，長了葉，裊裊娜娜地隨風搖曳；那參差柳影中，晁補之依稀又看到了淮河邊畔，湘江水旁，那拂水迎風的柳色依依……。

連日的春雨，滋潤了田疇，茁長了禾苗。豐沛的雨水，流入山澗，流入沼澤，漲滿了陂塘。在東岸，刻下了新的水痕。無機悠遊的水鳥，撲著翅，划著蹼，在水流入口形成的三角沙洲上，群聚戲水覓食；白鷺、沙鷗，那麼融融樂樂，共處無間得令人生羨。

總算有個屬於自己安身立命的地方了；總算為自己營築了一個衷心喜愛的樂園了！他深愛著這一塊屬於自己土地上的一切；陂塘、楊柳；白鷺、沙鷗；那麼充滿了悠閒、暇豫，和溫暖、和諧。他喜愛看著朝輝、夕暾；流雲、晚霞，尤其是——

天氣晴朗的三五月圓之夜，中天明月，端正圓滿，俯照著水面，如臨粧照影。一陣輕風，在水面吹出了微波，月光如鋪展水面的錦緞，隨著粼粼水波，流向沙渚，流向幽深的幢幢山林丘谷……。周遭，沒有人聲，也沒有人影；只有蛩吟蛙鳴，相互應和，奏著夜曲。不必衣冠楚楚，道貌岸然；不必行規步矩，舉止中節；他，月夜塘邊的唯一生靈，擺脫了一切外在的束縛，不怕人側目，不怕人取笑，儘可縱情徜徉；在月下飲著酒，擊節而歌，婆娑而舞，一任山鳴谷應，一任步蹌影亂。醉了？累了？上面不是綠蔭如蓋？下面不是芳草如茵？有綴著星月的天空為帳幕；有風聲夾著蛙鳴蛩吟奏催眠歌，又何必歸去？

一床青綾為面的被子，早已失去了昔日的光彩；在它的歷史裡，有著他一生的滄桑。在他任職翰林院祕書省時，它曾跟著他入宿宮中待詔；那時，他受知於蘇軾，人稱蘇門學士。

「蘇門學士！」

他苦笑了，他至死也是以身為蘇門學士為榮的！然而也就是為了他是蘇門學士呵！坐元祐黨籍，開始了飄泊流徙……也許，也許真的「儒冠多誤身」吧！若不是讀書、出仕，又何至於這樣如逐水飄萍。祕書省待詔！有什麼可再依戀回首的呢？那一任任齊州、河中府、湖州、密州……的太守；看似扈從鼎盛，威震一方，畢竟，又有什麼意義？幾十年宦海浮沈，得到了什麼呢？也許，失落的更多吧！不然，為什麼秦朝的東陵侯召平，入漢之後，寧隱於長安城東種瓜，也不願再問世事？而自己，荒蕪了瓜圃田園，得了些什麼？只是在攬鏡自照時，忍不住喟嘆：

「看，鏡中星星點點的白髮，已佈得滿頭了！」

功名！從啟蒙讀書，就嚮往著功成名就，就把功名當成一生追求的標的；直到如今，驀然回首，才發現「功名」竟是那樣的空洞而虛幻。

不是嗎？像投筆從戎，萬里封侯的班超，應該算是出類拔萃，功成名就的人物吧！然而，心繫家園，欲歸無計的班超，回到故土，也白髮滿頭，感嘆遲暮，而追悔功名誤人了吧！

**晁補之小傳**　晁補之，字無咎，鉅野（今山東鉅野）人。

他早慧，才解事，便能作文。隨父晁端友官杭州，當時蘇軾為杭州通判，他呈「錢塘七述」見謁，備受讚揚，由此知名。神宗元豐二年舉進士第一，列蘇軾門牆，為四學士之一。以訂交時間先後論，四學士中，他是受知蘇軾最早的一位。累官太學正、秘書省正字、揚州通判等。坐元祐黨籍，謫監信州酒稅。徽宗立，召還為吏部員外郎。黨論復起，又流徙各方。後許歸家奉祠，乃葺「歸來園」，自號「歸來子」，以明慕陶淵明為人，忘情仕進之志。至大觀末，才出黨籍。起知泗州，旋卒，年五十八歲。

他詩文俱工，文章有溫潤典麗之譽，詞風或以受蘇軾影響，不以綺艷勝。後人評論：高華不及蘇子瞻，而沉咽過之。有《雞肋集》行世，詞集名《無咎詞》，又名《琴趣外篇》。

晁補之

無窮官柳，無情畫舸，無根行客。南山尚相送，只高城人隔。
罨畫園林溪紺碧，算重來，盡成陳迹。劉郎鬢如此，況桃花顏色。

又是揮手告別的時候了！彷彿就像一片沒有根的浮萍一樣，總在飄泊、流浪，永遠是一個過客，而不是歸人。

默立在船頭上，晁補之著意表現出淡然的神態；該淡然的呀，像他這樣已習於飄泊、流浪，習於來到，又離去的遊子！

可是……

他終究還是洩出了一聲低低的嘆息；畢竟，他還沒有麻木呵！他的心底，那根細弱的心弦，仍顫出他壓抑不住的弦音；帶著些微的淒楚、感傷。

夾岸的兩行垂柳，彷彿沒有窮盡的延伸向天際；想必是那一位多情的前人所留下的德政吧？讓這在春風中拂水吹綿的垂柳，搖曳出依依復依依的無限離愁。

依依，復依依，卻也挽留不住載著他，滑向煙波深處的行舟；那柔弱的柳絲，縱然柔情萬縷，又怎奈畫舸無情，行色匆匆？

歷下，遠了。只剩下模糊的高城輪廓；城中那萍水相逢，又在無奈中，匆匆分袂的紅粉知己，已遙隔在城影的那一方。只有一脈青山，迤邐著重疊山巒，依依相送。

歷下，多麼美麗的地方！園林依山而築，在夕陽影裡，映在澄碧泛紫的清溪上，宛是一幅著了粉彩的山水畫。而人居其中，也彷彿沾染了山水的鍾靈毓秀之氣，好似神仙一般。

神仙居處，總不許凡人留連的；他匆匆而來，匆匆又去。何時他才能再重遊呢？待他重來，是否能一切人物、景物，盡如而今呢？他……不知道……

不！他是知道的，只是不願、也不忍去想；那時，只怕縱使景物如故，也人事全非了吧？他便重來，也只能徘徊舊日景物間，尋覓追憶已成陳跡的舊日夢痕。

歲月催人吶！他，早在東飄西泊的生涯中，讓點點星霜，覆上了昔日青鬢，何況……

他心頭浮起了一首詩：

「去年今日此門中，人面桃花相映紅……」

緩緩別過臉去，他知道，桃花，正在春風裡凋落……。

# 鹽角兒

晁補之

開時似雪，謝時似雪，花中奇絕。香非在蕊，香非在萼，骨中香徹。

占溪風，留溪月，堪羞損山桃如血。直饒更、疏疏淡淡，終有一般情別。

想到梅花，就想到雪。真的，梅花和雪，好像是一體的兩面；不僅為了梅花開放在嚴冬之際，白雪之中，更因為，梅花與雪花，是那樣的相似。

不是嗎？梅花開放，紛紛馥馥的，就把早先全無半點生機的枯椏老幹，一下點化成玉樹瓊枝。那份潔白，那份晶瑩，那份剔透，那份玲瓏，幾乎就是雪花的翻版；像造化之手，匠心獨具的，把片片雪花，綴上了枝頭。

而當梅花凋謝時，那五出的花瓣，隨著一陣吹過的東風，漫天飄舞；一朵五瓣，十朵五十瓣，那上百上千朵呢？那不就像飄飄自天而降的雪花？

這與雪花一般無二，偏又開放在皚皚白雪中的特性，就夠冠絕群倫的了。而她，不僅是容顏清艷絕倫，那陣陣清香，更是沁人心脾。

梅花的香氣，到底自何處而來呢？這清香，似乎不來自花蕊，也不來自花萼；它絕不似那些藉著浮泛香氣，以招蜂引蝶的花朵，香得那麼狂恣輕薄。梅花的香，是那麼幽淡深邃，清雅絕俗，卻又耐人尋味；彷彿，她那冰肌傲骨，都為清香凝聚浸透……

這樣的絕艷清華，她卻不慕繁華富貴；她不願為王公巨卿、朱門富戶點綴風雅，寧可自開自謝在幽僻的山澗邊、清溪旁。迎風吐蕊，映月弄影；清風，明月，便是她一生一世的知心伴侶。她一生，只佔一個清字，一個幽字；而這一番清絕幽絕的風姿，卻使以穠艷著稱，鮮紅似血的山桃花，也自慚俗麗，羞得不敢在她面前抬頭。

就是這樣了，疏疏淡淡的風神，磊磊落落的風骨，清清雅雅的風姿；不著一字，不落言詮，卻有著任何花卉所不及的情致風華，雋永，悠長……

❀

這闋〈鹽角兒〉，題為「亳社觀梅」，用極白描的文字，來詠讚梅花。古人詠梅，常有寄託之意，藉以表白自己的情操，此詞當亦不例外。

# 風流子

張 耒

亭皐木葉下，重陽近、又是擣衣秋。奈愁入庾腸，老侵潘鬢，漫簪黃菊，花也應羞。楚天晚，白蘋煙盡處，紅蓼水邊頭。芳草有情，夕陽無語，雁橫南浦，人倚西樓。　玉容知安否？香箋共錦字，兩處悠悠。空恨碧雲離合，青鳥沉浮。向風前懊惱，芳心一點，寸眉兩葉，禁甚閒愁。情到不堪言處，分付東流。

一陣陣瑟瑟的秋風，掃下了枝頭片片的黃葉。黃葉隨風飛舞著，迴旋著，脫離了再也戀不住的枝椏，結束了鮮嫩青翠的美好時光。在秋風的伴奏中，飛向澤畔，舞向亭邊。這堆積在澤畔亭邊的落葉，像傳報秋訊的使者，用它細碎沙啞有如輕嘆的聲音宣告著：秋天來了。

秋天是來了！秋風，彷彿在一夜間漂白了煙波盡處的蘋草；染紅了江澤邊岸的水蓼。家家戶戶的庭院中，傳出了斷斷續續的砧杵聲；重陽節近了，又是婦女們忙著裁製寒衣的時候了。在家庭中，擣練裁衣是一年一度的大事，婦女們熱鬧鬧、喜孜孜地為準備寒衣而忙碌著；但對異鄉人來說，這遠處傳來的砧杵聲，是多麼淒清、單調啊！它勾起了多愁善感的詩人，多少百折回腸思鄉的愁緒；又給曾經少年英發、倜儻不群的才子，染上了幾抹無情的鬢邊秋霜。縱使強作歡顏，提起興致，在鬢邊簪上一朵應景的黃菊，學作少年；恐怕那黃菊，也因為不甘心伴著衰容，陪著華髮，而羞愧的不願抬頭了吧！

秋天的白日，愈來愈短了。又是一個白晝，就這樣匆匆地逝去。遼闊的南天，漸漸暗了，秋空下連綿無盡的芳草，含情脈脈地在秋風中掀起一波波的浪，它們是企盼著繫住落日，還是綰住時光？夕陽依依不捨地對大地作最後的巡禮，黯然無語地投出最後一道依戀的金光，向西落下；留下片片酡紅的雲霞，猶自殷殷地向人間作無聲的告別。

紅霞褪淨，暮色漸濃。只有結隊南飛的雁群，劃破秋空，橫過南浦，棲息在水邊上；只有西樓上形單影隻的遊子，猶自倚立在欄干旁凝望……。

又是一天的黃昏，又是一年的秋季！那遠方的伊人，朱顏玉貌是否無恙？那重重的山，迢迢的路，無情的阻隔著；縱使寫了千幅香箋傾訴衷腸，萬言錦字寄託相思，又有誰能代為傳遞呢？也只能對著自己萬縷情絲化成的字字句句空自嘆息罷了。

人生的聚散，豈不是和天空上浮雲的離合一樣呢；偶然，一陣風，把兩片浮雲吹到了一處；偶然，另一陣風，把合成一片的雲吹散了，各自西東。從此音信沈沈，再沒有半點消息。他曾盼望著，盼望著傳說中的信使——青鳥，會為他捎來些音訊。日子一天天過去，他痛苦地發現，所謂天上的信使，所謂青鳥，也不過是浮沈在真幻之間的一個渺不可及的夢。

既是人生如浮雲，為什麼不再來一陣風，把兩片彼此牽念的雲吹到一處呢？為什麼不能讓他乘風而去呢！他不能不怨，不能不恨，為什麼這漸緊的秋風，不能吹來伊人的片言隻字，只吹來更多的惆悵、更多的思憶呢！

她也惆悵著吧！她也思憶著吧！這惆悵和思憶，一定深深地埋藏在她芳心中，悄悄地懸掛在她翠眉上了。那纖柔的一點芳心，那顰蹙的兩葉眉黛，又怎禁得起這些愁緒無盡期的摧抑呀！

唉！這銘心刻骨、縈繞不去的情思，要向誰傾吐，向誰訴說呢？語言文字又何足以表達呢？這深情，原是超越語言文字的，原是無可言喻，無法表達的。

他默默凝視著滾滾江水；也只有這不捨晝夜，無休無盡的江水，差可比擬一二吧！江水啊！就讓我把這一片深情託付給你，請你載負著它，東流！東流！東流……

❀

張耒，是北宋時人。據說，他出生時，手心中就有明顯的紋路，呈現著一個「耒」字，所以就以此為名，而字文潛了。他學問很好，工於詩文，受知於蘇軾，是有名的「蘇門四學士」之一。也因列入蘇軾門牆，在新舊黨爭的時候，一再受到貶抑。

蘇門學士，大多工詞，並多有詞集傳世，只有張耒例外，詞很少，未有成集，傳世的更僅只有一闋，就是〈風流子〉。雖僅此一闋，世人給予的評價卻甚高。這一闋詞中，連用對句，如：愁入庾腸，老侵潘鬢；白蘋煙盡處，紅蓼水邊頭；芳草有情，夕陽無語；雁橫南浦，人倚西樓；碧雲離合，青鳥沈浮；芳心一點，寸眉兩葉。達六組之多，湧湧疊疊，層出不窮，而又富有情致。怪不得前人用「下筆倒流三峽矣」來讚美他的筆力和氣勢了。

張耒小傳　張耒，字文潛，淮陰（今江蘇淮陰）人。他幼有穎異之名，十三歲能為文，十七歲時，以一篇〈函關賦〉，傳誦一時。遊學於陳，當時蘇轍正為陳學官，大為賞識。先從蘇轍學，後因而受賞於蘇軾。神宗熙寧中，以弱冠登進士第。先任外官，後為范純仁以館閣薦試秘書省正字。任職館閣八年，顧義自守，從遊於蘇軾，列「蘇門四學士」之一。紹聖初，黨禍起，坐黨籍，屢遭貶徙。徽宗立，起知潁州。聞蘇軾訃至，不顧忌諱，舉哀成服，為人舉發，又遭貶謫，終不怨。後許自便，定居於陳州。當時，二蘇及黃庭堅、秦觀、晁補之等當代名家先後辭世，唯張耒獨存，士人紛紛就學。晚年主管崇福宮，尋卒，年六十一歲。

張耒丰儀偉岸，筆力雄健，工詩，能於蘇、黃之外，別立一幟。尤長於騷詞。晚年詩風轉於平淡，詩效白居易，樂府效張籍。詞作不多，《全宋詞》所收，不過六首而已。有《宛邱集》，又名《柯山集》行世。（張耒於陳州受知於蘇轍，當時蘇軾曾有戲子由詩，戲稱子由為「宛邱先生」，《宛邱集》命名，疑有記念子由之意。）

# 蝶戀花

趙令時

捲絮風頭寒欲盡，墜粉飄香，日日紅成陣。新酒又添殘酒困，今春不減前春恨。

蝶去鶯飛何處問？隔水高樓，望斷雙魚信。惱亂橫波秋一寸，斜陽只與黃昏近。

飛絮漫天。

每當楊柳吐出如絲綿的楊花柳絮，隨著東風舒捲，漫天飛舞的時候，天氣，就真的漸漸暖了；吹拂到人身上，也消褪了那一份初春時的惻惻輕寒。

春暖，應是教人喜悅的；但，當天氣漸暖的時候，花事，也已闌珊。不是嗎？枝頭上的嬌紅粉白，漸漸零落了，隨著陣陣東風吹拂，落英也自繽紛。不多時，就為大地覆蓋上一層紅氈。經過不多幾天，枝頭就只剩下新生的嫩葉，那爭吐芬芳、競展嬌姿的花朵，都化作了護花春泥。

花開，花謝，總喚起趙令時心底那一份無端的感傷與惆悵；花的一生，如此絢麗，又如此短促，那，人，又如何呢？一念及此，便如春蠶作繭，千迴百轉，無以解脫。

這一份感傷與惆悵，也並不是始於今日了；自他逐漸對人生有所體驗，每年的春天，都要重複經歷著這由花開的喜悅，到極盛轉衰的恐懼，至花謝的失落……這一場熬煉，是他生命中無奈的輪迴；前春如此，去春如此，今春依然如此；他依然無法澈悟生命的奧祕，也依然難解這無常帶來的幽恨。

為了逃避，他把自己沈浸到醉鄉中；殘酒未醒，又復喚酒，重新又在酒意醺醺的困倦中，昏沈醉去……。

就這樣，待他醒來，園中翩舞的蝴蝶，已失了蹤影；綠陰深處清啼的黃鶯，也不知何處尋覓了。無蹤無影的，又豈止是蝴蝶和黃鶯？那翩舞如蝶、清囀如鶯的伊人，如今，也如牛女雙星，遙隔銀漢一般，隔著盈盈一水了。

是他辜負了她！她曾經那麼努力，希望能為他解除春愁鬱結。而他，不曾領受她的雅意，繼續把自己沈浸在醉鄉中，不自振作，終於，傷了她的心……。

他著意傷春，企圖挽回春光，只因春光易逝，卻不知，她也如春花，會憔悴，會凋零，會……失落……。

如今，她走了，那一座她居住的朱樓，依然矗立，而對他，卻已可望不可即……。

他不怪她決絕，決絕到，任憑他望斷心眼，也不再有片言隻字的音信；一如春光，一逝永不再回頭。

她曾回頭的呵，她曾盼望他挽留。如今，他才知道自己是多麼輕忽，才憶起她回頭望向他的那清澄如秋水的橫波雙瞳中，有多少幽怨、淒傷。

那時，他不曾在意，如今，卻攪亂著他的心曲，懊惱悔恨，也無法再挽回。

紅日，又西斜了；黃昏，又逼近了。斜陽，總是銜接著黃昏，而黃昏，又銜接著暮色；就這樣，一天，又過去了……。

在斜陽影裡！他驚悟，他的年華，也正老去……。

趙令畤小傳　趙令畤，字德麟，宋高祖次子燕王德昭元孫，為宗室子。元祐中，他簽書潁州公事，蘇軾知潁州，一見如故。後元祐黨禍起，坐與蘇軾交通，罰金，坐黨籍。後隨高宗南渡，襲封安定郡王，紹興四年卒。

他喜交遊，亦喜作雜記，有《侯鯖錄》行世，為後世留下了許多當代人物言行的記錄。亦長於填詞，尤擅於寫情；曾採唐人小說〈鶯鶯傳〉故事，作了十二首的〈商調蝶戀花〉，採一段散文，一段歌詞的形式，在當時可謂別開生面。亦可知他寫艷情之詞，是如何出色當行了。

# 蝶戀花

趙令時

欲減羅衣寒未去，不捲珠簾，人在深深處。紅杏枝頭花幾許？啼痕止恨清明雨。　盡日沈煙香一縷，宿酒醒遲，惱破春情緒。飛燕又將歸信誤，小屏風上西江路。

看著，看著，又到了清明時節。花，一番一番的遞換，佔著春信。該是換卻寒衣，改著春衫的時候了吧？她才褪下外面的罩袍，卻又感覺著颼颼涼意；原來，春寒料峭依然。春雨，一陣又一陣的飄瓦滴簷；春陽，收拾了晴暖，寒意又深了幾分。

春雨纖纖，春雨綿綿，陰鬱的天，就這樣醞釀著人心上的愁緒。愁緒，困得人那樣百無聊賴，連四垂的珠簾，也懶得捲上。

捲了，又待如何呢？也漏不進一線陽光。只有那千絲萬縷的雨絲，像春蠶一般，吐著柔絲，把天地、把屋宇、把人，都縈縛困鎖在冰繭中。

於是，她把自己深深的埋藏了，埋藏在幽閨深處……。

如今，曾爛縵枝頭的紅杏花，在春雨摧殘下，還剩下幾朵呢？

杏花！那他曾經親自摘下，為她插在鬢角的杏花！那被他用以比喻嬌紅面頰的杏花，凋零疏落，已不堪玩賞。那，嬌如杏花的人呢？

她攬鏡自照，紅靨，褪色了，不復往日嬌艷。

「相思令人老呵！」

默然對著粧鏡，兩行清淚，滑過面頰，滴到衣襟上。而春雨，仍兀自飄灑，摧殘著那年華老去的杏花……

在香爐中，又爇上水沈香；日復一日，她就在水沈香的氤氳香霧中，數著一個個清晨，挨著一個個黃昏，在難遣的離愁，難排的春思中度過……。

她也曾為了排遣那難言的寂寞愁思，而著意命酒，自斟獨酌。自微醺，而酩酊，以便經由醉鄉，逃入夢鄉。而，那夢鄉也不安穩呀，浮現的，盡是支離而不連貫的片段往事；在花朝，在月夕，在酒邊，形相依，影成雙……。

而當宿醉醒來，那夢影，便再不肯遲留片刻，遠颺無蹤；只留給她更多的惆悵，更深的懊惱。

來尋舊巢的燕子，已自南方飛回來了，而約定與燕子一同歸來的人呢？

人未歸，甚至，沒有託燕子帶來片語隻字。那燕子，全然不理會人的憂苦，只在花柳間穿梭，在屋簷下呢喃，無慮，無愁……。

室中，那一架小屏風，他親自畫上了西江山水，說：

「你看到屏風，就可以想起我。」

他指點著：

「這就是我要去的所在。」

山水，在她眼眸中擴大、擴大，只是，那重重山巒，疊疊流水，便化身為屏中人呵，又如何跋涉，更向何處，把他尋覓？……

# 青玉案

賀鑄

凌波不過橫塘路，但目送、芳塵去。錦瑟華年誰與度？月臺花榭，瑣窗朱戶，惟有春知處。

碧雲冉冉蘅皋暮，彩筆新題斷腸句。試問閒愁都幾許？一川煙草，滿城風絮，梅子黃時雨。

退休後的賀鑄，隱居在姑蘇城南的橫塘。姑蘇，是春秋時代吳國的都城，曾極一時之盛。在經歷千百年的滄桑後，句踐、夫差、范蠡、西施、伍子胥，這些歷史人物的故事，仍在民間流傳著，可是當年的姑蘇臺、館娃宮，已成了供人憑弔的古蹟。

暮春，是個令人感傷的季節，它告訴人們「良辰易逝」、「青春難再」，也提醒人們「珍惜春光」、「及時行樂」。賀鑄，抵不過這種尋樂及時的強烈召喚，他離開了橫塘的家，出外遊春；擺脫了仕宦途上的糾纏，使他能悠閒輕鬆地安排自己的生活。像今天，他就能隨興之所至，瀏覽姑蘇盛景。城裡的柳樹全開了花；一團團，一毬毬的。一陣風吹來，漫天飛舞，撲向行人，撲向街道，就像冬天紛飛的雪花一樣；只更輕柔，更無主，也更多。街頭響起了孩童的笑鬧聲，爭撲著潔白輕盈的柳絮，使他也在無憂的笑聲中分享了怡悅，他轉向城西，過了楓橋，這是以〈楓橋夜泊〉一詩而成名的張繼，寫出「姑蘇城外寒山寺，夜半鐘聲到客船」的地方；向西南望，就是有名的姑蘇臺了。

站在橋邊，他眺望半掩在雲霧中的姑蘇山，那是當年吳王與西施飲宴作樂的地方；就在西施一顰一笑間，吳國亡了。真是「一笑傾人城，再笑傾人國」啊！他喟歎著，也懷疑著：古人是否誇大其詞，形容過甚？天下真有那樣的美人嗎？「上有天堂，下有蘇杭」，姑蘇也是有名的鍾靈毓秀之地。熙來攘往遊春的仕女們，一個個花枝招展，笑靨迎人，的確為姑蘇城平添了一番花團錦簇的熱鬧氣氛，卻談不上傾城傾國絕世姿容；也不過靠著脂粉、衣飾點綴幾分俗麗而已！他慢慢往回家的路上走去，想著古人形容下的美人，搖搖頭，想：「天下那有那麼美的人物？」

彷彿是為了要向他證明他的想法錯誤似的，一個女孩子走近他身旁。他原只不經意地抬眼看看，卻再也收不回投出的目光；她是那樣的美，美得淡雅純淨，超凡脫俗，走在水邊，有如一枝亭亭的白蓮；又有如踏波而來的水仙，使得花枝招展的一群頓時失色，只更顯得庸俗淺薄。他想搜索一些讚美的句子，卻發覺他所能想到的那些句子，用在這女孩子身上，全顯得那樣粗俗低劣！他近乎痴迷地凝視著她，生怕自己多眨一下眼，她就不見了。

這女孩子彷彿也注意到身邊那凝注不移的目光了，轉過頭來對他微微一笑。這短暫的目光交會，竟使賀鑄驚喜之餘不禁自慚形穢。他渴望這女孩子也走向橫塘，跟他同路。女孩子卻轉向路邊的岔道，向另一個方向去了。

目送那輕盈的腳步，娉婷的身影消失在路的盡頭，賀鑄才如夢方醒，悵然若失。伊人芳蹤已杳，只有空氣中留下的淡淡幽香，證明這並不是一場夢。

偶然邂逅，匆匆一面，賀鑄心頭就再也抹不去那娉婷動人的影子了。她是誰？那麼年輕又那麼美麗，什麼人能有福氣與她朝夕相伴！那真是天下最幸福的人了。又該是怎樣的住處，才配得上她享用啊！那該是有最精緻的亭臺樓閣的大花園吧！花園裡該種著四季不謝的奇花異卉，花香充盈在四周。在她高興的時候，就漫步在花叢中賞花；她面前的花也會羞愧得不敢抬頭呢！在有月亮的晚上，她登上高臺賞月，或許在月下翩然起舞，就會彷彿是月中仙子冉冉下凡。當她疲倦了，就會回到精巧雅緻的深閨中休息。她的窗，該是玉石砌的，還雕鏤著細細的花紋；她的門，該是朱紅色的，華貴而溫馨……詩人神往地想像著，卻不知道女孩子究竟住在哪裡。誰能知道呢？也許只有無所不在的春神能知道吧！

他握著筆，想寫些什麼，卻覺得往日的才思，似乎枯竭了。往日的生花妙筆，此時再也寫不出什麼動人的詩句；縱然寫了，也不過是對這一段沒有發生，就已結束了的感情所引起的淒傷和思憶罷了。他試著分析自己的心情，卻找不出適當的詞語，就這樣茫然凝視著窗外。

天上，雲飄浮著；塘邊的青草，恣意地生長、蔓延。在他的凝望中，又送走了一個白晝，迎來了一個難挨的黃昏。茂盛而濃密的青草，在蒼茫暮色中，披上了一層薄紗似的輕煙；隨著漸深的暮色，更濃密得像潑墨畫似的，凝結沈鬱得化不開了。陰雲緩緩自四方聚合，整個天空變得慘淡淡、灰沈沈的；窗外，飄下了絲絲細雨，遠山近水，一片迷濛。這雨，宣告了春天的結束；這雨季，將是寂寞而冗長的。他知道，因為，梅子成熟了。

他靜靜諦聽著雨聲，找到了自己心境的象徵：像紛亂迷離隨風飛舞的柳絮；像深沈幽杳暮色中濃密的青草，更像梅子黃時雨一樣，淅淅瀝瀝，無止，無休……。

賀鑄小傳　賀鑄，字方回，晚號慶湖遺老，衛州（今河南汲縣）人。

他先世居山陰，故以越人自居。為孝惠皇后族孫，本隸武職，後改文階。曾任泗州、太平州通判，以承議郎致仕。

他相貌奇醜，身長七尺，面鐵色，眉目聳拔，人稱「賀鬼頭」。喜劇談天下事，可否不少假借。雖貴要權傾一時，少不中意，極口詆之，人稱俠氣。性格如此，卻博學強記，喜校書，丹黃不去手。善言詞，尤善度曲，所作詩詞，清婉麗密，不類其人。他另一外號「賀梅子」，即因其〈青玉案〉詞中名句：「梅子黃時雨」而來。

他實具幹才，只因個性尚酒使氣，因而不得志。昔唐玄宗曾以鏡湖賜賀知章，他自謂為賀知章後人，而鏡湖即慶湖，故自號慶湖遺老。致仕後，杜門不出，遠離世故，英光豪氣斂盡，隱逸以終。

他晚年曾自輯所作歌詞，名《東山樂府》，又名《東山詞》。另有《慶湖遺老集》行世。

# 石州慢

賀　鑄

薄雨收寒，斜照弄晴，春意空闊。長亭柳色纔黃，倚馬何人先折？煙橫水漫，映帶幾點歸鴻，平沙消盡龍荒雪。猶記出關時，恰如今時節。將發，畫樓芳酒，紅淚清歌，便成輕別。回首經年，杳杳音塵都絕。欲知方寸，共有幾許新愁？芭蕉不展丁香結。憔悴一天涯，兩厭厭風月。

迷濛的春雨，驅散了殘冬餘存人間的寒意。須臾，雨收，雲散，天際的夕陽，在雨後的晴空中，把黃昏裝點得燦爛而絢麗，渲染出一片天空地闊、生意欣欣的初春美景。然而，良辰美景，在賀鑄眼中，都化為無盡淒傷。

十里長亭邊的楊柳，才吐出鵝黃的嫩芽，還不堪攀折呵！無情的別離，卻憑空而降，逼迫他成為拔了頭籌，讓人折柳相送的第一人。

拈著伊人含淚送到他手中的柳枝，他立馬躑躅；方才，畫樓中一席離筵，此時，長亭畔一闋驪歌，就……別了？

眼前一派煙水迷離，雁影，映著夕陽輕捷地向北飛去；北方有牠們的家。他，也是向北去，心情卻沈重如鉛，他，是離鄉飄泊，每一聲馬蹄，都代表離鄉距離的增加；不多時，這迷離煙水，便成為他與家鄉的阻隔，便成為他與她之間，再難跨越的障礙。而，漸行漸遠，還有更多的山山水水，加入阻隔她與他空間距離的行列。

出了關，來到了塞外這一片荒寒的沙漠邊疆，才領會到邊塞的冬天，是如何的漫長。

他忍受著，他煎熬著，他等待著；終於雪融了，冰化了，該是春天了吧？該是春天了！第一行的歸雁，已自南方歸來。他驀然想起，他出關來，也正是雁字北歸的時節；他，離鄉，已整整一年了。長亭畔的楊柳，又該鵝黃嫩綠的生發了吧？那，當時設筵為他餞行，垂淚為他送別，他一步一回首時，所見到那佇立長亭前，依依揮袖的伊人呢？她的音容，她的笑貌，都仍鏤刻在他心頭上；可奈，天遙地遠，回首凝望，只見蒼蒼茫茫的煙塵，封鎖著歸路迢迢……。

他珍藏著一首詩，她寄來的：「獨倚斜闌淚滿襟，小園春色懶追尋，深恩縱似丁香結，難展芭蕉一片心。」

她知道嗎？她那裡芳心如芭蕉難展，他這兒愁緒也正如丁香固結呵！到什麼時候，才蒼天見憐，許丁香綻放，芭蕉舒展呢？

他這天涯的遊子，因著無盡的相思，而摧挫得容癯顏悴，她呢？她在春風裡，在月明中，是否也和他一樣，有著難排難遣的惆悵？

這一闋〈石州慢〉，是北宋詞人賀鑄的名詞之一。賀鑄，字方回，貌寢，綽號「賀鬼頭」，他的詞，卻以清婉麗密為人稱道。為人尚氣使酒，喜評且人物時事。又博學強記，喜校書，丹黃不去手，堪稱是一個多重性向的人。以〈青玉案〉中「梅子黃時雨」，披靡士林，人稱「賀梅子」。又因這闋〈石州慢〉中「芭蕉不展丁香結」之句，為時人津津稱道。其實，這一句詞，是引用唐人李商隱詩，只因用得恰到好處，便引人入勝，而使〈石州慢〉也因之膾炙人口了。

# 感皇恩

賀鑄

蘭芷滿汀洲，游絲橫路。羅襪塵生步，迎顧，整鬟顰黛，脈脈兩情難語，細風吹柳絮，人南渡。回首舊遊，山無重數。花底深朱戶，何處？半黃梅子，向晚一簾疏雨。斷魂分付與、春歸去。

輕輕挑開攔在路中間的蟲絲蛛網，她停下了如曹植形容洛神；像凌波仙子，羅襪下，浮起香塵的纖纖步履，回過頭來，把深情默注的眸光，投向賀鑄。

兩人的眸光，自此交織成一片密網，再也容不下周遭的任何景物。

他們都沒有說話；說什麼呢？當離別已逼到眼前。

早知道，離別是這樣難以承受，就不該相逢、不該相識，不該……深種情根……。然而，造化弄人呵！教人相逢、相識，教人情根深種，愛苗茁發，卻又這樣硬生生地，降下離別，把人拆散！

是抑不住眼眶中盈盈的淚吧，她輕蹙著眉，伸出纖手，假意整理堆鴉般的雲鬢，刻意讓寬大的衣袖，擋住他的視線。

「唉！」

他不忍地移開目光；正是春光明媚呵！水邊的沙汀上，開滿了香蘭、芳芷，陣陣的微風，飄送著清香，也飄舞著一毬毬纖白的柳絮。如此美景，如此良辰，怎奈，卻不許人欣悅玩賞，偏教人觸景傷懷，只為……離別……。

就這樣，渡了江；就這樣，行行重行行，愈行愈遠。依依回首，橫隔在兩人間，已數不清有幾重山，幾重水。甚至，連方位，也因著道路曲折，而無法確定了。那花樹下，她所居住的深深庭院，朱樓繡閣，更不知在那兒了。那一個個共度的月夕花朝，共遊的佳節良辰，也早已成了不堪回首，又不能忘懷的往事……。

黃昏，簾外飄灑著蕭疏細雨；這雨，已不是早春催花的春雨了；枝頭，梅子已半黃，節氣，也到了入梅的時候了。雨，將把殘餘的一點春意，收拾殆盡，等到冗長的雨季過去，就進入夏天了。

收拾盡的，又豈僅是大自然中的春意呢？他的心中，也不再有春天了；僅存的那一片孤寂心魂，也將隨著春天而去！

# 滿庭芳

周邦彥

風老鶯雛，雨肥梅子，午陰嘉樹清圓。地卑山近，衣潤費爐煙。人靜烏鳶自樂，小橋外、新綠濺濺。憑闌久，黃蘆苦竹，擬泛九江船。　年年，如社燕，飄流瀚海，來寄修椽。且莫思身外，長近尊前。憔悴江南倦客，不堪聽、急管繁絃。歌筵畔，先安枕簟，容我醉時眠。

九十春光，彷彿在一晃眼間，就過去了。看！枝頭上那羽毛豐滿、清歌嘹亮的黃鶯，不就是在春風吹拂中成長的？那垂垂纍纍、肥碩圓大的梅子，也在春雨的滋潤下，逐漸黃熟。

午後，亭亭如蓋的大樹，灑落滿地清陰；圓圓的樹陰中，閃爍跳躍的，是一個個金色圓形的小光圈，在地面上描繪著中天日影。

縷縷青煙，帶著溫熱，自爐中上揚。靠近爐邊，藉著爐中煙火烘薰的衣服，摸在手上，還是缺少了那一份令人懷念的乾爽；總令周邦彥懷念起故鄉來，那明媚秀麗的錢塘。西湖景物，固然冠絕天下，氣候也爽適宜人，洗曬後的衣服，爽爽脆脆地帶著一股乾香，連薰香都屬多餘；畢竟他昂藏男兒，從未想過衣裳要薰的事。如今，他苦笑；這地勢低濕，又近山多雨的地方，衣裳若不用煙薰，那陰濕之氣，無以袪除，怎能上身呢？

走出室外，倚著欄杆閒眺，這悶熱困人的午後，靜悄悄地，了無人聲。周遭一片沈寂，只有幾隻烏鳶，悠然展翅在高空盤旋；有時疾撲而下，衝波掠水，自得其樂。鳶飛魚躍，是大自然最生動美麗、令人也為之忻羨的境界了吧？牠們欣欣然生活著，全不似人生，為競逐而奔忙，明知浮世勞生之苦，仍無以逃避。

新漲的綠波，在溪間碎石飛濺跳躍，琤琤琮琮、潺潺湲湲地吟唱著流過小橋，流向橋外的不知何處那方。溪畔，細瘦的竹子，茂盛的蘆葦，雜亂生長著。憑欄久立的他，凝視了這片欣欣濃綠半晌，嘆口氣，低吟：

「住近溢江地低濕，黃蘆苦竹繞宅生……」

這是白居易〈琵琶行〉中的句子。謫居江州的香山居士，猶可泛舟江上，於月夜送客時，巧逢琵琶女，「同是天涯淪落人」，同病相憐。而他，也擬泛舟，也望能逢一位解音律的紅顏知己；但，連這一點想望，也是奢侈；若江州司馬猶青衫淚濕，他，更當如何呢？

一年又一年呵！他飄泊如一隻徘徊在漠北和江南的燕子，千辛萬苦；春日，自南向北，秋日，自北向南，只為了找一個允許暫時棲止的屋樑，營築一個可以聊避風雨的窩巢。待得下一個社日來到，又將展開雙翼，飛向另一段流浪的途程。不許依戀，不許回頭，甚至不能選擇：下一站，將在何方。他累了，倦了，也認了；前朝的詩人不是說了嗎？「莫思身外無窮事」，既然，身不由己；既然，縱使想得千迴百轉，也無法對眼前的情況，有所扭轉改變；既然！那，何必自尋煩惱呢？還不如珍重眼前這一杯酒，向酒杯中尋找一段夢，一首詩，一個世外桃源……。

是那兒傳來的管絃嘹亮？那絲竹競奏的樂章，急促而嘈雜得使他不堪承受；是真的老了吧？至少，心境上已憔悴枯槁，再沒有當年流連歌臺舞榭、欣賞急管繁絃的心情了。也難以強打起精神應對酬酢。是失禮吧？可是：

「能不能在筵席邊，先安排好枕頭竹蓆，好容我喝醉之後，就地安眠？」

❀

這一闋〈滿庭芳〉，在周邦彥《片玉集》中，編入「夏景」，詞前小題：「夏日溧水無想山作」，當時，周邦彥在溧水任知縣。詞中「風老鶯雛，雨肥梅子，午陰嘉樹清圓」、「人靜烏鳶自樂，小橋外、新綠濺濺」固然寫出一派初夏景色，和清寂寧謐之美，允稱絕唱；但主題，卻是宦途失意的落寞，詞中屢明用或暗用白居易〈琵琶行〉，不是偶然的。而，「年年，如社燕……」及「憔悴江南倦客……」更寫出了深濃的倦怠和無奈，卻絕無劍拔弩張的尖銳，也因此更沈鬱蘊藉，這，正是周邦彥之所以為周邦彥處。

**周邦彥小傳**　周邦彥，字美成，號清真居士，錢塘（今浙江杭州）人。

他少年疏雋少檢束，不為州里所重，而博學廣涉百家之書。神宗元豐初，遊太學，獻〈汴都賦〉萬言，中多古文奇字，神宗破格舉拔，由諸生一命而為太學正；即由太學諸生而為太學諸生之師。歷官知溧水縣、秘書省正字等。以其妙解音律，能自度曲，而提舉大晟府，可謂稱職得人。宣和三年卒，年六十六歲。

他詩文俱工，尤長於賦，而一生最大的文學成就在於詞的創作，其他文類，俱為其詞名所掩，少為世所注意。由於他長於音律，自署堂名曰「顧曲」，可知其自負，時人亦以「周郎」稱之。能自度新腔，下字用韻，均極講究，皆有法度，人比之律詩中之老杜。長調尤稱獨步，是以騷賦筆法入詞之故。又善化前人詩句入詞，而不見痕跡，亦因此氣韻自高，諸美俱備，儼然一代宗匠。

詞集名《清真詞》，又名《片玉集》。

# 玉樓春

周邦彥

桃溪不作從容住，秋藕絕來無續處。當時相候赤闌橋，今朝獨尋黃葉路。　煙中列岫青無數，雁背夕陽紅欲暮。人如風後入江雲，情似雨餘黏地絮。

懷著一團興奮，周邦彥又走上這條熟悉的小徑。雖然，他有好久好久都沒來了，但閉著眼，他都能摹畫出這兒的景色：小徑的那一端，橫著一條小溪，溪上架著小巧的木橋；他還記得，木橋兩旁的欄干，是紅色的。溪邊，種著幾棵桃樹，春天來的時候，桃花映紅了天上的雲彩；春天去的時候，桃瓣染紅了溪中的水流。

過了橋，就是她所居住的小樓了。想到她，他嘴角不由含著笑；她的盈盈笑語，她的款款深情……那一段有如神仙一般的日子；每回他走近小橋，就看到她倚欄等待的身影，她的長髮，她的衣袂，在風裡飄著，綽約如仙子。這仙子看見他，就綻開了比桃花還嬌艷的笑容，在她的笑容中，一切失意、煩惱，都如溶化的春冰，無影無蹤。

「桃花源！」

他猛然想起〈桃花源記〉陶淵明所塑造出的那片樂土，真感覺著自己就像那個不經意闖進了桃花源的漁夫。

真像那個漁夫，也只能作個過客，終於為了功名，為了前程，他不能不離她而去。臨別，他應許下一個秋天回來迎娶，永不再分離。

仕途是坎坷的，是身不由己的，他延誤了歸期，一年又一年。他輕舒了一口氣：

「我畢竟不是那漁夫，我畢竟又回來了！」

朱紅色的橋欄在望，他的桃花源在望。他竟有了幾分情怯；她會怨他嗎？她會怪他嗎？也許會，為了他延誤了歸期；但，她一定會原諒他的；她是那麼善良溫柔的女孩，一定會諒解他的不得已。只要他回來了，一切都會美好依舊。他想像著相見時的歡愉；她大概會又哭又笑，婢僕大概會又喊又跳……總之，一切將會美好如昔；桃花源終究是桃花源，而他，決心作個歸人，不再流浪飄泊，不再作異鄉過客……他又展露了笑容，加快了腳步。

紅橋無恙，小樓無恙，只是門扉深閉著。他舉手敲門，猜想會是誰來開門，那個伶俐慧黠的小丫鬟，還是白髮蒼蒼的老僕？他的心跳加快……。

一張完全陌生的臉自門內露了出來，好奇地打量著他，他有著措手不及的慌亂；怎麼換了新僕了？定了定神，他說出自己的名姓，求見主人。

一位恂恂老者接見了他，他更茫然了，吶吶說明了來意，老者悲憫地搖頭太息：

「你來遲了！」

他心一沈：

「她已別嫁？」

老者帶著責備和不滿：

「你這樣想，不覺欺心嗎？你信不過她？認為她負情？」

「不，不能怪她，是我負約在先……」

老者語氣和緩了：

「你負了約，她可沒負情，唉……」

周邦彥急著問：

「她既未負情，如今何在？」

老者低嘆了一聲：

「黃土隴中。」

這四個字，彷彿是嚴冬的冰雪，兜頭而下。一瞬間，他的血液似乎都凍結了，全身冰冷。

老者不忍地看著面前這個失魂落魄的才子，搖搖頭，緩緩地說出讓他椎心的故事……。

茫茫然，他走在山坡的小徑上。秋風瑟瑟地捲下夾徑樹木上的黃葉；小徑，已被黃葉鋪滿，而葉，還繼續落著。秋風淒厲，他卻沒覺得風冷；比起他凝結如冰的心，這風算得什麼？他的心、他的血，比秋風還冷；冷得他對外界的一切都空茫了，都麻木了。他耳中只迴盪著老者的責備和勸慰：

「她一天又一天的站在小橋上等你，等得秋水望穿；等到病骨支離……」

「她雖然抱恨而死，卻始終相信有一天你會回來；遺言叫人把她葬在山坡上，因為那兒高，好望見江上歸帆，好望見路上歸人。」

「來求親的人，幾乎沒把門限踩穿；她不肯；矢志守著你們的舊盟，矢志等你回來……可憐她一片貞心，一片癡心。唉……」

「她家的人不忍留在這傷心的地方，我才把房子買過來。這些，都是他們告訴我的，他們以為你真的負心……只怪你來遲了；只怪你們情深緣淺，或者，天意如此。」

「事已至此，傷心無益；你去看看她吧，讓她在泉下瞑目。」

沈重的腳步，踩在一地的黃葉上，發出沙沙的響聲，長長的瘦影，在斜陽中是那樣的暗淡、孤絕。他恨、他悔，恨自己熱中仕途的淺薄，悔自己尋到了桃花源，竟沒有珍惜，沒有做長遠留下的打算，而匆匆離去。一念之差，卻使得這一段原本可以美滿的情緣，成了秋日的斷藕；儘管情絲萬縷，猶自牽繫，卻再也接續不上了。他曾笑那〈桃花源記〉中尋到桃花源又失落了的漁夫愚昧，而他，竟也成了那失落了桃花源的漁夫。

癡癡地站在墓前，一坯黃土，吞噬了輕顰淺笑；掩埋了花容月貌；分判了天上人間，成了永難跨越的阻隔。心底低喚著她的名字；那朝思暮想，魂牽夢縈的伊人，他曾千百次想著相見時的情景；總是歡欣的，愉悅的。他也為自己的延誤而自責過，但總想著，以後可以慢慢補償；他怎知道，他不再有補償的機會，不再有「以後」？他曾怕她別嫁；如今他多希望她沒有為他苦守，沒有抱恨而死，他寧可失去她的心，寧可她別嫁了！可是她沒有；她至死沒有稍減對他的深情；卻因此，他失去了她，永遠失去了。

夕陽悄悄地向西山遊移；他的影子更長了，和墓碑投下的長影並列著，形成兩條沒有交點的平行；一如他與她這一段沒有交點的情緣。

一行大雁，排著「人」字形的隊伍，整整齊齊地劃破了西山；夕陽灑出最後一把光燦的金紅，在雁背的毛羽上閃爍出短暫的絢爛。隨即雁落平沙，日落西山；只有飄浮在西天的雲彩，眷戀地握著褪去的殘紅，依依不捨。

暮煙漸濃，把四周重疊排列的無數山巒，渲染成濃濃淡淡的參差山影；這些朦朧山影，披著青紗，默默佇立，彷彿也為墓中癡情的伊人哀悼。

風，仍瑟瑟地吹著；山間騰起的雲嵐，隨風飄過山坡，灑下疏落的雨絲，繼續飄流，飄過原野，飄向江心；他知道，這片飄去的雲，再也不會回來了，就像那再也不回來的伊人一樣。

那陣不大不小疏落的雨，沾濕了他的衣衫，也沾濕了地上的泥土。漫天飛舞的蘆絮，落在地上，沾在泥上，任憑風怎樣吹，也飛不起來了。他凝視著在泥中掙扎的蘆絮；不！那不是蘆絮，那是他失落的情，沈落的心……。

# 過秦樓

周邦彥

水浴清蟾，葉喧涼吹，巷陌馬聲初斷。閒依露井，笑撲流螢，惹破畫羅輕扇。人靜夜久憑闌，愁不歸眠，立殘更箭。嘆年華一瞬，人今千里，夢沈書遠。

空見說、鬢怯瓊梳，容消金鏡，漸懶趁時勻染。梅風地溽，虹雨苔滋，一架舞紅都變。誰信無聊為伊，才減江淹，情傷荀倩。但明河影下，還看稀星數點。

蟾月娟娟，像才用水洗過似的，清澈又明亮。樹葉兒忙著交頭接耳，竊竊私語，高興得搖搖晃晃，拂起一陣陣涼風，傳送著那窸窸窣窣的喧笑聲。

夜深了，巷子裡的馬嘶人語，漸漸遠去，終歸於沈寂。只有點滴的更漏，單調地點綴著冗長的夜……。

並肩閒倚在庭中井畔；這口無遮無蔽的井，幽深得宛如一個無底的黑洞，偶有中天的星光，在無波的水面低徊。他常感覺自己彷彿就是那落入井中的星光，跌入了她那水溶溶、宛似深井般的眼眸中，逃逸不去。唉，他又何曾想逃逸？那溫柔的眸光，撒下了以柔情織成的網，千絲萬縷地縈繞著他，像一個大大的冰繭；而他，那麼心甘情願的作被情絲纏縛的蠶蛾。

清風微拂；風中揉和著似麝如蘭的香氣，是花香？是她的髮香？他無心追究，只深深地沈醉，沈醉在這溫柔旖旋的氛圍中。

「哦！流螢！」

她喜悅地喊，那孩氣的驚喜，使他憐愛地搖頭；他的小妻子，還是個童心未泯的孩子呀！看，她執著手中的羅扇，躡著足尖，忙著撲流螢去了。流螢像夜空中飄忽的幽靈；閃著熒熒的青光，忽明忽暗，忽東忽西。她也追隨著、掩撲著。終於：

「捉到了！捉到了……」

她雀躍著碎步跑回來，額上沁著微微的汗，那雙清炯炯的眸子，閃著興奮。一隻手掩著扇的一角，那掙扎在她手掌和扇面中的螢蟲，一閃閃無助的微光，透過輕羅的扇面，映著她的笑臉；那無憂的笑臉，那樣叫他心動……敵不住他不移的凝注，她羞紅了臉，顧左右而言他：

「看！剛才一不小心，叫薔薇花刺，把扇子都勾破了……」

他恍如無聞，更沒有移開目光去注意那勾破的扇子；他看見的，只是她的眉，她的眼，她翹翹的小鼻子，酡紅的雙頰，和那翕動著——她在說什麼？——的小嘴……她羞急了，手一揚，釋放了螢蟲，輕盈地跑開了；留下一串銀鈴般的輕笑……。

一樣的夜，一樣的月，少了她的身影、她的笑語，就變得那麼冗長得令人難以忍受；那單調的更漏聲，敲擊著夜的寂靜，也敲擊著他的心。

憑著欄杆，向夜空描摹著她的音容笑貌；那喜孜孜的梨渦，那水溶溶的秋波；那輕掩羅扇的纖纖素手，那含羞帶嗔的輕笑……那一樣不牽動著他的愁緒？他依戀著靜夜，不忍歸眠。只為，在這樣的靜夜、澄空之下，共此嬋娟，使他有一種比較接近的感覺。她一定也在月下佇立仰望吧！歎息著那逝去得太快的美好時光；緬懷著遙隔在千里外的人……千里！多麼可怕的阻隔，雁遠魚沈；書信稀少得近於奢侈。連負載夢魂的夢神，也懼怯於山重水複而卻步了嗎？為什麼經旬累月，也難以夢見一回？

一隻螢蟲自他眼前飛過，劃破了他描摹在夜空中的倩影。他猛然驚覺，他描摹的已不是今夕月下的她了；在長久別離的折磨下，她已由一個不知愁的少婦，變成憂鬱憔悴的思婦了。他想起她前些日子捎來的信中吐露的幽怨；使他為之心痛的幽怨：鏡中的容光消減；最為他賞愛的青鬢雲鬟，也已無心梳理；那隻他所贈的瓊梳，總是令她睹物思人，為之情怯。粧奩中的脂粉香膏，更是冷落閒置，任脂冷香殘……在信末，她說，暮春時節，總是落梅風、懸虹雨交織著進行，庭中總是溼漉漉的，青苔悄悄地侵上了庭階。院中的花架，落紅繽紛飛舞；枝頭繁花凋零殆盡，轉眼濃綠就取代了春紅……。

她知道嗎？她相信嗎？他也為了她而黯然神傷如昔日思妻傷情的荀奉倩。而終日無心無緒，更如失去五色筆的江淹，再也吟不出華藻辭采的佳句了。

更漏將殘；這一個美麗而又漫長、又無聊的月夜，卻因少了她，竟也就在無語憑欄的寂寥中，和對她深長的思憶中，悄悄逝去。

無意地仰起頭來，月已西斜，橫亙夜空中的銀河，仍清清淺淺。只有幾點疏星，猶自點綴著無翳晴空，遙遙地交換著無聲的閃爍……

❀

〈過秦樓〉是北宋末期名家周邦彥的詞作。很明顯，是一闋憶內的作品，詞中時空交迭轉換，今昔之比，兩地之思，使得一個易流於浮泛的題材，表現得深婉之至。周邦彥，善化前人作品入詞而不著痕跡，宛如天成。在這闋詞中，也不例外；杜牧的一首〈秋夕〉幾乎全部搬入了這闋詞中，但是落在字面上的，只見「輕羅小扇撲流螢」一句。而且因由「秋夜」的寫實，轉為對閨人的追憶，更賦予了一份動人的情思。又如「鬢怯瓊梳」三句，不僅是翻了杜甫〈月夜〉：「香霧雲鬟濕，清輝玉臂寒。」更活用了《詩經．伯兮》：「自伯之東，首如飛蓬，豈無膏沐，誰適為容。」把閨中思婦之情，體貼入微。尤其結句「但明河影下，還看稀星數點。」和前片「立殘更箭」遙遙呼應，雖是「景語」，卻比直用「情語」含蓄深刻得多，正是《清真詞》勝處。

# 蘭陵王

周邦彥

柳陰直，煙裡絲絲弄碧。隋堤上，曾見幾番，拂水飄綿送行色。登臨望故國，誰識，京華倦客。長亭路、年去歲來，應折柔條過千尺。

閒尋舊蹤跡，又酒趁哀絃，燈照離席，梨花榆火催寒食。愁一箭風快，半篙波暖，回首迢遞便數驛，望人在天北。

悽惻，恨堆積。漸別浦縈迴，津堠岑寂，斜陽冉冉春無極。念月榭攜手，露橋聞笛，沈思前事，似夢裡、淚暗滴。

垂直的春柳，如金線似的千絲萬縷，密密地織出一幅如煙的錦幔。濃綠的柳葉，搖曳在春風和煦中，渲染閃爍著綠影朦朧。金絲，綠葉，就這樣嬉戲著春風。

楊柳，對周邦彥來說，絕不是陌生的；曾多少次，在隋堤上，與她邂逅，看她垂曳著長長的絲縷，輕拂著綠波；那樣柔情無限，依依地牽綰著行舟。當行舟無情地撇下了她翠帶飄颻的瘦影，而滑向春江煙浪中時，那漫天飛舞的柔白輕絮，宛似點點愁人拋灑的珠淚。

送人，被送，在年華匆匆消逝、歲月悄悄流轉的更替中，她總是默默地，用無聲的語言，撫慰著失意者的心靈。他們那離鄉背井的愁緒；他們那久客京華，卻困頓潦倒，不為人識，不為世用的無奈；他們那深深鏤刻在心頭，淡淡流露在眉宇的倦怠；他們那漂泊遷徙，無人相問的悲哀……登臨極目，愁痕處處，那堪回首；待不回首呵！那不知何日能重返的故國，又怎忍就此決絕？在這種矛盾和掙扎中，怕也只有長亭路邊的楊柳，或能領略一二吧？她曾親身體驗了多少人生的無奈，在年復一年，一雙雙的送別淚眼中，多情的人們總借著她的縷縷柔絲，來表達依依離緒。然而，縱使她有心縈繫，又奈何匆匆行色？那縷縷被攀折的萬千柔條呵，空自牽惹了多少愁腸的迴折。

沒有話別；沒有流淚。在這梨花已殘，榆火新分，轉眼就是寒食節的春暮；在這臨別前夕，一盞銀燈，散著柔和的燈暈，照著桌上那些她為他親自安排的餚饌。他努力地品嘗著，讚美著；他不知道，什麼時候才能再嘗到她的精緻菜餚；他不知道，他今生是否還有這樣與她相對共食的機會。

然而，他把離愁埋藏在心底；口中，在飲食之餘，絮絮地、若無其事地，談著一些往事。那些令人沈醉的，歡樂的往事，在他口中閒敘來，竟給人一種是慶相逢，而不是傷離別的錯覺。

她微笑著，看著並不善飲的他，不自覺的一杯又一杯的斟著酒；不多話的他，竟自滔滔滾滾，盡是舊日儷影雙雙的舊事陳跡。

信手取過平日彈的琵琶，無意識地輕攏慢撚；絲絃發出的聲聲，竟都流溢著淒楚。他深深凝注她，又飲盡了杯中綠酒。在他的注目中，她想起都中歌樓間，流傳的一句話：「曲有誤，周郎顧。」本來指周瑜的「周郎」二字，那麼自然妥貼地，就轉移到這位精於音律的才子詞人周邦彥身上。不成曲，不成調的音符，也溝通著他們脈脈又默默的情愫。沒有話別，言辭，已屬多餘……。

他是何時上船的？船是何時離岸的？在他腦海中，竟是一片空白。他記得的，只是那沈沈如夢的幾聲絃索琤琮；只是那盈盈如花的幾回淺笑低迷，只是……風催何疾？船行何速？在這綠波水暖的春江上，在風疾如箭，篙輕似羽，順風順水的飄流中，待他清醒，待他驚覺，船兒已滑過了幾座渡頭，幾重水驛。

伊人，遠了；京華，遠了；隔著山重水曲，隔著煙靄雲濃……他忍不住回首，忍不住凝望。迎著風，溯著水，向天北遙望：望見的，只是山染碧，水涵青，和一望無際的漠漠雲天；不見伊人，不見京華。他癡癡地凝望著，只為，那北方的一處天空下，有她的倩影……。

船，繞過一灣灣縈曲的水濱浦岸；經過一處處寂寞的斥堠津渡。愈行、愈遠，他的感傷、淒楚，也隨著里程加深、加重的累積著。回眸四望，斜陽緩緩西沈，晚霞塗染著遠近山水；那銀紅金紫，綺麗眩目，讓人想到紫姹紅嫣、繁花似錦的春天。

是的，春天，現在正是春天，展眼望去，無邊無極，何處不是春光？在斜陽籠罩中，在春風吹拂裡……。

這溫柔、旖旎的春色，勾起他多少回憶；多少月夜，他攜著她的纖纖素手，在水榭中賞月；月光倒映在水中，圓時如環，缺時如鉤，在風吹細浪，花落微漪時，更幻化作銀波重重，金星點點。他心中寧謐而滿足，不為月色；月色誠然是美，又何能及手中那柔荑素手，傳達的深情款款。多少清秋，他與她併肩散步，走上那為白露沾濡，欄杆微濕的橋邊。在已涼未寒的秋風裡，儷影雙雙，憑欄小立，笑指天上的牛女雙星，何似人間儔侶？遠處，誰家吹起玉笛；他們臨風細按著宮商，聆賞品評，直待驚覺夜深露重，才相視而笑，依依離去。

一幕幕往事，在他凝目沈思中，滑過心頭。那幕幕溫馨的、甜蜜的往事，卻都成了今日的痛楚根由；沒有深情，何來離恨；沒有聚之歡，何來別之苦？那溫馨甜蜜的往事，分明如此，歷歷如此，卻又何以如煙之易散，如夢之杳茫？

他默默背轉身去，想避開舟子的目光；他不願他們看見，一滴淚，蘊在他眼眶中，正盈盈欲落……。

❀

這一闋〈蘭陵王〉，在周邦彥的《片玉集》中，堪稱名作。一方面，是此詞本身的令人愛賞，另一方面，卻是因其中流傳的一段故事：宋徽宗微服訪青樓名妓李師師，不巧，周邦彥正在李師師處盤桓。欲避不及，又怕君臣在青樓相見不便，只好匿於床下。把徽宗和師師的調笑、談話，聽得一清二楚，一時衝動，竟作了一闋〈少年遊〉細加描繪。他是當代名詞人，況且此詞細膩旖旎，十分引人，一時傳唱九城；傳到徽宗耳中；別人不省緣由，他是心中有數，老羞成怒，即日下令，押出國門。周邦彥文字賈禍，感慨萬端，又兼李師師設席餞飲；二人原本有情，在這種情況下，更是繾綣惆悵，相對無言。周邦彥即席又賦〈蘭陵王〉，設想別後光景，真是悲楚淒惻。但已有文字賈禍的前車之鑑，也不敢寫得太怨抑悲憤；所以題為「春柳」，寫離愁，卻無怨憤。尤其「斜陽冉冉春無極」，竟是一片光明摯誠的感念；有「普天之下，莫非王土；率土之濱，莫非王臣」的赤忱忠愛，並不以無端嚴譴怨望。當徽宗自師師口中聽到〈蘭陵王〉時，也不禁為之感動，且確證了他在音律方面的修養和才華，終於回心轉意，召回了他，並量才任用為大晟樂正。

依這一傳說，此詞中敘寫別後情景的，如「愁一箭風快，半篙波暖，回首迢遞便數驛，望人在天北」，「漸別浦縈迴，津堠岑寂」都只是想像之詞，而非實情。但就詞的感人度來說，想像之詞，未免就會減弱了那種使人動容的分量。而且，此一傳說的可信程度，仍有疑問，所以在演示上，仍視為「寫實」。就詞中深摯之情而言，月榭攜手的，不必是師師，也是一樣感人的。在詞末，「似夢裡、淚暗滴」，一連下了六個仄聲字，在詞中，可稱是少有的特例。周邦彥，以精於音律見稱，應不會是一時失檢，或有深意，也許就為了表現那種淒惻迫促之情，而特地這樣，以仄聲連用，來達成這種音節上的特殊效果吧！

# 六醜

周邦彥

正單衣試酒，悵客裡，光陰虛擲。願春暫留，春歸如過翼，一去無迹。為問家何在？夜來風雨，葬楚宮傾國。釵鈿墮處遺香澤，亂點桃蹊，輕翻柳陌。多情為誰追惜？但蜂媒蝶使，時叩窗槅。東園岑寂，漸蒙籠暗碧，靜繞珍叢底，成嘆息。長條故惹行客，似牽衣待話，別情無極。殘英小、強簪巾幘，終不似、一朵釵頭顫裊，向人欹側。漂流處、莫趁潮汐。恐斷紅、尚有相思字，何由見得？

脫去了夾衣，換上了單衫，周邦彥感覺，春天，真的過去了。

端著一杯新熟的酒，他有些惘然；這一季春，他到底做了些什麼？是漂泊的遊子生涯使他的心無法安定？是思鄉懷土之情，干擾了他的心境？這一季春，就這樣不經意的虛度了，待驀然回首，春，已一去無蹤。

真的是一去無蹤！他多麼盼望，能挽留住一抹春痕；多盼望，春能停下腳步，那怕只是短短的瞬間，至少，讓他感覺，他曾擁有過春。然而，春，彷彿像飛鳥一樣，搧撲一下翅膀，就消失在雲天之外。

可不是春色已老？連宵夜雨，彷彿是一首送葬的哀歌；把那憔悴消瘦，如楚宮中為瘦腰而餓死宮娥的殘花，片片吹落……。

那粉白，那嬌紅，簇簇枝頭盛放，散著馥郁芬芳，引得蜂圍蝶繞的薔薇，曾是那樣雍容而都麗。如今，竟也落得隨風飛舞；朱顏粉面，未曾褪色，只是芳華消逝，便再也戀不住枝頭；只有飛向幽徑，落向田野，散落著滿地花片，點點殷紅，像帶血的啼痕。

任是怎樣的傾國姿容，也只有在明媚燦麗的那一剎，才有人稱賞憐惜吧？如今，更有誰對這殘紅落英，投上一瞥？只有那蜂蜂蝶蝶，依然圍繞枝頭尋覓著舊日的伴侶，不時，輕叩著薔薇花叢旁的軒窗，打探著伊人的下落。

當薔薇落去，園林中，就再難覓姹紫嫣紅；只見綠意漸深，樹蔭篩下滿庭濃綠。

密密枝柯交織的薔薇下，靜躺著幾瓣柔紅，無助的陷在泥塵中，等待著寂滅。周邦彥有著滿心的悲惘，但，除了繞著這叢薔薇徘徊嘆息，又能奈何？人，亦難逃自然法則的輪迴呵！更遑論花？是什麼人，牽住了他的衣衫？他停下了腳步，才發現，是薔薇伸出長枝上的鉤刺。鉤刺也體會了他一番惜花的悲惘嗎？而想留住他這位薔薇的知己，共話依依惜別之情。

惜別之情，那有窮盡？他摘下枝頭最後一朵單薄得可憐的殘花；就算這是春的最後一個音符吧！

總也聊勝於無了，他情懷寥落的把這朵小花，簪到頭巾上。

凋殘的花，寂寞的人，也算是相配了。但，他又怎能不遺憾他辜負了太多？曾經，有一朵嬌美絕倫的薔薇，簪在伊人鬢邊，顫顫裊裊，羞羞怯怯地，向他偎依……，他，不曾珍惜；只因，他不知道，春天這麼快就消逝；薔薇這麼快就凋零，而伊人……已傷心離去……。

花的終站，不是塵土，便是流水。流水，又準備把這些落英殘紅，載向何方？流水呵！若載著落花，就不要那麼匆匆忙忙吧！也許，這些花瓣中的某幾片上，有著伊人用簪花小楷寫下的詩句，藉著水的漂流，寄給那多情的知己。

請慢慢流呵！莫趕向江海，去湊那潮起潮落的熱鬧；慢慢流呵，否則，那花瓣上的詩句，有誰能看見拾取？

❀

這一闋〈六醜〉是北宋後期詞人周邦彥的名作之一。據前人記載，這闋詞詞牌名「六醜」，宋徽宗見了，十分不解。問許多詞臣，都答不出來；只有召原作者周邦彥來問。周邦彥答：「此犯六調皆聲之美者，然絕難歌。」想來在音樂上必有極高的評價；可惜，今日只能就文字之美來欣賞了。它有個小題：「薔薇謝後作」，薔薇，是春暮時花的代表；薔薇花開，就漸由春入夏了。周邦彥以〈六醜〉嘆息春歸花落，婉轉迴折，極盡典麗之能事，一代詞宗，畢竟不凡！

# 瑞龍吟

周邦彥

章臺路，還見褪粉梅梢，試花桃樹。愔愔坊陌人家，定巢燕子，
歸來舊處。

黯凝竚，因念箇人癡小，乍窺門戶。侵晨淺約宮黃，
障風映袖，盈盈笑語。

前度劉郎重到，訪鄰尋里，同時歌舞。
惟有舊家秋娘，聲價如故。吟箋賦筆，猶記燕臺句。知誰伴，名園
露飲，東城閒步？事與孤鴻去，探春盡是，傷離意緒。官柳低金縷，
歸騎晚、纖纖池塘飛雨。斷腸院落，一簾風絮。

又回到久別的京師，又來到京師最美麗繁華的教坊。這裡有最香醇的美酒，最悠揚的音樂；最動人的舞姿，最可愛，而且綺年玉貌、笑靨迎人的少女。每一座幽庭深院，更住著一位眾香國中的名花；她們色藝雙全，才調出眾，出入文士雅集，公卿華筵間，作錦上添花的點綴，等閒之輩，無由仰望顏色。

對京師教坊，周邦彥是識途老馬，他以卓絕的文采和妙解音律的音樂素養，為教坊中的名花，傾心結納。他熟知每一門戶，和其中悲歡離合的故事。

春寒初褪，枝頭上，衝破嚴寒，先報春歸的梅花，已零落凋殘，倒是嬌柔的桃花新綻，倚著薰軟春風，如同初試春裝的少女，展現著又羞又喜的容顏。

花樹間，幾聲清圓燕語。呵！是固定在這些人家簷上築巢的燕子，趁著晴暖，飛回了舊巢吧？仰望著那忙碌穿梭的燕子，周邦彥嘴角不由噙上了一絲微笑；他，彷彿也像這些黑衫羽客，不由自主似的，便會走向昔日最熟悉的地方……。

一樣的庭院，一樣的屋宇，一樣的門戶。他總記得，那時，她，還只是一個嬌癡的小女孩，坊曲中嚴格的才藝和應對訓練，都未曾磨損她天性中的爛漫純真，只像一塊美玉，經過名匠琢磨，益見光潤。

她不知因何故，那樣喜歡偷偷的窺視他。在清晨，裸著素白的纖足，曳著長裙，頰上，塗著淺淺宮中最時新的鵝黃宮粉，向著臨窗讀書或寫詩的他張望。當他被驚動了抬起頭來看她時，她卻又用扇子，遮住了半邊臉，揚起的羅袖，映著閃爍日影，風中，傳來她銀鈴般的輕笑……。

重遊舊地，他一戶又一戶的尋訪著舊日的故人，人事早已全非，這原是歲月最不容情的地方呵！後浪，那麼快的湧上來，新人，就取代舊人。老樂工唏噓話滄桑：

「有的贖身從良了；有的看破了紅塵；有的仍留在坊曲中，教習歌舞；有的為貴家量珠聘去……」

教坊中，依然有歌姬，有舞妓，有名重一時的名花，卻已不是舊時人。她們，都隨著時間被人遺忘了，而：

「只有秋娘，她是特別不同的；至今，還沒有誰的聲價能超過她。人人以她做最高的準繩。」

而他，幾度徘徊躑躅，終不敢去觸動心底那深閉的門扉。

他仍記得，自己過去為她作的無數詩篇；他不知道她是否仍記得，他，是至死不會忘的。

曾經，他陪伴著她遊遍了京師的名園，在花間，露天席地飲酒賦詩；曾經，她陪伴著他在東城的城樓上，步月覓句。

她是名妓，他是名士；名妓和名士，只能相互傾心，無緣結成連理，這是註定的；他阮囊羞澀，何能奢望必得量珠為聘，金屋貯之的她？她便甘心摒絕鉛華，荊釵布裙，為才子婦；奈何才子家貧，又一身傲骨！

如今，他只落得一身孤孑。她呢？有誰陪她共遊名園賞花，閒步城樓踏月？

一隻孤雁，棲遑地掠過雲天，消逝在天際。往事，也像孤雁一樣吧，留不下一點痕跡，便成了永遠的過去……。

教坊，在人們口中，那是春天永遠停駐的地方。而他，所要尋訪的春，卻早已成為過去，留下的，只是一些感慨，一些惆悵；一些，是離愁嗎？他自己也無法確定……。

池邊的楊柳，在春風中紡著金線，低低垂下，有意無意的拂著他的帽子。依依，復依依，在黃昏四合的暮色中，他跨上了馬。

天上，飄下了細雨，為池塘，蒙上了一面細薄的輕紗；飄舞的雨絲，朦朧了他的視線。

坊陌間的樓閣中，亮起了盞盞燈火；是華燈初上，笙歌漸起的時候了。那一門戶中，那一庭院內，她曾屬於他……。她的眉，她的眼，她的輕顰，她的淺笑，一下明晰了起來。滿城笙歌如沸，卻再也引不起他的關心。他只追憶著，那分別時節的種種情景。室中，他們淚眼相對，簾外，春風正飄舞著滿天無根無定的輕柔柳絮……。

❀

這一闋〈瑞龍吟〉是周邦彥的一闋名作。詞中充溢的是重遊舊地，人事全非的感傷。自表面看，感慨的是「平康」的滄桑，內中，多少有著自傷飄泊流落，懷才不遇的感慨吧！尤其結以「一簾風絮」，更留予讀者無盡餘味，也留下無盡的無名惆悵……。

這一詞牌，特殊之處是分三段，前兩段句法全部雷同，稱「雙拽頭」，較為少見。

# 花犯

周邦彥

粉牆低，梅花照眼，依然舊風味。露痕輕綴，疑淨洗鉛華，無限佳麗。去年勝賞曾孤倚，冰盤供燕喜。更可惜、雪中高樹，香篝薰素被。今年對花最匆匆，相逢似有恨，依依愁悴。吟望久，青苔上，旋看飛墜。相將見、翠丸薦酒，人正在、空江煙浪裡。但夢想、一枝瀟灑，黃昏斜照水。

又看見梅花了；就在這客舍窗外，一枝橫斜疏影，悄悄地自低矮的粉牆外，閃入，也照亮了周邦彥的眼眸。

依然是清艷絕俗；依然是高華出塵；也依然是寂寞寥落；帶著淡淡的輕愁薄怨，卻又寧願守著那一份不為世所容的孤芳自賞……那纖白無瑕的花瓣上，綴著碎珠般的冷露；彷佛是洗淨了鉛華的絕代仙姝，展現麗質天生的絕世姿容，更美得超塵脫俗，不沾染一絲人間煙火。

梅花！又見梅花！梅花寂寞依然，他呢？

他記得去年，也曾見到梅花。他那時，也正在旅途中，孤伶伶的獨斟自酌，唯一可令他略釋愁懷的，是那一枝瓶中清供的梅花。是梅花，溫暖了他孤寂的心田，使那天寒地凍的季節，不復淒寒難耐，連凍結凝冰的盤中菜餚，也變得別有一番可喜的深長滋味。

而更令他欣愛的，是窗外雪地上那一株古拙高大的梅樹；樹上紛紛馥馥開滿了梅花，細細的清香，在清冷的空氣中飄散著；彷彿是一個散著薰香的薰籠，正薰著覆蓋大地，那床如輕絮般白雪鋪成的被子。

一年了，今年再見梅花，卻是如此的匆匆驟驟，是花開早？是他來遲？梅花清麗的姿容，已然憔悴了，含愁脈脈，對他凝望。

他何嘗沒有相逢恨晚的惆悵呢？可是……

他只能以脈脈深情的凝望回報，微吟，低嘆，久久，久久……然後，看見斑駁的青苔上，有片片雪花飛墜；不，不是雪花，是梅花那勝雪欺霜的皎白花瓣。

幾時能再見呢？再見時，梅花該已變換了現有的形貌；將變成如翡翠彈丸般的梅子，出現在酒宴上，以含酸帶甘的滋味，殷勤勸飲……。

那時，他又在那裡呢？也許，正在蒼茫煙波中，飄泊流浪。

但，他知道，他不全然是寂寞的；他的夢中，永遠有一枝梅花陪伴；她正獨立在黃昏暮色中，孤傲，也瀟灑的橫斜著疏枝，臨池照影……。

❀

這一闋〈花犯〉是周邦彥詠梅花的作品。一般詠物詞，常流於堆砌典故，辭勝於情，而此詞，由梅興起，寫盡兩年來的悲歡之情，明知作者有宦途失意之恨，詞中卻不見偏激怨憤之語，情致婉約，而溫柔敦厚。尤其可貴，是圓轉自如，全不見斧鑿痕跡，且氣韻高曠，意婉神清，堪稱絕唱。

# 南浦

孔夷

風悲畫角，聽單于、三弄落譙門。投宿駸駸征騎，飛雪滿孤村。酒市漸閒燈火，正敲窗、亂葉舞紛紛。送數聲驚雁，下離煙水，嘹唳度寒雲。　好在半朧溪月，到如今、無處不銷魂。故國梅花歸夢，愁損綠羅裙。為何暗香閒艷，也相思、萬點付啼痕。算翠屏應是，兩眉餘恨倚黃昏。

風雪滿途。

嗚咽的畫角，吹著小單于那淒涼悲壯的曲調，一遍，又一遍的在譙樓上迴盪；和著呼嘯的風聲，更讓人不忍卒聽。

孤寂座落在風雪中的小小村落，買酒兼營客棧的小酒店，是唯一喧嘩熱鬧的地方了。

望著那氤氳著人聲的燈火，孔夷加鞭催馬；這是他今晚的安身之所，狹窄、簡陋，是他可以想見的，但……

他又何能選擇呢？在這樣的風雪中，有這樣一個可以有熱騰騰的飲食供驅寒果腹，有遮蔽風雪的客房供他投宿，他還能再苛求什麼？

當他安置了行李，再回店堂的時候，店中的食客、酒客，都散得差不多了。時間並不太晚，只是，這樣風雪之日，有家的人，誰還願意在外面多留連呢？

店堂中的燈火，仍點著；但，少了人聲笑語，彷彿連燈也失色了，失去了那一份輝煌和溫暖。

他多麼喜歡那一份輝煌和溫暖！對這樣一個羈旅異鄉的寒夜，他多麼需要一些輝煌和溫暖，驅走那份心底的冷寂！

然而……他只能在獨飲獨食之後，獨自回到他簡陋的房裡；伴著他的，只一盞昏黃的孤燈。

店堂燈火一盞盞熄去。風，猛烈的搖撼著窗外不知名的樹，樹上無多的枯葉，在風中亂舞，敲著他的窗……

他嘗試著把自己送入夢鄉，在意識朦朧的邊際，幾聲清唳，又啼破了他未成的夢境；是河岸邊，葦叢中的雁群吧？是受到了什麼驚擾，這樣匆匆離開了迷離煙水，衝破雲陣，飛向遙天？

再也無法入眠了，他枕著冷硬的枕，卻睜著眼，任一縷鄉思，纏縛，縈繞……。

不知何時，風雪停了。他推開小窗，窗前，竟有著淡淡月影，照在溪床上；結冰的溪床，也反映著淡淡的柔光。

這樣的月，對羈旅的遊子，對樓頭的思婦，對任何有情的人，都是不堪承受的吧？月，是圓的，而那薄雲掩映下的月影，卻恰似一張所有有情人都掙不脫的羅網；愁絲織成的羅網呵！

這朧明的淡月，該也正照著他的故鄉，他的家園吧？那庭中的梅花樹下，可正立著那穿著綠色羅裙的身影？

那梅花裊裊的幽香，淡淡的素艷，在她看來，也像是不絕如縷的相思，繽紛灑落的清淚吧？千千萬萬數不清的梅花柔瓣，那近於透明的白色圓點，豈不似樓頭思婦揮不盡的清淚啼痕？

他永遠忘不了，臨行時，她倚立在翠屏邊相送，臉上帶著笑，眼中卻含著淚；笑，是給他看的，淚呢？

那翠屏邊，日復一日，仍會有她的身影倚立吧？但，那笑容，應已褪色；代替的是塗染著離愁別恨的眉峰，送著一個個漫長難挨的日暮、黃昏……。

❀

這一闋〈南浦〉，作者是孔夷，字方平，汝州人，是北宋元祐間的一位隱士。有些詞選上，作者名寫成「魯逸仲」，其實，魯逸仲是孔夷的「筆名」，並不是另一個人。

「南浦」，寫在風雪之夜，羈旅異鄉遊子思鄉憶內之情，前一半是自身景況，後片，由朧明溪月，轉到思鄉憶內，並設想思婦的相思況味，頗有杜甫「今夜鄜州月」一詩的風味。

孔夷小傳　孔夷，字方平，號滍皋漁父，又隱名為魯逸仲，北宋汝州龍興（今河南寶豐）人。他是個元祐時期未出仕的隱逸之士，而當時居高位的劉攽、韓維都視之為畏友，而與甚受蘇軾推重，科場不利的李廌為詩朋酒侶。所傳詩作不多，《全宋詞》僅收三首，詞風典雅婉麗，雖非名家，卻甚受當時及後世推重。

謝逸

楝花飄砌，蔌蔌清香細。梅雨過，蘋風起，情隨湘水遠，夢繞吳峰翠。琴書倦，鷓鴣喚起南窗睡。　密意無人寄，幽恨憑誰洗？修竹畔，疏簾裡，歌餘塵拂扇，舞罷風掀袂。人散後，一鉤淡月天如水。

楝花，為一春的二十四番花信，奏出了清越的尾聲；當那淺紫色的花瓣，隨著微風，散著幽幽淡淡的清香，紛紛飄落，為石階鋪上重重繡衣的時候，春神的腳步，就悄悄地走向遠方。

「夏天來了！」

謝逸放下手中的書卷，深深吸了一口若有若無的細細清香，望著那一階繽紛落花，彷彿聽到春天號角的最後一個音符；餘音雖似裊裊未絕，而樂章，終究已告終結。

不是嗎？那經旬累月，飄瓦滴階，惹得人也沈沈鬱鬱的梅雨季節，已然過去。而那夏日清風，也自蘋末興起。

讀一回書，撫一回琴。在白晝漸長的初夏，當身體困倦了，就在書房南窗邊的短榻上，在越窗而入的清風撫慰中，悠然走入夢鄉……。

夢鄉，可是另一個人間世？那些隱藏在心底，壓抑在記憶深處，不敢碰觸，不堪重溫的甜蜜又傷痛的故事，就這樣展現……。

那纖纖的背影，隔花障霧，疑幻疑真。曳著輕縠般的六幅湘水羅裙，似淩波，似踏虛，那樣去意迴徨，欲行又止。那幾不勝衣的香肩，負載不動的是萬斛柔情，還是千重愁緒？彷彿是湘妃洛神，徘徊在迢遠的湘江水濱。

那身影是那樣的熟悉，熟悉得宛似自己心靈的一部分；一顰眉，一淺笑；一低頭的溫柔，一垂睫的淒楚，呵！原該是神仙小謫，因此，他無福，也無緣將她留住。

可是，他又怎忍不依依低喚那縈心的名字？

她停下了腳步，默默地，回頭……。

那橫波秋水，怎似春日泛濫的桃花汛？那樣奔騰而下的渲瀉著清淚。那凝翠吳山，又為什麼蹙起一段為濃雲寒霧遮掩的山峰；那撫不平的山峰，漸次為雲霧吞沒，他抵死欲向前追尋，卻迷失在那吳峰翠黛中……驀然一聲低嘆：

「行不得也，哥——」

那惱人的鷓鴣，那麼多情，又那麼無情地，將他自迷離難以自解的夢境中喚醒。他惘然望著身邊攤開的書頁，几上猶陳的素琴；爇盡的篆香，早成了柔腸寸斷的寒燼；就像他那已逝的殘夢，再難重續。

這南窗下的南柯一夢呵！他多希望自此再不醒來！

心底虬結糾纏如亂絲的情思，有誰能爬梳織紡成一篇字字珠璣的錦繡文章，把他一腔深藏的密意，盡情傾吐？更難的是，縱使錦字書成，又有何人能上窮碧落，下通地脈的為他尋覓伊人，為他把書信傳遞？又有誰，能為他尋來遺忘的祕方，為他消除洗去那深深烙印在心頭的終天遺恨？

為了逃避自四面八方逼入的寂寞空虛，他召來了舞姬歌妓，邀來了詩朋酒侶，把這坐落在竹林旁的書齋，用歌聲、舞影填滿，用笑語、歡言點綴。在歌妓、舞姬獻藝之後，他也借酒佯狂，吟唱著李白「我歌月徘徊，我舞影淩亂」，舞得汗濕衣襟，頹然倒下。任簾外竹風，夾著輕塵，拂向歌兒手中歌扇，吹起舞姬衣袂裙裾，也吹亂他鬆散的髮腳。

「無逸！無逸！」

「謝官人！」

他聽到友人和歌妓們的呼喚，他不想回答；他發現他錯了，這狂歡縱酒，這歌聲笑語，並沒有驅散他的空虛寂寞；他得到的，除了身與心違，與言不由衷的倦怠外，只有更深的寂寞——儘管聲浪在四周充塞。

「無逸醉了，咱們也散了吧！」

他感覺著幾隻手扶著他，把他安置到床上。聽到紛沓的腳步向外走去，周遭，又回復了清寂。

他緩緩睜眼，走下床，踱到屋外。

晴空湛湛，澄明剔透如水，一鉤初升的下弦殘月，正貼著天幕，散著淡淡幽輝……。

**謝逸小傳**　謝逸，字無逸，臨川（今江西臨川）人。

他初有用世之意，再舉不第，乃退歸林下，以詩文自娛，不復出仕之想；是一位操履峻潔的名士。

卒於徽宗政和三年，年未滿五十歲。

他長於詞文，曾作蝴蝶詩三百首，時人稱之為「謝蝴蝶」，有詞集名《溪堂詞》行世。

# 臨江仙

晁沖之

憶昔西池池上飲，年年多少歡娛。別來不寄一行書，尋常相見了，猶道不如初。安穩錦衾今夜夢，月明好渡江湖。相思休問定何如？情知春去後，管得落花無。

總是忘不了那些歡娛的日子；消磨在西池上的多少個月夕、花朝。舞筵歌宴，急管繁絃，在飲酒賦詩，猜枚行令的逸興遄飛中，一年年的歲月流光，就悄悄地在歌聲中、舞影裡，消逝無蹤。怎樣來形容邂逅相逢的驚喜？怎樣來描繪目成心許的繾綣？文章魁首，仕女班頭，羨煞了多少人！只羨鴛鴦不羨仙，該是那段日子的最佳註腳了吧！

沒有想過別離，別離卻猝不及防地來到眼前。多少海誓山盟；多少柔情蜜意，在時空的睽隔中，竟是那麼脆弱虛無得可笑；沒有隻字，沒有片語，征鴻來雁，永遠匆匆驟驟，不曾為她稍駐，她漠然視如無睹；她必須以視如無睹的漠然，來保護那脆弱滴血的心；在那一個個排成「人」字的隊伍，飛掠過她的小窗，投向杳遠雲天的時候。

她身邊，仍包圍著走馬章臺的王孫公子；他身邊，也不會缺少侍宴添香的紅粉佳人。名妓與名士的愛情，似乎，只是供人茶餘飯後遣興稱道的佳話美談，用那輕倩戲謔的語調。沒有人肯認真的正視她的愛情，她也只能不認真地，用調侃的語氣，沖淡那半真半假酬酢應對中的「真」。她麻木嗎？她知道的，不！但，她也知道，她，最好還是麻木。

離別誠匆驟，重逢亦偶然。她看得出，他是驚喜的，她又何嘗不是？但——一種斂束的陌生，無端地橫亙在他們之間；不是不曾歡談，不是不曾笑語，不是不快樂，只是，她不知道，他們中間多了什麼？還是少了什麼？為什麼笑得疏隔，談得生硬；一切都在客氣中透著生澀。不該如此的，以前不是如此的呀！她在心底吶喊，他聽不見，他只是以使她心碎的眼神，在他們的過去與未來間，劃上了一道鴻溝；對他，她不是過去的她了，對她，他又何嘗是昔日故人？然後，在泛泛酬應中，他走出了她的世界；她知道，他最後的那一凝眸的眷戀，是一個句號了；結束往事的句號。

鋪陳好錦茵繡被，焚上一爐沈水香，她默默斜欹在枕上。目光投向小窗；窗外月華如練，這有如匹練的月光，該是載負得起輕如飛絮的夢魂吧？那；她輕輕合上眼簾，默禱：

「載著我，飛過江，越過湖，到他的窗前，到他的夢中去……」

不該癡情的！不該相思的！但，已然癡情了，相思了，怎麼辦？

別問，別問這縷癡情，這段相思，有什麼結果？也別問，這不辭關山跋涉的夢魂，想牽繫什麼、綰縈什麼。當春神一心離去，幾曾回過頭來看顧一朵芳華逝去的落花？落花的芳魂一縷，又怎能不依依追隨春神的步履，萬水千山，牽牽縈縈、無悔、無尤、無怨……。

這一闋〈臨江仙〉，寫一份無可奈何的摯情，遣詞用字極平淡，可是其中的柔情，卻使人產生淒楚的共鳴，「相思休問定何如？情知春去後，管得落花無。」幾乎一字一淚呀，只怕，淺情的人，無法領會呢！

晁沖之小傳　晁沖之，字叔用，一字用道，號具茨先生。鉅野（今山東鉅野）人。他是「蘇門四學士」之一的晁補之的堂弟。少年科第，風流自賞；曾輕裘肥馬遊於京師，慕名妓李師師之名，一擲纏頭，數以千萬，為人豔稱於一時。紹聖初，元祐黨禍起，他也受牽連，被謫逐，乃飄然棲遁於具茨，具茨先生之號，由此而來。

他工於文詞，有《具茨集》行世。後人輯其詞，集名《晁叔用詞》。

沈蔚

景物因人成勝概，滿目更無塵可礙。等閒簾幙小闌干，衣未解，心先快，明月清風如有待。

誰信門前車馬隘？別是人間閒世界。坐中無物不清涼，山一帶，水一派，流水白雲長自在。

何需樓閣連雲？何需亭臺池館？更何須疊石為山，鑿地為泉，用人工鋪排出華而不實的富而好禮？讓人；萬物之靈的人，成了點綴於富麗堂皇中的一件擺設；成了聲色犬馬間的一個奴隸；必須藉著這些阿堵物砌成的假山假水、金絲籠牢，來裝點自己的卑微和空虛。即使巧奪天工，又便如何？也不過是附庸風雅的俗客，洗不淨包圍在功名利祿中的塵心。

人的風雅，豈需藉這些人工的鋪陳來表現？尋常天然景物，著一雅士於其間，透過了他靈心慧眼，拈出便成妙諦，豈必刻意求之！一草一木，無不有情，一山一水，總是勝境，勝者，原是存乎一心哪，何庸外求。

進入這小小斗室，陳設不過床帳桌椅，點綴不過書畫文房，放眼望去，卻只覺滿目清爽，不染點塵；更沒有冗冗俗物，礙目勞心。

細細湘竹編成的簾幙半捲，廊外，一行古樸低矮的小闌干，像是一行寂寂斗室和沈沈夜色的分界線。使公餘帶著一身疲憊歸來的沈蔚，走進了小小斗室，不待解衣披襟，心頭先感到一陣鬆快。尋常的半舊湘簾，尋常的古樸闌干，何嘗不能引清風、邀明月，滌塵清暑？不是嗎？他尚未進門，明月清風已先他而至，搧一室清涼，灑半床清輝，在室中等著他了。

儘管門外狹隘得不容走馬回車；儘管門外人聲喧嘩如市井，但進入了門，那一切擾擾碌碌、紛紛冗冗的人聲市聲，就再也騷擾不了他了。這兒，在塵世之上，卻似別有洞天，沒有塵世的紛擾、傾軋、競逐、奔走，這兒，彷彿是另一時空，另一人間；悠閒、安詳、平和、寧靜的人間。在驕陽高照，炎威肆虐的三伏夏日，也威脅不了小屋中的清涼舒爽。

是清涼舒爽的，展眼所及，目光接觸的事事物物，似乎都散發著沁心的清涼意……。

那一架助人明心怡情的書；那一張琤琮如鳴泉的琴；那幾支羊毫，那一方端硯，一局殘棋，一隻蒲扇……。

他目光投向窗外，一帶遠山，涼潤如黛玉；悠然白雲，舒捲著出岫，那樣逍遙自在地飄浮著；在山腳下那一彎潺湲清溪上，臨流弄影；那粼粼的清瀅碧波，就載著雲影，悠然地向東流去。

雲無心，水無機，人若無心如雲，無機如水，又何處不安閒，何時不自在呢！

沈蔚怡然地笑了，在悠然神往中，他也幻成了雲，化成了水，飄浮、潺湲……。

❀

這闋〈天仙子〉的作者，是沈蔚，字會宗，吳興人。生平不詳。這一闋詞，《草堂詩餘》題為「水閣」，《花庵詞選》題為「幽居」，顯然都是選詞者自己度其詞意加上去的，而非原題。「詩到無題是化工」，硬行加個題目上去，實在是多事，往往等於為詞加了一副桎梏，反而限制了讀者涵泳想像的自由。本來，古人詞作，有些極海闊天空，不必強加限制，每個人的領略，不必相同，甚至讀者所思所見，亦不必與作者同，這種率情涵泳的快樂，正是讀詞的一種勝境；欣賞不比學術研究，要求嚴謹、考據翔實，能自詞中領略多少，領略什麼，是可以享有自由的。因此，筆者寧捨去「題目」，而與讀友共享詞中那「明月清風如有待」的一片清涼意。

沈蔚小傳　沈蔚，字會宗，吳興（今浙江吳興）人。他生平不詳，《全宋詞》中收錄其詞作二十餘首。

# 點絳唇

蘇過

新月娟娟，夜寒江靜山銜斗，起來搔首，梅影橫窗瘦。好個霜天，閒卻傳杯手。君知否？亂鴉啼後，歸興濃如酒。

夜寂寂，人悄悄。

黃昏之後，擁衾假寐的蘇過，在初更的更鼓聲中，睜開了朦朧睡眼。屋中火盆的炭火雖旺，卻仍然覺著寒意逼人。他瑟縮著披上皮裘。屋外，風停了，雪也不下了。忍不住，他揭起低垂的厚厚棉帘，步向迴廊。

沒有風，但空氣仍是冰冷寒冽；但，這種寒冽，卻不像颳風時，那樣鋒銳刺人；只是涼涼冰冰的，像柔滑的水波，貼上雙頰。

是初幾了？初五？還是初六？如鉤的一彎新月，像伊人娟秀的蛾眉，貼在澄黑的天幕西方，似蹙如顰，飄灑著柔和的清輝。

大江，橫臥在平野中，無風亦無浪。聒耳的濤聲，也為之平息；靜靜地在月影下，泛著輕波微漣，向前推移。遠山，像入定的老僧，垂目低眉，靜坐無語，只有銀灰、深黑兩色重疊出峰巒起伏的輪廓；在月色下，深邃幽杳，像不真實的幻影。北斗星，鑲嵌在山巔，閃閃爍爍，彷彿無聲地向佇立廊前的他，傳送什麼無聲的訊息。

他搔搔頭髮；不必臨鏡，他也知道，髮已花白；壯志未酬啊，可奈，歲月和煎迫的現實，已催人老！更可奈，人仍萍蹤浪跡，四處飄泊！在這樣美景良辰中，也無人共賞；陪伴他的，只有廊外一樹梅花，任由月色雪光，把橫斜疏影，映上窗櫺。

梅影瘦，人影孤，月如眉，星如眸，他不由興「良夜何其」之嘆。往年，在有梅有月的清夜，總有人伴在他身旁共賞；也許是詩朋酒侶，也許是紅顏知己，他們吟花賦月；他們煮酒烹茶；他們弄影清歌……折一枝盛放的梅花，擊鼓行令，遞酒傳杯，在醺然醉意中，霜天雪地的嚴冬，也彷彿春暖融融。

如今，又是有梅有月的良夜，他的手中，卻少了那殷勤相勸遞來的酒杯；耳畔，也少了笑語清歌；只有夜半驚起的寒鴉，繞樹飛啼，啼聲粗糙而混亂聒耳。

「月落烏啼霜滿天！」

他低吟著張繼〈楓橋夜泊〉中的句子；此情、此景，是何等切合！

他渴望著一杯酒，濃濃醇醇的酒，濃得像他似箭的歸心；像他深切的鄉愁；像綿綿密密無盡的相思相憶……。

蘇過小傳　蘇過，字叔黨，號斜川居士，眉山（今四川眉山）人。

他是名父之子；他的父親是當時名滿天下的文宗蘇軾。蘇軾三子，他行三，最幼。一生追隨父親，未曾離開；蘇軾遭黨禍，貶至嶺南惠州，及瓊州儋耳，都是他追陪前往；起居飲食，無不躬親照料，可稱孝子。

蘇軾三子，無一登第。後遭黨禍，更無以成名。蘇過喜讀書，長於書畫，亦能詩，蘇軾自稱有「譽兒癖」，時加稱譽，而詩文不傳，無以驗證。但時人稱蘇過為「小坡」，認為「能世其家」，當非虛譽。

靖康間，他路過河北，遇盜，脅迫入夥。他回答：「你們知道蘇內翰嗎？我就是他的兒子，豈肯隨你們在草莽間求活！」盜以酒飲之，他坦然無懼，痛飲達旦。次日視之，已安然去世；也算「無忝爾生」了。

他的作品不傳，詞僅有一首，收於《全宋詞》中；還與時人汪藻鬧雙胞案。選《花庵詞選》的黃昇，言之鑿鑿：「蘇過作此詞時，黨禍正熾，嚴禁東坡文字，因而隱其名，以便流傳，誤綦入汪藻名下。」姑存之。

# 賀新郎

葉夢得

睡起流鶯語，掩蒼苔、房櫳向晚，亂紅無數。吹盡殘花無人見，惟有垂楊自舞。漸暖靄、初回輕暑。寶扇重尋明月影，暗塵侵、上有乘鸞女。驚舊恨，遽如許！　江南夢斷橫江渚；浪黏天、葡萄漲綠，半空煙雨。無限樓前蒼波意，誰采蘋花寄與？但悵望、蘭舟容與。萬里雲帆何日到？送孤鴻、目斷千山阻。誰為我、唱金縷。

午夢驚迴，耳畔，傳來了一陣陣黃鶯婉囀清啼；時遠時近，忽隱忽現；想是黃鶯正歡然撲著翅膀，飛舞穿梭，把嚦嚦清歌，向四方傳送吧。

推枕而起，葉夢得百無聊賴地跨出房門，在廊前閒立；小院中，牆根下，都因著連日綿綿陰雨，而佈滿了碧青、灰綠的蒼苔。蒼苔，為落花佈置了一個溫潤濕軟的終極歸宿；一陣南風吹來，又捲下了無數枝頭的殘紅，亂紛紛的迴飛旋舞，終於，歸向鋪著蒼苔的大地的懷抱。

天色，漸漸暗了，向晚的夕陽，溫柔地散發著昏黃的光幕；四合的暮色，正一分一寸地蠶食著夕陽餘暉。

深院無人，靜悄悄地；一任風自吹，花亂舞，宣告著春已殘，花已盡，也未曾引起人們的注意；就這樣無聲無嗅地，春的閉幕儀式，在殘紅幽怨的嗚咽中完成。只有一樹垂楊，裊娜輕盈地綠袖拂，舞衣迴，迎來了一季濃綠的盛夏。

夏天，是來了，天氣一天天的由春的溫煦，轉暖，變熱，漸覺暑意愈盛，需要搖扇取涼了。開匣取扇，首先閃入眼簾的，是一柄如三五團圓明月般的團扇。

團扇！他驀然想起了那一首古老的怨歌：

「新裂齊紈素，皎潔如霜雪，裁成合歡扇，團團似明月……」

這鑲著八寶鈿螺的團扇，也曾皎潔如霜雪，更如澄空中不染半點雲翳的團團明月！執在那雙柔荑素手中，搖出習習涼風。是扇如明月？是明月如扇？在她懇請下，他揮毫為她寫照，畫了一位明月中乘鸞飛翔的仙女，就畫在這團團如明月的寶扇上。

如今……他無言地執著扇柄；團扇，依然圓如滿月，只不復皎潔如霜雪；那蒙於扇面的輕塵，使它失去了往日的光潔。他拂去浮塵，久為塵掩的紈素，也回復不了清新明潔，只有扇面上那乘鸞翱翔的素女嬋娟，仍依稀如故，深情地向他凝視。

他不期然地走向中庭，向上仰望：天上，明月也正團圞圓滿；月中，是否也有乘鸞的仙女，翱遊翔舞？仙女中，可有他依稀相識的，如手中扇面上所繪的素女嬋娟？

前塵舊夢，竟自紛沓而來；他恨，他悔；當初沒有著意珍惜已握在手中的幸福，也就因為太不經意，使得幸福的青鳥自他手中飛去，再也追喚不回……。

歲月匆匆，消逝的速度，竟是如此驚人！當他驀然回首，已幾番寒暑，更迭著悄悄逝去……。

總在夢中重回江南；也只能在夢中重回江南。只是，當夢覺，當驚醒，夢中的江南，總隔斷在大江的那一方；橫隔著大江，橫隔著煙渚，縱使是一水盈盈，又何啻隔著千里迢迢？更何況，在這綠波如新醅的葡萄酒，迅急地上漲，掀起了白浪滔天，飛濺的浪花細沫，吹成輕煙雨霧，迷漫半空的時日！

同樣是一水盈盈，他江南家鄉的溪澗湖泊，是多麼的清淺、溫柔而美麗？在這蘋花開放的時節，江南女兒們，相約著，盪著木蘭舟，去採蘋花。那木蘭舟悠悠閒閒地在明山秀水間飄浮，那麼暇豫從容，那麼無憂無慮……。

蘋花，又開了吧，凝望著樓前的浩浩江水；誰能了解他凝望的是那杳遠鄉夢中一葉小小、載著笑語如花，不識人間愁苦的江南女兒們的木蘭舟，安閒暇豫地飄浮在煙水間。又有誰，在採蘋花的時節，憶起他這異鄉遊子，為他寄上一枝新開的蘋花？

待得幾時喲！他能盼到一艘來自天邊，高掛著雲帆的船，載著伊人前來，載著遊子歸去？

一隻失群的孤鴻，棲遑地飛過長空，他的視線，緊緊被攫住了，追隨不放；只為，牠有一雙可羨的翅膀；只為，牠是往來江南、江北的信使；只為，他心中的小小希望，被牠燃起……然而，牠沒有停駐，翻過了山，越過了嶺，飛向千山之外；他視線所不能及的千山之外！

千萬種情愁，自四方逼來，在他心中洶湧翻騰，除了酒，更有何物能澆愁緒？然而呵，故鄉正遠，伊人已杳，更有誰為他唱一闋殷勤勸飲的〈金縷曲〉？

❀

這闋〈賀新郎〉清麗綿密，全詞，並沒有明顯的一貫脈絡，懷人、思士之情交織，行役、羈旅之感並列，詞藻婉麗，讀來只覺淡淡哀愁縈迴不去。當是石林居士少作；後人稱《石林詞》少作婉麗如溫李，晚年淡靜似蘇軾，以〈賀新郎〉與〈水調歌頭〉比較，此說甚是中肯。

在這闋詞中，連叶了兩個「與」字，有人認為重韻，便把前句「誰采蘋花寄『與』」，改為「寄『取』」，實際上，以一個詞家來說，比較不可能有犯重韻的誤失；尤其兩韻相鄰，不可能忘了押過了「與」，又重押一次。換言之，他是蓄意，而非偶誤。就音韻來說，雖用了兩個「與」字，但上下二「與」讀音並不相同，「寄與」之「與」讀ㄩˇ，而「容與」之「與」讀ㄩˋ，一個上聲，一個去聲，不算犯重韻，後人強改「寄與」為「寄取」，倒是多事了。

葉夢得小傳　葉夢得，字少蘊，號石林居士，吳縣（今江蘇吳縣）人。

他少年好學，喜談論。哲宗紹聖四年，登進士第；徽宗朝，拜翰林學士，上書極論士大夫朋黨之弊，為時所忌，因而時廢時起。南渡後，累官尚書右丞、江東安撫使、知建康府兼行宮留守等，以崇信軍節度使致仕。晚年居吳興弁山，自號「石林居士」。紹興十八年卒，年七十二歲。著作甚多，有《石林集》行世。擅填詞，詞風早年婉麗類花間，晚年清疏似東坡，詞集名《石林詞》。

# 水調歌頭

葉夢得

霜降碧天靜，秋事促西風。寒聲隱地初聽，中夜入梧桐。起瞰高
城四顧，寥落關河千里，一醉與君同。疊鼓鬧清曉，飛騎引雕弓。
歲將晚，客爭笑，問衰翁。平生豪氣安在，走馬為誰雄？何似當
筵虎士，揮手弦聲發處，雙雁落遙空。老矣真堪惜，回首望雲中。

夜寂寂，人悄悄。靛碧的秋空，綴著寒星，綴著冷月；屋脊、臺階，薄薄的秋霜，正無聲地鋪展。西風寒冽地宣告著：秋深了，不是嗎？佳節重陽已過，論時序，都到霜降了。

時隱時聞，忽止忽作地，耳邊時吟著天籟；那清清冷冷的聲韻，透著寒意蕭瑟，葉夢得和來做客的友人們，同時停下了中宵清談，凝神諦聽。

「什麼聲音？」

一位客人忍不住問。任職建康行宮留守的葉夢得微笑了：

「你總讀過歐陽文忠公的〈秋聲賦〉吧！」

「當然！」

「『星月皎潔，明河在天，四無人聲，聲在樹間。』江南秋晚，這是清商之聲，入於梧桐。可有雅興，城上走走？」

友人拊掌笑道：

「固所願也，不敢請耳！只是你……」

「哎，偶感風寒而已，不妨！」

欣欣然回頭吩咐屬下：

「把酒肴送上城樓去，我們隨後就來。」

沒有了嘈嘈雜雜的熙來攘往；沒有了蕭蕭轔轔的馬嘶車喧，空氣冷凝，四野寂寥。中天有月，近於渾圓，清輝如水般地潑在屋瓦上，城牆上，也潑在青石板的道路上；過分的寧靜，靜得使人感覺著淒寂，只有偶然傳來的幾聲犬吠，劃破這寂寂大地無邊的沈默。

登上城樓，視野頓然遼闊了，雖然是夜晚，在星月交輝的懸照下，重疊的山巒，浩蕩的江流，平漠的原野，以濃淡深淺的線條光影，呈現眼前；萬古江山，千里關河，在這深寂的夜晚，更蒼茫寥落。隱隱的江潮，牽引著葉夢得的心潮澎湃；「偏安江左」，在他幼時讀史時，對《世說新語》中，描寫東晉偏安江左，新亭對泣的那一段，曾有著怎樣的不屑；幾曾料到，大宋，也有了這一天？隔著江，金人陳兵江北，蠢蠢欲動，大江，成了一道屏障，恥辱的屏障！

「風景不殊!」

他忽然有點了解那些新亭對泣大老們的心境;他不再那麼強烈的不屑,卻有著幾分悲憫與同情,雖然,仍對那分消極不以為然,可是,那消極中,有多少用武無地的無奈!

是無奈!當時,朝中尚有力圖振作的王導、謝安,如今,朝中卻只求苟安,而無恢復之志!他願效謝玄,而朝中支持者寡,掣肘者多!他不願重演新亭對泣的那一幕歷史,他不願貽笑後人,一如他曾笑前人。唯有大聲喚酒,用豪壯之聲掩過心境的起伏,他寧可學橫槊賦詩的魏武:

「『對酒當歌,人生幾何?』來!不醉不休!」

不醉不休呵;何以解憂,唯有杜康……

一陣緊一陣的鼓聲,催醒了他的醉意;天已破曉,城外校場上的軍士,已在操練,在東升旭日的照耀下,練習騎射,一騎馬飛奔場中,馬上健兒穩穩的引弓,颼——的一聲,長箭破空而出,飛向校場那一端的箭靶。他精神一振,蓬勃煥發的士氣,掃除了他昨夜的感慨消沈。看著一邊躍躍欲試的友人們,他笑問:

「可有興試一下?」

「只能射,不能騎。」

「那,到西園去吧,那兒有靶,是我平日習射之處。」

友人們一個接著一個的較勝爭先,為這秋意蕭瑟的西園,平添了幾分喧鬧的聲浪。他們彼此讚美著，取笑著。一位「技壓群倫」的友人笑問：

「主人，怎不下場一試？」

葉夢得搖頭：

「風寒未癒，腕弱不勝。」

那邊有人取笑：

「別是『廉頗老矣』吧？」

他哈哈一笑，尚未開口，身後閃出了一個年輕將領：

「稟留守，末將不才，願代留守下場一試。」

他目光微注，這是他屬下中射術極佳，弓強二石五斗的岳德。微微一笑，頷首：

「好！岳將軍，你代老夫下場較勝！」

岳德躬身退下，取了強弓，扣上長箭，凝神拉弓，弦聲連響，三支箭破空飛向立鵠，命中紅心。圍觀者爆出喝彩，彩聲未了，岳德又以迅不及瞬的速度，望天回弓射出一箭。眾人本能地向上仰視，只見天上雁陣忽亂，箭穿著雙雁，自遙空直墜下來。在剎那驚愕後，眾人爆出更熾熱的喝彩。片刻後，一名小校一手控轡，一手高舉貫著雙雁的箭，飛馳而來，翻身下馬，當筵呈獻。

「強將手下無弱兵！」

「岳將軍，真堪稱神箭手了，如此神技，真是平生僅見！」

客人們七嘴八舌的誇讚著。葉夢得親斟了一杯酒，遞給岳德：

「岳將軍，老夫以此為賀！」

「謝留守！末將只是以留守所傳箭法，代留守較勝，幸不辱命而已。」

葉夢得微笑搖搖頭：

「自古英雄出少年，老夫再豪氣干雲，也力不從心了，以後……」

他回頭望向雲中，那古代兵家必爭，如今卻淪於敵手的重鎮，慨然長嘆：

「老夫耄矣，以後，恢復神州，就要靠你們戮力達成了！」

❀

〈水調歌頭〉是葉夢得任建康行宮留守時的作品，詞中流露的感慨甚深；「廉頗老矣」的無奈，恢復中原的心志，盡蘊其中。

# 二郎神

徐伸

悶來彈鵲，又攪碎、一簾花影。漫試著春衫，還思纖手，熏徹金猊燼冷。動是愁端如何向？但怪得、新來多病。嗟舊日沈腰，如今潘鬢，怎堪臨鏡？　重省，別時淚濕，羅衣猶凝。料為我厭厭，日高慵起，長託春酲未醒。雁足不來，馬蹄難駐，門掩一庭芳景。空竚立，盡日闌干倚遍，晝長人靜。

春正好，臨窗的花架上，滿綴著紫姹紅嫣的花朵，篩下重重疊疊的花影珊珊。

「喳！喳喳！」

何處飛來了一雙喜鵲？閃著黑得發亮的毛羽，在花枝上飛躍啁啾；搖得花枝亂顫，那紛紅駭綠，全成了牠們追逐遊戲的樂園。

喜鵲，是報喜信的使者呵！徐伸惘然失神，跌入往事……。

「頻將喜信，來報主人翁！」

她盈著滿眸的溫柔，虔誠的祝福。

「什麼喜信呢？」

「蟾宮折桂，五福臨門……」

他忍不住握住她那纖纖柔荑：

「花好月圓！」

她抬眼向他凝視，低低嘆了一口氣，又垂下那密密的長睫；掩住了一閃而逝的淚光。

他和她之間，本當是一分圓滿呀！她和他一起長大，他眼見她自丫角雙鬟的小女孩，成長為亭亭玉立的少女。在焚香侍硯間，也深諳詩書，使她在溫慧可人之外，更添了一分「腹有詩書氣自華」的逸群丰韻。

那麼多年來，她照料他的飲食起居，無微不至。她之於他，無異於妻子；在他心目中，她也是唯一願意廝守一生的妻子！

可是，他知道，不論他如何願意，永遠無法給她一個妻子的名分；只因，她是自幼被賣入他家的侍婢，他的家世、世俗的禮教，都不會允許他娶一個家中的侍婢為妻的。妻，必須聘「名門閨秀」，這是不成文，而必須謹守的家規。

「名門閨秀」迎娶入門了，三朝之後，做的第一件事，是找來牙婆，遣走了她。

待他聞訊趕至，事已定局……。

「喳喳！喳，喳喳！」

喜鵲仍在花架上聒噪著，他卻早已失去了喜悅的心情，這叫聲，更刺痛了他的心，增添了他的煩悶，忍不住，取出彈弓，彈向花架。

彈丸，驚飛了喜鵲，也搖下了一地的繽紛落花；入簾的花影，也彷彿受了驚嚇，搖曳不定。花影，落在窗櫺上，也落在兀立窗前的他新換的春衫上。

這一襲春衫，貼體舒適，散著淡淡薰香的氣息。他又憶起她那雙纖纖素手，又想起她低頭引線縫衣的專注溫柔，在金猊形的香爐中，添香薰衣的細膩溫存……可奈，可奈如今穿針引線，為他縫製春衫的人兒已遠，那曾由伊人素手添香的金猊內，也只剩柔腸寸斷的篆香餘燼……

真個是柔腸寸斷呀！回顧室中，那個角落，不曾停駐過她的倩影？那件器物，不曾留下她的薌澤？幾乎觸目所及，盡是愁端，教他如何排遣，又如何不終日長鎖愁眉，抑鬱成病！

有人以十年寒窗為苦，而他並不覺得那是苦；雖然也因勤奮苦讀，而瘦似那細腰的沈約，但總有紅袖在側，雖苦猶甘。而如今，他以知音律，而為太常典樂，出知常州，做了官了，卻因少了她而苦不堪言，以致不及一年，便生華髮；自慚年華未老頭先白，竟怕向鏡前，怕看那鏡中潘郎變色的鬢髮……。

一年哪！好漫長的一年，新婚不久，愛婢被逐，而新婦並沒有享有太久的勝利；在死神面前，人，原本是脆弱的。他雖怨新婦逐婢，畢竟也憐她病苦，悉心延醫調治，而終於不治。只留下幾句懺悔的話，並交給他幾封遠自蘇州輾轉寄來，卻被扣留的信，便瞑目而逝了。

蘇州，原來他心心念念牽掛的愛婢，被賣到了蘇州一個軍官家了。

他用顫抖的手，含淚拆開了信，那一筆秀麗的簪花小楷，便展現在他眼前；那當年他把筆親教的熟悉字體，幽幽婉婉地低訴著：

……總忍不住追尋著往事，往事卻不堪回首。這兒一草一木，無不陌生，唯一能慰心曲的，是臨別時穿著的羅衣，襟上斑斑點點，都是臨別時的淚痕，淚痕中，有你，有我……。

人，以勤為本，我怕的是，你會為我而為愁所困，終日慵慵，太陽掛的老高了，還懶怠起身，總找個託詞，道是春夜劇飲，宿醉未醒；託詞也罷，只別真的以酒澆愁，沈湎醉鄉，須知酒最傷身，只宜微醺，不能狂醉。

日日盼著雁足傳書；明知那希望渺茫，又怎能不盼、不望？如果，連這一點盼望也不能有了，復有何生趣？更日夜夢想，有一天，你騎著馬，來到門前，接我回去，然而，日復一日，重門深掩著一庭空寂……。

春又來了，花園中紫姹紅嫣，爭妍鬥豔，不遜舊家景致，卻因少了你，而沒有了賞花的興致，只日復一日的空自倚遍闌干，耐著停駐不移的漫漫長晝，悄無人聲的寂寂庭院，望斷長天，恨難插翅歸去……。

這一闋〈二郎神〉的作者徐伸，著有《青山樂府》詞集，今不傳，唯一傳世的，就是這闋為思憶愛婢所作的〈二郎神〉，婉曲淒惻，至情流露，傳唱一時。也因此詞的真摯感人，感動了開封府尹，

助他接回了愛婢，使此詞終於有了個圓滿的結尾。

徐伸小傳　徐伸，字幹臣，三衢（今浙江三衢）人。他名聲不著，只知曾在徽宗政和間，以知音律，做過太常樂典，曾出知常州。詞集名《青山樂府》，今已失傳，唯有〈二郎神〉一闋，當時傳唱甚廣，因得收入《全宋詞》中。

# 鷓鴣天

朱敦儒

我是清都山水郎，天教懶慢帶踈狂。曾批給露支風敕，累奏留雲借月章。詩萬首，醉千場，幾曾著眼向侯王。玉樓金闕慵歸去，且插梅花任洛陽。

見到朱敦儒的人，總不禁被他灑脫自然，不沾塵俗，純真宛如赤子的丰神所吸引；不見他讀書，他學識深淵精博，無法測量。不見他修道；他談吐清妙，超凡入聖。可是，最令人可喜的是，他沒有道學面孔，更沒有神聖不可侵犯的莊嚴寶相。他風趣，隨和，立身行事，宛如行雲流水，明月清風。

「神仙中人！」

朋友們忍不住這樣稱譽他，他微笑了：

「我本來就是呀！」

「啊？莫非，希真先生真是天上謫仙人？」

朋友們驚詫的問。朱敦儒淡然地說：

「謫仙何足貴？不過見世界有趣，下凡玩玩。」

「那，先生是何來歷？在天界任何職司？」

「小得很，不過是一個山水郎罷了。」

朋友好奇的問：

「山水郎？管什麼？」

「管呀，管風雲月露之事。」

他娓娓的告訴他們，煞有介事：

「風有風神，露有露神，何處要風為花媒，何時要露滋禾苗，風露之神，就要向我呈上公文，由我批下給露若干，支風幾許的敕書。」

一位朋友好奇問道：

「那，又如何管雲管月呢？」

朱敦儒笑道：

「逢良辰美景，人間喜愛月色清光，可是，每每浮雲礙月，令人遺憾，我便常寫下留雲借月的表章，令雲破月來，似助清興。」

「哦？」

朋友待信不信，朱敦儒卻笑道：

「你不信？你看，月圓之夕，浮雲礙月，常在初更、二更。到了三更之後，往往雲翳全消，清光似水；只可惜，許多人往往等不到那一刻，便敗興歸寢，須知『守得雲開待月明』，得有些耐心才行呀！我留雲借月的奏章，又豈為俗客！」

他與座客中，有中宵不寐，守得雲消霧散，月色如銀經驗的朋友，相視會心而笑。其他人想想，似乎也曾有歸寢之後，半夜醒來，月色格外清亮的記憶，不由相與讚歎，卻又有人提出了問題：

「那先生何以捨棄仙界下凡塵呢？」

「人，總羨慕神仙，卻不知，神仙世界清寂無聊，萬不如人間多采多姿。我，天生就是又懶散、又疏慢狂傲的性情；凡人的生活，比天上有趣多了，寧可下凡為人呀！」

他頓了一下，說：

「你們想，不說別的，在人間寫詩文，比在天上寫敕書奏章可有趣多了吧？人間的醇酒，也比天上淡而寡味的靈芝仙露美多了。寫寫詩，喝喝酒，這等生涯，遠勝神仙呀！」

「可是，先生有經國濟世之才，何以自隱風塵，不出來做一番事業，何愁功名不成？」

「仕？人一入仕，便有上下主從之分；欲求聞達，更須效諾諾唯唯之輩；遇上司打恭，遇主管作揖，正冠束帶，一絲不苟；動輒為十目所視，十手所指，言行舉止，全受拘檢，人以為貴，我以為苦。何如我不受皇封，不食君祿，行止隨意，坐臥由心！便是封王封侯之輩，我既無求於他，他又何奈於我？昔日陶元亮不為五斗米折腰，功名於我，更如敝屣；若不投機，王侯當面，也未措意！何必入仕，自尋枷鎖！」

一位朋友豪邁的舉杯：

「痛快！來！浮一大白！」

他欣欣然舉杯，卻聽到另一位朋友問：

「那，天界的玉樓金闕，你就不想回去嗎？」

朱敦儒悠然折下一枝瓶中供的梅花，簪在帽上：

「天界有什麼好玩？玉樓金闕，那比得上洛陽花似錦？我，寧可在洛陽插一枝梅花，飲酒賦詩，也不想回天界插金翅，承明班列呀！」

❀

這一闋《鷓鴣天》是朱敦儒《樵歌》中的名作。一開始，就以極其肯定的口吻自命為「清都」——天帝居處——的「山水郎」，這一種諧謔，又充滿自負，極其灑脫率真的口氣，幾乎「前無古人」。而他自云的職司：給露支風，留雲借月，又真是超塵脫俗之至，令人忻慕。「無欲則剛」，雖侯王亦可傲視。朱敦儒這一介布衣，所具的風骨，正是讀書人的最高境界。怪不得他要插梅花住洛陽，梅花真堪稱與他同調的知己呀！

朱敦儒小傳　朱敦儒，字希真，號巖壑老人，洛陽（今河南洛陽）人。

他志行高潔，不慕仕進。欽宗靖康間，召至京師，想授他官職，他表明：「麋鹿之性，自樂閒曠，爵祿非所願也。」固辭還山。南渡後，高宗一再召之，他再三辭謝，不肯受詔。他的朋友責以國家大義，他乃幡然而起。與高宗面對面議論國事，高宗大喜，賜進士出身，授秘書省正字，並做到兩浙東路提點刑獄。為人所嫉，被劾去官；後上疏請求放歸山林。直到晚年，秦檜當國，想召請名士立朝，點綴太平。強召他出任鴻臚少卿；他當時年歲已老，恐得罪秦檜，禍及子孫，勉強應之，而士論視為白璧之玷。不久秦檜死，他亦致仕。退居秀州，蕭然閒放於江湖間，卒年九十餘歲。

他生性疏曠，質樸自然，工詩，今已不傳。詞風清曠自然，有如天籟，詞集名《樵歌》，亦可想見其人風致。

朱敦儒

搖首出紅塵，醒醉更無時節。活計綠蓑青笠，慣披風衝雪。
晚來風定釣絲閒，上下是新月。千里水天一色，看孤鴻明滅。

沒有留戀，沒有牽絆，他只搖搖頭，走出了軟紅十丈；走出了繁文縟節的禮教束縛；走出了爭權奪利的功名枷鎖。這一切，都被他愈行愈遠的背影，淡然地拋在身後了。

原本就不曾以這些為念，如今，更毫不縈懷地撇下了，解脫了。作為一個漁父，自己只屬於自己，紅塵是非，他人冷眼，都再也沾惹不到他了。幾時開懷暢飲，恬然醉去；幾時沈酣夢覺，悠然醒來，也完全隨心所欲。太陽、月亮，白晝、黑夜，不再是作息的指標；那何時不可醉，又何處不可睡呢？

雨雪風霜，本是大自然給予人類的考驗；大自然的考驗，比起人世的傾軋坎坷，真是仁慈的太多了。一襲綠蓑衣，一頂青箬笠，對一個漁父來說，這就是全部的家當，再不需要別的身外之物。對一個漁父來說，雨雪風霜，只是四季的自然變化，不值得驚訝，也沒什麼可畏縮的；一蓑一笠，霜裡雪裡，來去自如得像日出日落一般自然。漁父，本來就是屬於雨雪風霜的，屬於大自然的！對大自然的現象，自有一分親切的淡然。

何必汲汲營營地追求虛幻的泡影呢？甘肥旨酒，不過滿足一時口腹之慾；粗茶淡飯，薄酒青蔬，不也滋味深長？一葉扁舟，輕槳柔櫓，組成了一個水上人家，隨風隨水，無拘無束地四海遨遊。興致來了，釣釣魚，唱唱歌，喝喝酒……。

睜開眼，天已經黑了，風也停了，小船就在水面盪盪悠悠地隨微波起伏；魚竿上的釣絲，清清閒閒地垂著，隨著小船輕柔的韻律搖晃。一鉤新月，輕倩如蛾眉，畫在天上，映在水中；小船，就浮盪在上下兩彎蛾眉月間，似幻如真。波平如鏡，一望無際；天連水，水連天，水和天變成一樣的顏色；新月、繁星，在天上，也在水中；水面也是天幕。

在天水俱寂的靜止和緘默中，一隻孤雁，劃過長空，無聲無息，只有牠揮動的翅膀，在寂靜的夜空中時隱時現，忽明忽滅……。

❀

「千山鳥飛絕，萬徑人蹤滅，孤舟蓑笠翁，獨釣寒江雪。」這一首五言詩，是柳宗元所作的〈江雪〉，短短二十字，畫出了一幅淡泊寧靜、意境高遠的圖畫；在鳥飛絕、人蹤滅的雪景中，老漁翁一蓑一笠，怡然自樂地垂釣。他釣的不是魚，而是陶然忘機的世界。

隱逸山林，行吟澤畔，幾乎為每一個文人的心靈所嚮往。不得意，固然要「歸臥南山陲」；得意，也總想著致仕之後「歸隱林泉」，那份對大自然的熱愛，不是奔放的，卻如涓涓細流，悠遠綿長。崇尚自然，返璞歸真的情操，自然地流露在他們的筆下。有幸徜徉山林水澤，不受紅塵沾染，遠離人世紛爭、名利、機巧，代表著任真、自然、飄然出塵、無拘無礙的漁夫樵子，便成了士人歆慕的對象。這種歆慕是很不切實際的，經過美化的；但可以由此看出中國士人在功名仕宦之外，純樸、高潔、出世的心態。尤其在亂世，這心態便化為汩汩清流，洗滌著人間的烏煙瘴氣，找回清明平旦之氣，傳遞高尚的節操。

朱敦儒所代表的，就是這樣一脈清流，流過宋室南渡的那一階段。他志行高潔，不慕仕途，只是一介布衣，但他的雅望高才，卻孚朝野之望。本來只願悠遊林下，不願出仕，後經朝廷再三召請，朋友故舊都勸他出來為國效力，才勉強應召。做了一陣子的官，在南宋政治並不清明的朝廷，難以有所作為，上疏請歸，重返林泉。他的詩詞造詣都高，詞集名《樵歌》，由此也可知他的為人和胸襟了。

朱敦儒

見梅驚笑，問經年何處，收香藏白？似語如愁，卻問我，何苦紅塵久客？觀裡栽桃，仙家種杏，到處成疏隔。千林無伴，澹然獨傲霜雪。　且與管領春回，孤標爭肯接，雄蜂雌蝶。豈是無情，知受了，多少淒涼風月？寄驛人遙，和羹心在，忍使芳塵歇。東風寂寞，可憐誰為攀折？

騎著一匹蹇驢，披著蓑衣，戴著雪笠，朱敦儒悠然自得的冒著雪，走在鄉野小徑上，覓句尋詩。一縷清洌的幽香，迎面襲來，他深吸一口，詫異地想：

「這香味兒，好像是梅花……」

四方張望，只見千林盡瘦；在北風凜冽，雨雪紛飛中，所有的樹，都凋盡了樹葉，只剩下黝黑的空枝，在風雪中默然卓立，以待春回。

「不對，附近一定有梅花！」

他固執的告訴自己，驅驢繼續向前。繞過一個小山坳，他又驚又喜的笑了，得意地自語：

「我說嘛！分明是梅花香！」

可不是梅花！而且攢三聚五，開得正盛；那一番的風華絕代，國色天香，正如朱敦儒夢縈魂牽，念念不忘的。

梅，白得纖塵不染，香得清洌純正。他卻疑惑，這一整年，梅花把這份白、這份香，收藏到何處去了？自春至秋，百紫千紅，爭奇鬥妍，可就尋不到梅花的芳蹤。

他忍不住要向梅花道契闊、話思憶，也忍不住要問：

「這一年，你芳蹤何處？」

梅花無語，他卻在這一番無語中，感覺出她的輕愁和寥落，彷彿反問：

「你為什麼還留戀著這十丈紅塵，樂不思蜀的，做個庸夫俗客？」

他無言以對；只在她清絕又愁絕的姿容中，讀著她無言的哀怨：

在道觀裡的道士，只喜歡栽桃，以待劉郎重來；在仙家的醫士，又只喜歡種杏，為治病的診金。而身為梅花，竟到處格格不入，無處生根。

不是嗎？有那一種花，堪與她比風姿？那一種樹，能與她競風骨？也因此，她註定了寂寞，無伴無侶，無依無靠；只傲然的挺立在風雪中，把寂寞苦澀，熬成澹然不染塵俗的高潔。

或許，她可以屈從一點，隨和一點；不要選在這寒可徹骨的隆冬，作早春的先鋒，可是……

她是寂寞的，她是孤標傲世的；她寧可選擇這一番苦節，也不願受蜂圍蝶繞的糾纏；只因，她知道，她和他們不相屬，她可以寂寞，卻不能委曲自己，沈淪向卑俗！

許多人認為她冷淡無情，不！不是無情的，只是她生就了端凝；生就了淡泊；生就了高潔；生就了傲骨，不能折腰，不能迎奉。於是，只有在這孤寒歲月中，無怨無悔的傲朔風，淩冰霜，伴明月！

未嘗沒有知己呵！只是，縱有一片匡救天下、調和鼎鼐之心，當今之世，又誰能解得鹽梅之用？而那為友人遙寄一枝春的詩人，也已遠遠地隨著時光流逝……。

再也沒有知己了，又為何不把這一縷香、一片白就此深藏密斂？

這就是梅花的一片貞心苦節了吧？天地可以不仁，世人可以相棄。但，自己總得守住這一份心、一段情、一點志，不能因此灰頹而自棄，使冰姿傲骨就此消歇。

只是，可奈這一番季節交替間，澈骨的荒寒，煎心的寂寞呵；又有誰人識？誰人解？更有誰攀折一枝，膽瓶相供？

❀

這一闋〈念奴嬌〉的主題是詠梅。作者朱敦儒，本是率真高潔之士，心素間，更是一派天機，才能如此描繪出梅花的勵節冰操；其實，題為詠梅，又何嘗不是他夫子自道呢！

朱敦儒

老來可喜，是歷遍人間，諳知物外。看透虛空，將恨海愁山，一時挼碎，免被花迷。不為酒困，到處惺惺地，飽來覓睡，睡起逢場作戲。

休說古往今來，乃翁心裡，沒許多般事。也不蘄仙，不佞佛，不學栖栖孔子，懶共賢爭。從教他笑，如此只如此，雜劇打了，戲衫脫與獃底。

老了！

朱敦儒實在不了解，為什麼那麼多人都怕「老」。如今，他也進入了老年，卻覺得：老了，真好！

老，真是一個可喜的人生階段。

不是嗎？幾十年來，把大千世界都遊歷遍了；形形色色的人物、事務，冷暖炎涼，也都經過，受過，深知其中況味了。也因此，頓悟了人世的虛空；人生百年，不過是浮光掠影，瞬息幻滅，有什麼可計較，可牽掛的？少年時，看得比天還嚴重的閒愁離恨，如今，看來只覺得天真幼稚得可笑。那曾如鬘繭般縈繞纏縛的恩怨情仇，如今，彷彿不經意兩手一摩，就全化成了灰燼；心境一片清明澄澈，連一片雲翳都掛不住。

五色紛陳的花花世界，美人名葩，對他都已不再構成誘惑，不能使他迷醉。美酒佳釀，也不能使他忘情沈湎。他的世界，只有一片風清月朗，不再因空間、時間而影響、改變。他的生活，也變得那樣單純可喜；餓了便吃，飽了，發睏時，納頭便睡。睡醒了，也沒有一定的行止，不過是隨遇而安。

「別提什麼過去、將來；成敗、興亡，我老人家心裡可不理會這些人間事！」

他捋鬚怡然而笑。

不理會人間事，對神仙世界呢？對極樂西方呢？或是，學學孔子，成聖成賢？

他不願像愚夫愚婦，妄想長生不老，燒汞煉丹，列入仙班。他也不願像善男信女，拈香拜佛，希望獲得神佛庇佑，引渡苦海。

他雖然是個讀書人，卻不想像孔子一樣，為求見用，栖栖遑遑，周遊列國；終究還是無法達成政治理想。

他不想加入擾攘的世界，去奔走，去競逐，那是大人先生們的事。他們要爭，只管去爭，他甘願退讓。他也不介意世俗的眼光，恥笑他的特立異行；人各有志，不是嗎？他生就愛好自然的心性，他只願淡泊自由的順適著自己的天性發展，而不願隨波逐流，迷失自我。

世界，有如一座正演著雜劇的舞臺；人們，不自知的在扮演生、旦、淨、末、丑；演出忠奸賢愚，悲歡離合的故事。他曾經也痴迷、浮沈，在人生的場景中，渾然忘我。如今，他醒悟了，不願再扮人生場景中的丑角。他脫下了戲衫，也擺脫了世俗的羈縻，真正成為自己的主人，過自己願意過的日子。

回頭望去，那舞臺上的戲，仍熱鬧的上演著，他脫下的戲衫，自有別的獃子會穿上，投入戲中……。

❀

這一闋〈念奴嬌〉的作者是朱敦儒，他是一個志行高潔，瀟灑自然的人，有如閒雲野鶴，不染俗塵。這一闋詞中，就頗有悟道的色彩，是他晚年的作品。

# 鷓鴣天

周紫芝

一點殘釭欲盡時，乍涼秋氣滿屏幃。梧桐葉上三更雨，葉葉聲聲是別離。　調寶瑟，撥金猊，那時同唱鷓鴣詞。如今風雨西樓夜，不聽清歌也淚垂。

銀燈中，是油燃盡了，還是芯燒完了？只剩如豆般微弱的火苗，在做垂死的掙扎，搖搖欲滅。天氣，不再酷熱得難耐；尤其到了夜晚，沁涼如水的空氣，就透入了深垂的簾，密遮的屏風，充盈在整個房間裡。彷彿提醒著人們：秋天，在人冷不防中，已經降臨了。不是嗎？前些日，還用以揮暑的扇子，如今，是再也用不著了。

夜寂，人靜。窗外傳來瑟瑟復瀟瀟，單調又淒涼的聲音；周紫芝不言不動地傾聽著，他知道，是下雨了；秋雨，淒冷的敲在井邊的那株梧桐樹上，和著三更更漏，一聲遞一聲；彷彿每一片由綠逐漸轉黃的梧桐葉，都奏唱著驪歌。

不忍卒聽，又何容他不聽？秋雨，就這樣對著梧葉幽幽泣訴，全不管窗中人是否因此無眠。

同樣是初秋呵！那時的初秋，是多麼不同！那時，窗內沒有這一份孤寂淒冷；那時，他無眠，是因為心中湧滿了溫柔與快樂。

他把目光，投向那雕鏤精緻的長几；几上，有一張暗啞了的瑟。這一張瑟，灰塵掩蓋了螺鈿的花飾，絃，也非斷即弛，再也奏不成調。那瑟前的香罏，更是早失去了曾煥發的金屬光澤。

那時，不是這樣的呵！那時，她纖指撥弄著琴絃，曼聲吟唱著他詠七夕的〈鷓鴣天〉。他，用一根金釵，輕撥著香罏中的殘灰，再用銀匙，在金屬鏤製的香篆中，填上沈香，讓縷縷輕煙，把清香飄滿一室。

「烏鵲橋邊河漢流，洗車微雨濕清秋。相逢不似長相憶，一度相逢一度愁。雲卻靜，月垂鉤，金針穿得喜回頭。只應人倚欄干處，便以天孫梳洗樓。」

香殘，絃斷；歌絕，人遠。西樓中，剩著他形單影隻，伴著樓外淒風苦雨，挨此漫漫長夜。

「相逢不似長相憶，一度相逢一度愁。」

他記得，她在唱到這兩句時，眸子中，曾閃著清亮的淚光。歌畢，他問她何以如此，她笑著，也哽咽著，說：

「我不知道，唱著，心就微微的疼了起來。」

他擁她入懷，笑她是個太善感的傻女孩。

如今，歌聲已杳，他只有喃喃低吟……。

吟罷，他發現，衣襟前，已佈上了幾點他不知何時落下的淚痕……。

❀ 這闋〈鷓鴣天〉是周紫芝的作品，他的詞風幽深靜美，讀之，很容易就在深靜中，使人感動；不必刻意雕琢，自然感人。如這一闋〈鷓鴣天〉，於秋夜細細品味，頓生「秋風秋雨愁煞人」的寂寞蕭瑟之情。

周紫芝小傳　周紫芝，字少隱，號竹坡居士，宣城（今安徽宣城）人。他早歲從呂本中、李之儀遊，紹興中登第，累官樞密院編修、知興國軍。他詞作不少，不失一時名家，詞風以清麗婉曲稱，有《竹坡詞》行世。

# 望江南

李綱

清晝永，幽致夏來多。遠岸參差風颺柳，平湖清淺露翻荷，移棹釣煙波。涼一霎，飛雨灑輕蓑。滿眼生涯千頃浪，放懷樂事一聲歌，不醉欲如何？

白晝，一天比一天長了，晴晴朗朗的藍天，悠悠地飄浮著白雲，山青，水綠，一派清幽。沒有了春日那嬌媚而鮮妍的繁花如錦，夏日另有一番楚楚風致，看——波光粼粼，在日光下，幻化出萬點金星，閃閃、爍爍。那遠遠的湖岸，栽植著裊娜垂柳，柳絲如線，柳葉如眉，在夏日清風中搖曳生姿，拂流水，牽行舟，那參差的柳影，是夏日絕美的圖畫。清清淺淺的平湖，宛似可以臨粧照影的明鏡。而夏日，芙蓉出水之際，卻成了一片花海，澄碧圓潔的荷葉，田田復田田，簇擁著凌波迎風的霓裳羽衣。

清晨，雨後，那舒展如翡翠盤的荷葉上，凝聚著珍珠般的露滴雨點，煥著瑩白的暈彩，顫巍巍地在荷葉上溜轉、滑動。荷葉那放射線的中心點，是露珠兒聚的家園，總在它們玩累了的時節，風靜葉穩，才一一回歸休憩，還忍不住睜開清亮的眸，向人間偷覷。

一陣又一陣的晚風吹向花海，花婆娑，葉翻飛，露珠兒在夏風中，隨著荷葉飛舞的韻律搖晃，終於滑落湖中，如一股股流下的冰泉。

賞夠了如畫美景，把一葉扁舟，划向煙波深處，小槳，在平滑的水面，留下向外推展的波痕，波痕沒處，漁父垂下了絲綸輕鉤，悠然垂釣……。

灰雲，迅速地自四方弇合，中天烈日，頓減炎威。涼風陣陣吹來，湖外也響起了隱隱輕雷。不多時，雨簾自湖岸如飛移近，漁父沒有驚慌，沒有逃避；終日水中討生涯的人，早習慣了風裡來，雨裡去。頭上箬笠，身上蓑衣，能遮日，能防雨，能擋風，能禦雪；那大自然的四時變化，晴日陰雨，又有什麼可怕的？尤其，在這酷熱夏日，午後一陣消暑的雷雨，所帶來的舒爽涼意，更是美妙的享受了。雨絲，飛灑著，那披針的蓑衣上，頓然綴滿了細細碎碎的珠粒；針蓑，不復是針蓑，竟是人間少見的珍珠衫！

一天又一天，一月又一月，一年又一年，漁父的生涯，在波濤間，在煙浪裡，終日面對著浪花波痕，竟也沒個看足看厭的時候；一如農夫永遠看不厭禾苗生長的百畝田園，漁父對終朝面對的千頃煙波，也永遠懷著欣喜，永遠不覺厭倦。

寂寞嗎？這樣形隻影單地傍著孤舟，垂著絲綸，釣著天地間的空茫，釣著星月、釣著雲影、釣著煙波……。

人的寂寞，不一定只因為形單影隻吧？形單影隻，也可以並不寂寞；人最大的寂寞，往往是在人群中才產生的。漁父，也許只有一影隨身，卻並不寂寞；他的心中沒有塵翳，沒有紛擾，更沒有人世間恩怨糾結的傾軋，有的只是寧靜、淡泊，和嘯傲煙霞的快樂！

快樂滿溢的時候，他敞開喉嚨，放聲唱支歌，不要人間舞臺的擊節喝彩；他唱給太陽聽、唱給月亮聽，唱給天上的浮雲、水中的游魚聽，然後——

舉起酒葫蘆，咕嚕咕嚕地灌下一口酒，只為了快樂而飲；在快樂之中，不醉又該如何？

❀

這一闋〈望江南〉是雙調，也就是反覆一次；〈望江南〉這個詞牌，是可以不必重覆就成闋的，也許因為只有二十七個字，感覺「意猶未盡」，有些詞家，就再重覆一次，成了這樣的形式。

作者李綱，在詞壇上並未享盛名；這些「非名家」的作者，往往也不乏佳作，若只把欣賞範圍拘限於「名家」，那對自己，實在是種損失呢！

李綱在居高位時，已有歸隱之志，曾寄了一闋詞給他的朋友，詞中有「何時得，恩來日下，蓑笠老江湖」之句。到辭官後，作了四闋〈望江南〉，分詠春、夏、秋、冬的漁父生涯，自稱「當踐斯言」，真的歸隱於煙波江上。今選其中「夏」的一闋，藉他那淡泊、寧靜的水上生涯，在炎炎夏日中，略解煩暑。

李綱小傳　李綱，字紀伯，邵武（今福建邵武）人。他的父親李夔，與當代大儒楊時友善，他因而得親炙聞道。徽宗政和二年進士及第，官至太常寺卿。

徽宗禪位，欽宗立，金人迫委質稱臣，獻土地金帛。宰相李邦彥勸帝接受，以求苟安。李綱時任尚書右丞，獨力主戰。欽宗怯懦，從宰相議，罷李綱以謝金人。太學生等十餘人伏闕上書，乞罷宰相，復李綱位。書上，士民萬餘人不召而集，欽宗無奈，復李綱位，金方聽說李綱復用，不待金帛引兵退去。宰相懷恨，終出李綱宣撫兩河，又罷知揚州，安置建昌軍。金兵趁虛而入，他統兵馳援，未至，汴京已然失陷。高宗即位，淮南粗定，金人立劉豫為齊帝，高宗進駐建康，有恢復意。李綱上「請立志以成中興疏」，世人以為可比美諸葛亮〈出師表〉。疏上，金人廢劉豫，高宗意在偏安，定都臨安，以秦檜為相，一心議和。他再三上疏勸諫，徒勞無功。他一身負天下重望，而屢為權相所扼，不得志於朝，但當時南宋及金國朝野，均對他欽敬有加；宋使至金國，金人必問李綱安否，可知忠臣良將，雖敵國也心存敬意。紹興十年卒，年五十七歲。孝宗賜諡「忠定」。

他著作甚多，有學術性，也有歷史、政治性的。有詞集《梁谿詞》行世。

李清照

香冷金猊，被翻紅浪，起來慵自梳頭。任寶奩塵滿，日上簾鉤。生怕離懷別苦，多少事、欲說還休。新來瘦，非干病酒，不是悲秋。休！休！這回去也，千萬遍陽關，也則難留。念武陵人遠，煙鎖秦樓。惟有樓前流水，應念我、終日凝眸。凝眸處，從今又添，一段新愁。

香已殘，夢已遠。

小巧的金猊香爐中，昨夜焚的名香，已化為一堆冷灰，只有尚未散盡的餘香，依稀猶在；繡床上凌亂的錦被，有如掀著紅色波浪的海。往日，她不是這樣的，往日，她總是起來後，先添香、疊被的，可是……

她默默坐在妝臺前，無心無緒地梳著那如烏雲般的頭髮；一下，又一下，彷彿那只是個無意識的動作。鏡臺上，積了厚厚一層的灰，使鏡中的影子，都有些模糊了；她不想拂拭，只懨懨倦倦，對著那照影模糊的鏡子，一下又一下，無意識地梳著……。

太陽逼上了窗櫺；逼上了簾幕。金色的簾鉤，在陽光映照下，閃閃生輝，她還是默默地坐在鏡臺前，默默地……。

她能說什麼呢？儘管心中梗塞著千言萬語；千句叮嚀、萬句囑咐，說了出來，只是更增添離別的悲淒罷了，只是更增添行人的愁苦罷了。幾回話到口邊，終只化作一聲輕嘆，她又斂首低眉，默默無語。

「這些日子，你瘦多了。」

他說。她低迷一笑：

「是嗎？」

有人說，喝太多的酒，會使人消瘦；又有人說，悲秋的感傷情緒，會使人消瘦。可是，她沒有酒醉，也並不為秋天的凋零蕭瑟而感傷，她沒有消瘦的理由；但是，她近來真的瘦多了。

「渭城朝雨浥輕塵，客舍青青柳色新……」

陽關曲那淒怨的曲調，一下子縈上心頭。她張開口，卻唱不出聲來；唉！罷了！罷了！就是唱上一千遍、一萬遍陽關曲，也終是有了結的時候；也終是有分手的時刻。這兒，縱然美好得像桃花源，終久也縮繫不住偶入桃源的武陵人必走的決心呵！

漸行，漸遠。當他再回頭望的時候，這座他曾渡過一段神仙眷屬般美好生活的小樓，也會被煙雲所包圍，模糊一片，再也看不見了吧？那樓頭佇立的人兒，自然更小、更模糊、更看不見了……。

他不會看見，不會知道；又有誰看見，誰知道呢？這小樓上，有人終日佇立著，緬懷著過去的美好時光；有人終日凝眸遠望，期盼著遠行的人歸來，在他才離去時……。

誰能知道呢？只有樓前那潺潺的流水吧！只有它日日經過樓前，嘆息著，嗚咽流去。

那凝聚的眸光，投向遠遠的雲山深處；沒有人知道她看見了什麼，也沒有人知道她在想什麼，只有一聲輕嘆，偷偷地爬上她的唇邊；只有一抹淚光，悄悄地閃在她的眼角；只有一絲顰蹙，暗暗地停聚在她如翠羽般的眉尖上……。

李清照小傳　李清照，號易安居士，濟南（今山東濟南）人。

她出身於名門世家；外曾祖王拱辰，曾以第一名狀元及第。父李格非，亦文章名家，受賞於蘇軾，與廖正一、李禧、董榮，有「蘇門後四學士」之譽。可說先天、後天，均有極佳的素質遺傳，與家學淵源。嫁太學生諸城趙明誠，明誠父趙挺之，為徽宗朝宰相。

趙挺之以附新黨章惇、蔡京起家，而李格非為「元祐黨人」；趙明誠心性純良，不慕仕進；其父傾害元祐黨人不遺餘力，他卻極慕「元祐首惡」蘇軾及其門下黃庭堅書法文章。與李清照伉儷相得，而並不容於乃父，屏居鄉里十年。後以父蔭，知青州、萊州，政事清簡。飯蔬衣練，以節俸給，多方求購書籍與金石字畫，二人展玩評賞，自稱「葛天氏之民」，樂而忘機。合著《金石錄》，其〈金石錄後序〉出於易安，尤膾炙人口。靖康難作，轉徙流離，所藏盡失。建炎中，趙明誠病逝，易安年已五十，又無子女，乃南下金華，倚其弟李迒以終。或誣以晚節不終，改嫁傖夫張汝州，其說妄誕，後人辨之甚詳。當是易安才華過人，口角鋒芒，於當代名士，每加譏評，張、柳、蘇、秦，無一在眼，遑論等而下之碌碌文士；因而結怨於人，妄造蜚語以中傷。

李清照文采風流，驚才絕艷，詩文俱佳，而詞名最盛。以身世遭際，前半生歡娛，後半生悲苦；影響所及，少作溫馨清逸，暮年淒婉愁鬱，俱足動人。不僅有宋一代，自古才女，亦推第一。其詩文大多散佚，所存寥寥。有詞集名《漱玉詞》傳世。

# 醉花陰

李清照

薄霧濃雲愁永晝，瑞腦噴金獸。佳節又重陽，玉枕紗廚，昨夜涼初透。

東籬把酒黃昏後，有暗香盈袖。莫道不消魂，簾捲西風，人比黃花瘦。

是霏霏的薄霧遊移，還是沈沈的煙雲低亞？窗外，一直是灰濛濛的、幽暗暗的。沒有了夏天的那一分亮麗，也沒有往年秋日的那一分疏朗。

立秋過了，秋分過了，該是晝漸短，夜漸長的時候了。可是，夜，的確是漫長，白晝，又何曾短了？仍是那麼悠長，那麼難挨得叫人發愁。再添上這一分陰翳……

「唉！」

李清照放下了搴起的珠簾，慵慵地揭開香盒，在獸形的金爐內，添上了一些瑞腦香。立即，獸口中，就噴出了瑞腦那特有的香氣，氤氳一室。

無聊賴地，倚向碧紗帳中的枕頭；那為夏日取涼而設置的紗帳玉枕，昨夜，竟冷得有些沁人，以致她終夜也難以成眠。

真是秋天了吧？她凝視著那裊裊上騰，宛似薄薄輕絲舒捲的輕煙，竭力摹想著往年的秋天；她幾乎記不起往昔秋日的情懷，那，一定是歡愉的，至少……

「至少，不是這樣的灰黯、淒冷、難遣……」

窗外，響起了腳步聲，只見一個丫鬟高揭簾櫳，另一個捧著托盤，盤中是一碟糕，一壺酒，和一個酒盅。

她露出詢問的神色，伶俐的丫鬟立即回道：

「是菊花酒和重陽糕，老夫人命我們送來，吃了避邪致祥。」

「都重陽了？」

這樣慵倦的日子，每一天都感著無盡的漫長，畢竟也一日一日的過去了。重陽，九秋佳節，本該是一年中的盛事，但……

「自君之出矣……」

她迷濛的想起這一句古詩，又咽住了；強自振作，命丫鬟在菊圃邊擺設几案，飲酒賞菊。

「少夫人好興致！」

丫鬟陳設妥當，悄然退下。

「好興致！」

她苦笑，沒有人知道她興致中的感傷。

暮色，更深了一些。她默默自斟自飲，消磨著這樣一個寂寞的重陽，難堪的黃昏。而這寂寞難堪何處是盡頭？

摘下一朵黃菊，無意識的把玩著。傲骨嶙峋的菊花，把清癯的瘦影，淡淡地塗寫在她掌上，幽幽的淡香，微微地薰染著她的衫袖。

衫袖，在秋風中飄飄欲舞，逆風貼上了她清瘦的身軀；她不勝清寒，裹緊了衣襟，無聊賴地回到了淒寂的房中。秋風，瑟瑟地吹捲起垂簾，不容情的逼入。

臨著妝鏡，她把手中的菊花簪在鬢角。

兩般容顏，一樣清麗的花容、人面，一起映入了鏡中。

「我喜歡菊花，瘦伶伶的，倒有另一種孤傲卓落的風標；比起芍藥、牡丹，就像書香世家的子弟，雖不富麗，卻是多了一分器宇高華的清貴！」

這句話是誰說的？明誠，除了明誠，更還有誰？

她朦朧想起新婚後，第一個清秋，也是重陽吧，她和明誠在東籬畔設案賞菊……

那時，秋不寒，風不厲，心裡，充溢的只是新婚燕爾的溫馨。握住她一隻手，那雙溫和的眸子中流過款款深情：

「你卻是神有菊之清，形無菊之瘦，更風致楚楚！」

而如今……

她沒有訴過相思，怨過離別，那深埋心底的相思離別，那不為人知，黯然銷魂的一個個清曉、黃昏，卻悄悄地噬著她的心腑，蝕著她的肌骨。

明誠呵！你若在鏡中，你將看見什麼？

在捲簾逼入的秋風寒冽中，那消滅的容光，已更清癯於瘦伶伶的鬢邊黃花……。

在李清照的諸多詞作中，〈醉花陰〉是常被吟詠諷誦的，尤其最後幾句：「莫道不消魂，簾捲西風，人比黃花瘦」，更是膾炙人口。

《瑯環記》中記載，她將此詞寄給了遠方的丈夫趙明誠。趙明誠歎賞之餘，好勝心起。廢寢忘食，用了三日夜的工夫，吟成了十五闋詞，將這一闋也夾寫其中，拿給友人陸德夫看。陸德夫再三玩賞，指出了「莫道不消魂，簾捲西風，人比黃花瘦」，說，只有這三句絕佳！趙明誠於是拜服於妻子的才華，不敢再起爭勝之心。

李清照

紅藕香殘玉簟秋，輕解羅裳，獨上蘭舟。雲中誰寄錦書來，雁字回時，月滿西樓。　花自飄零水自流，一種相思，兩處閒愁。此情無計可消除，纔下眉頭，又上心頭。

是秋天翩然地來到了嗎？昨夜，那一床柔滑如玉的簟席，已透出濃重的秋意，竟觸膚生寒。晨起，曉粧初罷，推開水閣的小窗，呈現眼前的，不再是鮮潔圓碧的田田荷葉，芳姿搖曳的燦燦荷花；曾幾何時，荷葉已斑駁，那紅衣絢爛的荷花呵，有的留下嫩黃、淺綠的蓮房，寂寞地佇立在漸緊西風中；有的猶殘留著幾瓣依然紅艷的蓮瓣，不勝抖瑟地向這一季長夏，作著最後的告別；依依呵，復依依……。

她惘然地凝望半晌，若有所失的惆悵，直壓得心頭隱隱作痛；眾芳蕪穢，情何以堪？

默然，她輕解下已不勝秋意蕭瑟的羅衫，向荷塘邊，撐出一葉輕小的木蘭舟。輕篙，點向秋水，緩緩地，緩緩地，撐向那枯香，撐向那殘蓋，為留連重溫一段舊情；為唏噓憑弔一段殘夢……。

一封錦書！她閉上眼；怕過早的歡欣，只不過是夢中的幻影，而醒來，更無以承受那一份失落的空虛……緩緩地，再睜開；她輕吁了一口氣，放下了那份患得患失的恐懼；信還在，還在……她輕輕伸出手去，輕輕拾起，紙張入手的實質感，自指間湧上；酸了鼻端，熱了眼角，一串清淚，潸潸而下……。

是誰送來了這美麗的禮物？宛似雲中飄下的柔羽，溫暖了、也撫平了她終朝懸念的心。是誰呀？如此貼心解意？噙著笑，含著淚，她移步向小窗，窗外，月華如水，籠罩著她所住的西樓；在團圞明月中，一行模糊的雁影，正向南方飛去。

一遍又一遍地讀著信，雖然，那一字字已然深印腦海，一句句已然背誦如流，她仍忍不住一次又一次地展讀。捧著信，她信步走向附近的小溪。小溪，涓涓潺潺地流著。幾片落花，在水面載浮載沈地飄著；她不知，這些飄零的落花，來自何處；不知這潺湲的流水，流至何方。但，落花總是有幸依偎著流水，相陪伴著，走向天涯，走向海角。落花與流水，本是不相屬的，花自落，水自流，在偶然緣會中，卻有幸相依相戀地，共同走這一段末程……。

而她和他呢？「結髮為夫妻」！何以竟不如依附流水的落花，不如載負落花的流水，而「各在天一涯」？

他也想念著她吧？一定是的！正如，她想念著他。顰蹙著黛眉，她凝目望向漾漾微波；水中，恍惚搖漾出他的影子；他瘦了，憔悴了，那起伏微波，恰似他糾結的眉宇……。

「明誠！」

她低咽地呼喚，明誠，卻隔著萬水千山！在那兒，思念著她，糾結著眉。百無聊賴地，又熬過一個漫漫長日，她愁思欲碎，情態如醉，慵懶地抽下髮簪，坐向粧臺；鏡中人，披散著一頭如緞的秀髮，那鬱鬱愁思，寫在眼瞳中，寫在眉宇上。她對自己搖搖頭，不要這樣，不可以這樣，不……這不是明誠認識的易安，那「繡幕芙蓉一笑開，斜偎寶鴨襯香腮，眼波才動被人猜」的易安；那「笑語檀郎，今夜紗廚枕簟涼」的易安！

「不，你不是易安，明誠認識的不是你！」

她對著影中人低語，努力要改變自己的形貌，試著舒展了眉，現出了笑……。

「唉——」

幽然地長嘆，自心間上升。原來，那丟不開、拂不去的相思，躡著足，悄無聲息地在她努力舒展眉宇時，已轉移到了她的心頭上……。

❀

李清照是中國文學史上最有名的女詞人。這一闋〈一剪梅〉，是她婚後小別時的作品，由詞中流露的無限深情，可以想見她與趙明誠之間的恩愛。

大致來說，李清照詞，前部比較嬌柔清婉，即使寫愁，也不過小別的淡淡離情，到宋室南渡，趙明誠去世後，則哀傷悲咽，令人不忍卒讀。可知她晚境的淒涼。

她通翰墨、知音律，尤其在「詞」方面的成就，堪稱震古鑠今，她一方面填詞，一方面也評詞，把宋代的詞家一一列出，指出缺失，雖不免嚴苛了些，但以她本身的造詣來說，她是夠資格「發言」

的。

這一闋〈一剪梅〉，有些版本，上片末段作「雁字回時月滿樓」；據考證，原作如此，後人才改為「月滿西樓」。依〈一剪梅〉的詞譜來看，本有兩種，古調五十九字，上片末句是七字句；另一種是六十字，則是四、四句法，共八個字。因為現代人對「月滿西樓」較為熟悉，故從俗。

李清照

蕭條庭院，又斜風細雨，重門須閉。寵柳嬌花寒食近，種種惱人天氣。險韻詩成，扶頭酒醒，別是閒滋味。征鴻過盡，萬千心事難寄。

樓上幾日春寒，簾垂四面，玉欄干慵倚。被冷香銷新夢覺，不許愁人不起。清露晨流，新桐初引，多少遊春意。日高煙斂，更看今日晴未。

斜斜風片，夾著薄寒吹送；細細雨絲，裹著輕翳飄灑。淒清而冷落的深深庭院，沒有人聲，沒有人影，沈寂得近於凝止。一重又一重的門扉，可是寫照著閨中人的心扉？也緊緊的鎖閉著；是為了抵禦薄寒輕翳？還是逃避冷落淒清？

寒食近了，該是柳含煙，花凝笑，爭博著春神青睞，明媚妍暖的時節呵！可奈這霎兒風、霎兒雨，總撩撥著人心底的絃音，忍不住發出幽幽輕嘆。

作一首押韻險僻的詩吧！藉著凝神推敲，好歹消磨些漫漫的春晝；飲幾鍾香醇濃郁的酒吧！陷入沈醉夢鄉，總也打發些悠悠的辰光。

可是，詩，總有成篇的時候；醉，總有清醒的時候；當詩成，當酒醒，等著她的，還是無著無落，空空蕩蕩，數不完、過不盡那叫人閒得發慌、難排難遣的漫漫春日悠長……。

又是一行排列整齊的鴻雁掠過長空；為多少分離睽隔的人，傳帶信息，訴說衷情？她也想把滿懷幽情，託付征鴻傳遞；她也曾拈毫鋪紙，想把心事傾吐；怎奈，那糾結如無頭亂絲的情懷，攪亂了她的思緒，萬語千言，卻不知如何下筆；只日復一日，望著塵生素箋，望著鴻逝長空……。終於，她發現，她不必用筆墨來寫，那重重疊疊，落在素箋上，暈著輕塵的淚痕，無聲無息地，已代她傾訴了心事。然而……淚痕斑斑的素箋，無力地自她手中滑落；那最後一列征鴻，已沒入雲天，消失在她視線之外……。

低垂的簾幕，密密圍護著小樓的四面；那連日陰雨，醞釀的惻惻春寒，卻仍不留情地潛入、進逼。是畏怯著春寒襲人，還是春情繾綣，春思難遣？閨中人也慵慵倦倦，那平日常閒倚遠眺的玉石欄杆，也無端的冷落了。

默默擁衾坐起，縱使情懷寥落；縱使春寒逼人；縱使那懨懨春愁，困得人百無聊賴；當爐中香已殘，身上衾已冷，春夢，也已遠颺，不肯容人沈湎留戀時，似乎天也催逼著人起身迎接另一個更長的春晝，而不允許延挨遲留。

清晨凝聚的露珠，悄然自葉片上滑動、滴落。時近清明，桐花，也吐出紫色的新蕊，讓人乍然驚覺；春天，已走近了尾聲。

「是該把握最後的春光，及時遊賞的時候了。」

她無聲地自語。

日影漸高，雲煙，似乎也消散了些；她抬頭凝目：

「今天，可將是個放晴的日子？」

# 臨江仙

李清照

庭院深深深幾許？雲牕霧閣常扃。柳梢梅萼漸分明，春歸秣陵樹，人老建康城。

感月吟風多少事，如今老去無成。誰憐憔悴更凋零？試燈無意思，踏雪沒心情。

還以為，這個冬天永遠過不完了。日復一日，李清照總困鎖在知府官衙的後宅中。府第不是不舒適，生活不是不閒暇，但……

重重的庭院，不知有多深邃；深邃得不容閒雜人窺探，也深沈得使她感覺被關進了華美的樊籠，再也望不見那可以容她自由翱翔的廣大穹蒼。

她住的畫閣中，一直燃著旺旺的炭火，她卻總忍不住推開那經常鎖著的窗，向外張望；樓閣外，在雪天，也總是灰濛濛的；像是被雲所封，霧所繞，什麼也看不見。但她依然忍不住眺望，只為……是寂寞吧？還是期盼？

在日復一日的霧鎖雲封中，她幾乎絕望了，放棄了，人也在壓抑愁鬱中，懨懨倦倦，憔悴了下來。

只是，一線萬一之心未死，她推窗眺望，已成了一種潛意識催促下的習慣；彷彿唯其如此，才能為近於窒息的自己，嗅得一些鮮活的空氣，為生機滅絕的大地，增添一分新生的力量。

不敢再切切期盼，灰濛中，卻蘊著一份驚喜；她扶著窗檽，確定，那幾點嫣紅，的確是枯枝上初綻的梅蕊，那幾縷綠影，的確是柳條上新生的柳葉。

「呵！春，終於來了。」

她竟喜得珠淚盈眶；她，四十九歲了，一個老婦人了，早已不該再有少女的情懷，何以竟為春至，激動如此？在侍女詫異的目光中，她讀到了這個疑問。

是的，她，建康城中的她，已然老了。侍女，那年輕、未經世故的江南少女，怎能了解。使她老的，不是歲月而是連年戰亂憂患，流徙飄泊的惶惶心境！

丁未，那永烙在宋朝臣民心中的年代；金兵破了汴京，擄走了父子兩代的皇帝，天下，陷入了兵荒馬亂中。她，原是生長在簪纓世族，又嫁為名門宦家的內眷，值此亂世，也不能不倉惶逃難。家，棄了；財富，捨了，捨不下的是她和夫婿多少年來，基於共同喜好，多方搜求得來不易的書畫、金石、古物。

流亡的程途中，是沒有春天的；那一個冬，一直自丁未延續下來，整個國家，整個世代，都籠罩在無盡的酷冷嚴寒中。

她渴望著春天，渴望著像那許許多多在故鄉濟南渡過的春天；她是無憂的少女，她是不知愁的少婦……而如今……。

她黯然斂住了笑，也斂住了淚；春，不在濟南。柔紅嫩綠，點綴在樹梢；樹，根植在秣稜——建康的土地上。土地，是生命的根源。而她，她的土地，她的根源在濟南。因此，她也只有憔悴，只有老去，在春天來到建康城的時候。而令她擔心的，是她夫婿憔悴着老中，更有病容。

她記得，趙明誠——她的夫婿，曾告訴過她一個故事：他小時候，在夢中唸一本書，書上寫著：「言與司合，安上已脫，芝芙草拔。」醒來，還記得清清楚楚。就告訴了父親，他的父親略一沈吟，說：「這是字謎，離合解說，就是『詞女之夫』四個字，看來，你未來的妻子，該是位才女！」

是才女，這是人人公認的；她的半生，就在吟風弄月、鑑賞書畫古物中渡過了。如今回首，除了留下的一些詞稿文章外，她一事無成，甚至，進入垂老之年，膝下猶虛。

只怕，日後連昔日的創作力也不復能有了。只因，經歷了這麼多的滄桑飄泊，在憔悴的容貌下，她的心，也已老去。

一陣陣笑語，自門外傳來，幾個侍女搴簾而入，手中提著幾盞樣式新巧的花燈。

「夫人，快到燈節了，工匠送了燈來。夫人要喜歡，就留下，十四日試燈，就好玩了。」

她意態闌珊點點頭：

「留幾盞你們玩吧！」

「夫人不要麼？」

她搖搖頭。侍女們退下了，她卻陷入往事中：在她年輕時，也為試燈興奮過呵，只如今，那一切，離她已那麼遙遠！

她的目光，重又落到窗外的雪地上。這雪，不多日也該化了。往年，在這臘盡春回之際，她總纏著明誠陪她踏雪尋詩，又逼著明誠唱和，使明誠深以為苦。

白雪皚皚依舊，又是踏雪尋詩的時節了，是詩心亦已老去麼？還是她已失落了那一份追尋詩情畫意的心情……。

這一闋〈臨江仙〉，是堪稱我國詞壇女狀元的李清照的作品，作於北宋淪亡，宋室南渡後的建炎三年正月。那時，高宗在建康即位登基，南渡群臣，亦向建康集中。李清照隨夫婿趙明誠自山東入蘇北渡江，投奔建康。他們捨棄了一切家產，卻維護住了他們共同雅好的金石書畫。建炎二年九月，趙明誠知建康府。次年三月，改守湖州，但他沒有上任；在那一年，他病故了。這一闋詞背後，隱藏著一顆悽惶的心；國事日亟，家園淪陷，而趙明誠的健康，顯然也在流亡中受到了相當損害；不久，趙明誠便離她而去，此後，她的詞風就更悲沈了。

李清照

尋尋覓覓，冷冷清清，淒淒慘慘戚戚！乍暖還寒時候，最難將息。三杯兩盞淡酒，怎敵他、晚來風急？雁過也，正傷心，卻是舊時相識。

滿地黃花堆積，憔悴損、如今有誰堪摘！守著窗兒，獨自怎生得黑？梧桐更兼細雨，到黃昏、點點滴滴。這次第，怎一個、愁字了得！

初秋，一個令人捉摸不定的季節，有時熱得近乎夏天；只要刮一陣風，下一會兒雨，又會覺得冷颼颼的了。在這樣陰晴冷暖不定的日子裡，人也跟著變得寥寥落落，悶悶懨懨，難以排遣了。

從內室到廳堂，由廳堂到花園，踩遍了每一塊土地，翻遍了每一個角落，她茫茫然感覺少了些什麼，失落了什麼。她尋找，卻又不知道自己在找什麼！終於，她停下了腳步，默默四顧；周圍一片沈寂，沒有人聲，也沒有人影，空空蕩蕩的；她心裡也空蕩蕩的，四周岑寂得可怕。她忽然知道自己所找的是什麼了：是他！她多渴望再看到那熟悉的影子，聽到那熟悉的呼喚，而他在那裡？他在那裡？她黯然收回目光，垂下了頭。她知道：她是找不到那影子的了！他去了，永遠地去了，去向那不能再回來的幽冥深處！一種難以言宣的寂寞和哀傷，直壓下來，沈重地壓在她心頭。一串淚珠，悄悄地從腮邊滑落。

又刮風了。風從窗外逼入，吹動她的鬢髮、衣袂，她感覺著幾許寒意。斟上一杯酒，一飲而盡；又斟上第二杯……舉著酒杯，她落寞地凝視著那盞中透明的汁液，空氣中散發著淡淡的酒香。有人說酒是驅寒的，她喝了好幾杯了，卻淒寒依舊！寒意來自風中，來自心底。

一列雁群掠過窗際，飛向蒼茫深處。這景象對她多熟悉啊！在她年輕時，在她家鄉，也經常看到逐行成列的雁群飛過。那時，雁群總帶給她欣喜。那時，她與他——趙明誠，也有分離的時候，雁群為他們傳遞著信息。而現在呢？——雁影消失了，留下更深的淒傷。垂下仰視雲天的目光，園中栽的黃花，給風吹得凋零了，枝頭上沒有一朵是完整的。她審視半晌，竟找不出一朵不殘不缺的花來。她本有惜花的心情，不忍花受著風雨摧殘；可是花已凋零得滿地，風仍未曾停息！

佇立窗邊，一分鐘彷彿有一世紀那麼長；天陰沈沈的，日影更淡薄了。這漫長的下午，什麼時候才能挨過去呢？還要忍受多久的寂寥，才能挨到天黑？風吹著窗外高大的梧桐樹，沙沙作響；沙沙聲中，忽又夾著微微的滴答——天上飄落了細細的雨絲。雨絲，敲在梧桐葉上；雨聲，敲在她心上。

人們總用「愁」來形容一種低落的情緒，可是，這季節，這黃昏，這風聲，這雨聲，這淒寒，這寂寞……是一個愁字所包容得了的嗎？她，又陷入了深深地迷惘之中！

呂本中

恨君不似江樓月，南北東西，南北東西，只有相隨無別離。
恨君卻似江樓月，暫滿還虧，暫滿還虧，待得團圓是幾時。

夜深，人靜。半規的下弦月，靜靜懸在天上；照著東流的江水，也照著矗立江畔的小樓。

小樓上，臨江的欄干旁，設著一席酒宴。佳餚、美酒，更面對著紅粉知己，共賞江月，本該是賞心樂事呀。呂本中的眉峰，卻深蹙著；食不甘味，只一杯杯喝著悶酒。

他對面的女子，執起酒壺，又為他斟滿了酒，強笑：

「『勸君更盡一杯酒』，你雖然不是西出陽關，只怕，也難逢故人了。」

「怕只怕，『酒入愁腸，化作相思淚』！珊珊，記得你我初識，你在席間唱的曲子？」

「你說，〈湘江怨〉？」

「正是！唉！此時此際，那曲子直似為你我而寫：『入我相思門，知我相思苦……』」

珊珊撫著案上的古琴，彈出了低咽絃音，輕聲唱：

「……『長相思兮長相憶，短相思兮無窮極，早知這等絆人心，何如當初莫相識』……」

歌聲哽咽，尚未終曲，卻再也唱不下去了。呂本中握住她的手，嘆道：

「相識得太晚，相別，又太早了；以後，千里遙隔，這漫漫長夜，如何排遣呀！」

珊珊別過臉去，一雙淚眼，凝望窗外。

窗外，只有江水、江月，組成的寥廓空茫。

月至下弦，似乎也失去了生氣，顯得蒼白憔悴。淡淡清輝，照在江流上，泛起一片銀白的粼粼月波。凝目良久，她緩緩回過身來，淚痕宛然，卻強自壓抑著，露出淺淺迷離的笑容，指著寒月：

「記得蘇東坡的詞嗎？『但願人長久，千里共嬋娟』，千里遙隔，只要，故人無恙，兩情無悔，總還可以共此嬋娟的。」

呂本中擁住她纖弱的香肩，也抬起頭來，望著那半規弦月，嘆道：

「不錯，不論我到那兒，明月，總是能共的。」

頓了一下，回頭凝視那張也蒼白了、憔悴了，卻仍美得懾人的容顏：

「珊珊，你為什麼不像天上明月呢？如果，你像天上明月，那，不管我到東西南北，任何地方，你就都能隨時跟著我，陪著我，不會與我別離了。」

珊珊也默默注視他，久久，才又把目光轉向明月，緩緩說道；語音低沈而悠遠：

「你知道嗎？我，卻恨你太像這天上月了。明月夜夜照江樓，可是，圓滿的時候，那麼少，那麼短暫；方纔為月圓欣喜，它又一天天虧缺了，就像現在，只剩得半規……」

她沈默了半晌，才黯然低問：不知是問月，還是問呂本中：

「這一缺，要到什麼時候，才能夠再團圓呢……」

❀

這一闋〈采桑子〉，是呂本中所作的一闋離歌，遣詞用字，極為淺白；其中情味，卻耐人咀嚼。說盡了臨別那種依依戀戀的幽怨，卻完全沒有一般離歌那種「哭哭啼啼」呈現於表面的淺露，以含蓄表達深情，格外感人。

呂本中小傳　呂本中，字居仁，金華（今浙江金華）人。

他出身世家，為元祐宰相呂公著曾孫。幼年穎悟過人，當時呂公著仍在世，絕愛之。呂公著去世，當國的宣仁太后與哲宗皇帝親臨弔唁。諸孫都立階下，宣仁太后獨召本中，以「忠於君、孝於親」勉之。及長，從二程子門人楊時遊。因公著遺表，恩授承務郎。累官樞密院編修、祠部員外郎。南渡後，高宗召赴行在，特賜進士出身，擢起居舍人，進中書舍人等職。金使前來，他諫勸高宗，力求簡約，以免啟金人戎心，為秦檜所忌，因劾免職。提舉太平觀，卒，謚「文清」。

他工詩，詩宗黃庭堅，作《江西詩派宗派圖》，列詩人二十五人，以己為殿。甚受當時學者欽仰，尊稱「東萊先生」，有《東來詩集》行世。曾有《紫薇詩話》一卷，故後人輯其詞十餘首，定名為《紫薇詩餘》。

# 南歌子

呂本中

驛路侵斜月，溪橋度曉霜。短籬殘菊一枝黃，正是亂山深處過重陽。　旅枕元無夢，寒更每自長。只言江左好風光，不道中原歸思轉淒涼。

半圓的弦月，斜掛在重重山嶺圍合中的秋空上；清輝如水，照著蜿蜒的驛路漫漫，延伸向不知終結何處的遠方。

薄薄的清霜，無聲無息地爬滿了架在琤琮小溪上的橋板；為滄桑久歷、殘舊的小木橋，敷上了一層薄薄的銀光，映著微黃的月色，幽寂而寧靜……。

夜靜，山空，一盞孤燈熒熒，搖曳出一室模糊燈影。簡陋的木桌上，放著一壺茶，一碟糕；是那殷勤而誠樸的主人送來的，那樸拙的笑容中，含蘊著多少盛意：

「您趕得巧，今兒是重陽吶！吃一點重陽糕，百病不侵！」

糕是粗糲的，情是溫馨的，他吃了一口，一下咽住了；不是糕的粗糲呵，是那一份濃重的愁思，陡然上升，哽住了他的咽喉。多少年了？他一直在京師度重陽，重陽糕，是年年必不可少的應節茗點；用料的精細、講究，自不待言。久之，他認為，重陽糕就該是那樣的；一如，他認為京師就該是在那兒的……幾曾料到，地會覆，天會翻；君會蒙塵，國會播遷，半壁江山會生生葬送在胡人之手！

重陽！又是重陽！他不必再刻意登高；他來到這亂山深處，卻逢重陽！

一夜無眠，旅人，原是與夢絕緣的；何況，這國難當前的飄泊孤臣；何況，這不意卻逢佳節的情怯遊子！他何以成眠？何以入睡？在那國仇鄉思堆疊，卻無夢的旅途枕上！

夜，漫長得無邊無極；只有四壁秋蛩，和著綿長單調的漏聲迢遞，輕輕吟著愁，唱著恨，完全不顧念人何以消受；一任他繞室徊徨，一任他拍遍闌干，這淒寒冗長的夜，仍自如蝸牛般，慢慢吞吞地無聲吟唱著：夜未央！

他不曾預想到，江南也有如此冗長難挨的夜！他曾嚮往江南的；在京師，在樞密院的時候，來自江南的同僚，總誇耀著江南的山明水秀，江南的富饒豐足……在那些美麗的描繪中，江南，是無憂無慮的世界；江南是安和昇平的天堂！在他看膩了京師繁華，看膩了中原風物，他就想著江南，夢著江南……如今，他來到了江南；江南的確美麗富饒，他卻失去了欣賞的心境；只想著中原，念著京師——那他曾安身立命，曾為國忠勤，雖不美、不好，卻曾是他的國、他的家所在的地方！

憑窗而立，夜風有些寒冽；卻敵不過他心頭的淒涼；可奈那欲歸不得的故國，那淪入敵手的京師！遼闊而寂靜的夜，當頭籠罩，漫長而迢遙的路，在前面伸展，人們都已進入夢鄉；何其可羨的平凡！四野俱寂，在朦朦月色中，一點微黃，吸引了他的視線；那是在矮籬邊一朵菊花；傲岸挺立在清霜冷月中，雖殘，卻抱節枝頭，香枯無悔的菊花！

❀

這一首〈南歌子〉想是避兵南渡時作，所以有「只言江左好風光，不道中原歸思轉淒涼。」不言忠愛，而忠愛自在其間。而「短籬殘菊一枝黃」，多少是有些自喻意味，亦可見其人氣節了。

李　邴

瀟灑江梅，向竹梢疏處，橫兩三枝。東君也不愛惜，雪壓霜欺。
無情燕子，怕春寒、輕失花期。卻是有、年年塞雁，歸來曾見開時。
清淺小溪如練，問玉堂何似，茅舍疏籬。傷心故人去後，冷落新詩。微雲淡月，對江天、分付他誰？空自憶，清香未減，風流不在人知。

朔風凜冽，彤雲低亞。大地、江天，都是一般的灰沈沈、淒冷冷。江畔那一叢猗猗翠竹，也彷彿因不勝負荷，被皚皚積雪，壓得枝葉垂垂。

江畔叢竹外，一座小茅屋靜靜地陳列著，屋外繞著疏籬；籬邊，一座小木橋，橫架在小溪上。在雪景中，宛如畫圖，完全脫略於人間煙塵之外。

呀——地一聲，深閉的柴扉打開了，年輕的李邴，陪侍著一位老者，緩步踏雪而出，走過小橋，走向江畔。

江面，寂寂沈沈，失去了往日的艣聲帆影，使得天地顯得格外遼闊；更空曠，也更蒼涼。這被冰雪封凍的漫漫寒冬，似乎無止無休。「冬天，永遠也過不完了」的絕望，不容情的兜上李邴的心頭；這一纖塵不染的瓊瑤世界，雖然美麗，在他眼裡，卻美得森冷，美得寂滅而淒清……

老者，欣然開眺著雪景，吟哦著柳宗元的曠世傑作：

「千山鳥飛絕，萬徑人踪滅，孤舟蓑笠翁，獨釣寒江雪。」

吟罷，他自得而怡悅，年輕的李邴卻冒失地說：

「伯父，這詩不合眼前景呢，您看，天寒地凍的，連釣寒江雪的蓑笠翁都沒有呀！」

老者，曾列於蘇軾門下的李昭玘，自坐黨籍，對宦途已心灰意冷。歸隱之後，修心養性，自號樂靜先生，豈會介意少年氣盛侄兒的冒失頂撞，藹然一笑：

「境由心生；眼中所無之景，何礙心中所有之境呢？你大概是因為連日大雪，太悶了，以致無法領略靜中妙趣。」

李邴也自覺失言，不由訕訕地，笑說：

「侄兒愚魯。可是，眼前世界淒寂如此，全無生機；就只有那一叢竹，苦撐著漫漫歲寒，實在……」

老者輕嘆一聲，打斷了他的話：

「邴兒，你對那叢竹子，可曾看仔細麼？」

李邴苦笑：

「自然看了，枝彎葉垂……」

語聲忽然中斷了；目光凝注半晌，臉上的笑容轉為欣喜；呵！在竹梢疏處，橫斜伸出的幾枝枝柯上，不知何時，竟已綴上了朵朵梅花！那麼恬淡、悠然又瀟灑地，在冰雪中嫣然展放。

人們總說，東君是眾花的守護神；東君掌管著二十四花信風，是眾花至高無上的主宰。然而，東君也不盡然是公正無私的吧？至少，他對梅花，就不似對其他花卉的呵護憐惜；其他的花卉開放時，總是陽春昭煦，和風柔軟，唯有梅花，東君總教她開放在冰雪封凍的酷寒時節；不僅如此，還縱容著北風肆虐，霜雪欺壓！而梅花，卻毫無怨尤地承受了；抖擻起精神，心不屈，志不移地挺立在風雪裡，為向人間散播一點溫暖，透露一點消息：陽和之氣已在暗中萌發，再忍耐片時，就熬過了大自然嚴酷的考驗，再度春臨大地。

似乎在看到梅花的那一剎那間，他感覺到冰雪不那麼冽，天氣不那麼冷了，不是嗎？梅花，這報春的使者，已經來到人間。

一列大雁，整整齊齊地排著人字形的隊伍，向北飛去。牠們是南來避寒的賓客；每年，在梅花初綻，陽氣方回的時節，牠們也匆匆飛向歸程。這來自塞北的候鳥，大概是梅花知心的舊侶吧，只有牠們，在北返時不忘和初綻的梅花殷殷道別。只有牠們，也有衝寒冒雪的精神，才有緣見到與牠們具有同樣志節的雪中同伴——梅花！

人們慣常坐在家裡等待棲息於畫梁的燕子，帶來春天的信息。卻不知道，燕子也如東君一般的偏私無情；牠們畏懼春寒，貪戀著南方的早春，遲遲不肯振羽歸來。就在牠們的延挨中，輕忽了梅花綻放的花期。

春天，真的臨近了。疏籬邊的清淺溪流已然解凍；潺潺溪水在亂石間濺起的白色水花，使蜿蜒小溪宛如一條白色的匹練。疏籬內的梅花，也已綻放，把簡陋的小茅屋妝點得清雅絕俗。她風姿淡雅，卻傲骨嶙峋，寧可在無人賞的寒江畔、叢竹間自開自落；寧可點綴竹籬茅舍，也不肯攀附金屋玉堂。她的風骨氣節，和高人隱士類同；不求功利，不求聞達，也因此，注定了寂寞和冷落的命運吧。不是嗎？千載以來，堪稱知音的，也只得一個林和靖啊！和靖逝後，有誰能再寫出那樣絕美絕俗、繪神繪影的詩篇呢？誰能呵之、護之、愛之、憐之，視如結髮呢！

一樣的微雲舒捲；一樣的淡月朧明；一樣的暗香浮動，疏影橫斜；可嘆的是，面對江天遼闊，更向何處託付這一腔衷素，一片幽情。

月影，勾勒著梅花遒勁又清癯的影子；微風，吹送一陣陣幽淡的寒香。姿容無恙，清香如故，她亭亭玉立，默默無語；那麼凝斂而莊嚴，彷彿沈入了幽香的回憶中。

推開柴扉，當門而立的李邴，面對著月下梅花，思潮起伏；心中混雜著說不清的情緒。他敬，敬她的傲雪凌霜；他愛，愛她的清逸絕俗；他憐，憐她一生知己唯和靖，和靖去後，無人知、無人賞、無人惜的寂寞孤寒……

「邴兒！你在想什麼？」

不知何時，老者已走到他身後，親切呼喚。他凝神回頭，恭聲答覆這愈來愈令他敬愛的老人的詢問：

「伯父！侄兒在看這一樹梅花，為她不平。」

「哦？」

「東君不仁，燕子無情，故人已遠。節，無人知；香，無人賞。如此姿容，如此風標，竟寂寞孤寒如此……」

他說著，激動起來，滔滔不絕地傾吐著。老者靜靜地聆聽，臉上是一片詳和寧靜。直到他說完，才淡淡地笑了：

「邴兒，你認為，梅花的傲雪凌霜，風華絕俗，是為求人知、人賞嗎？」

平淡的話語，卻問得李邴啞然無語；不是嗎？梅花的風標志節，只是出於天然本色，何曾求人知、人賞、人惜？不禁自慚於自己的淺俗和狹窄；真的，自己畢竟仍只是塵世間的凡夫俗子，以自己的塵俗之見，附會於梅花，雖然出於拳拳摯意，對梅花來說，反而是一種辱沒吧！

他回過頭去望著身後的伯父，想解說什麼；卻見老者臉上一片湛然，那麼安詳，那麼端凝，沒有失意仕途的憤懣，也沒有困守荒村的不平；有的，是光風霽月的淡泊，洞徹世情的悲憫……

他忽然感覺什麼都不用說了；伯父是完全了解的，因為，他自己就是一樹梅花，堅貞自持，淡泊自守的梅花！

❀

李邴的學識源於家教，他是蘇軾門下，後並坐黨籍而歸隱的李昭玘的侄子（一說，為李昭玘之子），昭玘，自號樂靜先生，由此號，可想見其人高亮雅致。《漢宮春》是一闋詠梅詞，《揮麈錄》云，為漢老少日作。以此詞境界，不似一少年所能領悟，想亦得自樂靜先生啟發。上片寫實，下片轉寫品格，寓意甚深，或亦有藉此自抒懷抱之意。

李邴小傳　李邴，字漢老，號雲龕居士，北宋任城（今山東濟寧）人。他出身於書香世家，徽宗崇寧五年舉進士，累官至翰林學士。南渡後，拜參知政事，資政殿學士。紹興六年卒，年六十二歲，諡「文敏」。有《雲龕草堂集》。今不傳。唯詞數首，存《全宋詞》中。

# 梅花引

向子諲

花如頰，眉如葉，小時笑弄階前月。最盈盈，最惺惺，閒愁未識，
無計說深情。一年空省春風面，花謝花開不相見。要相逢，得相逢，
須信靈犀，中自有心通。同杯勺，同斟酌，千愁一醉都忘卻。
花陰邊，柳陰邊，幾回擬待，偷憐不成憐。傷春玉瘦慵梳掠，拋擲
琵琶閒處著。莫猜疑，莫嫌遲，翡翠鴛鴦，終是一雙飛。

想起她，兒時的種種情景，就一幕幕的浮上心頭。那時，她還是一個不解事的小女孩兒，天真、活潑，白皙裡透著紅潤的面頰，就像初綻的鮮花一般嬌嫩；兩道自然彎曲的眉，又像初生的柳葉。她和他，小女孩和小男孩，小時候總在一起玩耍；她最喜歡的遊戲就是在月光下奔跑追逐，不知是追著月亮，追著他，還是追著她自己的影子。她是那樣快樂地享受著童年，是那樣單純而幸福。庭院裡，總洋溢著她嬌稚的笑聲。她真是個愛笑的女孩！那雙烏溜溜的眼睛裡，總是漾著盈盈的笑意；尤其和

他在一起的時候。他，也總對她護惜有加，兩人親親密密地玩在一處，無憂無慮。他們還不懂得愁，也不懂得情，情苗卻悄悄滋長著，在他們小小的心田裡。

從什麼時候起的？他不再出現在她的生活中，但出現在她心底的次數，卻更多了。她不再是天真嬌稚的小女孩，而是亭亭玉立的少女了。她默默盼著，盼望中揉和了甜蜜和痛苦，喜悅和憂鬱。盼過了一季春、一季夏；送去了一季秋、一季冬。花開了、謝了、又開了，他沒有出現。但她並不失望。她知道，他一定會回來。他們之間，有無形的線牽繫著；不必言詞，不必文字，她始終相信，他一定會回來。

那麼偶然，在一次酒宴上，他們又相遇了。雖然兒時青梅竹馬，兩小無猜，在這個時候，也不得不矜持了。他溫文的微笑，她端凝的低眉；偶爾四目相接，她看見他悄悄向她舉杯，一飲而盡。她也飲盡了自己杯中的酒；千百個日子中相思相憶的痛苦，都融化在杯中、酒中了。

宴後，主人殷勤地邀請客人移座到後花園小憩；客人三三兩兩地談天、吟詩、下棋。只有他，是那樣坐立不安。他渴望能見到她，向她傾訴衷曲。他隱身在柳樹下等著她經過；他隱身在花叢裡等著她來臨，可是，她身邊的那一群的女伴，卻使他們連說幾句知心話的機會都沒有。但在她留下的一顰一笑、一瞥一顧間，他卻讀出了寫在眸光中的柔情、寫在笑渦中的蜜意。這些，使他的心也跳躍了，沸騰了。

自從那天酒宴中再見到他，她整個心撩亂了；變得沈沈默默恍恍惚惚的。一雙蝴蝶，能使她微笑；一朵落花，能使她感傷；美味適口的茶飯，難以引起她的食慾；粧臺前的脂粉、花鈿，被冷落了；平日她最喜歡彈奏的琵琶，也被閒置一旁，任憑絃索蒙塵。偶爾，她拿起琵琶，用她那日益纖瘦、白皙如玉的手指無心無緒地撥弄；不成曲調的音符，也彷彿是一聲聲悠長的嘆息……。

向子諲傾聽著他年輕的朋友滔滔地訴說著，那年輕的臉，是那樣煩惱、熱切。這一雙小兒女，原是他所熟識、關切的。於是他勸慰著，也祝福著：

「不要害怕，不要疑慮，安心地等待吧！就像鴛鴦、翡翠成雙成對一樣，有情人遲早終究會成為眷屬的呀！」

這闋詞，就在他的祝福中產生了。

向子諲是個知名度不高的詞人，他雖然在詞壇上未享盛名，他的一闋〈梅花引〉，卻使得無數詞家為之擱筆。

〈梅花引〉是個很難填的詞牌，因為一闋詞中，要換八個不同的韻，而有六個小節，前後兩句中要重複一字或兩字。填得好，層層推展，跌宕有致；填得不好，不是疊床架屋，就是支離破碎。

向子諲的這一闋詞，是以客觀的筆調去敘寫一個美麗的愛情故事，寫得活潑靈動，流麗非常。這是他代朋友作的，帶一點戲謔的成分，或許因此而使得這一闋詞更生動可愛吧！

向子諲小傳　向子諲，字伯恭，號薌林居士，臨江（今江西臨江）人。

他是神宗皇后向氏之侄，哲宗元祐，太皇太后高氏當國，至哲宗元符三年，哲宗崩，無子，始遵向太后命，迎立徽宗。因而格外加恩后家，向子諲因此恩補承奉郎。他甚具幹才，累官至京畿轉運副使。靖康禍作，金人犯亳州，康王次濟州，他獻金帛錢穀以助軍費。南渡後，累官至戶部侍郎。金使議和，將入境，他不肯折腰拜金詔，忤權相秦檜，乃致仕。卒年六十八歲。

他出身世家，友愛兄弟，曾置義莊，贍養宗族貧苦。閒退後，居薌林十五年，淡泊自守。他工於詩詞，作品前期華貴妍麗，後期瀟灑亢爽，有《酒邊詞》傳世。

# 清平樂

向子諲

吳頭楚尾，踏破芒鞋底。散入千巖秋色裡，不奈惱人風味。如今老我薌林，世間百不關心。獨喜愛香韓壽，能來同醉花陰。

一襲青衫，一雙草鞋，向子諲一身瀟灑地，來來往往於這自古來稱「吳頭楚尾」的豫章之地。

遊山玩水，是他退出宦途後的最大樂趣。不再汲汲營營於功名利祿；不在栖栖惶惶為衣食奔走。對蒼生，他有著一份心有餘而力不足的無奈；對國事，在奸佞當道之下，他已心灰意冷。「薌林居士」是他為自己取的一個號，在這千巖萬壑的豫章地面，他隱居了；隱居在植滿了木犀花的「薌林」中。

春秋佳日，他趿著芒鞋，踏遍了附近明山秀水，看著一雙雙磨通了底的芒鞋，他得到一個結論：「今生願意在薌林終老！」

雖然只是竹籬茅舍，他卻有著廣廈千幢也不易的偏愛；愛這份清幽，愛這份淳樸。

當秋風掃過了群山，千林落葉，蕭瑟荒涼的時候，只有薌林，仍是一片濃綠；不僅不曾隨秋風而萎黃枯褐，而且，在枝椏葉腋間，抽出了點點幽葩細蕊；淡淡的黃色小花，沒有誘人的姿容風華，只有四片小小厚厚的橢圓花瓣，成十字形向外輕展。它那麼小，那麼不起眼；若非是簇簇叢聚，幾乎讓人忽略了它的存在！

但，沒有人能忽略的，在這秋風凜冽的時節，這小小成簇的花，散發出了馥郁濃香，隨著秋風，飄散十里。使四周的秋山寒林，又羨又嫉；卻又慶幸自己得以沾染這世俗傳說來自廣寒的天香。

獨坐花下，獨擁天香，向子諲在滿足中，又有著些許惆悵；他並不想獨佔這薌林秋日絕塵風味，他願意有人分享；雖然，他老了，歸隱林泉了；雖然，他對世情早已參透，對世事，也早已不復縈心。

但，他總忘不了他的朋友們，尤其是——

「叔夏！如果你在……」

叔夏，姓韓，他忽然想起「韓壽偷香」的故事，愛香，是韓家一脈相承的喜好吧？雖然，叔夏不似他的老祖宗那麼風流倜儻，愛的是花香，和自稱薌林居士的他一樣。

如果，叔夏能來此花下，與他同醉花下，該是如何美妙的事！毫不猶豫地，他取出了一紙花箋，題上了〈清平樂〉……。

❀

這一闋題為「詠木犀，贈韓叔夏」的〈清平樂〉，果然把韓叔夏邀到了薌林。韓叔夏並且回贈了一闋〈清平樂〉：「秋光如水，釀作鵝黃蟻。散入千巖佳樹裡，惟許修門人醉。　輕鈿重上風鬟，不禁月冷霜寒。步障深沈歸去，依然愁滿江山。」

詞中所詠的「木犀」，就是我們一般所說的「桂花」。有白色的「銀桂」、黃色的「金桂」、紅色的

「丹桂」等數種。就「釀作鵝黃蟻」來看，薌林所植，應是「金桂」。薌，與香同義。「薌林」，也許就是因三秋飄香的木犀樹成林而得名吧！

陳與義

憶昔午橋橋上飲，坐中多是豪英。長溝流月去無聲，杏花疏影裡，吹笛到天明。二十餘年如一夢，此身雖在堪驚。閒登小閣眺新晴，古今多少事，漁唱起三更。

夜已深沈。窗外雨聲漸歇，滿天濃雲推推捲捲地散開了。這一夜，陳與義獨對著一盞孤燈，沒有闔眼；眼看雨停了，既沒有睡意，索性披衣而起，踱出門去。

信步走著，不覺又登上了僧舍中的小閣。這小小的閣樓，素來是他所喜愛的地方；雖不寬敞，卻也精巧、潔淨，而且視野廣闊；從閣樓望出去，可以看到縱橫交錯的水道；看到往來的船隻；看到漁人在小舟上撒網捕魚。那些漁人與世無爭，樂天知命，令人羨慕。他們悠遊地搖著槳，口中哼唱著不知名的小調，歌聲配合著櫓聲，是那樣的淳樸動聽。在這寂靜的夜裡，漁人也都安睡了吧？四周靜悄悄地，只有偶然幾聲犬吠、蟲鳴，劃破沈寂。

幾曾料到自己竟也如此「沈寂」下來了？在年少時那種豪氣干雲，逸興遄飛，也只有在回憶中搜尋了。在那時，天下還有著幾分太平氣象，戰事只在邊境，未曾波及京師。在家鄉洛陽，到了春天，更是繁花如錦，賞心悅目。年輕人是不甘寂寞的，總喜歡呼朋引伴，攜帶著酒餚到城南的午橋去踏青。午橋有一座別墅「綠野堂」，景色秀美，是他們最喜歡去的地方。到了那兒，在橋上飲酒、闊論，抒發著自己的理想、抱負。在座都是有血性的青年，都期望能轟轟烈烈有所作為。「酒逢知己千杯少」；在杯盞交錯中，橋下水波載著月影，浮浮沈沈、搖搖漾漾，悄悄地向西滑去。杏花樹下，揚起了笛聲，月光把花影篩在吹笛人的身上，他卻渾然未覺，忘情而專注地吹奏著。那身影看去是那樣孤高、傲岸；笛聲是那樣清越、悠揚，在場的人們，全沈浸在笛聲中，不覺東方漸白。

此情此景，歷歷如在眼前；那夜繚繞在夜空中的笛音，也時時縈迴耳際；而屈指數數，竟已是二十幾年前的事了。當時的青年，如今兩鬢已染上了秋霜；二十幾年的歲月，竟也如那時逐波的月影，在不知不覺中悄悄逝去。二十幾年間，經歷的憂患，現在回想，猶如一場惡夢；金兵南下，直逼京師，徽、欽二帝被擄，半壁江山淪落敵手；自己經過幾年流徙，輾轉避禍來到江南。在連天兵禍中，倖得身免，真可說是不敢企盼的異數了。當年午橋飲酒的同伴們都已星散，不知下落，也不知存亡；縱使還在，也該像自己一樣，垂垂老矣，不復有當年豪情了吧！洛陽！故鄉！也阻隔在千山萬水之外了。

真的雨過天晴了；明月、繁星擺脫了烏雲的糾纏，重新閃耀在天幕上。遠處，隱隱傳來幾聲漁歌；三更天了，早起的漁人，又開始迎接他們新的一天；也只有他們，能與星月一般，不管世事變遷，而不受影響吧。

他喟嘆著，寫下這闋詞。在無言的沈重中，只有漁歌仍迴盪著……。

生逢亂世，對任何人都是一種不幸，對有志貢獻自己才學為朝廷效力，卻不受重用的文人，更是不幸。往往就在輾轉流徙中，消磨了壯懷，虛度了有為的歲月，一腔熱血，滿懷忠憤，都如杜鵑啼血般，化為血淚組成的詩篇。

❀

陳與義的時代，正跨越北宋到南宋這一個動亂階段，親歷靖康之亂，身受流離之苦，千辛萬苦到了臨安——南宋都城，也未能一展抱負，沒有顯著的功業可言。他一生致力於詩，他的詩是宋代大家之一，詞雖不多，卻可說闋闋都是佳作。這闋〈臨江仙〉更是其中代表作，是他晚年住在湖州僧舍時，追憶少年時代而引發的種種感慨。從詞中可讀到他一生心境的轉變：少年時的豪放、灑脫；中年的流離；晚年歸於平淡，在淡泊中含蘊著對國事的關心，對瞬息浮生，世事變遷的無奈。筆觸雖淡，卻深摯感人。

陳與義小傳　陳與義，字去非，號簡齋居士，洛陽（今河南洛陽）人。

他於徽宗政和三年登上舍甲科，累官太學博士、秘書省著作佐郎，因事謫監陳留酒稅。值靖康難作，避兵南渡，轉徙湖湘數年。高宗紹興初，以兵部員外郎召赴行在，官至翰林學士，參知政事。復以資政殿學士知湖州，以疾請閒，提舉臨安洞霄宮。卒，年四十九歲。

他為人清慎，容狀儼恪，待人接物謙和有禮，而外和內剛，不可侵犯。喜薦賢士於朝，退而絕口不言，為世所重。長於詩，人推為蘇黃之後第一人，為宋詩大家之一，有《簡齋集》行世。致力於詩，填詞為其餘事，僅得十八首，然首首可傳，以所居有「無住庵」，故詞集名《無住詞》。

# 虞美人

陳與義

十年花底承朝露，看到江南樹。洛陽城裡又東風，未必桃花得似去年紅。

胭脂睡起春纔好，應恨人空老。心情雖在只吟詩，白髮劉郎辜負可憐枝。

一冬的嚴寒肆虐，一春的陰雨芊綿，終於畫出了休止的音符。溫煦的陽光，一下就照亮了那長久以來，蒙在陰灰紗幕中的世界，還世界以本來的富麗色彩；黛綠的山；蔚藍的天；柔白的雲；澄碧的水；青葱的樹；呵！還有那姹紫的、嫣紅的、嫩黃的、雪白的樹之榮，草之華。原來，世界是如此多彩的；原來，世界是如此美麗的！

走出了寄居的館舍，陳與義漫無目的的隨意閒步；明媚春光，不經意地閃入他的眼瞼，又不經意地閃出。不是不為所動的；他不是能對大自然美景視若無睹的人，從來不是！就只在一年前呵！他還曾呼朋喚友，在故鄉洛陽的桃花林中，以綠草為茵，紅桃為帳，作竟日飲。桃花正盛，蜂圍蝶繞，一陣風來，香霧霏霏，落紅如雨。詩朋酒侶，逸興遄飛，留下佳叶無數……這自他及第以來，一年一度的桃花宴，曾在士林中，引得多少欣羨！

十年，出仕在朝，他在春日總恣情地享受著春光；不是沒有憂慮的，只是，在有心無力中，總把自己交託給詩酒風流；且留連花下，化一隻飲花露的蜂，傳花粉的蝶，託庇於明知短暫的爛漫花叢中……。

桃花宴後不久，他被謫至陳留監酒稅。不意，彷彿一晝夜，天翻地覆……。

「靖康」！上皇下詔罪己禪位，新君以「靖康」二字為年號時，曾寄託了多少期望？平靖、安康，怎料，「靖康」二字的壽命，竟不足一年；集羞辱、災難、喪亂、翻覆……一切不祥字眼於一身的一年！

只一年呵，君蒙塵，臣飄泊，黎民百姓，流離失所……他輾轉渡江，來到江南。

江南，他曾在詩賦吟誦中，在管絃清歌中，留下美麗印象的江南，曾也是他夢中的嚮往；他終於來到江南，可奈，是在這樣的喪亂流離下……。

他不知走了多久；也不知腳步把自己帶向了何處。待一陣涼風，把他驚覺，他抬頭四顧，原來「君子亭」已矗立眼前，而更奪他眼目的，是亭畔竟有幾株正爛漫盛放的桃花！他像受到了震懾似的，再也移不開目光。

那淺勻的輕紅，恰似春睡方醒美人嬌靨上的一抹胭脂；這嬌柔美麗的桃紅，竟就這樣猝不及防的，闖進了他的眼瞼。

他不該震懾的；這不正是桃花該當盛放，一年中最好的芳春時節嗎？只是，只是他從沒有想到，他以前所見的那幾株枝繁葉茂的生長在君子亭畔的樹，原是桃樹；只是，他沒想到，他無意的閒步中，竟自邂逅正笑倚東風的滿樹灼灼桃花；只是，這一樹桃花，在他未及設防中，就勾起了他憂國思鄉的無際傷痛。

一樣的東風輕軟；一樣的柳嫩桃紅；他忽然了解了東晉那新亭對泣的孤臣孽子們，所謂「風景不殊」的慨嘆中，隱藏的悲慟。遙望向北方，洛陽！故鄉，如今，也該是東風吹拂的時節了，那胡人鐵蹄下的桃花，是否無恙？

「花若有知，也該為之褪色了吧！」

他強自振作，也想拾回去年對花吟詩的心情；吟詩，是不難的，但他如何能如昔日般，為詩句塗染那繽紛絢麗的歡悅色彩？

才一年哪！他就在不自覺中老了，鬢邊，添上了白髮，固然是一種形貌上的老，更老的，卻是他那看不見、摸不著的心……。

不是嗎？面對爛漫的花枝，他也只有辜負她們的美麗姿容，如一隻瘖啞的黃鶯；青春之歌，已成絕響……。

❀

陳與義為人清正端肅，外柔內剛，詩為宋代大家之一，詞作甚少，共十八闋而已，然而在後人評論中，評價極高。這一闋詞，作於南渡後，轉徙江湖之時；自他入仕途，至靖康，整整十年，所謂「十年花底承朝露」，並非泛語。詞中家國之慨良深，非一般吟花弄月可比。

# 定風波

陳與義

九日登臨有故常，隨晴隨雨一傳觴。多病題詩無好句，孤負，黃花今日十分黃。記得眉山文翰老，曾道：四時佳節是重陽。江海滿前懷古意，誰會？闌干三撫獨淒涼。

又是重陽，九九登高的時節了。

自從東漢方士費長房教桓景在重陽日登高避禍以來，重陽登高，飲菊花酒，佩茱萸囊，就成了流傳在中國這塊土地上的習俗。人人都奉行不逾；在九九重陽之日，登高臨遠，以應佳節。

陳與義也是一樣的，不管天晴也罷，下雨也罷，總得登高傳觴飲酒應景。只是在心境上，不僅是隨俗而已；更因著秋高氣爽，景色宜人，藉此習俗，遊賞山水，覓句賦詩。閒情雅致的文人逸興，更超過了迷信的避禍色彩。

今年，他照樣的攜著酒，和裝著筆硯的奚囊，登上山頭。一邊飲酒，一邊字斟句酌的推敲；但，看著寫在紙上，塗改得不辨原始面目的詩稿，不禁廢然長嘆；是年來多病，體衰氣弱了吧？為什麼，彷彿是失去了五色綵筆的江淹，再也寫不出令自己滿意的佳句來？

放下筆，他站起身來，隨意閒步。真是「菊花節」呀！徑邊道旁，滿栽著燦黃的菊花；菊花也彷彿有知，知道這是屬於她的節日，努力綻放；那清艷絕俗的容顏，比之平日，似乎更燦亮，更奪目了。對著格外燦黃耀目的菊花，他只覺深為抱歉；他實在詩思枯澀，作不出美妙的句子來讚頌她，辜負了她這一年一度綻放的絕艷。

「一年好景君須記，最是橙黃橘綠時！」

那來自四川眉山的文壇前輩蘇軾，曾經寫下這樣的詩句。他又曾說：

「秋色佳哉！想有以為樂，人生唯寒食重九，切勿虛過，四時之美，無如此節者矣！」

真的！若說寒食是春日的頂峰，重陽就是秋日的極勝了；宛似人入中年，展現著一種雍容、智慧、閒適、淡淨的美！

真的是美；眼前的浩渺湖光，明淨秋色，卻又那樣的異於他的成長的地方——洛陽。那如今已淪入金人鐵蹄下的故鄉！

不忍去想，又怎忍不想？他控制不住自己神魂飛越，向北方奔馳！

耳邊，盡是遊人的吳儂軟語；這是他們的山，他們的水，不是他的！可是，他這一腔幽情，又能向誰傾訴？又有誰會了解這「異鄉信美非吾土」的悲涼？

獨自撫著闌干，把心底那聲嘆息，生生咽下，把目光向北投去；他看不見呵，但他知道，在那重重疊疊的雲山的後面，有他的故鄉……。

# 臨江仙

陳與義

高詠楚辭酬午日，天涯節序匆匆。榴花不似舞裙紅；無人知此意，歌罷滿簾風。

萬事一身傷老矣，戎葵凝笑牆東。酒杯深淺去年同，試澆橋下水，今夕到湘中。

百無聊賴地跨出房門，準備到庭院中舒散一下的陳與義，驀然停住了腳步；他的視線被門邊懸掛的一束菖蒲吸引了，那碧綠的一支支翡翠劍，長虹似的自門邊破空而出；在風中微微晃動，就好像發著龍吟，躍躍欲飛。菖蒲旁邊，還紮著一束艾草，散著淡淡的馨香。

他凝目注視著這一束菖蒲艾，猛然驚覺，又是端午節了！在不知不覺中，又流逝了一年。他總記得，小時候，最是盼望過年、過節；盼望得好苦，而年、節總是姍姍來遲，好不容易才能盼到。如今……他苦笑了，是他老了？還是萍蹤浪跡，天涯飄泊，覺得時日過得特別快？為什麼一年年倏忽如此呢？

「……余既滋蘭之九畹兮，又樹蕙之百畝，畦留夷與揭車兮，雜杜衡與芳芷……」

他高聲吟詠著〈離騷〉；三閭大夫屈原那孤高芳潔的精神，與這字字句句在他心底深植著；自知書識理以來，對屈原就景仰崇慕得無以復加。文采如織錦鋪繡，精豔絕倫，還是其次，屈原節操的尊崇；人格的高潔；憂國的沈鬱；自沈的悲哀；是那樣震撼著他少年時敏銳易感的心靈。而到如今，經歷了動盪、離亂、流徙、偏安，眼見著國事日非，而朝廷卻為權臣把持，遷延苟安，對〈離騷〉、〈懷沙〉中流露的無奈而痛苦的忠貞，就有了更深刻、更戚戚於心的體會與了解；那份無奈、痛苦的掙扎與堅執，同樣地蹂躪著他的心！

「……時繽紛其變易兮，又何可以淹留？蘭芷變而不芳兮，荃蕙化而為茅。何昔日之芳草兮，今直為此蕭艾也……」

前人的覆轍，後人總不知不覺地重蹈；在這個紀念屈原的端午節，他除了吟誦著這位一生悲鬱的大詩人的詩篇之外，又何以表達自己對他的崇慕？而此刻，他的心境，又豈僅於崇慕之情？更多的是撫今追昔的感慨；壓抑心底，無以自解的感慨。

五月榴花紅似火，這如火如荼的榴火，卻比不上迴舞翩翻的紅裙鮮豔動人呀！看！多少人沈醉在舞裙影裡，檀板聲中！對多少人來說，端午節，只是一個可以歌舞歡慶的佳節！他們不理會屈原自沈的悲哀；對赤誠焚燒如榴火的丹心忠忱，也略不一顧，他們沈溺著，不知不覺；對他們來說，舞宴歌筵，是最好的應節方式！沒有人了解，沒有人覺醒，沒有人……

他的吟誦，在情緒激動中，有如嘯歌，有誰知道他這一份長歌當哭的激懷？

「……已矣哉！國無人莫我知兮……」

當日的屈原，竟已為他今日心境寫照！嘯歌聲歇，四周是一片闃寂；只有多情清風，兜滿簾櫳……。

多少歲月流逝？多少人事變遷？多少淪落？多少飄零？經歷了這麼多的崎嶇世途，宦海風波，他感覺他老了；不僅是年齡的老大，身體的衰邁，更是心理上無奈的倦怠和悲哀；這種倦怠和悲哀，沈重得使他感覺無法負荷。

深深地自心底發出一聲嘆息，他把目光投向長天，晴空湛藍得燦亮明朗；投向窗外，東籬外的一列蜀葵，正盛放著，迎風凝笑，喜氣洋洋。周遭的世界，仍依著它們自己的法則存在著，無憂無慮，全不管人世的滄桑。

為自己斟上一杯酒，一飲而盡，凝視著酒杯，一抹苦笑浮上嘴角；這酒杯，與去年的酒杯，大小相似，深淺相同；酒的芬芳、醇洌，也與去年無異，而人呢？怎能追回去年的舊夢，去年的心情！

擎著一杯酒，他緩緩走出門去，門外不遠處，有一條小溪，溪上，架著一座小橋。凝視著橋下潺湲清流，他默然佇立；溪水將流過郊野，流過城鎮，流向湘中，流向屈原曾停駐、曾嘆息，終於自沈的地方。

虔敬而肅穆地，他把杯中酒，向橋下的流水澆奠；這一點虔敬的心意，會隨著清溪流去。

「但願……」

他默然凝注流水祝禱著：

「在今天晚上，這一份溶於酒、溶於水的心意，能流到湘中！」

❀

陳與義和許多心存忠愛卻壯志難酬的人一樣，置身於一個動盪的時代，眼見著胡虜入寇，國家積弱不振，又身受播遷流離之苦，空有丹心赤誠，卻不為世所用，那種悲憤、苦悶，發為詩詞，常是感慨蒼涼，沈鬱感人的。陳與義以詩名世，詞作不多，流傳至今，不過十八闋，其中以〈臨江仙〉兩闋最膾炙人口，即「憶昔午橋橋上飲」一闋與此詞。

無名氏

平林漠漠煙如織，寒山一帶傷心碧。暝色入高樓，有人樓上愁。
玉階空佇立，宿鳥歸飛急。何處是歸程，長亭連短亭。

日落，黃昏。

這一座精巧玲瓏的小樓，就靜靜地矗立在落日餘暉的光影中。

酡紅的晚霞，暗了，淡了。遠處那一脈綿延無盡的山巒，在褪色的殘霞中，凝成一片淒冷的綠；綠的深沈，綠的慘淡，彷彿懷著無休無止的幽怨和淒傷。山前平野上茂密的叢林，被薄霧輕煙籠罩著；隨著漸深的暮色，霧漸重，煙漸濃，終於，樹林只剩下一片朦朧的煙景；彷彿是一片密織的簾幕，掩映著綽約樹影。

遙對著鬱鬱青山，漠漠煙樹，那小樓的白玉石砌上，一個孤伶的瘦影默然凝立著。他落寞的臉上，寫著倦怠，寫著風霜，寫著揉和了期盼與失望的無奈和蒼涼。他的目光，越過煙樹，越過寒山，落向那一片遼闊蒼茫。他只能望向那一片蒼茫，因為那已是他目所能及的最遠處了；他真正想望的，卻還在蒼茫之外的更遠處，那是隔在無重數的雲山之後；他的家，他的鄉，他魂牽夢縈的地方。

他凝立著，縮繫不住向故鄉飛馳的心神；那綠野平疇，那小橋流水，那鄰里鄉親，那……沈湎在綿綿鄉思中，不覺夕陽西下；不覺彩霞滿天；不覺四合的暮色，悄悄地潛入了這座精巧玲瓏的小樓。一陣鳥鳴，劃破了黃昏的岑寂，打斷了他的冥想。他凝神回顧，發覺自己仍凝立在樓階上；空虛之情，自心底升起，他抑制著，抑制著同時升起在眼前的朦朧。

抬起頭來，群群飛鳥匆急地掠過微明的天空，撲向那一片漠漠林煙深處。那兒，一定有牠們的巢，有牠們的家；在夕陽西下，牠們累了、倦了的時候，牠們便急急飛回牠們小小的巢裡；那是牠們溫暖的家。牠們的雙翼，搧著、撲著，高山、深河，都攔不住牠們的歸思、歸路。而，人呢？他苦笑著；只能空自佇立罷了，只能空自凝望罷了！他也像鳥兒一樣，有一個小小的巢，溫暖的家，可是，為什麼他沒有那麼一對可羨的翅膀？他也累了、倦了，他也歸心似箭；可是……

「那兒是我的歸路呢？」

他喃喃地問，目光投向平野。他知道的，平野中有一條車馬往還的道路；路邊，五里有座短亭，十里有座長亭，是供來往行旅休息用的，是供親友送行用的；長亭、短亭銜接綿延，通向天涯，通向故里。他知道的，但，知道又怎樣呢？他依然只能佇立樓頭凝望，望到暮色吞噬大地，望到……

❀

這是詞史上最早的詞之一，按時代來說，這一闋詞應算是「唐詞」。許多古今詞家認為這闋詞和另一闋〈憶秦娥〉的作者是唐朝的大詩人李白。但據考證，這一詞調創始的時候，李白早已去世了，自然無從預填。作者為李白之說，也就不攻自破了。但直至今日，還有許多選詞的人，一方面說明它在時代上不可能是李白作的，另一方面卻仍因循舊題，把它歸於李白名下。「以子之矛，攻子之盾」，不解何意。倒不如逕列「無名氏」來得恰當。本來，一闋詞的好壞，在於詞的本身，絕不能因作者有名無名，而影響它的評價。這一闋詞，自古以來，已有定評，實不必「借」李白的盛名了。

**無名氏簡介**　「無名氏」，曾在某一時空裡「存在」過的詩人，經意或不經意地留下了他的作品；就中國文人的習慣，可能在一時興起悲來之際，以詩詞「題壁」抒發；就此留下了詩詞，人卻消失在茫茫人海之間。這些無名氏的作品，雖非名家，卻不乏佳作；就所選四首論：〈菩薩蠻〉曾被視為李白的作品；〈眉峰碧〉對柳永曾有啟發之功；〈鷓鴣天〉至今仍有許多人深信出於秦觀；而〈點絳唇〉的境界，與以「樵歌漁唱」名家的張致和、朱敦儒並列，也不遑多讓。

我們實在不知道，他們為什麼沒有留下名姓，卻不能不感激他們留下了他的心血結晶，給我們做文化遺產；《全宋詞》中收錄的「無名氏」作品，總數上千！為此，以感念之心，選錄四首，以為致敬。

無名氏

蹙破眉峰碧，纖手還重執。鎮日相看未足時，便忍使鴛鴦隻。

薄暮投村驛，風雨愁通夕。窗外芭蕉窗裡人，分明葉上心頭滴。

才鬆開緊握的手，才跨出第一步，便忍不住依戀，忍不住回頭。為了，再看一眼……

她沒有流淚，她只是把那清澈如秋水的眸光脈脈地凝注著；那盈盈的柔情，有如一面千絲萬縷織成的網；她只是把那黛綠如遠山的眉峰幽幽地顰蹙著；蛾眉間濃濃的愁緒，有如遠山前靄靄的雲煙；雲煙，撕破了遠山，愁緒，也蹙破了蛾眉。

他的目光移不開了，他的腳步挪不動了，他又執起她那雙纖纖素手；那冰冰涼涼、柔柔滑滑的手，在他的掌中顫著，傳送著她心底的情愫。

哦！不！不！他怎能離她而去；即使是咫尺，即使是片刻，也是難耐的痛苦，何況，去的那麼遠，去的那麼久！他怎能忍受看不到她的日子；她那秀靨朱唇，她那明眸皓齒，她那如百合綻放的微笑，她那如黃鶯清囀的低語……哦！不！不！他從早看到晚都看不夠；他願意看上一生，看上一世的愛侶，怎能就這樣讓她走出了他的視線，離開了他的目光？

哦！不！不！他和她曾海誓山盟永不分離的；他們是決意做世上的神仙眷，人間的鴛鴦鳥的；那比翼雙飛的鴛鴦鳥，怎麼能忍受形單影隻的孤棲。是誰這樣殘忍啊？硬要他們成了隔著銀河的神仙眷，各自孤棲的鴛鴦鳥？

哦！不！不要抵死催著離去。他緊緊握住她的手，無聲地吶喊：

「讓我再多握著她一會兒，讓我再多看她一眼，只要一眼，再多看一眼……。」

……

黃昏，來到了這小小村落的驛站，同行的人打算就在這兒住宿。因為，天色漸暗了，而且天上層雲密布，又起風了，可能會下雨。他們尊重地徵詢他的意見，他不置可否；離她，愈來愈遠了，他一路上都鬱鬱地沈默著；想到他們不斷地催促，想到他就這樣被催迫離開了她，頓然覺得自己彷彿是被押解的囚犯似的，不由滿懷的委屈和淒傷。一步一步回頭地離開了她後，情絲如縷，仍在她身上縈繞著，自己的行程，卻置之度外了；反正，看不見她，對他來說，那裡也都是一樣的了。

住進了小驛，他負手立在窗前，百無聊賴地閒眺著。窗前，是一座小院落，這荒村野驛，自然也不會有什麼名花異卉點綴；唯一能引人注目的，是一株芭蕉；中間的嫩綠的新葉，有的欲舒還捲，如欲語還休的少女；有的重重密裹，如綠脂初凝的玉燭。還有四周分披的闊大葉片，被不經意的風，撕成寬窄不一的碎片，一道道平行的裂痕，就是一道道風的軌迹。風吹著，離披的葉片搖晃著，晃著一波波的綠浪。

天迅速地暗了下來，是暮色，也是陰霾。不知何時，房中已送來了一盞燈；暈黃的燈光，薄薄地塗在蕭然四壁上，微微地晃動著。窗外響起了一片淅瀝聲；真的下雨了。

風嘶吼著，雨飄灑著，漫漫長夜，方才展開；看來，這一夜，風雨都不會停了。這風雨交織成的一片蕭瑟，如一片愁絲織成的網，密密地罩住了這一夜的漫長。

窗外的芭蕉，在風雨中哭泣；那一粒粒自葉緣滑落的雨珠，宛如一顆顆自睫間滑落的淚珠。風聲、雨聲，就是它悲切的嗚咽。

窗裡的人兒，伴著一盞搖曳的孤燈，蕭索地悶坐著。聽著窗外的風聲雨聲，他的心，彷彿也化作了一片離披破碎的蕉葉；一片片的風撕扯著，一滴滴的雨敲打著……。

孤燈將燼，風雨未歇，伊人已遠。他黯然回首，望著窗外的一片沈黑；長夜，猶自漫漫……。

〈眉峰碧〉是一闋情致纏綿的離歌，作者是誰，已不可考，但它所表現的婉約風格，絕不下於晏幾道、柳永、秦觀等以抒情見長的大家。據《古今詞話》記載，柳永少年讀書時，偶以無名氏〈眉峰碧〉詞題在壁上，反覆吟哦後，自其中悟出作詞的章法，加以變化，終而成柳永一派。《古今詞話》喜歡編造故事，附會其詞，十之八九都不可靠。這一記載的正確性如何，尚待考證。但在風格上來看，卻不能不承認柳永詞與〈眉峰碧〉頗多近似之處，此說或者可信。

# 鷓鴣天

無名氏

枝上流鶯和淚聞，新啼痕間舊啼痕。一春魚雁無消息，千里關山勞夢魂。

無一語，對芳尊，安排腸斷到黃昏。甫能炙得燈兒了，雨打梨花深閉門。

一樣是清圓如珠落玉盤的清脆歌聲；一樣是飛掠在枝頭，閃著黃燦金衣的美麗歌手；一樣是紛紅駭綠的春日；一樣是斜陽向晚的黃昏。

「不一樣的是：你不在身邊。」

落寞地倚著窗，一串清淚，又滑過了臉頰；在早已密布在蒼白如玉的臉頰上的淚痕間，更加上一條新痕。

幾曾料到過，有朝一日，黃鶯那美麗的金色翅影，也會使她害怕；幾曾料到過，那清圓悅耳的歌聲，也會催她淚下？

以前不是這樣的，不是……

「金衣公子」，這是她和他對黃鶯的暱稱。歌手是美麗而快樂的；人也是美麗而快樂的。在這個季節，她窗外的那棵梨樹，滿開著一樹如雪如雲的柔白梨花；她總喜歡讓他攜著她的手，倚著窗櫺，在繁茂的花枝間，找尋那向著窗內輕唱著的金衣公子的踪影。

「看！看哪！」

她捕捉到那一閃的金色羽影，急急搖撼著他的手臂。

「唔？」

他不經意地抬頭，早已不見了金衣公子的影踪。她嬌嗔著埋怨；怨他心不在焉，辜負了那清圓歌聲，美麗羽影。他捧住她的臉，絮語：

「它的歌聲，怎比得上你的語聲？它的羽影，怎比得上你的笑影？是你呵！是你奪去了我的心魂，還怪我心不在焉？」

每每，他吩咐廚下，安排簡單的酒食，就在這窗下，賞著梨花，賞著黃鶯，共度一個醉人的春晝黃昏……。

而如今？一聲幽嘆凝結在她的唇邊；他離開家，離開她，去到遠方。

白天，她望著長空，望著江水，盼望著天邊的鴻雁，江中的錦鱗，為她帶來一點信息；一天又一天的望著，今天盼不到，就把希望寄向明天……可是，一整個春天都快過完了，魚仍潛，雁仍杳，消息依然沈沈……。

晚上，她獨自倚枕，把心魂託付給夢神的雙翼，願隨著夢神，走遍千山萬水；她不辭勞，不辭苦，只要，在夢裡能追陪在他身側。可是，是夢神無能，還是關山路遠，夢魂也難飛越，她，找不到他……。

百無聊賴地，吩咐婢僕，陳設酒食，一如他在的時候；就假設，他，在吧。

擎起了酒杯，向他慣常坐的位子舉起，想說些什麼；往常，她總是盈盈舉杯，說些什麼的！杯在半空中舉著，她說不出來；她不記得，以前，她說的是些什麼；她不知道，如今，她還能說些什麼……。

傾盡了杯中那苦澀的酒，怎麼？當他不坐在對座，連酒的滋味，也變了？不再甘，不再醇，有的，只是一味斷腸的苦澀。

斷腸，是的，她安排的不是酒宴，是一個銜接斷腸春晝的斷腸黃昏……。

煎熬著寸斷柔腸的黃昏，終於為昏黑所取代，她乏力的摸索站起，召喚婢女，點上一盞燈。小小的火焰，在燈芯上跳躍著，搖曳出四壁模糊昏黃的光影……。

默默坐著，守著漸小、漸弱的火焰；終於，噗的一聲，火焰熄滅。

窗外，不知何時響起了沙沙的雨聲；她抬眼，感受到黑暗中，那一樹梨花，正受到無情風雨的摧殘；梨花，那麼纖潔柔白的梨花……她不忍地發出長嘆，婢女警覺的應聲而入：

「夫人，什麼事？」

什麼事？她能教婢女阻止下雨，還是阻止花落？藉著黑暗的掩藏，她矜持地吩咐：

「看看前後幾道門，是不是都關好了？沒人出入了，把門都關了吧……」

❀ 這一闋〈鷓鴣天〉作者佚名。有些版本，誤列為秦觀的作品，今從後人考證改正。

# 點絳唇

無名氏

得意

來往煙波，此生自號西湖長。輕風小槳，盪出蘆花港。
高歌，夜靜聲偏朗。無人賞，自家拍掌，唱得千山響。

夕陽，斂去了最後一片金紫的餘暉，西湖上，一艘艘畫舫，泊向柳岸；興盡的遊人，三三兩兩的散去；把一湖煙水，還給明月，還給清風，還給涵容無限的寂靜的夜。

遠處的更聲、犬吠，偶然劃破了周遭的沈寂；逐著清風，飄過沈睡的大地，四處遊盪。

在淡月朦朧中，湖邊蕭蕭的蘆葦，競相捕捉著月光，來梳染她由蒼綠次第翻白的頭髮；微風，宛似一隻無形的梳篦，輕輕地拂過，留下一波波深深淺淺的齒痕。

岸邊，響起輕微的騷動，像一支將軍令傳下，蘆葦迅速地向兩旁紛披，裂出一道水路來。

一葉扁舟，悠悠晃晃地盪出長滿了蘆葦的小港灣；船上，一位老者，怡然自得地划著槳；順著風，順著水，在微波盪漾的湖面上飄浮；沒有目的，也不管方向。在這夜深人靜的時節，使他感覺，整個西湖都是屬於他的，他擁有整個西湖的統轄權；他不必如其他遊客，匆匆忙忙，走馬看花地擁向「名勝」，擁向「古蹟」，附庸風雅地隨俗應景。而能自由地徜徉；有如一個在自己封邑中巡行的王侯。這一湖煙水，十里荷香；這藏鶯柳岸，印月三潭；全都展現在他的面前，靜待著他駕臨。

誰能比他更幸運、更富有呢？人間的每一種富貴，都附帶著許多煩惱，許多責任、義務、負擔；富有的人怕盜賊搶劫；掌權的人怕一朝失勢；即使是九五之尊，普天之下，莫非王土，率土之濱，莫非王臣，但也免不了日理萬機的勞瘁。而他，卻不勞心，不勞形，輕而易舉就擁有了整個人間天堂——西湖。能無拘無束地在這十里煙波中悠游往來。

月上中天，映照著清淺碧波，水面粼粼，此隱彼出的，是波光萬點。小舟輕盈地飄浮其上，彷彿置身水晶宮中；夜色，如透明的黑琉璃，黑得那麼澄明清澈。月光，塗染著山，塗染著水，塗染著隄上垂柳，波外虹橋。在白日看來紛亂喧嘩的紛陳五色，當此月下，都呈現出剪影般的蘊藉玲瓏。

他不是沒有見過西湖：西湖的四時風貌，西湖的陰晴雨雪，不僅是他的眼前山水，也是他的心中丘壑。但是，儘管如此，西湖仍令他嚮往，仍令他著迷，仍令他情不自禁；尤其，在這行人絕跡的寂靜月夜，在這他獨自擁有整個西湖的時節。

「富甲王侯！」

想到這一點，他不禁自得地高唱，歌聲衝破了夜色沈寂，向四圍擴散；在寂寂靜夜，歌聲格外的清朗，使得他自己幾乎也被這如奇峰突起，成為天地間唯一聲響的歌聲，嚇了一跳。

一闋歌歇，周圍又回到了原來的沈寂。也許，由有聲到無聲，使他感覺更沈寂了；他的歌聲，竟被夜色吞沒，沒人聽見，沒人稱賞！他的歌聲，換來的竟是冷落，竟是沈寂？

他心有未甘，沒人稱賞嗎？天地間竟只剩下了他一個人，一葉舟了嗎？至少也還有一個人是可以稱賞的——他自己！他奮力的自己鼓起掌來，為自己叫好：

「再來一個！」

也許是沒「人」聽見，沒「人」稱賞的，他又豈必一定要為「人」而唱？他可以唱給山，唱給水，唱給隄柳，唱給游魚聽的！他又唱起了一支歌，歌聲更加的清越、嘹亮；他一邊唱著，一邊以掌擊節。歌聲夾著掌聲，向著葛嶺，向著棲霞，向著南北高峰，向著西湖周圍的千峰萬壑奔赴……被喚醒的群山，次第回響。他怡然地笑了，顧盼自得中，歌聲更高亢！歡暢！飛揚……

❀

這一闋〈點絳唇〉，不知作者是誰，也不知是哪一朝代的作品，就風格看，與元曲中的北曲相類，白描、質樸，不務雕琢，自然流露著一派天機，與南宋詞風的精雕細琢，大異其趣。不必知作者，亦可知其為超越「懷才不遇」的愁悒，而到達「自得其樂」的曠達的智者。遙想其人的朗闊襟懷，瀟灑丰神，使人不勝神往。

# 後記

每一個人，人格的塑造，性向的養成，都有源頭與脈絡可循。當我瞑目沈思，向上回溯時，時光，在四十餘年前的昏黃燈光下停格；稚弱的我，坐在父母的膝頭，隨著父母的口授，誦讀著短詞小詩。在那與今日相較，物質生活近乎清貧的時光，對一個稚幼的小女孩而言，那是一段溫暖而幸福的時光；那時，小女孩對那些短小的詩詞，當然是談不上理解的；只是因著短小押韻，像兒歌似的，很容易就朗朗上口；並且可獲得父母的讚許獎賞，因而樂此不疲。當時，父母萬未料到，就如此「無心插柳」的，所種下的種子，竟然影響了膝上稚女的一生。

也許因為文學啟蒙得早，進入青春期，就十足是個「文學少女」；也具備了文學少女必有的特質：纖細、敏銳、善感，近於孤僻的特立獨行。在聯考失利，學非所好之際，這一種傾向，更形強烈；在那一大段青澀的歲月中，詩詞，尤其是詞，成為一種心靈的寄託與抒解；經由詞，我知道了什麼是千迴百轉的柔情；什麼是淡泊高潔的節操；什麼是九死無悔的悲壯；什麼是風清月朗的境界，對詞的喜愛也不再是表相的詞藻文采，而在經過涵泳、品味、沈思之後，更貼近了詞人的心境，感受他透過文字所曲曲傳出的情境哲思；這些，成為我成長歷程重要啟悟根源；如果說，今日的「我」還算差強人意，「詞」無疑是有其潛移默化之功的。而這些「神交」的古人，也跨越了時空，成為我生命中的良師益友；不但無形的影響了我整個人生觀的建立，和為人處世的態度，也具體的為日後我的文學之路奠基。

必得承認在寫作的起步上，得天獨厚；主持《中國語文月刊》的長輩趙友培先生，是從小看著我長大的人。我對詞近於沈耽的喜愛，和摸索自學的過程，他是耳聞目睹的。也因此，當他構想開闢一個以散文的形式，來「演示」詞的專欄時，所選擇的對象，竟不是他所交遊的當代名家，而是當時毫無寫作經驗的我。我以非國文系科班出身，獨學無友，也沒有足夠的學術根基和寫作經驗婉辭。他卻表示，他就是感於學院派的箋、註、賞析，方式太過嚴肅，只宜於「小眾」研讀，而使一般程度的人望而卻步。才希望以用一篇散文，重現詩中整體情境的「演示」方式，化嚴肅的學術面貌，為親和的文藝情味；而我不受師門與學院拘束，純從感悟出發的自學歷程，相較於科班學生，可能更「平易近人」，能使更多的文學愛好者，有機會親近並欣賞這些美好的古典文學作品，分享老祖宗的靈思與智慧結晶。

這個專欄前後寫了十五年；除了原先的《中國語文月刊》專欄，後來又加上了《農業周刊》的約稿，所撰寫的總數達三百餘篇。其間，曾在民國七十一年結集出版過一本《梅花引》；這屬於我的第一本書，雖因發行不廣，不曾深入坊間，卻因深得文藝界長輩們的青睞，而又開啟了我「創作」散文、歌詞、小說的大門；文藝前輩大多具備較為深厚的國學素養，對國學略具根基的晚輩，容易產生先天的好感，這是情理中可以了解的。也因此，《梅花引》為我帶來了前輩們格外的教導與提攜。其中最可感念的，是當時旅居香港的樂壇「松竹梅」三老：韋瀚章伯伯、黃友棣伯伯、林聲翕伯伯三位老人家的關愛之情。尤其以歌詞名世的瀚章伯伯，他收到贈書，讀後，當即填了一闋〈菩薩蠻〉，為當時算來，勢必還得再過五年，才可能累積足夠篇章出版的《梅花引續集》催生。不僅如此，他還請了名作曲家：當時我根本不認識的黃友棣伯伯作了曲；並照相製版，以便出版時易於排版。這一分深心摯意，可說是今生難報！我是因著這一因緣，才拜識了友棣伯伯，並有後續的詞曲合作機緣的。而林聲翕伯伯則特別推介給他的作曲學生閱讀，並介紹他的高足黃輔棠先生給我作「詩樂夥伴」，合作歌樂。這一因果，滿全了我當年無緣學習音樂的遺憾。而更未料及的是：黃輔棠先生，成為《梅花引》絕版多年後，「重見天日」的仲介者。

自《梅花引》出版至今，十四年了，既非篇章不足，也非乏人稱賞，卻因著莫名的原因，前書絕版，而續集遲遲未能問世。兼以個人寫作路向的轉變；由信手拈來的散文，轉到必得大量讀書，長時間全心投注的歷史小說，無力亦無暇張羅舊作重出，因而一再延擱。其間，常有朋友深為抱屈；眼看我陸續出書，至今出書總數已有十五本了，而《梅花引》卻如此坎坷，始終沈埋於書篋中，擔心因而湮沒，可惜了從自學古典詩詞迄今三十年的辛勤心血。其中關注最殷的，就是我的「詩樂夥伴」黃輔棠。對我處於「新新人類」時代，固守「舊舊人類」含蓄內斂，不善經紀，自我「促銷」的作風，深覺不滿。忍無可忍，拔刀相助，終於在東大圖書公司董事長劉振強先生的首肯下，敗部復活，重見天日。

經過一番慎重考量，將包括舊版《梅花引》在內的三百餘篇，經過一番篩選整理，淘汰了四分之一，留下的二百四十篇，則按時代先後重新整編；以北宋南渡為界，分成兩冊；上編自唐代，迄北宋南渡，書仍延襲舊名《梅花引》，以酬當年韋伯伯為我題贈新詞的雅意，也紀念這位曾對我有鼓勵、期許、教誨之恩，而如今已去世多年，欲報無門的長者。下編則從南宋至晚清；其中包括了金、元兩代在內。書名《月華清》，這取自蔡松年作品的詞牌，也算是一種對自己的自我惕勵與期許。

在進入中年後，重新檢讀這些青年時代的舊作，回首當年認真、執著，既有著唯美浪漫的少年情懷，又有著尚友古人的崇高理想，努力走入詞的情境中，化身古人，去涵泳、體會那柔情婉轉的、豁達俊朗的、憂國悲慨的、高蹈絕塵的種種心情，心中乃存在著與古人心靈脈動共鳴的深深感動。雖然，歲月的陶鑄，使步入中年的我，已失去了某些少年時代青澀而可喜的情懷。但，我仍珍惜，並高興，經由所選的古人詞作，留下了當年的成長軌跡，對於那時的執著與投入，至今反思，仍是不悔的！

文藝界流傳著這麼一個說法：少年時代寫詩，青年時代寫散文，中年以後寫小說。就我個人的寫作歷程而言，真是若合符節：少年時代，沈耽於古典詩詞，不但吟之誦之，也摸索著習作。這些「少作」，因著不合時宜，絕少示人，卻真正是屬於個人生命歷程的重要階段，且因而與音樂續當年因考藝專落第而中斷的緣分；我的兩位「詩樂夥伴」黃友棣伯伯、黃輔棠教授，與我的首度合作，都不約而同的選擇了舊詞作品。也許因此，黃輔棠極力主張我把這「錯過這一回，再無見天日之日」的少作，作為附錄，附於《月華清》書後，以為少年階段的寫作歷程留痕。因為，日後我雖還是會繼續寫作、出書，但，恐怕都與這些不相關了。而不可否認的是：先有了這些習作過程的執著努力，才有了那後續的專欄，與今日的《梅花引》與《月華清》！作為「詞作」，這些少作容或是青澀而不成熟的，作為一生的回顧，他們卻是我文學生命的源頭所在。因此，並不是這些作品本身值得「附錄」，而是它們在我文學生命中的重要性，應可「留痕存證」；因為，若沒有它們，也絕沒有今日的「樸月」。當日出版《梅花引》時，文友林佩芬的評介，則附於《梅花引》書後，以代導讀。

在筆耕的路途上，要感謝的人，實在太多，當日我於《梅花引》後記中寫：「謹以這一本小小的書，代表心香一瓣，獻給：『我生命歷程中的每一位影響者』，他們或許不知道，在他們有意無意間，合作塑造了今日的我。」這一份感念，是至今未改的。

我這樣告訴朋友：《梅花引》、《月華清》的出版，對我來說，是「了卻平生願的事！」因為，可以說是我青少年時代的一個總結。那單純唯美的青少年時代，漸行漸遠了，不復能追。但，我比別人幸運的是，有這麼具體的兩本書，提醒我，也告訴讀者朋友們：「我曾經擁有過那樣一段如詩的歲月！」

附錄

# 秋水為神玉為骨

## ——讀劉明儀的《梅花引》

林佩芬

「詞」在中國文學史上是重要的文體之一，「詞學」的深奧也已經成了一項專門學問；可是，「詞」原本是最迷人的一種文體，不是學究的專屬品；因此，「詞」的欣賞與愛好者把「詞」帶進了另一個天地，掙出了文字聲韻訓詁的範圍，而將它充實豐潤成更美更壯闊的園地。

趙友培先生所主持的《中國語文月刊》就擔負起了「詞演示」的工作：用一篇獨立的散文，來表達一闋詞的整體。這個專欄由劉明儀執筆，五年多來，她在詞的芬芳中融入了自己；嚼蕊吹香，食桑吐絲，六十二篇的「詞演示」匯聚成一本是詞選也是散文集的《梅花引》了。

這本《梅花引》，單只看目錄便已深得我心。六十二闋詞，光是在選擇上就費了不少心思，「名家」或「名詞」固然是頂尖的作品，「遺珠」是眾人的疏忽而名稍不彰的，作品本身並不受影響，並列同選，自有讀者涵詠；明儀所選的詞不以文名為重，而以作品本身為主，在風格上也大都趨向於清逸，而且是「言之有物」的作品；李後主、蘇軾、辛棄疾、納蘭性德、無名氏……一闋闋的詞重新呈現了出來。

然而，復活起來的不只是這些「詞」。明儀的「演示」將抽象的文字都具體化了，也可以說，她是將「詞」作了一次「戲劇化」，使讀者清楚的看到了創作者的心理背景和所表現的情感，所訴說的故事、所描寫的景物——她用散文來完成「詞演示」的工作，詞的整體全部分分明明的呈現出來了。

乍看，這是項「簡單」的工作，這種「翻譯」之學從國中的國文課就已經開始傳授了。其實不然，明儀的「演示」是融考據、辭章、義理於一爐以後的再創作，而不是字面上的釋與譯。

況且，她的「演示」本身就是一篇篇絕好的散文，文清詞麗而富於韻緻，出於一名女子的靈心慧筆，純是婉約的風貌，這也是令人愛不釋手的。

如果說，文章的風格就是作者人格的投影，那麼，《梅花引》一書最重要的一點該是作者的用心與立意了；明儀在後記中道出她選用〈梅花引〉這個詞牌作書名的原因，我們也試看她是怎樣的來「演示」梅花：

「……這曾在最寒冷的季節裡傲雪凌霜的花，這曾佔春先的梅花，是不屑與凡花爭妍的。」

「她淡泊，孤芳自賞，不慕繁華，不趨富貴，常獨自開放在山坳荒村，默默吐著清香。隱逸的高人，傾慕它的淡泊；亂世的忠良，嚮往她的堅貞；狷介的寒士，心折她的傲骨，以她自期自勵，不隨俗浮沈。她凌霜傲雪，霜雪不但不能摧折她的美麗，反而更增添了她的風姿。」

多麼容易令人聯想起杜甫的詩：「絕代有佳人，幽居在深谷。」明儀選的詞，詠梅之作特別多，她的演示也分外深刻；美麗高潔的梅花，姜白石的暗香與疏影，一片冰心，這是超越了文字的範圍了！

相信文學或藝術的最高境界都是在給予人生一個啟示，詞家的大小和境界的高下早在王國維的《人間詞話》中就有了詳細的闡述和論斷，明儀選詞頗有靜安之風，尤其著重於詞的胸襟與氣度，所選的詞無不富有「梅花」性格，清明高潔，淡泊名利；詞家如蘇軾、朱敦儒等在她的「演示」中更讓讀者了解到他們「梅花」般的人格，這與他們的作品互相輝映，一闋詞的精神、生命也就呈現得更鮮明更深刻了。

因此，我相信明儀在這漫長的二千多個日子中，所下的功夫與所費的苦心已經不止是在「演示」一闋闋美麗迷人的「詞」了；借著這些涵義深遠的詞句，明儀寫出的是她自己的心聲，「詩言志，歌詠言。」她在選詞之初想必不知不覺的就挑選了能代己言志的作品了，經過她的演示，這些古代的文學作品在現代一一重生了，也帶給了現代人種種的啟示，使現代的讀者透過這兩重作品的指引，而領悟到人格上的最高修養。

《梅花引》費去了明儀五年多的歲月，雖然只有六十二闋詞，六十二篇散文，但卻無一不是佳作；古人的詞已是字字珠璣，而明儀的演示更別具匠心，不讓古人專美於前；這是一本雙重的書，明儀自述其「苦樂參半」的寫作情形，苦到如李賀，是要嘔出心血而已矣。樂當然是在靈光一現之際了：「當深陷『詞』中時，往往神魂飛越，『我』不復為我，而是東坡、清真、易安、稼軒……『時』不復為今，而是五代、宋、元、清。」——這是《梅花引》作者的心聲，對讀者而言，讀《梅花引》時卻「獨享其樂」了，那也是一種「我不復為我」、「時不復為今」的感覺了。

「詞學」的研究已經走上了高閣，可是宋詞是可以在「有井水處皆能歌之」的情況下流傳的；《梅花引》是可以當作一篇篇獨立的散文來欣賞的，明儀用「樸月」的筆名已經寫出了不少優美的散文，卻花費了更大的時間與心力在「詞演示」的寫作上，想來這也是在為即將在花果飄零的詞學在尋找一條靈根自植之道吧！

我讀《梅花引》，感念再三，因以為記。

# 滄海叢刊書目（一）

## 國學類

|  |  |
| --- | --- |
| 中國學術思想史論叢（一）～（八） | 錢　穆　著 |
| 現代中國學術論衡 | 錢　穆　著 |
| 兩漢經學今古文平議 | 錢　穆　著 |
| 宋代理學三書隨劄 | 錢　穆　著 |
| 論語體認 | 姚式川　著 |
| 論語新注 | 陳冠學　著 |
| 西漢經學源流 | 王葆玹　著 |
| 文字聲韻論叢 | 陳新雄　著 |
| 楚辭綜論 | 徐志嘯　著 |

## 哲學類

|  |  |
| --- | --- |
| 國父道德言論類輯 | 陳立夫　著 |
| 文化哲學講錄（一）～（六） | 鄔昆如　著 |
| 哲學與思想 | 王曉波　著 |
| 內心悅樂之源泉 | 吳經熊　著 |
| 知識、理性與生命 | 孫寶琛　著 |
| 語言哲學 | 劉福增　著 |
| 哲學演講錄 | 吳　怡　著 |
| 日本近代哲學思想史 | 江日新　譯 |
| 比較哲學與文化（一）（二） | 吳　森　著 |
| 從西方哲學到禪佛教 ——哲學與宗教一集 | 傅偉勳　著 |
| 批判的繼承與創造的發展 ——哲學與宗教二集 | 傅偉勳　著 |
| 「文化中國」與中國文化 ——哲學與宗教三集 | 傅偉勳　著 |
| 從創造的詮釋學到大乘佛學 ——哲學與宗教四集 | 傅偉勳　著 |
| 佛教思想的現代探索 ——哲學與宗教五集 | 傅偉勳　著 |
| 中國哲學與懷德海 | 東海大學哲學研究所主編 |

| | |
|---|---|
| 人生十論 | 錢　　穆　著 |
| 湖上閒思錄 | 錢　　穆　著 |
| 晚學盲言（上）（下） | 錢　　穆　著 |
| 愛的哲學 | 蘇昌美　著 |
| 是與非 | 張身華　譯 |
| 邁向未來的哲學思考 | 項退結　著 |
| 逍遙的莊子 | 吳　　怡　著 |
| 莊子新注（內篇） | 陳冠學　著 |
| 莊子的生命哲學 | 葉海煙　著 |
| 墨家的哲學方法 | 鍾友聯　著 |
| 韓非子析論 | 謝雲飛　著 |
| 韓非子的哲學 | 王邦雄　著 |
| 法家哲學 | 姚蒸民　著 |
| 中國法家哲學 | 王讚源　著 |
| 二程學管見 | 張永儁　著 |
| 王陽明<br>——中國十六世紀的唯心主義哲學家 | 張君勱著、江日新　譯 |
| 王船山人性史哲學之研究 | 林安梧　著 |
| 西洋百位哲學家 | 鄔昆如　著 |
| 西洋哲學十二講 | 鄔昆如　著 |
| 希臘哲學趣談 | 鄔昆如　著 |
| 中世哲學趣談 | 鄔昆如　著 |
| 近代哲學趣談 | 鄔昆如　著 |
| 現代哲學趣談 | 鄔昆如　著 |
| 思辯錄<br>——思光近作集 | 勞思光　著 |
| 中國十九世紀思想史（上）（下） | 韋政通　著 |
| 存有・意識與實踐<br>——熊十力體用哲學之詮釋與重建 | 林安梧　著 |
| 先秦諸子論叢 | 唐端正　著 |
| 先秦諸子論叢（續編） | 唐端正　著 |
| 周易與儒道墨 | 張立文　著 |
| 孔學漫談 | 余家菊　著 |
| 中國近代新學的展開 | 張立文　著 |
| 哲學與思想<br>——胡秋原選集第二卷 | 胡秋原　著 |

從哲學的觀點看　關子尹 著
中國死亡智慧　鄭曉江 著
後設倫理學之基本問題　黃慧英 著
道德之關懷　黃慧英 著
異時空裡的知識追逐
——科學史與科學哲學論文集　傅大為 著

## 宗教類

天人之際　李杏邨 著
佛學研究　周中一 著
佛學思想新論　楊惠南 著
現代佛學原理　鄭金德 著
絕對與圓融
——佛教思想論集　霍韜晦 著
佛學研究指南　關世謙 譯
當代學人談佛教　楊惠南編著
從傳統到現代
——佛教倫理與現代社會　傅偉勳主編
簡明佛學概論　于凌波 著
修多羅頌歌　陳慧劍譯著
禪話　周中一 著
佛家哲理通析　陳沛然 著
唯識三論今詮　于凌波 著

## 應用科學類

壽而康講座　胡佩鏘 著

## 社會科學類

中國古代游藝史
——樂舞百戲與社會生活之研究　李建民 著
憲法論叢　鄭彥棻 著
憲法論集　林紀東 著
國家論　薩孟武 譯
中國歷代政治得失　錢穆 著
先秦政治思想史　梁啟超原著、賈馥茗標點
當代中國與民主　周陽山 著

| | | |
|---|---|---|
| 釣魚政治學 | 鄭赤琰 | 著 |
| 政治與文化 | 吳俊才 | 著 |
| 中華國協與俠客清流 | 陶百川 | 著 |
| 世界局勢與中國文化 | 錢穆 | 著 |
| 海峽兩岸社會之比較 | 蔡文輝 | 著 |
| 印度文化十八篇 | 糜文開 | 著 |
| 美國社會與美國華僑 | 蔡文輝 | 著 |
| 日本社會的結構 | 福武直原著、王世雄 | 譯 |
| 文化與教育 | 錢穆 | 著 |
| 開放社會的教育 | 葉學志 | 著 |
| 大眾傳播的挑戰 | 石永貴 | 著 |
| 傳播研究補白 | 彭家發 | 著 |
| 「時代」的經驗 | 汪琪、彭家發 | 著 |
| 新聞與我 | 楚崧秋 | 著 |
| 書法心理學 | 高尚仁 | 著 |
| 書法與認知 | 高兆仁、管唐慧 | 著 |
| 清代科舉 | 劉兆璸 | 著 |
| 排外與中國政治 | 廖光生 | 著 |
| 中國文化路向問題的新檢討 | 勞思光 | 著 |
| 立足臺灣，關懷大陸 | 韋政通 | 著 |
| 開放的多元化社會 | 楊國樞 | 著 |
| 現代與多元<br>——跨學科的思考 | 周英雄 | 主編 |
| 臺灣人口與社會發展 | 李文朗 | 著 |
| 財經文存 | 王作榮 | 著 |
| 財經時論 | 楊道淮 | 著 |
| 經營力的時代 | 青龍豐作著、白龍芽 | 譯 |
| 宗教與社會 | 宋光宇 | 著 |

## 史地類

| | | |
|---|---|---|
| 古史地理論叢 | 錢穆 | 著 |
| 歷史與文化論叢 | 錢穆 | 著 |
| 中國史學發微 | 錢穆 | 著 |
| 中國歷史研究法 | 錢穆 | 著 |
| 中國歷史精神 | 錢穆 | 著 |
| 中華郵政史 | 張翊 | 著 |

| | |
|---|---|
| 憂患與史學 | 杜維運 著 |
| 與西方史家論中國史學 | 杜維運 著 |
| 清代史學與史家 | 杜維運 著 |
| 中西古代史學比較 | 杜維運 著 |
| 歷史與人物 | 吳相湘 著 |
| 歷史人物與文化危機 | 余英時 著 |
| 共產國際與中國革命 | 郭恒鈺 著 |
| 共產世界的變遷——四個共黨政權的比較 | 吳玉山 著 |
| 俄共中國革命祕檔（一九二〇～一九二五） | 郭恆鈺 著 |
| 抗日戰史論集 | 劉鳳翰 著 |
| 盧溝橋事變 | 李雲漢 著 |
| 歷史講演集 | 張玉法 著 |
| 老臺灣 | 陳冠學 著 |
| 臺灣史與臺灣人 | 王曉波 著 |
| 變調的馬賽曲 | 蔡百銓 譯 |
| 黃　帝 | 錢　穆 著 |
| 孔子傳 | 錢　穆 著 |
| 宋儒風範 | 董金裕 著 |
| 弘一大師新譜 | 林子青 著 |
| 精忠岳飛傳 | 李　安 著 |
| 鄭彥棻傳 | 馮成榮 著 |
| 張公難先之生平 | 李飛鵬 著 |
| 唐玄奘三藏傳史彙編 | 釋光中 編 |
| 一顆永不殞落的巨星 | 釋光中 著 |
| 新亞遺鐸 | 錢　穆 著 |
| 困勉強狷八十年 | 陶百川 著 |
| 困強回憶又十年 | 陶百川 著 |
| 我的創造・倡建與服務 | 陳立夫 著 |
| 我生之旅 | 方　治 著 |
| 逝者如斯 | 李孝定 著 |

## 語文類

| | |
|---|---|
| 文學與音律 | 謝雲飛 著 |
| 中國文字學 | 潘重規 著 |
| 中國聲韻學 | 潘重規、陳紹棠 著 |

| | |
|---|---|
| 文字聲韻論叢 | 陳新雄 著 |
| 魏晉南北朝韻部之演變 | 周祖謨 著 |
| 詩經研讀指導 | 裴普賢 著 |
| 莊子及其文學 | 黃錦鋐 著 |
| 管子述評 | 湯孝純 著 |
| 離騷九歌九章淺釋 | 繆天華 著 |
| 陶淵明評論 | 李辰冬 著 |
| 鍾嶸詩歌美學 | 羅立乾 著 |
| 杜甫作品繫年 | 李辰冬 著 |
| 唐宋詩詞選 ——詩選之部 | 巴壺天 編 |
| 唐宋詩詞選 ——詞選之部 | 巴壺天 編 |
| 清真詞研究 | 王支洪 著 |
| 苕華詞與人間詞話述評 | 王宗樂 著 |
| 優游詞曲天地 | 王熙元 著 |
| 月華清 | 樸月 著 |
| 梅花引 | 樸月 著 |
| 元曲六大家 | 應裕康、王忠林 著 |
| 四說論叢 | 羅盤 著 |
| 紅樓夢的文學價值 | 羅德湛 著 |
| 紅樓夢與中華文化 | 周汝昌 著 |
| 紅樓夢研究 | 王關仕 著 |
| 紅樓血淚史 | 潘重規 著 |
| 中國文學論叢 | 錢穆 著 |
| 牛李黨爭與唐代文學 | 傅錫壬 著 |
| 迦陵談詩二集 | 葉嘉瑩 著 |
| 西洋兒童文學史 | 葉詠琍 著 |
| 一九八四 | George Orwell原著、劉紹銘 譯 |
| 文學原理 | 趙滋蕃 著 |
| 文學新論 | 李辰冬 著 |
| 文學圖繪 | 周慶華 著 |
| 分析文學 | 陳啟佑 著 |
| 學林尋幽 ——見南山居論學集 | 黃慶萱 著 |
| 中西文學關係研究 | 王潤華 著 |

魯迅小說新論　王潤華 著
比較文學的墾拓在臺灣　古添洪、陳慧樺主編
從比較神話到文學　古添洪、陳慧樺主編
神話即文學　陳炳良等譯
現代文學評論　亞菁 著
現代散文新風貌　楊昌年 著
現代散文欣賞　鄭明娳 著
葫蘆・再見　鄭明娳 著
實用文纂　姜超嶽 著
增訂江皋集　吳俊升 著
孟武自選文集　薩孟武 著
藍天白雲集　梁容若 著
野草詞　韋瀚章 著
野草詞總集　韋瀚章 著
李韶歌詞集　李韶 著
石頭的研究　戴天 著
寫作是藝術　張秀亞 著
讀書與生活　琦君 著
文開隨筆　糜文開 著
文開隨筆續編　糜文開 著
印度文學歷代名著選（上）（下）　糜文開編譯
城市筆記　也斯 著
留不住的航渡　葉維廉 著
三十年詩　葉維廉 著
歐羅巴的蘆笛　葉維廉 著
移向成熟的年齡
——1987~1992詩　葉維廉 著
一個中國的海　葉維廉 著
尋索：藝術與人生　葉維廉 著
從現象到表現
——葉維廉早期文集　葉維廉 著
解讀現代・後現代
——文化空間與生活空間的思索　葉維廉 著
山外有山　李英豪 著
知識之劍　陳鼎環 著
還鄉夢的幻滅　賴景瑚 著

| | |
|---|---|
| 大地之歌 | 大地詩社 編 |
| 往日旋律 | 幼柏 著 |
| 鼓瑟集 | 幼柏 著 |
| 耕心散文集 | 耕心 著 |
| 女兵自傳 | 謝冰瑩 著 |
| 詩與禪 | 孫昌武 著 |
| 禪境與詩情 | 李杏邨 著 |
| 文學與史地 | 任遵時 著 |
| 抗戰日記 | 謝冰瑩 著 |
| 給青年朋友的信（上）（下） | 謝冰瑩 著 |
| 冰瑩書柬 | 謝冰瑩 著 |
| 我在日本 | 謝冰瑩 著 |
| 大漢心聲 | 張起鈞 著 |
| 人生小語（一）～（七） | 何秀煌 著 |
| 人生小語（一）（彩色版） | 何秀煌 著 |
| 記憶裡有一個小窗 | 何秀煌 著 |
| 回首叫雲飛起 | 羊令野 著 |
| 康莊有待 | 向陽 著 |
| 湍流偶拾 | 繆天華 著 |
| 文學之旅 | 蕭傳文 著 |
| 文學邊緣 | 周玉山 著 |
| 文學徘徊 | 周玉山 著 |
| 無聲的臺灣 | 周玉山 著 |
| 種子落地 | 葉海煙 著 |
| 向未來交卷 | 葉海煙 著 |
| 不拿耳朵當眼睛 | 王讚源 著 |
| 古厝懷思 | 張文貫 著 |
| 材與不材之間 | 王邦雄 著 |
| 劫餘低吟 | 法天 著 |
| 忘機隨筆<br>——卷一・卷二・卷三・卷四 | 王覺源 著 |
| 詩情畫意<br>——明代題畫詩的詩畫對應內涵 | 鄭文惠 著 |
| 文學與政治之間<br>——魯迅・新月・文學史 | 王宏志 著 |
| 洛夫與中國現代詩 | 費勇 著 |

| | |
|---|---|
| 老舍小說新論 | 王潤華 著 |

## 美術類

| | |
|---|---|
| 音樂人生 | 黃友棣 著 |
| 樂圃長春 | 黃友棣 著 |
| 樂苑春回 | 黃友棣 著 |
| 樂風泱泱 | 黃友棣 著 |
| 樂境花開 | 黃友棣 著 |
| 樂浦珠還 | 黃友棣 著 |
| 音樂伴我遊 | 趙琴 著 |
| 談音論樂 | 林聲翕 著 |
| 戲劇編寫法 | 方寸 著 |
| 與當代藝術家的對話 | 葉維廉 著 |
| 藝術的興味 | 吳道文 著 |
| 根源之美 | 莊申 著 |
| 扇子與中國文化 | 莊申 著 |
| 從白紙到白銀 | 莊申 著 |
| 畫壇師友錄 | 黃苗子 著 |
| 水彩技巧與創作 | 劉其偉 著 |
| 繪畫隨筆 | 陳景容 著 |
| 素描的技法 | 陳景容 著 |
| 建築鋼屋架結構設計 | 王萬雄 著 |
| 建築基本畫 | 陳榮美、楊麗黛 著 |
| 中國的建築藝術 | 張紹載 著 |
| 室內環境設計 | 李琬琬 著 |
| 雕塑技法 | 何恆雄 著 |
| 生命的倒影 | 侯淑姿 著 |
| 文物之美——與專業攝影技術 | 林傑人 著 |